U0574183

元代古籍集成 第二輯

總主編 韓格平

集部別集類◎

主編 李軍

石初集

（元）周霆震 撰 施賢明 張欣 點校

張光弼詩集

（元）張昱 撰 辛夢霞 點校

北京师范大学出版集团
BEIJING NORMAL UNIVERSITY PUBLISHING GROUP
北京师范大学出版社

本叢書整理與出版得到
北京師範大學中央高校自主科研基金資助
北京師範大學「九八五」工程基金資助
北京師範大學「二一一」建設基金資助

《元代古籍集成》編委會

顧　問（按音序排列）：

陳高華　鄧紹基　李修生　李治安　楊　鐮

主　編：

韓格平

副主編：

魏崇武

編　委（按音序排列）：

韓格平　李　軍　李　山　劉　曉　邱瑞中

魏崇武　查洪德　張　帆　張　濤

總序

元代，是中國歷史上由蒙古族統治者建立的多民族的統一朝代。蒙古部族早年生活於大興安嶺北部、斡難河一帶及其西部的廣大地域。一二〇六年，成吉思汗完成了蒙古各部落的統一，建國於漠北，號大蒙古國。一二七一年，元世祖忽必烈改國號爲大元。一二七六年，元滅南宋。一三六八年，元順帝妥歡貼睦爾率衆退出中原，明軍攻入大都。明初官修《元史》，自成吉思汗建國至元順帝出亡，通稱元代。蒙古人原來没有文字，成吉思汗時借用畏兀兒字母書寫蒙古語，從此有了蒙古文。一二六九年，忽必烈頒詔推行由國師八思巴創制的主要借鑒於藏文的新的拼音文字，初稱蒙古新字，不久改稱蒙古字，用以「譯寫一切文字」。同時，元代統治者重視學習漢文。元太宗窩闊台于太宗五年（一二三三年）頒有《蒙古子弟學漢人文字詔》，鼓勵、督促蒙古子弟學習漢語。忽必烈亦重視吸取漢文化中的有益成份，爲藩王時，曾召見僧海雲、劉秉忠、王鶚、元好問、張德輝、張文謙、竇默等，詢以儒學治道。其後的元仁宗愛育黎拔力八達、元英宗碩德八剌均較爲主動地借鑒漢族封建文化，且頗有建樹。有元一代，居於統治地位的蒙古貴族及色目貴族不同程度地接受了包括漢民族在内的多民族文化的影響。可以説，元代文化是由蒙古貴族主導的包容多民族文化的封建文化。其中，中土漢人和熟悉漢語的少數民族文人積極參與元代文化建設，他們用漢語撰著的漢文著述數量極爲豐富，其内容涉及到元代社會生活的方方面面，是元代文獻的主要組成部分。

明修《元史》，未撰《藝文志》。清人錢大昕撰有《補元史藝文志》，「但取當時文士撰述，録其都目，以補前史之闕，而遼、金作者亦附見焉」[一]，共著録遼金元作者所著各類書籍三千二百二十四種，其中元人著作二千八百八十八種（含譯語類著作十四種）。該書參考了焦竑《國史經籍志》、黄虞稷《千頃堂書目》、倪燦《補遼金元藝文志》、朱彝尊《經義考》等著作，增補遺漏，糾正訛誤，頗顯錢氏學術功力。今人雒竹筠、李新乾撰有《元史藝文志輯本》，既廣泛參考前人論著，亦實際動手搜求尋訪，「凡屬元人著作，不棄細流，有則盡録，巨細咸備」[二]，共著録元代作者所著各類書籍五千三百八十七種（個别著録重複者計爲一種，如方回撰《文選顔鮑謝詩評》分别著録于詩文評類與總集類），除十一種蒙文譯書外，皆爲漢文書籍。其中現存著作二千一百九十六種（包括殘本、輯佚本）。具體分佈情況如下：經部，著録書籍一千一百一十七種，今存二百二十種；史部，著録書籍一千零二十六種，今存二百七十三種；子部，著録書籍一千零七十六種，今存四百八十八種；集部，著録書籍二千一百六十八種，今存一千二百一十五種。與錢《志》相比，《輯本》具有兩項顯著的優點，一是增補了戲曲、小説

[一]（清）錢大昕：《補元史藝文志序》，《二十五史補編》，北京，中華書局，一九九八年版，第八三九三頁。

[二] 雒竹筠、李新乾：《元史藝文志輯本·弁言》，北京，燕山出版社，一九九九年版，第三頁。

類著作，二是每一書名之後記以存佚，頗便使用者查尋。可以説，該書是目前較爲詳備的元代目録文獻。持此《輯本》，元人著述狀況及現存元人著作情況可以略窺概貌。需要説明的是，元人著作散佚嚴重。僅據元人虞集所作詩序，可知《胡師遠詩集》、《吴和叔詩集》、《黄純宗詩集》、《楊叔能詩集》、《會上人詩集》、《劉彦行詩集》、《楊賢可詩集》、《易南甫詩集》、《饒敬仲詩集》、《張清夫詩集》、《謝堅白詩集》、僧嘉訥《㟃山詩集》等未著録於《輯本》别集類，則編纂元人著作全目的工作，尚有待於來日。

陳垣先生《元西域人華化考》卷八結論中「總論元文化」一節曰：「以論元朝，爲時不過百年，今之所謂元時文化者，亦指此西紀一二六〇年至一三六〇年間之中國文化耳。若由漢高、唐太論起，而截至漢、唐得國之百年，以及由清世祖論起，而截至乾隆二十年以前，而不計其乾隆二十年以後，則漢、唐、清學術之盛，豈過元時！」[一] 今以現存元代古籍爲例，略述元代學術文化之盛。

經學是一門含有豐富哲學内容的、體現儒家思想精要的古老的學問，長期居於中國學術文化的主導地位。元代結束了兩宋以來的長期分裂局面，元代經學亦在借鑒、調和宋代張程朱陸理學的進程中，産生了許衡、劉因、吴澄等理學名家。清儒編纂《四庫全書》，收録了約三百八十種元人著作，其中多有對於元人經學著作的讚譽之詞。例如，評價吴澄《易纂言》曰：「其解釋經義，詞簡理明；融貫舊聞，亦頗賅洽，在元人説《易》諸家，固終爲巨擘焉。」評價許謙《讀書叢説》曰：「宋末元初説經者多尚

[一] 陳垣：《元西域人華化考》，上海，上海古籍出版社，二〇〇〇年版，第一三三頁。

虚談，而謙於《詩》考名物，於《書》考典制，猶有先儒篤實之遺，是足貴也。」評價梁寅《詩演義》曰：「今考其書，大抵淺顯易見，切近不支。元儒之學主於篤實，猶勝虚談高論、横生臆解者也。」評價趙汸《春秋屬辭》曰：「顧其書淹通貫穿，據傳求經，多由考證得之，終不似他家之臆説。故附會穿鑿，雖不能盡免，而宏綱大旨，則可取者爲多。」〔一〕清末學者皮錫瑞認爲元代爲經學積衰的時代，「論宋、元、明三朝之經學，元不及宋，明又不及元。」〔二〕承認元代經學在中國經學史上佔有一定的地位，且有如趙汸《春秋屬辭》這樣的「鐵中錚錚、庸中佼佼」之作。

元代史學是中國史學的繼續發展時期，成就顯著，著作甚豐。其中，影響較大的著作有如下幾種。一、元順帝至正年間編纂的《遼史》、《金史》、《宋史》。三史編纂皆有三朝專史舊本可供借鑒，故歷時不及三年即告竣事，且整體框架完備，基本史實詳贍，爲後人研究遼金宋歷史的重要著作。同時，順帝詔「宋、遼、金各爲一史」，解決了長期持論不决的以誰爲「正統」的義例之爭，顯示出元代史學觀念上的進步。二、馬端臨《文獻通考》。該書是一部記載上古至宋寧宗時期典章制度的通史。作者對唐杜佑《通典》加以擴充，分田賦、錢幣等二十四門，廣取歷代官私史籍、傳記奏疏等相關資料，對各項典章制度進行融會貫通、原始要終的介紹，篇帙浩繁，堪稱詳備。三、《元典章》。該書全稱《大元聖政國

〔一〕上述引文分別見於《四庫全書總目》，北京，中華書局，一九六五年版，第二二頁、九七頁、一二八頁、二二八頁。

〔二〕（清）皮錫瑞：《經學歷史》，北京，中華書局，一九五九年版，第二八三頁。

朝典章》，爲元代中期地方官府吏胥與民間書坊商賈合作編纂的至治二年（一三二二年）以前元朝法令文書的分類彙編，分詔令、聖政、朝綱等十大類，六十卷。書中内容均爲元代的原始文牘，是研究元代法制史與社會史的重要資料。四、《大元大一統志》。該書爲元朝官修地理總志，始纂于元世祖至元二十二年（一二八五年），成書于元成宗大德七年（一三〇三年），六百册，一千三百卷，是中國古代最大的一部輿地書。該書氣象宏闊，内容廣泛，取材多爲唐宋金元舊志，今僅有少量殘卷存世。

元代子書保持和發揚了傳統子書「入道見志」、「自六經以外立説」的基本特色，廣泛干預社會生活，闡發個人學術（含藝術）觀點，産出了許多優秀作品。面對民族矛盾與階級矛盾交織的社會現實，程端禮《讀書分年日程》、謝應芳《辨惑編》、蘇天爵《治世龜鑒》諸書推闡朱熹學説，力闢民間疑惑，探求治世方略，顯示出元代子部儒家類著作的基本格調。元代科學技術水平有了新的進展。李冶《測圓海鏡》的成書標誌着大元術數學方法的成熟，「是當時世界上水平最高的代數著作」。[一] 稍後朱世傑《四元玉鑒》用四元術解方程（包括高達十四次方的我國數學史上最高次方程），「對方程的研究（列方程、轉化方程和解方程等），朱世傑在中國歷史上達到頂峰」，「《四元玉鑒》的另一部分重要内容是有關垛積與招差問題，就其成果的水平來看達到了中國古代此類問題的高峰」。[二] 司農司編《農桑輯要》、魯明善

[一] 李迪：《中國數學史大系·第六卷》，北京，北京師範大學出版社，一九九九年版，第九七頁。

[二] 李迪：《中國數學史大系·第六卷》，北京，北京師範大學出版社，一九九九年版，第二六〇頁、二六一頁。

撰《農桑衣食撮要》、王楨撰《農書》三部農書，是元代農學的代表作。又李杲有「神醫」之譽，「其學於傷寒、癰疽、眼目病爲尤長」[一]，觀其所著《内外傷辨惑論》、《脾胃論》、《蘭室秘藏》諸書，可知時人所譽不誣。

元代文人文學創作的積極性很高，吟詩作文是當時文人的普遍行爲。「近世之爲詩者不知其幾千百人也，人之爲詩者不知其幾千百篇也」。[二]與經、史、子部著作相比，元代集部著作數量最多。其中，尤以別集數量居首。現存或全或殘的各種別集（含詩文合集、詩集、文集、詞集）約六百六十種。閱讀郝經《陵川集》、姚燧《牧庵集》、劉因《静修集》、吴澄《吴文正公集》、趙孟頫《松雪齋集》、袁桷《清容居士集》、歐陽玄《圭齋集》、揭傒斯《揭文安公全集》、虞集《道園學古録》、黄溍《金華黄先生文集》等別集，可以從其不同個體的視角，瞭解元代社會生活的諸多不同側面，瞭解作者個人的情感與情操，體味元代詩文創作的藝術成就。而閱讀耶律楚材《湛然居士文集》、馬祖常《石田集》、孛术魯翀《菊潭集》、薩都剌《雁門集》、迺賢《金台集》等少數民族作家用漢語創作的詩文，則於前者之上，平添了幾分讚歎與欽敬。蘇天爵《元文類》，選録元太宗至元仁宗約八十年間名家詩文八百餘篇，後人將其與宋姚鉉《唐文粹》、宋吕祖謙《宋文鑒》相提並論。元代雜劇與散曲創作成就顯著，後人編輯的雜

[一]《元史·方技傳》，北京，中華書局，一九七六年版，第四五四〇頁。

[二]（元）吴澄：《張仲默詩序》，李修生：《全元文》，第十四册，南京，江蘇古籍出版社，一九九九年版，第二六五頁。

劇或散曲總集有所收録，較全者，有今人王季思主編的《全元戲曲》與隋樹森《全元散曲》。

總之，元代古籍内涵豐富，在中國古代文化發展史上居於承上啟下的重要地位。

今天我們所能看到的元代古籍，既有少量當初的刻本或抄本，又有大量明清時期的翻刻本、增補修訂本、節選本或輯佚本，版本系統複雜，内容互有出入，文字脱訛普遍，大多未經整理，今人使用頗爲不便。有鑒於此，我們决心發揚我校陳垣先生發端的整理研究元代文獻的學術傳統，充分利用此前編纂《全元文》的學術積累，利用十年至二十年時間，整理出版一部經過校勘標點的收録現存元代漢文古籍的大型文獻集成——《元代古籍集成》。我們的研究計畫得到了北京師範大學領導及相關院、處的充分肯定與大力支持，在「二一一」、「九八五」、自主科研基金等方面提供科研資金予以資助；海内外學界師友或給以殷切勉勵，或積極參與我們的工作；北京師範大學出版集團在出版資金、編校力量方面予以积极投入，在此，謹致以衷心感謝。同時，我們深知，完成這樣一項巨大工程，不僅耗時、費力，還要承擔一定的歷史責任。我們將盡力而爲，亦期待着來自各方面的批評指教。是爲序。

韓格平

二〇一一年十二月二十日

於北京師範大學古籍與傳統文化研究院

總目録

石初集

張光弼詩集

石初集

（元）周霆震 撰
施賢明 張欣 點校

點校説明

周霆震（一二九二—一三七九），字亨遠，安成（今屬江西吉安）人，以先世居石門田西，自號「石田子初」，省其文則稱「石初」，以誌其本。周霆震幼年志學，專心學術，當時南宋故老尚在，若王炎午、劉應登、彭絲、彭長庚、趙文、劉將孫、龍仁夫等，周霆震皆得從之遊。延祐科舉復興後，曾兩次參加江西鄉試，皆不第。於是摒棄場務之學，專意詩文，爲劉岳申、劉詵所雅重。晚年遭遇元末兵亂，輾轉兵戈，流離失所，以講學授徒爲業，弟子最知名者爲晏壁。洪武十二年，壽終正寢，享年八十八歲，門人私謚曰「清節先生」。

周霆震所作詩文，晏壁輯爲十卷，前五卷爲詩，後五卷爲文。晏壁將周霆震的詩文編録成集之後，分别請劉玉汝、陳謨爲之序。劉氏《石初周先生文集序》撰於洪武六年孟夏初吉，最早提及「先生門人晏彦文編録是集」，這應該是此集編纂的時間下限。陳序撰於同年臘月，稱「乃今其門人晏彦文編集其亂離諸作，匯成巨帙，以借余讀之」云云，據此可知，今傳《石初集》并非周氏一生創作之全貌，僅餘元末紛擾之季感時傷世、慷慨悲歌之作。周泰《存存稿序》提及周霆震時稱道：「曾祖石初先生……晚遭事變，有《海桑夢語》一帙，憂國愛君之意溢乎言外，先輩稱其可爲國史補。」《存存稿》是周氏家集，此序所言，均是對入選《存存稿》諸作者及其著述的簡介，據此觀之，《海桑夢語》應是《存存稿》中周霆震《石初集》之原名（亦即晏壁編輯成編之名），取元末戰亂滄海桑田、變幻如夢之意。只不過在真正刊刻流傳過程中，則以「石初集」爲名。

正統十一年（一四四六），周霆震曾孫周泰輯家集《存存稿》，以《石初集》爲首，并把十卷合成五卷，這是該集的首次刊刻，《存存稿》今有乾隆刻本傳世。據彭時、商輅、劉宣等人之序，成化九年（一四七三），周霆震的六世孫周正方首次將《石初集》單行刊刻，是爲成化刊本。周宷《石初集小序》可爲確證。周氏序又稱：「隆慶間先考封吏部府君刻於家，時則鄉先生侍御劉公一舒序之。」則在隆慶年間，《石初集》亦曾刊刻。今成化與隆慶刊本俱不存。《石初集》傳世單行本皆爲抄本，國家圖書館藏有清抄本《石初集》三種：曹寅楝亭舊藏本、彭元瑞校讀本、鶴洲鴛渚之間抄本[一]。上述諸本之外，《石初集》亦是《四庫全書》、胡思敬編刻《豫章叢書》中之一種。

周霆震爲文宗《史》、《漢》及韓、歐諸大家，縱筆直書，不事雕琢，晏壁稱其「文章議論正大，必關綱常，不爲浮辭綺語」；其詩宗杜甫，沉著痛快，辭旨淵深，深得时人贊譽。但是，王士禛也曾提出

[一] 王文進《文禄堂訪書記》著録鶴洲鴛渚之間抄本爲明抄本。查洪德主編《中國古代詩文名著提要（金元卷）》（河北教育出版社二〇〇九年版）二五三～二五五頁《石初集提要》認同此説，除引用王氏之語以佐證自己的觀點外，并認爲該本所鈐朱方「羅浮山人」爲明嘉靖時人章焕之印。章焕確曾自號「羅浮山人」，但古人以此爲號者甚多。事實上，該集所鈐「羅浮山人」、「盛百二」、「秦川」、「春草堂」等印，俱爲盛百二所有。盛百二，字秦川，號柚堂，浙江秀水人，乾隆二十一年（一七五六）舉人，春草堂爲其藏書之所。

了「近體樸直，無足觀者。文詞亦多陳腐，不甚洗練，大抵鄉塾老儒本色耳」的批評。就内容而言，周氏親歷元末動亂，亂離悲憤之感形諸筆端，故其詩文多是對亂世衆相的白描，如《暮春述懷》、《古金城謡》、《李潯陽死節歌》、《豫章吟》、《悲東姚》、《普顔副使政績歌》、《人食人》等詩，《永豐縣尉周誠甫贈詩序》、《義兵萬户馬合穆安塘生祠記》、《戴氏濟美志》、《書章立賢傳後》、《彭九萬妻死寇本末》等文，乃是對戰亂之際底層官員及義士、貞女的義舉的記録，反映了鼎革之際嚴酷的社會現實，對元末江西一帶的史實有所裨補，故四庫館臣目之以「元末之詩史」。

此次整理，以乾隆三十七年活字印本《存存稿》所收《石初集》爲底本，不過，卷帙仍依通行本分作十卷，目録亦重新編次；校以文淵閣四庫全書本、民國八年南昌退盧刊豫章叢書本，并以清康熙秀野草堂刊《元詩選》爲參校本。

本書的整理由施賢明、張欣合作完成。版本的調查、卷首諸序、卷一至卷五的校勘由施賢明負責，卷六至卷十的校勘與目録、附録由張欣負責。

南通大學　施賢明
中國石油大學（華東）張欣

石初周先生文集序

（元）劉玉汝

文章之在古今，猶天地之元氣，未嘗一息間也。論者謂文章繫乎世運，盛則盛，衰則衰，是未足爲知斯文者。世運盛，文章固與之俱盛，及其衰也，文章不與之俱衰。何也？盛而非文之用不能以致治，衰而非斯文之未喪何以扶當時之衰、以啓後來之盛乎？蓋盛而衰，衰而復盛者，世運之常。文章與天地并，不隨世運也。是以文章顯而世運爲之盛，文章藏而世運爲之衰。顯，顯於天下；藏，藏於人心。藏其本也，故凡文章之顯於天下者，皆藏於人心者爲之，此乃人得之於天，所以合元氣以御世運者。世運豈得而盛衰之哉！然顯者天下共知而尊之，藏則非知道之君子未易與語此也。

嗚呼，廬陵文章者尚矣！近遭世亂，儒道幾墮，今英材輩出，各以其所能詩若文自高，而不知有應俗之慙，其將何以拯之乎！同郡周石初先生，績其世學而介然自守，其爲文爲詩，有古意，有奇氣，能使人讀之興起，而隱居深藏，不妄交，不求名，故雖老成而人鮮識之者。余以爲當此之時，得如先生數輩，以激昂後學，使有所法，庶幾鄉國有天下士以鳴聖朝啟運之隆，而古文復倡於兹，豈不足爲廬陵光！而未見有志之同者，豈天無意於顯者，而猶有待耶？然則先生之文與詩，何可使晦而弗彰乎？

至是，先生之門人晏彦文編録爲集，且道先生之命，欲余爲之序。余昔雖嘗學於鄉先生之名能文辭者而未能，今又窮處而耋及，何能與於此？而先生獨不鄙夷之意者，天將復顯斯文與？先生其知我矣！於是述愚所見，附於集之末，以俟夫能古文而顯者以質其然否焉。

洪武癸丑孟夏初吉，老友劉玉汝成之書。

石初周先生文集序[一]

（明）陳　謨

石初周先生負奇氣，抱碩學，卒困躓不偶，其窮益堅而文益壯。吾雖不識，嘗得其製作一二於他許，相識已多。乃今其門人晏彦文編集其亂離諸作，彙成巨帙，以借余讀之，且曰：「石初知先生，幸爲我叙之。」

嗚呼！廬陵之文，自歐公倡之，乃天下之文也。名家繼作，迄宋終元，皆歐門股肱心膂之臣。而或者妄肆胸臆，點染雌黄其間，君子所不較也。近年得歐集矱而精彩溢出者，莫如虞先生，自餘亦安得瞠若乎廬陵哉！先生之文，成之劉公序之至矣，復奚容贅？雖然，石初有三幸焉：當有元盛時，獨不利場屋，一也；至正之季，所在化豺狼，雖間道暫時而康莊不失，今巋然獨存，二也；江南野史，誰復健筆，而集中隱約散見，皆可爲國史補，三也。使先生幸，乃溷一第，不幸，逢時不祥，必將矯矯令節，必不澳㴸伈俔爲名教羞。然位與勢之相侔，志與才之相協，有不可必者，固不如昭文之不鼓也。

[一] 文題：底本此文及以下兩序無，據豫章叢書本補。

白髮殘年，坐籌海屋，殆有陰相之福。詩不云乎，「不憖遺一老」，宰物者其憖遺之矣。先生之詩，必將有傳於後。昔賢稱杜詩似史記，豈不以天寶以來間事不得少陵載而傳之，安能如是？此史傳所不及也。吾於石初之詩亦云。

洪武六年臘月，陳謨心吾序。

石初周先生文集序

（明）葛化誠

粤若稽古，大上有立德，其次有立功，其次有立言。聲之精者爲詩，詩之精者爲雅爲頌。古今詩人之窮無如子美，精於詩者亦無如子美。顛倒短褐，到處悲辛，信窮矣。致君堯舜，自比稷契，詩能窮之乎？周公思兼三王，制作雅頌，詩之精者也；吉甫作頌，穆如清風，亦詩之精者也。詩不能窮人也，謂子美以詩而致窮且不可，謂古聖人而窮於詩，可乎？

同郡周石初先生，當不諱之朝，必以窮經爲事，必以舉進士爲業，然天不能使人材不出於科第，亦不能使人材必盡出於科第，惟材力時命適相值者，迺無往不逢耳。用是坐廢，而先生之門受業滋多，先生之文日益富矣。余觀唐宋諸大家，工於詩者每不足於爲文，文不兼詩，詩不兼文，而先生獨能兼之也。迄二十年兵革之禍，既裂冠毀冕，斷腸招些，未之前聞。余所覩記《石壕》、《新安》、《彭衙》之類，在治忽者，往往有足徵焉。而先生一飯不忘君之意，惓惓忠愛，溢於言外，此先生之文之必傳於永久無疑也。嗟夫！士窮則修於家，不窮必功覆斯民然後出。孔明所師者龐士元、司馬德操，所友者崔州平、徐元直、石廣元、孟公威，假令南陽秉耒不釋，則索然俱爲陳迹矣，世豈知有伊吕之事哉！然則先生之不遇，其志亦可悲矣。

先生命其孫安卿從余正葩之學，且挾此稿來就余評。予故舉魯人之論古之死而不朽者以獻焉。洪武七年甲寅中秋日，葛化誠夫書。

石初周先生文集序

（明）張　瑩

石初周先生，余四十年前友也，長余十歲，始定交於桂隱劉先生之門。時方鋭意場屋，累試有司，不偶。乃斂其英華，發爲詩文，雄偉俊邁，自成一家，有金玉之音，無脂韋之態，深爲諸老所器重。既而世變紛紜，東西奔竄，比年復客城西，年逾八十，老氣峥嶸。顧當時輩行，惟余一人存，更倡迭和，議論縱横，累日不厭。教授子弟，必道彝倫之言。平生詩文千佰篇，厄於灰燼，此編特兵後感時觸事之作，不輕以示人，間出與余評。余竊觀其學問文思度越輩流，且賦性剛介，擇交寡言，晚生後進多不知其所爲，亦不屑與之語。侵尋暮景，歷艱涉危，猶傲睨一時，决不肯阿順苟容，其胸中所養如此。故發爲詞華，如風雷振蕩長江大河，令人悚敬而不可涯涘。不必循規蹈矩而藹然温和，不必扼腕張拳而凛然激烈，沉著痛快，慷慨抑揚。由其平日淹貫諸大家，積之既深，發於毫端，皆渾然天成，類非勉强步驟所能及。嗚呼！近時詩文一變，蹈襲梁隋，以夸淫靡麗爲工，纖弱姸媚爲巧，放肆驕佚，傲然自謂古之人，厚誣當時以誑惑聾瞽，是皆先生之罪人也。先生之學切於爲己，先生之心樂於及人，其素所樹立，如余者豈足爲輕重哉？特有感於風化之移易。

鄉之隱君子相謂曰：「石初氏端莊不矜，語必己出，生平孤介，自信深堅，非其人，竟席不發一談，若可與言，輒盡情傾吐，然傾吐時甚少，故流輩多不合。晚遭世變，足未嘗入城闕一步，名不挂投贈卷中，惟教授諸生，夜分忘倦，蓋其天性然也。閱視悲歌慷慨，由少陵忠愛根之。詩道陵夷，首倡正論，古風不泯，伊誰之力哉！」斯言也得其彷彿，故述之，庶足以質余之非誇云。

歲次玄黓困敦〔一〕，律中蕤賓重午日，老友梅間張瑩書。

〔一〕歲次玄黓困敦：黓，底本作「默」，據文意改。

石初周處士文集後序

（明）林　堅

石初周處士文集，諸老先生既叙之詳矣。處士孫安卿提舉徵言於堅，堅何足以知之？竊讀處士行狀、墓銘，作而嘆曰：當元盛時，處士以舉子業試，不利，乃絶意進取，專力古文辭，爲一時名士所推尚。向令躋一科、授一職，則倥偬簿書期會間，何暇於文？且文者，氣之發於辭而成章者也。處士爲人剛介而和易接物，居貧無戚戚容，而誨人則如不及。晚遭兵亂，韜晦名跡，守善自信，不求人知。其蓄德操行如此，宜其發於文也，不澆而淳，不華而質，隱然有憫時病俗、愛君憂國之誠焉。《詩》曰：「雖無老成人，尚有典刑。」處士往矣，而安卿以文學授官，食報伊始，而惓惓於斯集，不惟足以想見處士風采，亦以知周氏世澤深長也，子孫世寶之哉！敬以是書於集後。

洪武辛酉夏六月望，晋安林堅謹書。

書石初周先生文集後〔一〕

（明）彭　時

吾安成吉村石初周先生詩文共十卷，皆其門人山東僉事晏彦文所輯。先生性剛行潔，蚤有用世志，當元延祐科興，一再試場屋，不偶，輒棄而歸隱，專工古文詞。宋上舍梅邊王公聞其名，禮延於家塾，一時老師宿儒，若彭魯齋、龍麟洲、趙青山、劉申齋、桂隱諸公咸加器許。其學與文之見重於世，即此可知矣。晚遭世變，東西奔走，不廢吟哦，長篇短章，無非憂君愛國憫民悼俗之言，識者謂可繼杜少陵稱爲「詩史」，信不誣矣。卒年八十有八，門人私謚曰「清節先生」。而彦文又門人之翹楚者，乃爲輯其亂離之作，付諸子孫家藏焉。傳六世至今，浙江僉憲正方恐久而湮没，欲刻梓以傳，屬予識其後。

嗟乎！先生詩文古雅，前輩諸老序之詳矣，予尚何言？然獨究觀先生之始終而有感焉。蓋先生義不諧俗，故不遇於盛時；仁不害物，故克全於亂世；德足裕後，故有賢子孫傳顯其文於百年久晦之餘。其視苟饕富貴身死而名磨滅者，相去一何遠哉！爲善之效，其在是矣。先生子吉，義寧丞；孫

〔一〕文題：底本無，據豫章叢書本補。

靜，行人司副；美，工部主事。其餘未仕者，往往博習詩書禮義爲世業。而僉憲發身進士，居官清慎有爲，尤見重縉紳間。吾知先生厚積而未施者，將大發於此，其傳世豈獨詩文乎哉？并識於後，俾讀者考焉。

成化九年，歲次癸巳，冬十月既望，賜進士及第、資德大夫、正治上卿、太子少保、吏部尚書兼文淵閣大學士、知制誥、同知經筵事、國史總裁同邑彭時書。

題石初先生文集後[一]

（明）商輅

石初先生姓周氏，安成儒家，生前元至元間。方南北混一，文治漸興，先生天性嗜學，承父復齋之教，博極群書，講求義理，期於用世。延祐科舉行，凡再試有司，弗利，輒棄其業，專意古文。時宋季遺老俱在，若桂隱劉公輩，號稱宿學。先生及門請益，所得居多，作爲詩文，豪邁俊逸，成一家言。隱居授徒，無復仕進。晚遭世變，感時觸事，悲歌慷慨，一於詩文發之。壽終之日，門人私謚曰「清節先生」。而晏僉事彦文，其高第弟子，嘗編輯先生亂離諸作，釐爲十卷，求元季劉成之、陳心吾諸公序而藏之。茲先生六世孫正方由秋官員外出僉浙憲，公暇欲鋟諸梓，屬予一言識其始末。

於乎！先生之文，前輩序之詳矣，予奚容贅？雖然，文以理爲主，以氣爲輔，理明而氣充，而後文之發也沛然。然理原於學，氣由於養。先生朝經暮史，始終一致，深居簡出，夷險一節，其明理養氣之功固遠過於人，是宜製作之盛，如長江大河，奔放蕩激，浩乎莫禦，要自其胸中耿耿者發之也。孟子

[一] 文題：底本無，據豫章叢書本補。

曰：「有本者如是。」予於先生亦云。先生諱霆震，字亨遠，以先世居石門田西，自號「石西子初」云。

成化九年，歲次癸巳，仲冬朔日，賜進士及第、資政大夫、户部尚書兼翰林院學士、知制誥、經筵官淳安商輅書。

石初周先生文集後序〔一〕

（明）夏時正

浙江按察司僉事周君可大，以其六世祖石初先生文集見示，余得受而讀之，見先生介然之操，嚴不可犯，老彌堅也；見先生通經博古，究明理道，言鑿鑿也；見先生身居草野，志存國家，發諸聲歌，悲憤激烈，有少陵一飯不忘君之心也。一時鄉老序之，咸極許譽，宜矣！余因之爲有感也。

當元政不綱，上下慆淫，内外緩弛，人心解散，覬覦日生，盗賊乘之竊發，彌布大江東西。而其時所用以禦盗賊者，又多貪鄙庸木不忠義，爲心專攫拾是謀，不惟爲盗賊輕，適爲盗賊驅以資之也。故先生拳拳言儒者用，足有裨於國家，而於安慶、潯陽之死節爲尤致意於其間也。嗚呼！四郊多壘，卿大夫之辱也。平時不能銷禍於未萌，逮乎愾侮之來，一切謂輕便健捷者爲才，輕挈萬人之命，敝屣而畀之曾不恤。其無識無恥，足以僨事。卒至功無所成，卿大大乃用自詭「我等所職文事，武備非我當知」笑

〔一〕文題：底本無，校點者代擬。

歌詆詒，不有以爲辱也。惟其不知爲辱，是以不知爲憂。迺使身居草埜，如先生之奔走禍亂者，辱之憂之，遂致覆轍相尋，不亦悲夫！

南京大理寺卿致仕後學仁和夏時正書。

書石初先生文集後[一]

（明）劉　宣

石初周先生，吾安成人也。生元前至元間，自少劬書，志於進取，不達，遂杜門卻掃，大肆力於古文詞，非其人，不獲一面。平生著述甚富，厄於兵燹。國初，其門人晏公彦文輯其兵後所作凡十卷，付諸子孫，俾藏於家，迄今且百年。先生六世孫浙江按察僉事正方將鋟梓以傳，屬予一言識其後。

切惟元之有天下也，内外長吏悉署以國族，中華文士罕筮仕之途，故先生不得信其志於當時。迨我聖祖龍興，毫髮絲粟之材，悉所采録，而先生老矣，此其所以不得上鳴啟運之盛，而徒發於離亂羈愁之思者也，可勝悲哉！抑予觀先生自志，舉周文忠公門帖云「于公之門宜高，畢萬之後必大」，蓋以此望其後嗣。今僉事君振揚風紀，赫然有聲，其所以食報而符文忠之言，抑有在矣。至若先生行義之高，文詞之粹，則先進諸公論之悉矣，予奚容贅。

成化甲午季春初吉，賜進士出身、中憲大夫、南京太常寺少卿、前翰林院修撰、太子右庶子、經筵講官、同修國史同邑晚生劉宣識。

[一] 文題：底本無，據豫章叢書本補。

《元詩百家選・石初集序》〔一〕

（清）顧嗣立　周希元

處士周霆震，字亨遠，吉之安成人。以先世居石門田西，故又號「石田子初」云。生於前至元之季，宋之先輩遺老尚在，執經考業，遍於諸公之廬。若王梅邊、彭魯齋、龍麐洲、趙青山諸公皆器重之。科舉行，再試不利，乃杜門授經，專意古文詞，尤爲申齋、桂隱二劉所賞識。晚遭至正之亂，東西奔走，作爲詩歌，多哀怨之音。明洪武十二年卒，時年八十有八矣，門人私謚曰「清節先生」。廬陵晏璧葺其遺稿曰《石初集》。老友梅間張瑩稱其「沉著痛快，慷慨抑揚，非勉强步驟者所能及。近時詩文一變，蹈襲梁隋，以夸淫靡麗爲工，纖弱妍媚爲巧，是皆先生之罪人」。石初之序梅間也，亦曰「近時談者糠粃前聞，或冠以虞邵菴之序而名《唐音》，有所謂『始音』、『正始』、『遺響』者，孟郊、賈島、姚合、李賀諸家悉在所黜；或託范德機之名選少陵集，止取三百十一篇，以求合於夫子删《詩》之數。

〔一〕按，此篇底本雖題作《元詩百家選・石初集序》，實爲周霆震十三世孫希元抄録並跋顧嗣立《元詩選》「周處士霆震」人物小傳。

承謁踵謬，轉相迷惑而不自知」。蓋石初天性介特，其持論之嚴，固非時好之所能易也。

《元詩百家選》，《石初集》居一焉，江南長洲顧嗣立先生所久編以行世者也。商丘宋犖先生序列選本簡端。顧於每集首并約舉其人之生平大概，作小序以冠之，右《石初集》小序也。謹爲附記於此，以見我祖之盛德清操早已傳誦於海内，非僅以文辭邀公譽者。《詩》曰：「無念爾祖，聿修厥德。」凡我子姓，其敬念之。

乾隆三十七年壬辰七月朔，十三世孫希元謹識。

石初集小序

（明）周寀

石初先生詩文若干卷，成化間，高祖憲使韋菴先生刻于武林，時則廷尉夏公正夫校而序之[一]。隆慶間，先考封吏部府君刻於家，時則鄉先生侍御劉公一舒序之。又若干年，不肖寀以司馬中丞總督淮上，公事之暇，校閱家傳《存存稿》，乃以《石初全集》仍入《存存稿》之舊，并重刻之。劉先生之序曰：「詩無漫作，寄少陵之憂思。」而亦曰：「可補於國史者，我邑中先輩石初公一人而已。」并舊刻諸名公作者評其詩文甚詳，茲不復序，序其所以重刻者云爾。

萬歷十九年辛卯六月立秋日，十世孫寀濟甫叙。

[一] 時則廷尉夏公正夫校而序之：夏寅，松江華亭人，字時正，又字正夫，與南京大理寺卿夏時正大約同時，周寀張冠李戴。

目録

石初集卷三……（七七）

石初集卷五 …… （一一七）

石初集卷六……（一三六）

石初集卷七（一四七）

石初集卷八（一五八）

附……（一八八）

著録……………………………………………………………………………………（一九七）

石初集卷一

五言古詩

美人昔燕趙

美人昔燕趙，歲久江漢間。軒窓粲明霞，被服羅綺紈。頩怒恒自持，含意詎敢攀。一朝强暴陵，相從即歡顔。傾身作歌舞，豫恐恩意闌。新聲與嬌態，取媚巧百端。主家隔風塵，庭宇深且完。豈無昔共處，永夜青燈寒。魂夢各所依，寧復相往還。沉沉九秋霜，屨屨思蒯菅〔一〕。娟娟中天月，照影留空山。盛時槩無虞，末路良獨難。棄置勿重陳，使人摧肺肝。

〔一〕屨屨思蒯菅：菅，底本作「管」，據文淵閣四庫本、豫章叢書本、《元詩選》本改；底本「蒯菅」、「菅蒯」之「菅」字均誤作「管」，下文徑改。

濯濯江漢女

濯濯江漢女，幽貞出良家。十年守空幃，夫壻天之涯。良夜秉明燭，悉心務絲麻。憶昨秋風起，河洛昏塵沙。傷彼朱絲絃，逸響趨淫哇。朝爲御溝柳，莫作陌上花。世態固應爾，委置勿復嗟。所悲在新春，雨露凝朝華。感此深閉門，淵冰慮彌加。藏玉萬仞岡，守護盤龍蛇。投珠千頃波，光燄驚魚鰕。夫壻會有期，豈問歲月賒。寸心如皦日，終始宜無瑕。

燕山萬里雪

燕山萬里雪，不作黄河冰。玄德專所司，曷爲失其憑。赤雲竊乘間，遂逐炎風興。連延土山焦，倏令繁青蠅[一]。毛炰列饔飧，臭腐日以升。禋祀古有嚴，孰與存方馨[二]。昨夢觀圜丘，玉輦蒼龍乘[三]。正氣六合周，瑞花反嚴凝。坐見昆岡火[四]，瞬息投淄澠。願言哀江南，盡洗毒霧蒸。

[一] 倏令繁青蠅：倏令，文淵閣四庫本作「反更」。
[二] 孰與存方馨：方，文淵閣四庫本、豫章叢書本作「芳」。
[三] 玉輦蒼龍乘：輦，文淵閣四庫本作「輅」。
[四] 坐見昆岡火：火，底本作「大」，據文淵閣四庫本、豫章叢書本改。

潮生浙江白

潮生浙江白，積水何其多。悠悠子胥魂，千古終不磨。東南溢潢潦，汙瀆紛旁羅。獨此障百川，晝夜激海波。力排坤軸轉，正氣通天河。從星趣好雨，浴日陽之阿。蒼蒼紫微垣，弁冕鏘鳴珂。宜蒙湛露恩，領袖湔甲戈。雲陣聲萬雷，銀山勢嵯峨。吹噓蛟龍翔，奮起驅鯨鼉。功推五行首，朝宗諒無他。

種瓜南山下

種瓜南山下，實晚霜落之。冒寒拾瓜仁，生意或在兹。收藏篋笥中，恒恐鼠蠹窺。群兒顧竊笑，癡絶將奚爲。昨聞北里富，晨昏厭甘肥。禍機隱驕溢，瞬息靡孑遺。嗟我食無肉，黎藿每晏炊[一]。俟時啓包裹，瓜地審所宜。殷勤謝春雨，庶以忘朝飢。

十五紀懷

止酒已多日，當秋病連綿。一窓此寄傲，晏起仍早眠。豈不念佳節，負此明月圓。叩門客語我，蚤

[一] 黎藿每晏炊：黎，文淵閣四庫本、豫章叢書本作「藜」。

作星尚懸〔一〕。白氣出東北，横貫西南天。夜凉步中庭，所見還依然。力疾起語客，喪亂今十年。謂天蓋無情，垂象在目前。謂天其有知，古語皆虚傳〔二〕。未遑悉吴越，况敢談幽燕。須臾報軍出，明日攻富田。焚掠先近郊，斬艾無愚賢。咫尺成俘囚，妻子疇能全？戒客姑罷休，世事從推遷。客去深掩耳，關閉涕潸焉〔三〕。

大風發屋雨雹交集

大風西北來，屋瓦去如走。麗譙雙闕壯，關鍵决樞紐〔四〕。蒼蒼泮宫栢，枝葉互紛糾〔五〕。移時折偃蹇，巧力無措手。西禪鐵浮圖，摧仆如拉朽。臨江戰樓飛，夾巷坊額剖。恍疑會群龍，奮發交怒吼。泰山恐崩裂，寧復計培塿。老夫閉門卧，雨雹散窗牖。倉皇正衣冠，力疾坐良久。天威俄咫尺，性命亦何有？默悟貴存心，淵冰慎吾守。

〔一〕 蚤作星尚懸：蚤，豫章叢書本作「早」。
〔二〕 古語皆虚傳：古，文淵閣四庫本作「吉」。
〔三〕 關閉涕潸焉：關閉，文淵閣四庫本、豫章叢書本作「閉關」。
〔四〕 關鍵决樞紐：鍵，文淵閣四庫本、豫章叢書本作「楗」。
〔五〕 蒼蒼泮宫栢枝葉互紛糾：栢枝，底本作「枝栢」，據文淵閣四庫本、豫章叢書本、《元詩選》本改。

歲莫柬張梅間[一]

憶昔慕遠遊，朝華沐春露。焉知喪亂後，林杪秋葉蠹。間關西州門，寒日收踽步。尚餘平生友[二]，示我廣平賦。耿耿河漢輝，幽幽冰雪度。終慚媚求悦，寧悔貞取妬。朗吟發孤音，明月落庭户。世事殊未涯，歲年忽云莫。有美君子心，永言金石固。

除夜書懷

一榻陋容膝，老身兀枯株。淹留恒鮮悰，况兹歲云徂。兒女雖苟完，喪亂多異居。同也九鄉曲[三]，奔走一飯驅。鳳也妻女累，近亦反故廬。拙謀康最少，甥館横溪隅。阿巽孀七載，忍棄吴氏孤？靚家食指繁，績紝勤養姑。市廛病株守，環偶錐刀趍。顧我此相守，出入孫符俱。孩烏頗機警，戲弄聊與娱。止酒動經年，宿病無由祛。晚餐率减半，夜枕氣始舒。宴遊多却避，禮節那能拘。親友既少存，存者亦暗踈。鬖鬖齒髪敝，勉勉筋力餘[四]。撫事百感集，來歲知何如。存亡且未測，艱苦焉足虞。骨肉姑

[一] 詩題：莫，豫章叢書本作「暮」；柬，《元詩選》本作「簡」。

[二] 尚餘平生友：友，豫章叢書本作「交」。

[三] 同也九鄉曲：九，文淵閣四庫本、豫章叢書本作「久」。

[四] 勉勉筋力餘：筋，底本作「肕」，據文淵閣四庫本、豫章叢書本改。

眼前，開懷盡斯須。地爐熟春茶，明燭散欝紆。忽憶孤山夢，風雪隨吟驢。梅花千載心，皎若滄海珠。服之配明月，閱時終無渝。

和蕭仲儀

十年樹桑柘，結屋山澗旁。辛苦蠶絲成，將備公子裳。緇塵一朝起，冠蓋紛劻勷。飄零落綺紈，翕忽歸渺茫。鮮鮮皮卉服，摇曳凌空翔。感此桑下心，臨風時自傷。

招隱

衰年際時艱，屏居謝輪蹄。學圃事雖晚，披荒漸成蹊。芟夷敢辭勞，常恐滋蔓迷。夜氣方油然，養生無端倪。雜蔬雨意緑，籬落新筍齊。攝衣晨理髮，好鳥當户啼。物情適自如，晤言契幽棲。干戈且未息，童穉憂提攜。外美奚足多，澹泊恬朝虀。援琴思南風，濯纓鑑清溪。白雲乃吾友，延佇蒼山西。

暮春述懷

三月十二日，寇據郡城，勢焰虚張，人情洶洶。水東民義，廉得其微，突起奮擊，迎郡侯，收復城池，殺獲垂盡，餘衆遁去。

妖氛被東南，醜類日響應。承平七十載，倉卒駭觀聽〔一〕。堂堂忠節邦，奕奕太守令〔二〕。流血動成川，分奔馬蹄競。群兇首被赤，心額雙懸鏡。赤以欺愚庸，鏡以眩昏瞑。張皇禮像設，誑托西方聖。燒蠟動千升〔三〕，相承勢彌盛〔四〕。喧呼短兵接，迅若斤斧運。殺人先剖心，刳腹抉肝腎〔五〕。攎摭窮窖藏〔六〕，備網羅機穽。官曹列厩牧，民屋委灰燼。郡治歌舞場，朋從悉梟獍〔七〕。頗聞連騎出，近郭更蹂躪。計程倏往還，日以嚴示信。距城此雖遠，疇敢保安静？聞雞心即危，過午魂始定。顛連混寃親，跋涉無老病。晨興不遑夕，永日飢餐并。豈復虞道途，所悲室懸磬。妻孥且目下，僥倖須臾命。近傳某澤中，逆料絶窺偵。兒啼誤失聲，掩捕一朝盡。回頭顧童穉，反覆深砭訂。事會固叵量，寧能忘戒訓？因思少壯日，膏澤溥涵泳。冠蓋先送迎，農桑雜歌詠。閭閻飫梁肉〔八〕，厮養翹車乘。飛潛偕動植，一一遂天性。焉知厄遭遇，垂老百憂并。聖朝果何負，姦宄妄依凭。得非湛恩隆，竊禄隱讒佞。貪冒遞相蒙，浸

〔一〕倉卒駭觀聽：觀，豫章叢書本作「視」。
〔二〕奕奕太守令：太守令，文淵閣四庫本作「守與命」，豫章叢書本作「守與命一作『太守令』」。
〔三〕燒蠟動千升：升，文淵閣四庫本、豫章叢書本作「斤」。
〔四〕相承勢彌盛：承，豫章叢書本作「刑」。
〔五〕刳腹抉肝腎：抉，豫章叢書本作「挾」。
〔六〕攎摭窮窖藏：攎，底本作「櫨」，據文淵閣四庫本改。
〔七〕朋從悉梟獍：朋，底本作「彭」，據文淵閣四庫本、豫章叢書本改。
〔八〕閭閻飫梁肉：梁，文淵閣四庫本、豫章叢書本作「粱」。

淫成此釁。中天揚日月，光彩爛相映。雲霧偶晦冥，何能滋疾疢〔一〕。衆心一此理，磨濯光愈瑩。化機默回旋，民伍奮豪俊。川東事大奇，氣與北風勁。劃開棊石圖〔二〕，捲入背水陣。翩然破竹勢，節解自迎刃。郡侯起收集，轉眄復歸正〔三〕。誓將掃餘孽，側耳四方靖。麥秋告登場，秔稻亦已竟。死者可勝哀，存者聊自慶。蕭條舊邑里，庶免憂釜甑。書生守衡茆，才具非濟勝。中宵投袂起，踴躍歌解愠。四顧掃曀霾，如疾脱危證。親知稍慰藉，松菊尚三徑。雨露極昭蘇，草茅微報稱。忠謀慮或過，深計衆多屏。薰蕕眩疑似〔四〕，玉石互淄磷〔五〕。吏弊襲貪殘，罕由慈惠進。吾侯新涉難，庶務職其柄。撫定在哀矜，勗哉慎行政。

清明

憂懷不知春，病雨門日閉。今晨又清明，倏忽如夢寐。茫茫宇宙間，擾擾干戈際。寥寥邑里舊，莽莽身首異。悲風起平原，鬼泣海爲淚。萬死天不墳〔六〕，况論吊與祭。先塋顧非遠，跬步涉疑畏。雨露日

〔一〕何能滋疾疢：疢，文淵閣四庫本、豫章叢書本作「疚」。
〔二〕劃開棊石圖：棊，文淵閣四庫本作「聚」，豫章叢書本作「疊」。
〔三〕轉眄復歸正：眄，豫章叢書本作「盼」；下文同此情况不再出校。
〔四〕薰蕕眩疑似：眩，文淵閣四庫本作「絢」。
〔五〕玉石互淄磷：淄，文淵閣四庫本作「緇」。
〔六〕萬死天不墳：天，豫章叢書本作「尸」。

夜深，蔓草青繞地。孤生髮種種，去日已川逝。旦暮未可知，何時及來歲。凄然心自割，俯仰寧不愧。野人或典衣，强欲存節意。邀我坐茅簷，未酌意先醉。豈無閑花草，黯慘不成媚。興闌村鼓急，鄰犬衆驚吠。天運夫何如？臨風獨三喟。

騎曲

府辟副監州不查吾，監郡中憲公之從子也。騎射絶人，部伍嚴整，身先士卒，所向崩摧。惜其廵歷匆匆，功弗克竟。

步行擁千夫，不敵單騎戰。躍馬奮戈矛，何如馬頭箭。壯哉副監州，廵歷迅飛電。秋毫戒侵掠，追捕身獨先。彌年賊氣驕，膽落驚未見。借我一月留，坐使民居奠。

殘髮

殘髮不可紒，晨興日加梳[一]。顧慙雨露沐，此豈冠冕徒。夜來秋風深，傲兀驚頭顱。亂離亦已極，

[一] 晨興日加梳：興，《元詩選》本作「昏」。

時序復易徂。青燈一斗酒，不樂將何如？

莫折草間葵

莫折草間葵，葵根朝露深。朝露恩豈私，中有向日心。衆草濫生意，延緣托幽陰。幽陰人跡稀，狐虺交相尋。我行偶徘徊，海色微穿林。玩葵試披草，露氣俄滿襟。葵心苦不多，其柰蔓草何〔一〕！

哀　枉

春心注成湩，晝夜深長育。枯梢晴自芳，寒燒雨仍緑。如何寃死魂，不及閒草木。

送曠伯逵歸洪

伯子郡中彥，移居久洪州。才宜當路知，濟勝偕名流。皎如明月珠，瑩若狐白裘。含章潛中懷，清識雅好修。顧瞻桑與梓，賦詠忘淹留。干戈迫歲晏，遠道妻孥憂。朔風吹征衣，日落江上舟。願言桑梓心，江水深悠悠。

〔一〕其柰蔓草何：柰，豫章叢書本作「奈」，下文同此情況不再出校。

嘗艱

平世隱大姦，禍起連干戈。紛紛殺戮餘，轉徙嬰札瘥。喪氛不可望，散漫翻洪波。號呼遞漸染，瞬息俱滅磨。向來膏粱子，被服華綺羅。菅蒯倏纏裹，委棄山之阿。顧匪金石交，厄會其柰何！吾貧老環堵，與世常蹉跎。况此災患林，屏藏謝經過。晨夕堅苦淡，分安志無他。闔門或苟全，天賜良以多。有時誦陳編，桂竹供婆娑。後日將焉如〔一〕，且復託永歌。

晨出

仲夏沐時雨，清晨步郊墟。平疇日以緑，民瘼其或甦。回頭語田父，努力勤耕鋤。我朝世忠厚，品彙均涵濡。盜賊妄干紀，旦夕當殄除。曠劫滄海深，幸兹邇平途。爾曹活餘息，詎識勞廟謨。稽首萬億年，無疆壽皇圖。

〔一〕後日將焉如：如，文淵閣四庫本作「知」。

二月十六日晚青兵逼城紅不戰而潰暫匿近壕小屋夕走橫溪〔一〕

孤藩酣春霖，戰艦一時集。喧呼驚棄甲，填道戈可拾。黃昏烟燄起，近郭俛藏蟄。夜深相隨行，問道衆岌岌。敗走餘群醜〔二〕，邪徑俄掩襲。呌號互失亡，顛仆免縶縶。策羸叟狼顧，襁孺婦飲泣。帶褫衣苟完，靴沾足難給。相失但聞聲，疑路翻却立。屨休幸雞鳴，襟袖寒氣濕。貫魚累童稺，前阻後惶急。縈回阡陌間，恒恐追騎及。重岡釋心掉，湛若恩露裛。推挽達人烟，開顏見春汲〔三〕。兒扶集悲喜，幼兒贅橫溪蕭氏。親故走迎揖。坐定飢渴生，酒漿更勸挹。驚魂久徐定，强笑寄於悒〔四〕。翻思墮危機，性命在呼吸。家鄉固殘毀，所幸存井邑。杖策歸去來〔五〕，戒此輕出入。

寄朱玉林兼柬蕭孟敬仲儀

清商泛空曠，肅此林下廬。中有學仙子，佩服明月珠。泯然樵牧間，乃與螢爝俱。南隣隱抱璞，世

〔一〕詩題：逼，豫章叢書本作「迫」。

〔二〕敗走餘群醜：群，文淵閣四庫本作「小」，豫章叢書本作「虜一作『群』」。

〔三〕開顏見春汲：春，底本作「舂」，據文淵閣四庫本、豫章叢書本改。

〔四〕强笑寄於悒：笑寄，底本作「寄笑」，據文淵閣四庫本、豫章叢書本、《元詩選》本改。

〔五〕杖策歸去來：杖策，豫章叢書本作「策杖一作『杖策』」。

守甘自愚。孟也亮以質，仲也淵而姝。千金發奇觀，解后意不殊[一]。攬結誓綢繆，幽貞諒無渝。物情貴衒鬻[二]，悉意時所趍。煌煌席上珍，待價當何如？

停雲師友吟

親友吴彦章，客廬陵井岡高氏五十年，貴逢、志翔、允修、希良，凡四世。其初客也，允修未生，暨修子有室，始終靡它。彦章死，唯一孫喪明，允修家亦落，猶惓惓念之。此《停雲師友吟》之所以作也。停雲，其館客之所。

親友吴彦章，居鄉衆稱賢。早從高氏客，晚暮交益堅。當其遇合初，志翔方盛年。圖南文治開，宦轍首着鞭[三]。志翔，南雄路教授。貴逢淳厚風，種善猶力田。允修時未生，兆已占瓞綿[四]。修今垂五十，行且開曾玄。俯仰歷四世，殆若絲糾纏。往者風塵昏，沴氣滋蔓延。奄忽彦章翁，父子偕重泉。孤孫惟子剛，憔悴目疾牽。相依幸老母，二幼嗟纍然。去年屬大饑，雨冷萬竈烟。溝壑無貴賤，骨肉甘棄捐。

[一] 解后意不殊：解后，文淵閣四庫本作「邂逅」；下文同此情況不再出校。
[二] 物情貴衒鬻：衒，文淵閣四庫本、豫章叢書本作「眩」。
[三] 宦轍首着鞭：宦，豫章叢書本作「官」。
[四] 兆已占瓞綿：瓞，文淵閣四庫本作「瓜」。

顧此凋瘵餘，詎敢自意全。允修奮衣起，爲義吾所先。吾師遂泯没，吾分愧老天。耿耿吾寸心，永矢徵逝川。雖非力有餘，此志必勉旃。提攜竟全活，如正大厦顛。如煎續絃膠，如拯溺九淵。愛深不自足，遠慮尤惓惓。今兹掃停雲，致客禮貌虔。子剛無目，就養館中，復延客訓其子。從容語二子，剛也予周旋。子雖今十齡[一]，於我勗簡編。教養俾成立，吾責始息肩。歡欣揖其來，席以廣厦氈。父也酬翰墨，兒也趨誦絃。匡持每多方，苦語精磨研[二]。油然古人心，如出未亂前。吁嗟取友難，邇日義愈愆。西華衣葛帔，論世憤莫宣[三]。叔敖賣薪兒，性命優孟懸。紛紜落穽石，舞智馳輕儇。高堂尊面諛，千金肆華筵。芳馨意所使，陸海羅珍鮮。厭飫臧獲曹[四]，出入車馬填。故人子若孫，往往憂患煎。十步九頻蹶，飢寒日顛連。眉攢若將浼，况望引手援。懿哉吾允修，古道今其專。峨峨路邊石，已俟來者鐫。力行庶終惠，益永世契緣。眼中富交遊，落筆詞爭妍。片言倘終靳，高誼誰當傳。維昔我彦章，停雲硯席聯。折花春日吟，聽雨秋夕眠。焉知曠大劫，夢幻情事遷。凄凉餘白髮，顧影深自憐。安得同心人，和我師友篇！

[一] 子雖今十齡：子，文淵閣四庫本作「息」，豫章叢書本作「爾」。
[二] 苦語精磨研：研，底本作「妍」，據文淵閣四庫本、豫章叢書本改。
[三] 論世憤莫宣：世，文淵閣四庫本作「交」，豫章叢書本作「激」。
[四] 厭飫臧獲曹：飫，文淵閣四庫本作「飲」。

紀病

干戈餘劫數，邑里衆死亡。楚氛日晦蒙，恍若初望洋。況能辨玉石，狼顧駭且僵。哀哉疇能違，付此烈焰場。呼嘘蔓親隣，苦毒煩中腸。老妻卧沉沉，念我新著牀。喚起趣湯藥，翼我期壽康。寧復憂其危，且爲我周防。卜稽倏遇困，卦兆非禎祥。妻命竟莫逃，苦語應難忘。提攜乳下孫，戲弄每在傍。相從絶可憐，溘先朝露翔。我時屬方劇，飲恨神慘傷。棺歛付兒曹，草草歸山岡。逝者忍長痛，來日仍叵量。闔門罄委頓，形勢尤倉皇。幸天垂至仁，坐覩日月光。諸兒遂遄起，再拜酬穹蒼。目前强自慰，藥物資先嘗。老身僅一息，骨立勉自强。屢危迄就理，所賴醫工良[一]。服餌逾十旬，瓶罌竭儲藏。扶持力更無，舉體皆瘡瘍。脾胃苦易侵，滋味多所妨。冥冥等縲囚，兀兀類耄荒。摧殘甘委棄，感憤涕泗滂。夜來秋日夢，神氣殊飛揚。起坐不成寐，意與西風長。願言借吹噓，濯髮晞扶桑。

[一] 所賴醫工良：工，文淵閣四庫本、豫章叢書本作「士」。

石初集卷二

七言古詩

古金城謡 并序

國家承平百年，武備寖弛。盗發徐、潁[一]，熾於漢、淮。武昌，南紀雄藩，一旦灰滅。洪省堅壁，寇蔓延諸郡，水陸犬牙。北來名將，相繼道殞。丞相出督步騎，直抵高郵，事垂成，以讒廢。方面多貴游子弟、貪鄙庸才，漫不省君臣大義，草芥吾民，虚張戰功，肆意罔上，誅求寃濫，慘酷百端，重以吏習舞文，旁羅鷹犬，意所欲陷，即誣與賊通[二]，其敝有不忍言者[三]。間存一二廉介，則又矜獨斷、昧遠圖，坐失機會。民日以敝，盗日以滋。廬、壽、舒三州，屏蔽上流，廬、壽既

[一] 盗發徐潁：潁，底本作「潁」，據《元詩選》本改；「潁」，底本均作「潁」，下文徑改。

[二] 即誣與賊通：即、賊，豫章叢書本分别作「則」、「盗賊」。

[三] 其敝有不忍言者：敝，文淵閣四庫本、豫章叢書本、《元詩選》本作「弊」。

没，舒獨當鋒鏑之衝。至正十年壬申，進士余闕以淮西元帥之節來鎮，廣設方略，招徠補葺，備戰守，豐軍儲。賊飲恨不得逞。朝廷嘉其功，授淮南參知政事。自是，日與賊遻，受圍凡四十有二，大小二百餘戰。江西賴以苟安，坐視弗援。十六年冬，別將胡敗没漏師。明年春，紅巾「海天鵝」數千艘突入内柵，公率衆殊死戰，奪其船，降數千人，斬首千餘級。寇慙憤引卻。九月，復至。出戰不利，四面攻圍，雲梯登城，城上壓以木石，死者甚衆。伏兵又擊殺數百人。賊懼，謀退，諜知城中糧盡[一]，益急攻。十八年正月丙午，城遂陷。公一門争先赴死，闔郡無一生降。賊黨舉手加額[二]，稱「余元帥，天下一人」。購得其尸城下池中，禮葬之。傷哉！寄痛哭於長歌，使後人哀也。公西夏世家，字廷心，貌不逾中人，當紀綱廢弛之餘，治郡立朝，每與衆異，故其樹立如此。

昆侖烈風撼坤軸[三]，日車歛轡咸池浴。六龍飲渴呼不聞，赤螘玄蠭厭人肉。荆襄弗支廬壽孤，江東掃地如摧枯。忠臣當代誰第一，七載舒州天下無。東南此地關形勝，天柱之峰屹千仞。當年赤壁走曹瞞，天爲孫吳産公瑾。我公千載遥相望，崎嶇恒以弱擊强。孤城大小二百戰，食盡北拜天無光。當關拔

[一] 諜知城中糧盡：諜，底本作「牒」，據文淵閣四庫本、豫章叢書本改。
[二] 賊黨舉手加額：手，底本作「首」，據文淵閣四庫本、豫章叢書本、《元詩選》本改。
[三] 昆侖烈風撼坤軸：昆侖，文淵閣四庫本作「崑崙」；下文同此情況不再出校。

劍蒼龍吼〔一〕，盡室肯汙姦黨手！推鋒闔郡無生降〔二〕，群盜言之皆稽首。堂堂省憲羅公卿，建官分閫日募兵。哀哉坐視無寸策，遂使流血西江平。向來不曉皇穹意，名將南征死相繼。一時貪暴聚庸才〔三〕，玩寇偷安饕富貴。河流浩浩龍門西，燕山萬騎攢霜蹄。英雄暴骨心未死，去作海色催朝雞。玉衣飛舞空中見，大息孤忠鏖百戰。五陵元氣待天還，睢陽誰續中丞傳？

斷臂吟

黄埃兒啼夫死官，倦投逆旅心骨酸。深閨玉臂辱汙賤，引斧落之身始安。紛紛五季窮爭戰，迎送君臣如驛傳。天將人紀付女英，貞節特從倉卒見。傷哉殘形忍顧雛〔四〕，飲血仰天吊影孤。間關慟絶妾薄命〔五〕，行止隨地哀從夫〔六〕。征衣屢浣憂泥汙〔七〕，魂招不來迫曛莫〔八〕。妾心自割臂可捐，腸斷從夫去時

〔一〕當關拔劍蒼龍吼：拔，文淵閣四庫本、《元詩選》本作「援」。

〔二〕推鋒闔郡無生降：推，豫章叢書本、《元詩選》本作「摧」。

〔三〕一時貪暴聚庸才：聚，豫章叢書本作「盡一作『聚』」。

〔四〕傷哉殘形忍顧雛：形，底本作「刑」，據文淵閣四庫本、豫章叢書本、《元詩選》本改。

〔五〕間關慟絶妾薄命：慟，《元詩選》本作「痛」。

〔六〕行止隨地哀從夫：從，文淵閣四庫本作「故」，豫章叢書本作「亡」，《元詩選》本作「征」。

〔七〕征衣屢浣憂泥汙：浣，豫章叢書本作「洗」。

〔八〕魂招不來迫曛莫：魂招，《元詩選》本作「招魂」。

路。殘雲低空没栖烏，落月不照秋桑枯〔一〕。泉流出山誓終始，取義寧顧千金軀。妾悲望鄉淚頻滴，兒戀母懷啼繞膝。一心抱恨向青天，他日山頭願爲石。

武昌柳

武昌柳，青如許，舊恨新愁千萬縷。宮鶯去盡野鴉栖，憔悴江南誰是主？朔風一夕捲栖鴉，春日鶯啼憶舊家。流落王孫重繫馬，雨晴天氣屬楊花。

代答高君寫贈老檜圖

江東老檜天下奇，雪霜鍊骨知者誰？榦通碧漢星斗垂，野鶴夜過翻雲旗。根吐元氣春淋漓，蟄龍守護防顛危。黑風曠劫海倒吹，六合草木紛離披。偉哉傲兀永奠基，造化留此持坤維〔二〕。高侯畫逼鄭與祈〔三〕，熟視眼空超等夷。氣酣落筆天自隨，恍若曲阜林中移。崔嵬樛枝蒼蘚皮，古藤蔓引恠石欹。卷舒坐右乃所宜，持贈老拙夫何爲？秘藏韜櫝時一窺，夜中神彩光陸離。按圖求索吁然疑，被之寶瑟同鼎彝。紫霄鸞鳳若可期，變化詎容螻螘欺！扶桑萬丈開晴曦，特立丹心朝帝畿。

〔一〕落月不照秋桑枯：桑，豫章叢書本作「葉」。
〔二〕造化留此持坤維：化，豫章叢書本作「物」。
〔三〕高侯畫逼鄭與祈：祈，文淵閣四庫本、豫章叢書本作「祁」。

代作暘谷丹室

扶桑之境滄溟通，六龍整駕朝王宫。大明皇道自兹始，天開暘谷嵎夷東。方春萬物盡妍美，發生亹亹來無窮。誰與歛之就一室，欲與造化争成功。空虚庭除納草莽，窈窕户牖基鴻濛。金沙伏火夜氣碧，紫霧升鼎朝光紅。乾坤闔闢在方寸，收拾生意歸壺中。從容得之乃吾友，秘旨定傳河上翁。柱杖敲門慎勿厭〔一〕，與子一笑論參同。

李潯陽死節歌〔二〕

李侯治潯陽之二載，紅巾賊發蘄、黄，倚蔡醜爲聲援，勢浸逼郡，數告急於省。省議調兵，武昌、興國相繼没，南北道梗。潯陽危〔三〕，侯力疾奬率民義，誓不與賊俱生。郡將悉所部先遁，侯轉戰力盡，猶持短兵奮擊，慷慨指天，父子同遇害。嗚呼！李侯可謂仁義之勇矣。彼滔滔者，獨何心哉！侯家潁川，名黼，字子威。曾祖而下，仕皆通顯。發身監學，泰定丙寅鄉試魁上都，丁卯

〔一〕柱杖敲門慎勿厭：柱，文淵閣四庫本、豫章叢書本作「拄」。

〔二〕詩題：《元詩選》本「李潯陽死節歌」下有「并序」二字，按，《元詩選》本體例，諸詩凡有詩序者，詩題下皆有「并序」二字，下文同此情况不再出校。

〔三〕潯陽危：危，《元詩選》本作「厄」。

進士第一。死節壬辰春，年五十有六。

蜀川會漢投匡廬，潯陽之扼江西樞。李侯仗節忠貫日，存没誓與城池俱。夫何郡將弛練卒，世禄忍負私其軀。寇來談笑啓關逭，坐使邑井成丘墟。侯時力疾短兵奮，臣首當血心當刳。魂歸謁帝慟伏闕，塗地肝腦民何辜。臣衷願瀝付渠答，臣首欲飛宜僕姑。誓堅洪壁殲衆醜，却掃淮蔡匡全吳。黄塵四低黑風淡，赤豹騰駕蒼虬呼。山川幾劫鑄英氣，上遡古昔誰其徒。平原汗馬河北重，江淮按堵睢陽孤[一]。顔張凛凛心未死，迥立千載誠相孚。况聞有子殊激烈，義在從父輕頭顱。石頭之袁姑孰卞，兩間忠孝何時無。紛紛賣降與棄甲，仰視汗喘呀長吁。惟公蓋自元氣立[二]，顧盻所取皆詩書。當年射策首多士，已分一念金無渝[三]。曷哉謀國慎所托，古今大勇唯真儒。

豫章吟

蔡潁搆逆，掩襄披淮，蘄黄響應。武昌巨鎮灰滅一朝，順流而東，指顧間無江西矣。有大臣平

[一] 江淮按堵睢陽孤：按，《元詩選》本作「安」。
[二] 惟公蓋自元氣立：惟，文淵閣四庫本、豫章叢書本作「推」。
[三] 已分一念金無渝：金，文淵閣四庫本作「舍」。

章公道同盡忠報國，左丞致事章伯顏赴難，多智練兵，二三才賢相與協謀匡贊，守禦備周。賊鋭攻城，屢進屢衄，凡五十有四日，竟底散亡，戰船千艘無一返，馬步幾空。蓋自竊發以來，未遇堅敵，至此方知國家有人，氣塞不敢復肆〔一〕。郡縣克復，恃以心安，不世出之奇功也，不可以不述。作《豫章吟》。

紫袍相國金虎符，左丞鐵面頳虬鬚。劫灰飛空海化陸，兩公奮起全洪都。武昌路絶荆淮壤〔二〕，秦涼遠隔黄河上。秋風無雁到江南，百戰孤城天下壯。承平當日儲兩公，天豈無意生英雄！神光夜夜動斗牛〔三〕，彷彿氣與微垣通。九關夢寐傳消息，歸來飲馬東湖碧。湖邊高士宅巋然，餘韻流風凛如昔。山川間氣久封培，一時將佐皆英才。相從報國誓終始，指顧四遠風雲開。功成彝鼎銘千古〔四〕，廟食他年軼張許。北來鞍馬衆羈臣，日長來此聽鼙鼓。

〔一〕氣塞不敢復肆：塞，豫章叢書本作「寒」。
〔二〕武昌路絶荆淮壤：壤，文淵閣四庫本作「鑲」，豫章叢書本作「鑲一作『壤』」。
〔三〕神光夜夜動斗牛：斗牛，文淵閣四庫本作「牛斗」。
〔四〕功成彝鼎銘千古：彝鼎，豫章叢書本作「鼎彝」。

宜春將軍取印歌

寇逼袁州，萬户某棄印走贛。義士彭志凱力戰完城，印失復得。七月，萬户自贛還，忌其功，取印，忤意，尋殺之，袁竟不守。作《取印歌》。

宜春將軍虎頭去，金印別來不知處。故城血戰印通天，飛落彭郎劍鋒住。西風匹馬將軍歸，憑陵取印藏禍機。彭郎性命賤於土，義士投甲無光輝。印乎涉難羞含垢，我欲勸君一杯酒。天閽可叩飛訴冤，歸來却取將軍首。

孤隼歎〔一〕

燮理俞詢，河西人，白衣受府辟，以統軍經歷來壁吾鄉。州同知脱歡答失蠻者，貪冒喪師，律當坐，儌倖以賂免，營求繼至，故撓其權，迫使他去。挾姦吏玩寇營私，民稍自給者，不幸爲吏所知，即中以奇禍，盡覆其家。慨思燮理不可得〔二〕。燮理廉而文，工水墨，慷慨自負，惜武略非所長。

〔一〕詩題：歎，豫章叢書本作「歌」。

〔二〕慨思燮理不可得：得，文淵閣四庫本、豫章叢書本作「已」。

河西萬里來孤隼，側目烟埃心未逞。黠梟自詭産陰山，失勢包羞苟逃命。咄哉隼去梟獨留，引類呼儔肆殘忍。毒蛇見面即唤名，恠蟲含沙工射影。十家屏息九杜門，恨不移居托智井[一]。梟鳴餧肉群飛翔，草間狐兔儘陸梁。細思物極理當反，安得儀鳳鳴朝陽。嗚呼，安得儀鳳鳴朝陽！

征西謡

邑同知線，去歲領兵西行，嗜利深入，寇垂險廹之，委其衆奔還。義丁積骸遍野，存者十無二三。郡吏受賕，舞文，末減其罪。今復承檄來南，賂吏之貲，悉取償焉。

去年征西喪師旅，暮夜懷金首如鼠。吏弊嗜賄務欺瞞[二]，僉謂罪疑兵氣沮。一官失律忍致刑，萬夫性命何其輕！群邪逞志忠義屈，無恠寇至無堅城。今兹又復還南戍[三]，漁獵編甿償宿負。紛紛行伍被餘風，迎望賊旗盡回顧。竊聞上方龍劍昨哀鳴，爲我提此斬血官街淋，并取貪吏刳其心！

[一] 恨不移居托智井：智，底本作「盌」，據文淵閣四庫本、豫章叢書本改。
[二] 吏弊嗜賄務欺瞞：弊，文淵閣四庫本、豫章叢書本作「姦」。
[三] 今兹又復還南戍：戍，豫章叢書本作「來」。

兵前鼓

朝衙掾撾出近午，暮歸斷續卒三伍。鼓聲秖以迎送神，漫把旗旄揭飛虎。鋒交昨者没旗頭，今晨隊長血髑髏。貴人按轡不爲動，但訝日食無珍羞。領兵官晏出早還，鄉人多以供頓弗備受責。戎徒抵掌群嘲戲，志士拊膺殊奪氣。朝朝暮暮鼓鼕鼕，蟻聚羶腥了無愧〔一〕。張侯援枹華三周〔二〕，禰衡正色披岑牟。世間壯士古來有，此聲慷慨曾聞不？

農謡

萬田草生農務忙，飯牛夜半飢且僵。侵晨荷耒散阡陌，和買犒軍官取將。高堂大嚼飲繼燭，持遺妻子豐括囊。官吏飽足之後，復以大囊滿貯，送至其家。蒼頭廬兒飽欲死，義丁疇敢染指嘗。鋤耰謾勞犢方稺〔三〕，十步九頓空彷徨。將軍大笑不負腹，東臯南畝從渠荒。

〔一〕蟻聚羶腥了無愧：蟻聚羶腥，文淵閣四庫本作「吸膏敲髓」。
〔二〕張侯援枹華三周：枹，底本作「抱」，據文淵閣四庫本、豫章叢書本、《元詩選》本改。
〔三〕鋤耰謾勞犢方稺：謾，《元詩選》本作「漫」。

牛魚些

東郊服牛秧未移〔一〕，前者掠取稱犒師。南湖蓄魚家賈販，昨朝一網俱無遺。味甘得計啓貪虐，日揣編户鑽其肌。網羅已徧閭左右，根括流寓窮刀錐。總兵三月官四易，方春殆若秋慘悽。誰能反此思報國，建功何事不肯爲！

和劉以耕孤笳吟

以耕一笳二十載屢失復還寄興長吟和答以廣其意

亂離一飯奔走難，柴門長掩白晝閑。垂堂有戒古所慎，從教世俗嘲癡頑。羨君廿載吟笳友，高節曾經遮日手。嶙峋但覺霜滿懷，錯落初疑月穿牖。顛危必假厚意將，論功掖老殊家鄉。化龍縮地托靈物，刻鳩祝饐頒明堂。晴泥塹屈溪橋去，布襪青鞋尋別墅。詩成緩步藉敲門，飛落梅香殘雪處。平生賴爾拄蹣跚〔二〕，去如得之珠浦還。結交自是羞少壯，用時要當超險艱〔三〕。秋風古驛三叉路，五斗折腰徑須賦。

〔一〕東郊服牛秧未移：郊，豫章叢書本作「臯」。

〔二〕平生賴爾拄蹣跚：賴爾，文淵閣四庫本作「密物」，豫章叢書本作「密物一作『賴爾』」；蹣跚，文淵閣四庫本作「媻姍」，豫章叢書本作「媻跚」。

〔三〕用時要當超險艱：時，文淵閣四庫本作「世」，豫章叢書本作「世一作『時』」。

百錢留與阮郎看，只尺康莊宜小住。何時花柳滿前川，解后相倚爲忘年。提攜到處春未晚〔一〕，試叩酒家尋宿緣。

蕨根歎

園蔬凍芽委邏卒，舊穀未春先已没。嗷嗷待哺啼且號，極目山南際山北。飛仙絶粒那可致，異書鳥踵尤荒忽〔二〕。短鉏單布霜雪餘，起逐蕨根延命脉。雞鳴裹飯衆相呼，日晏山深行兀兀。窮幽遠取忘躋攀〔三〕，冒險旁搜任顛踣。背糧腰僂經信宿〔四〕，陟巘緣岡拾魂魄。千夫篝火斵厓陰，夜半風酸毒穿骨。手皴棘蔓凌虎穴，膽掉巉巇撼龍窟。不憂土痛損春心，且慰尪殘蘇頃刻。爨灰一旦死復燃，功與堇荼相什伯。反思疇昔馬厭穀，粱肉沉酣遍臧獲。道傍掉臂唾枯朽，條達始爲樵者得。焉知屑玉貯縑緗，春磨殷勤沐膏澤。爛然光采升鼎俎，白璧黄金皆瓦礫。物情貴賤竟何常，愼勿閒時輕棄擲。

〔一〕提攜到處春未晚：到處，文淵閣四庫本作「有地」，豫章叢書本作「有地一作『到處』」；未，豫章叢書本作「來」。

〔二〕異書鳥踵尤荒忽：踵，文淵閣四庫本作「跡」。

〔三〕窮幽遠取忘躋攀：忘，文淵閣四庫本作「志」。

〔四〕背糧腰僂經信宿：僂，底本作「屨」，據文淵閣四庫本改。

飢相食〔一〕

轉輪餉官傾富室，米石萬錢無處糴。連村鬼哭竈沉烟，野攫生人腥血赤。九疑對面森可畏，弱肉半爲强者食。旋風吹棘晝梟鳴，缺月銜山虎留跡。提攜匕首析戾廖〔二〕，狼藉剔剜碎燔炙〔三〕。恍疑逆祀禱恣睢，復恐老饕儕盜跖。幽幽怨魂忍葬心，腐脇穿腸憤無術。髑髏抱痛宜有知，上訴帝閽吐寃抑。我生白頭駭見此，矯首蒼穹淚沾臆。北山有蕨南澗蘋，旦暮可湘心匪石。青春鳩化逐蒼鷹，黃口蛇吞來義鶻。物情感召尚如此，同類何辜自相賊。興言使我立廢餐，推案拊膺衷奮激。鞠囚誰料殞炭甕，立法竟嗟離舍匿。後人幾度哀後人，萬劫相尋豈終極。昨來偶值隣翁坐，且説舟航好消息。浙江白粲載如山，相送大軍來有日。一朝菜色變歡顔，恠事書空自冰釋。

送周士能赴都

洛陽花開官酒濃，紫衣乘傳春如龍。海氛一夕泯無蹤〔四〕，坐致江漢之朝宗。君行遠度黃河北，北上

〔一〕飢相食：按，《存存稿·石初集》中，此詩在《犬雞嘆》之後，今依通行本，置於此。

〔二〕提攜匕首析戾廖：析，底本作「折」，據文淵閣四庫本改，豫章叢書本作「拆」。

〔三〕狼藉剔剜碎燔炙：藉，豫章叢書本作「籍」。

〔四〕海氛一夕泯無蹤：蹤，文淵閣四庫本、豫章叢書本作「跡」。

都門瞻曉色。故人列職省垣深，頗念江南老賓客。哈麻未相時貶南安，士能以縣典史出入承奉。及赴召歸北，其子叔諒從之，保入憲臺。况今有子翔亨衢，日邊西寄思親書。栢臺晝永閒案牘，綵服喜就京華趨。送君此去青雲立，大史列卿宜俯拾。漢文前席問蒼生[一]，何者最爲先務急？吏深持律舞二端，縉紳遠跡廉恥間。鈞衡於此試留意，談笑四海俱歡顔。

丁馬謡

爲丁不查吾、馬合穆作[二]。兵興連歲，賄賂公行，上功省垣，輒爲吏議所抑。

控弦飛騎丁無前，策名百户今四年。寇鋒如林深冒險，五載軍中馬廵檢。翩翩旗尾風雲高，醜類聞之潛遁逃。朝家爵賞褒忠義，幕府上功從吏議。戴天履地皆君恩，小臣分寸何足論！

[一] 漢文前席問蒼生：漢文，文淵閣四庫本作「至尊」，豫章叢書本作「宣室」。
[二] 爲丁不查吾馬合穆作：查，豫章叢書本作「杳」，疑爲形近致誤。

悲東姚

州東姚正叔，奮起擊賊，不受爵賞，一門死事。數寇連歲不得逞志安成〔一〕，正叔力也。乙未夏五月，袁寇悉鋭而進。衡頭衆背正叔潛與寇通，間道直抵砦下。正叔麾所部力戰，舉旗招援兵。監州普剌〔二〕、同知脱歡答失蠻，擁兵只尺，素忌其能，衆踴躍求自効，二人力遏之。姚死，安成陷，寇遂根盤姚所居小橋頭，過者無不流涕。

吾州姚氏城東營，四年殺賊不爲名。一門忠義死相繼，報國何重身何輕！無端毒蛇生肘腋，衡頭之人。嘘送黑雲朝蔽日。倏鷹只尺呼不來，監州、同知。瞬息東藩失堅壁。老姚忠血赤貫天，江南野史何人傳？殞身三世匪官守，異日合寘忠臣先。郡兵北來思蓄鋭，群盗憑城轉無忌。請看婦女與兒童，說着姚家總垂淚。

〔一〕一門死事數寇連歲不得逞志安成：豫章叢書本此句作「一門死事數人，寇連歲不得逞志安成」。

〔二〕監州普剌：州，底本無此字，據文淵閣四庫本、豫章叢書本補。

普顔副使政績歌

壬辰，寇陷武昌，順流而下。省郎中普顔伯華諗於衆曰：「若其直擣真、揚，事未可知，倘轉而南，無能爲矣。吾受國厚恩，發身監學，忝進士先，誓死必報。」遣人間道馳書奉百金歸別父母，建議盡徹城外民居[一]。寇始渡江，官軍小衂，母弟佛奴死之。公單騎殿小橋，寇不敢逼。衆遂翕從，奉平章公道同、左丞章伯顔竭志守城。逆黨雲集，攻圍五十有四日，大敗而還，散亡略盡，江南遂爲天下雄。非公長才贊畫，平章、左丞聽用其言，詎至是哉[二]！朝廷論功除本道廉訪副使，於是公之績愈無窮矣[三]。遠近士大夫作爲公歌詩誦其美，俟大史氏擇焉。公世家山東，希古其字也。邑士劉子真近歸自洪，具道本末如此。

近時有客湖上歸[四]，能話郎中身許國。朝廷取士數十年，誰謂書生無寸策？江州李侯死可書，郎中百戰全洪都。昔年廷對俱第一，鸞鳳固與群飛殊。當其練兵首陳義，謂賊南征非所忌。環城徹屋民始

[一] 建議盡徹城外民居：徹，《元詩選》本作「撤」。下文「環城徹屋民始疑」句之「徹」字亦同。

[二] 詎至是哉：哉，《元詩選》本作「邪」。

[三] 於是公之績愈無窮矣：績，文淵閣四庫本作「惠」，豫章叢書本作「德」。

[四] 近時有客湖上歸：時，豫章叢書本作「日」。

疑，事急方知爲上計。家書間道馳山東，百金歸報壽乃翁。小臣於此誓生死，仰視白日昭其忠。朔風雲低吹戰血，母弟魂歸寶刀折。倉皇勁氣吐寸心，立馬危橋萬夫決。相臣攬轡從天回，將軍鞞鼓轟春雷。爲公破敵捐萬死，顧眄妖賊如山摧。君王念功加褒異〔一〕，深副當年設科意。碧霄雨露湛恩深，官轉霜臺鴻國器〔二〕。漢庭寥寥渤海龔〔三〕，廣陵張綱尤罕逢。使君宴坐試深省，談笑憲府看平戎。

〔一〕君王念功加褒異：念功，文淵閣四庫本作「拊髀」，豫章叢書本作「嘆息」。
〔二〕官轉霜臺鴻國器：鴻，文淵閣四庫本、《元詩選》本作「弘」，豫章叢書本作「弘一作『鴻』」。
〔三〕漢庭寥寥渤海龔：庭，文淵閣四庫本、豫章叢書本、《元詩選》本作「廷」。

石初集卷三

七言古詩

杜鵑行 哀王孫作也〔一〕

我不暇自哀古帝魂，春來却念今王孫。王孫馬蹄去何處？但見黄鶴落日故宇烟塵昏。我昔帝蜀空名存，絶憐王孫玉牒尊。春宫天鵝壓酥酪，凝香夕帳貂皮温。紫茸吴姬河西曲，白馬怯薛鷹絛把。居民只尺甚天上，冠冕臣僕群趨奔。漢川一炬寇飛度，四載寒食如荒村。暴骸泣霜闕月老，恨血埋雨江波渾。投鞭七寶委道側，落花送客慙春恩。勸歸我亦久流落，幾欲出口聲復吞。莫道人生歸去好，江南無復吊王孫。

〔一〕詩題：豫章叢書本「哀王孫作也」上有一「爲」字。

送吴縣丞赴江西省掾 并序

至正十有六年春，董銓、黄昭二尚書暨廉使吴公當，奉詔平戎江西。適進士吴師尹永豊秩滿，攝廬陵，雅爲司徒所察，以省掾徵。廬陵之民歎息其去。余解之曰：師尹攝廬陵，信賢矣，然化行一邑。江西二十有五路，司徒視諸侯王伯仲間，朝廷付托之重，郡邑觀感之深，舟車轉漕之往來，甲兵錢穀之出入，一言取知於上，大江以西莫不鼓舞，其賜豈獨廬陵哉？况今世變滔滔，毅然左衝右潰而不可奪者，悉由進士中來。故司徒之用人也，郎中普顔倡於前，而江西遂雄天下；都事吴公奮於後，而吾郡之幾殆旋安。師尹此舉，雖爵位功業未及二公，然常存豈弟之心，安知來者不如今耶？甚哉！我朝進士得賢之盛〔一〕，司徒之善於用人也！微司徒之明，不足以取人於進士；微進士之盛，不足以回天下之太平。吾固因師尹之舉，有以卜司徒知人之明，而進士之不負朝廷也必矣！遂歌以遄其往，俾臨難易節者聞之。

大江西上輿圖開，繡衣傳詔從天來。中書機務政輻輳，贊畫獻替須賢才。吴君壯年進士選，錯落襟

〔一〕我朝進士得賢之盛：此句豫章叢書本「朝」下有一「廷」字。

抱皆瓊瑰。攝官縣庭治方洽，入掾省署班遄催。憶昨初從監郡日，慷慨艱難爲時出。國恩未報寇縱横，撫字差科殆無術[一]。火炎水濕良苦心，電激飈馳恒定力。吏姦毫髮徹蔽欺，民瘼顛厓獲蘇息。此行誰道案牘輕，司徒深堅瑞州城。乘驄憲使榮晝錦[二]，尚書列坐分兵刑。九重憂顧在宵旰，四方利害推廉明。士夫講學待今日，勿以富貴移平生。馬蹄佇看長安遍，黄河水清喜重見。銀箭宵鳴白雁傳[三]，寶圖曉駕蒼龍獻。日繞賓春上林苑[四]，花迎謁帝含元殿。燕山佳氣五陵高，鳳池早頌櫻桃薦。

鬱孤驄馬行

粤自壬辰寇興，不覩風憲之巡歷五年矣。御史監察阿思蘭南來，列城想望風采。既而貪侈日甚。廉、馬二監察按臨廣東，留鬱孤以待，參政全子仁佐之，發其姦，籍舟載黄金千，凡贜貨之物具載日録，委官押赴洪都，以俟命下。忠憤之士相與賦詩，以戒來者云。

欝孤臺前江水深，繡衣馳傳千黄金。翻然按劍起同列，如見只尺天威臨。郡中新參全大守，子仁由

[一] 撫字差科殆無術：差，豫章叢書本作「催」。

[二] 乘驄憲使榮晝錦：驄，底本作「總」，據文淵閣四庫本、豫章叢書本改。

[三] 銀箭宵鳴白雁傳：宵，豫章叢書本作「霄」。

[四] 日繞賓春上林苑：賓，豫章叢書本作「宜」。

郡守陞參政。捕取龍蛇恒赤手。從容杯酒示先幾〔一〕，談笑拾之如拉朽。五年群盜糜東南，百城黷貨春夢酣。堂堂憲府卿相列，詎意僚屬藏姦貪。送官檣連鎖晝寂，夾道傳呼記來日。君恩可負天可欺，投畀北荒豺不食。濁河一滴玷濟流，共器那得同薰蕕。當官而行義所激，此舉庶減臺端羞。小儒初心思許國，萬事無成頭已白。箋天願賜秋風高，吹送霜威遍南北〔二〕。

送武昌馮于中亂後還鄉〔三〕

東南形勝會武昌，蜀江滔滔經漢陽。北來冠蓋集如雨，甲第壯似諸侯王。平明飛箭馳校獵，清夜列燭歌傳觴。貂裘鞍馬美少年〔四〕，春風何處無垂楊。一朝平地灑新血，但見落日塵沙黃。金章骨折荒草卧，玉貌跣泣泥塗僵。嗟哉馮子命一縷，顧影錯莫驚鴻翔。時從知己話疇昔，留滯五載忘他鄉。千金結客心尚在〔五〕，豈效兒女徒悲傷。昨聞湛露被寰宇，夢寐桑梓情難忘。築城漸喜還漢月，點鬢仍許先吳霜。相隨長鋏幸無恙，況見峻坂成康莊。子孫他日又兹始，五世八世天其昌。嗟我洪都百戰場，大臣精

〔一〕從容杯酒示先幾：幾，文淵閣四庫本、豫章叢書本作「機」。
〔二〕吹送霜威遍南北：霜，豫章叢書本作「天」。
〔三〕詩題：于，文淵閣四庫本、豫章叢書本作「子」。
〔四〕貂裘鞍馬美少年：美少年，豫章叢書本作「羡年少」。
〔五〕千金結客心尚在：在，豫章叢書本作「存」。

忠遠有光。生靈一道在掌握，若泛巨海操龍驤。到家故舊定相問，江右何恃全金湯。司徒勛業有如此，願子備述毋忽忙。

過玉成砦

玉成三面堅如鐵，穿井無泉援兵絶。去年此際萬人登，已是如今髑髏骨。刃飛丁壯屠嬰孩，婦女分配囊貲財。浪傳古昔險堪恃，曠劫竟墮昆明灰。我來似涉羊腸坂，道遇遺黎拭愁眼。故人何處覓遊魂，陳德新主戰，咼於永新[一]，罵不絶口而死。雲樹鴉啼寒日晚。

城關曲

雞鳴海東黄塵起，落日關山氣如水。餘民髓竭欲無生，月費給軍須萬計。尚書前時來使臣，近者大守宴將軍。割鮮飲醇互來往，白晝走馬邀紅裙。兵部尚書黄昭奉詔遠出，按兵撫、建間。其行營經歷伍章[二]，安成醫生也，榮遇京師，出黄幕下，自撫抵吉，以督兵爲名，招權納賂。郡守梁、水寨都事吴相與玩寇偷安[三]，酒食徵逐

[一] 咼於永新：咼，《元詩選》本作「剮」。

[二] 其行營經歷伍章：行，底本無此字，據文淵閣四庫本、豫章叢書本、《元詩選》本補；伍章，文淵閣四庫本作「伍闕章」，《元詩選》本「伍」下空一字。

[三] 郡守梁水寨都事吴相與玩寇偷安：吴，底本無此字，據文淵閣四庫本、豫章叢書本、《元詩選》本補。

無虚日，殆承平時所未有。布衣小儒寸心赤，咄咄書空長大息。閶闔無柰覆盆何，帝禁九重方旰食。

題奔子温南城抱關遺稿 并序

子温由丁亥江西乙榜職教盱之南城。念幼失所恃，繼祖母恩育之勤，别其父廣胖，攜妻子奉祖母就養，時辛亥冬也。明年兵興，出入鞍馬間，掌城啓閉。甲午歲，大侵〔一〕，殲焉。又二年，盱經歷孔興之避難來廬陵，持子温未死前《抱關遺稿》詩若干首，反覆氣化，人事哀怨窮愁，歷歷如傳。訪其弟子志，授之。子温，廣胖冢嗣也。余交廣胖四十年，其學務博采研精，文章不肯泛泛隨人後。試有司，連不得志。挾其長，鳴京師，歸亦老矣。於是，子温薦於鄉，邑人遂羅致，恐後旁郡又或奪之以往。是翁平生讀書效僅爾，鍾美必在子温。而壬辰兵變以來，上下隔絶，子温南城哭其妻若子而身殞，祖母煢然後亡。廣胖旅殯凄凉，家人淪没殆盡。嗚呼！子温垂絶之日，顧祖母白頭，異郡割恩不可忍，乃翁弱弟藐然故鄉烟塵中。廣胖顛沛連年，念老親、愛子、幼孫數百里外，杳不知存亡〔二〕，而抱恨以終。死而有知〔三〕，父祖子孫相見於地下，痛當何如哉！天之未泯其

〔一〕大侵：侵，豫章叢書本作「祲」。
〔二〕杳不知存亡：亡，文淵閣四庫本、豫章叢書本作「否」。
〔三〕死而有知：而，文淵閣四庫本、豫章叢書本作「如」。

傳，猶幸有子志在，則子温之録，賴以布於朋友，始終之際，因有考焉。不然，齋志丘原〔一〕，埜草同腐矣。余苟全性命，朋輩零落無幾，讀子温《抱關》之作，重悲廣胖，故託永歌，以屬吾子志。子志其善自愛，庶足慰父兄於冥冥，奔氏一門，唯子而已。

黑風吹角孤城裏，萬竈塵生烟不起。白頭祖母骨相隨，天入荒山夜如水。惜哉奔子修程促，淚墮人間抱關録。遊魂歸省父何之，旅殯孤村春草緑。當年煮字嗟無術，商聲寫入山陽笛。餘音似和祁孔賓，又似飯牛歌甯戚。蕭蕭霜葉吟邊落，有弟零丁此漂泊。秋風無地賦招魂，明日城東問歸鶴。

海潮吟

北風翻天送高梢，西江浪起如海潮。千艘平城箭飛雨，城潰曾不煩兵交。馮夷啓扉衆争赴，萬棟烟氛畢方怒。司徒命盡撫州營，國公匹馬杉關去。遡流西上旌旗紅，列城樓櫓轉盻空。干戈七載遍宇内，朝野狼顧無英雄。悲哉上下交征利〔二〕，四維不張巧蒙蔽。憂來却憶賈長沙，痛哭當年繼流涕。豫章逝水通錢塘，漢川北渡趨洛陽。洗日咸池佳氣在〔三〕，聞雞矯首向扶桑。

〔一〕齋志丘原：志，底本作「忠」，據文淵閣四庫本、豫章叢書本改。

〔二〕悲哉上下交征利：征，豫章叢書本作「争」。

〔三〕洗日咸池佳氣在：在，文淵閣四庫本作「正」，《元詩選》本作「王」。

劉觀復止足軒〔一〕

陶朱去越乘扁舟，布衣卿相難久留。子房定漢晚辟穀，赤松可學思從遊。此中意氣空寰宇，家國安危關出處。功成名遂身獨全，千駟萬鍾猶一羽。如何海桑人白頭，紛紛燭下尋牙籌。馬上朝雞聽未了，又擬跨鶴趨揚州〔二〕。壯哉脱穎吾觀復，物外一軒名止足。風流文彩祖子孫〔三〕，平生無殆應無辱。有時展卷評功臣，淩烟上遡筆有神。敲推得句亦妙契，直欲三絶追唐人。大行覆轍車無數，我獨衡門樂安步。紫馳翠釜生野烟〔四〕，我寧晚食依環堵。畏途留此示康莊，戲寫陶朱贊子房。滿院緑陰春雨歇，客來推户煮茶香。

郡城高

郡城高，昔人隳廢今人勞〔五〕。城中居民負土石，城上畚鍤卒伍操。去年外壕深地底，吴員外、張録

〔一〕按，底本《海潮吟》以下至《天問補》，中間八首依次爲《郡城高》、《虎墮井十二月十三日庚寅》、《人食人》、《劉觀復止足軒》、《上營門》、《喜雪》、《犬雞嘆》、《飢相食》，今悉依通行本編次；其中，《飢相食》一首移至卷二。

〔二〕又擬跨鶴趨揚州：趨，豫章叢書本作「上」；揚，底本作「楊」，據豫章叢書本改。

〔三〕風流文彩祖子孫：彩，豫章叢書本作「采」。

〔四〕紫馳翠釜生野烟：馳，文淵閣四庫本、豫章叢書本作「駞」。

〔五〕昔人隳廢今人勞：隳，《元詩選》本作「墮」。

事。今年内城插天起。紅巾。紅旗東接漢陽山，白壁西沉贛江水。江参政。杵聲未改築者殊，人事往來如傳車。荒碑斷礎悉輿致，仙宫梵宇空無餘。懽呼攔街走童孺，明年移家城裏住。抱關舊卒鬢垂絲，淚墮鴉啼城下樹。城堅池浚侔金湯，此地他年爲戰場。

喜雪

庚子臘月初旬，雪再作。十九日，大雪。至二十一日，彌甚，深可數尺[一]，三日乃止。辛丑元日，早起，雪塞門。十三日夜半，又雪。皆平地尺深。喜而賦之。

殘年新春凍不開，大雪五度漫空來。南州病熱已十載，造化有此真奇哉。夜聞朔風撼天柱[二]，恍惚萬馬隨奔雷。乾坤正氣有先至，密運亭毒兹其媒。雲旗乍翻摇若木，濤霜却卷飛龍堆。女媧廢煉深縮手，河伯失據俄驚豗。玄冥振轡祝融遁，怒勢欲遣昆岡摧。卧龍潛蛟起奔走，舞鶴翔鳳争徘徊。瑶池觴罷洒餘瀝，漢臯相贈投瓊瑰。蒼山一夕頭盡白，貧户得句侵晨推。朱門豈必異衡宇，埋没弱柳餘枯梅。我疑真宰偶戲劇，往往玩世如嬰孩。故將空色種天上，大巧六出無根荄。要令六合反混沌，寧許萬象蒙

[一] 深可數尺：此句豫章叢書本無「可」字。

[二] 夜聞朔風撼天柱：朔，文淵閣四庫本作「翔」。

塵埃。兆豐呈瑞悉餘事，解后净洗昆明灰。西流壺嶠應自反，咫尺清淺移蓬萊。内廷稱賀論邊事，坐想敕使傳宣催。蔡州鵝池久安堵，整頓宇宙須雄才。涓人自昔負高見，遠去求馬何時回？燕山從爾深一丈，掃地爲築黄金臺。

犬雞嘆

雄雞奮翼銜怒蛙，蛙被啄取聲咿啞。犬來雞斃蛙竟逸，轉步大驚逢惡蛇〔一〕。兩强相厄須俱殞，過客驚恠頻咨嗟。君不見下宫將軍輕杵臼，緑珠金谷來孫秀。世間萬事每如斯，莫負尊前即時酒〔二〕。

虎墮井 十二月十三日庚寅〔三〕

神岡距郡十里，虎晝攫人，轉身竹籬，陷入眢井，衆共殪之。

郭西猛虎勢莫當，攫人白晝來神岡。暗中推墮若有物，眢井百尺籬根藏。凍泉收聲甃爲土，轆轤綆

〔一〕轉步大驚逢惡蛇：大，文淵閣四庫本、豫章叢書本、《元詩選》本作「犬」。
〔二〕莫負尊前即時酒：即，文淵閣四庫本、豫章叢書本、《元詩選》本作「卯」。
〔三〕詩題：底本「十二月十三日庚寅」爲詩題中語，據豫章叢書本、《元詩選》本改作詩題小注。

斷苔蘚蒼。眼花誤落爪牙廢，棄置有待摧强梁。酸風飛沙寒日黄，四郊流血皆戰場。乘時吞噬恒妥尾，翼以倀鬼高駝翔。北平將軍老且死，泰山哭聲哀怨長。豈知鑿地古設險〔一〕，解后一蹶由天亡。吁嗟此物肆無忌，妄意流毒窺城墻。千夫駭汗手莫措，造次坎窞倂干將。君不見東門狡兔殪牽犬，西江孽蛟終自戕。貫盈兆此多未悟〔二〕，來者紛紛投土囊。

人食人

髑髏夜哭天難補，曠劫生人半爲虎。味甘同類日磨牙，腸腹深於北邙土。郊關之外衢路傍〔三〕，旦暮反接如驅羊。喧呼朶頤擇肥胾，快刀一落争取將。憑陵大嚼刳心燎，競賭兕觥誇飲釂〔四〕。不知劍吼已相隨，後日還貽髑髏笑。陰風腐餘犬鼠争，白晝鬼語偕人行。銜冤抱痛連死骨〔五〕，着地春草無由生。睢陽愛姬忍歃血〔六〕，長安讐噉俊臣舌〔七〕。攄忠疾惡古或聞，未覩烹炰互吞滅。五雲深處藏飛龍，天路險艱何

〔一〕豈知鑿地古設險：地，文淵閣四庫本、豫章叢書本作「池」。
〔二〕貫盈兆此多未悟：兆此多，《元詩選》本作「有兆此」。
〔三〕郊關之外衢路傍：關之，底本作「之關」，據文淵閣四庫本、豫章叢書本、《元詩選》本改。
〔四〕競賭兕觥誇飲釂：賭，文淵閣四庫本作「睹」。
〔五〕銜冤抱痛連死骨：痛，豫章叢書本作「恨」。
〔六〕睢陽愛姬忍歃血：歃，文淵閣四庫本、豫章叢書本、《元詩選》本作「喋」。
〔七〕長安讐噉俊臣舌：噉，文淵閣四庫本、《元詩選》本作「家」，豫章叢書本作「家一作『噉』」。

日通〔一〕。皇心萬一閔遺孑〔二〕，再與六合開鴻蒙〔三〕。

上營門

上營門外將軍樹，幾度春來復春去。北轅南旆萬人行，移種東風無定處。虔州僞將昧禍機，遠杖牧圉持旌麾〔四〕。臨危走檄盟白馬，挾詐志鬭三狻猊。孫曾履跗陳運肘，分部揜之憑卯酒〔五〕。郡庸貪餌悉輕生〔六〕，談笑削除天假手。惜哉隣醜踈防閑，反更放虎來深山。招安城入郡〔七〕。倉皇出此殆無術，民命一髮懸天關。老夫厭觀陣雲黑，中夜拊膺談失色。古來反覆事難平，願天早賜扶桑白。

天問補

貝丘豕立俄人啼，淮水失却巫支祁。萬牛腥聞紅帕首，天狼反被青雲衣。塢金遮遺髑髏守，日注鬼

〔一〕天路險艱何日通：險艱，《元詩選》本作「艱險」。

〔二〕皇心萬一閔遺孑：閔，《元詩選》本作「憫」。

〔三〕再與六合開鴻蒙：蒙，文淵閣四庫本、豫章叢書本、《元詩選》本作「濛」。

〔四〕虔州僞將昧禍機遠杖牧圉持旌麾：此兩句文淵閣四庫本「機」下注一小字「熊」，「麾」下注一小字「徐」。

〔五〕分部揜之憑卯酒：酒，豫章叢書本作「酉」。

〔六〕郡庸貪餌悉輕生：郡，文淵閣四庫本作「群」。

〔七〕招安城入郡：城，文淵閣四庫本作「成」，其下或均有脱字；豫章叢書本此字作「賊」。

籙停生機。風塵展轉逾十載，意者天怒民澆漓。故令六合日顛倒，人類滅盡將無遺。云胡玉毀石自若，熒惑揚彩三階微。澧蘭無實荃蕙花〔一〕，跖蹻往往嗤隨夷。姦凶殘忍源源出，福善禍淫殊反易。殺人白晝臨通衢，長劍大刀争割食。東家處子西家摟，父母吞聲淚偷滴。書生平日苦自信，坐談性命成迂僻。有人抱膝吟草廬，夜夢史遷紬秘書。共工舉頭天柱折，五丁鑿石岷峨枯。有窮飛箭落九日，防風戮骨雄專車。跨秦歷漢凡幾劫，宇宙戲擲猶樗蒲〔二〕。君不見邯鄲空國長平陷，又不見焦土咸陽總寃濫。區區反覆焉足云，老天爲質由來闇。

秋宵見月

青天過雨明月佳，不飲柰此秋滿懷。援琴屢起却復止，音韻惜與同時乖。西風笑我深閉户，吹送亂葉鳴空堦。翩翩從爾千萬態，我自作我隨無涯。蓬萊會見清且淺，未許泥滓沾青鞋。

〔一〕澧蘭無實荃蕙花：花，文淵閣四庫本、豫章叢書本作「化」。

〔二〕宇宙戲擲猶樗蒲：樗蒲，文淵閣四庫本、豫章叢書本作「摴蒱」。

石　言

邑城夏署增築[一]，基崇數尺，壘巨石爲之，搜抉幽遐，遠近煩擾。

南山白石堅不朽，鐫磨晢入良工手。平分陛級肅降登，橫卧津梁達奔走。椁成取重侯王家，不惜千金市長久。從渠楚漢決雌雄，坐閲興亡屹相守。寧知敝邑如殘星，十年豺虺蹀血腥[二]。今兹城壘方改築[三]，流汗萬杵當炎蒸。城基疊石崇數尺，搜括隱匿憑威刑。斷橋發塚殘寺觀，民舍隳突翻階庭。千夫引綆日馳逐，顛踣道路無留停。石乃言曰：我生剛介根元氣，落落孤高蟠九地。既不得補天遇媧皇，又不得填海從精衛。包羞轉徙近汙渠，反爲姦宄嚴屏蔽。何當天威發怒雷，豺虺骨與城俱摧！此時飲恨庶吐氣，盡碾暴骨爲飛灰。

[一] 邑城夏署增築：署，文淵閣四庫本、豫章叢書本作「暑」。

[二] 十年豺虺蹀血腥：蹀，文淵閣四庫本、豫章叢書本作「喋」。

[三] 今兹城壘方改築：城，文淵閣四庫本作「成」。

反覆吟

東關晝宴宵流血，北里暮耕晨建節。金珠無脛走如飛，奄忽廢興那忍説。君不見，青岡頭，墓磚云是晋桓修。發掘近遭群盗手，峩峩疑塚已千秋。

埋寃樹

郡城西郊官道側有樹名「埋寃」，往來必於此少息，因賦托興，庶幾有位者聞而動心焉。

出城十里西南去，行役經過倦休處。崔嵬古幹絡蒼藤，相傳此是埋寃樹[一]。樹名那得呼埋寃，閲人累歲官道邊。朝吁械繫逮詞訟，夕敝鞭朴逋税錢[二]。富豪招權逞濫入，孱弱破家哀孑立。幾人飲恨淚徹泉，樹不能言天爲泣。埋寃得名良可悲，郡中守令知不知？

[一] 相傳此是埋寃樹：埋寃，底本作「寃埋」，據文淵閣四庫本、豫章叢書本、《元詩選》本改。

[二] 夕敝鞭朴逋税錢：朴，文淵閣四庫本作「扑」。

延平龍劍歌

鄧克明率江西之黨攻延平，江州八月破之日，鄧亦大敗奔還，失亡甚衆。

延平之淵深復深，白日下昭蒼龍吟〔一〕。古來此處會靈物，中有未死英雄心。黑風一夕嘘蜃氣，坐看海州俱陸沉。咄哉蝮蛇敢流毒，鼓召妖孽紛來侵。老龍掉尾纔一怒，百怪灑血腥淋淋。書生投筆起大叫，稽首再拜皇穹臨。龍兮龍兮，爾之潛也已千載，豐城故鄉昨失守。宜叩天閽敕牛斗〔二〕，下取老蛟心血剖。指揮九日付羿弓，馳檄風雷殲巨醜。胡乃坐觀潯陽肆鯨鯢，魑魅魍魎群相隨，剜肌剔髓四海糜〔三〕。遂令魚腸豪曹甘毀折，岐山之鳳鳴聲絶。忠臣扼腕空白頭，赤子腐心眼流血〔四〕。時哉好從檀溪踴躍起的盧，喚取黄熊赤豹來清都。并與宋帝獨驅之長刀，龍門將軍天山之三箭，神會大冶飛昆吾，迅掃六合塵模糊。我當遠求華陰土〔五〕，助爾光芒增快覩。問天洗甲挽銀河，蘇息蒼生溥霖雨。

〔一〕白日下昭蒼龍吟：昭，文淵閣四庫本、豫章叢書本、《元詩選》本作「照」。
〔二〕宜叩天閽敕牛斗：牛斗，豫章叢書本作「斗牛」。
〔三〕剜肌剔髓四海糜：糜，《元詩選》本作「靡」。
〔四〕赤子腐心眼流血：腐，《元詩選》本作「拊」。
〔五〕我當遠求華陰土：遠，豫章叢書本作「遂」。

志感

老來不能夜飲，中秋無月，静坐山中。因憶往年客横溪，詩朋盛集，老桂初開，列坐其下，諸生倡酬達旦，居人驚倒，聞所未聞。重至，桂無復存，但見平地。立馬其中，追念亡友思恭，愴焉良久[一]。遂成長句，奉寄西愚先生，聊志今昔之感。丙辰年，石初書。

海風吹雲通萬里，浙江勢合潮聲起。酒杯無分月含羞，獨步徘徊桂香裏。秋深蕭條晝掩關[二]，良夜偶此須臾間。老逢佳節偶懷舊，昨者夢自横溪還。溪邊故友重泉隔，却憶當年會騷客。十千清酒買城中，舒雁初肥鱸鱠白。庭前古桂高婆娑，酒酣能賦得月多。野人側聽驚絶倒，寧許扣角聲相和。重來無處尋高桂，夜聽馬嘶林葉墜[三]。凄凉舊曲付吹箎，吟斷清商復誰繼？我愁問月傾肺肝，月亦憐我霜鬢殘。平生取友恒落落，會面非少知心難。古今何限西州路，送迎只有山如故。作詩寄語座中朋，難覓人間許玄度。

[一] 愴焉良久：焉，豫章叢書本作「然」。
[二] 秋深蕭條晝掩關：深，豫章叢書本作「聲」。
[三] 夜聽馬嘶林葉墜：夜，豫章叢書本作「但」。

石初集卷四

五言律詩

憂懷

黄落雜烟蕪，林炊乍有無。喪氛移步滿，兵氣幾時蘇？小邑疲封拜，窮鄉落饋輸[一]。劫深資病減[二]，閑坐校靈樞。

老病

喪亂交遊盡，艱難老病深。寥寥平世策，落落古人心。夕照驚歧路，晨霜憶故林。折腰寧五斗，敝帚或千金。

[一] 窮鄉落饋輸：落，豫章叢書本作「絡」。
[二] 劫深資病減：減，豫章叢書本作「感」。

山村

寥落驚回首，艱危厭久生。野人羞費揖，山石苦留行。坡雨初畦菜，園霜未破橙。小村風物古，暫喜話農耕。

喜康子至

幼兒淹滯劉氏館中，夜刦者壞大門而入，急呼宿夜父子起[一]，走出遇寇。二客趍東廂影堂，寇追躡之，父死子傷；吾兒趍西廂[二]，匿神龕側，幸免。死生之異，在毫髮間。於其來也，且喜且悲。

脱或淪鋒刃，吾年豈願餘。及今相見日，是汝有生初。割愛三兄愧，憑危一飯驅。風塵方未已，尚慎母恩劬。

[一] 急呼宿夜父子起：夜，文淵閣四庫本、豫章叢書本作「客」。

[二] 吾兒趍西廂：趍，《元詩選》本作「避」。

憶第三兒留郡城

百里元非遠，三春又已終。傳聞隨處有，消息幾時通？蔓草酣朝露，孤花繫晚風。昨逢歸客語，前日棹趨洪[一]。

挽吉水孫碧澗判院

嗣世明經業，傳家晝錦衣。干戈危獨立，桑梓晚全歸。遠戍孤雲淡，平原落日微。送車淚交灑，霜葉不成飛。

送人之岳陽稅務

五月巴陵去，官途事若何。通商川舶遠，供貢楚材多。澤國留形勝，湖廣參政阿思蘭駐兵岳陽。騷人續詠歌。時逢漁艇問，或有化龍梭。

[一] 前日棹趨洪：棹，文淵閣四庫本作「早」，豫章叢書本作「早一作『棹』」。

張德彦

德彦自金陵敗中附趙餘黨，遡流將抵安慶。趙子變起，其父鎮安慶，陳疑其通金陵，師行之際戮之。守者倉皇東下。德彦同行，識之，急投脱命。趙舟四十六人皆死。歸道所以，聞者悚然。

跋涉逾千里，存亡間一舟。絶憐干禄誤，翻致遺親憂。水國寒潮晚，山城古木秋。行藏盍深省，嚮晦庶無尤。

辛丑除夕

雨雪徂年日，乾坤厭亂餘。戰争吴會阻，消息朔風虚。虎眩投眢井，燐寃集故墟。事機恒倚伏，天意竟何如！

壬寅旦日

衰遲違故里，喪亂守殘編。鞍馬兒童習，貂璫牧圉聯。問春逢上日，頒朔憶當年。懶復談迎送，焚香校大玄。

閔新安

路泣顛微步，原塗枕積骸。孫恩將入海，新安砦王孫本立〔一〕。李祐起平淮。紅巾首李昭。犇潰蛾投火，攀援蟻附厓。熊兵聞禁暴，坐覺衆心懷。

關隴吟

隴戍通恒代，河關控魯齊。日經亡國淡，天入戰場低。玉帳千羊酪，青郊萬馬蹄。悲歌頻勸酒，送客去安西。

寇至

群醜發禾川，中宵羽檄傳。纔收緣岸戍，已漲近城烟。掠貨舟相次，毆人騎獨先。兒孫猶九口，兩地寸心懸。

〔一〕新安砦王孫本立：王，文淵閣四庫本、豫章叢書本作「主」。

雜詠三首

海宇久承平[一]，風塵忽四驚。官僚生間道，黎庶死乘城。壯士天山箭，將軍細柳營。寥寥千載事，憂世與誰評？

潁蔡俄中起，荆襄轉盼休。兵符留北府，臣節仗南州。萬宇聲華劫，千官富貴羞。聖恩覃雨露，未必乏嘉猷。

所至失堅城，宜令鼠輩輕。茫茫誰報國，草草衆興兵。楚吴懸三户[二]，河山隔上京。幾時蘇北望，飛騎報塵清。

即　事

古驛深春雨，荒城帶落暉。雞豚當道泯，烟火隔江微。所過無完室，相逢盡短衣。干戈承劫運，蹔與聖恩違。

〔一〕海宇久承平：久承平，豫章叢書本作「承平久」。

〔二〕楚吴懸三户：楚吴，文淵閣四庫本、豫章叢書本、《元詩選》本作「吴楚」。

羅郭

首義羅明遠，傾家郭楚金。俊功隨日起，遺恨與年深。白日重泉影，青天萬古心。如何有位者，翻不計浮沉？

感遇

病髮梳頻減，愁根日夜深。世方迷貨色，天未厭風塵。臣分誰憂國，君心本愛民。歲寒餘勁草，灑血贛江濱。

七言律詩

秋日登城

山壓孤城草樹荒，西風塵起獨彷徨。蕭條遺構重燒毀，憔悴餘民半殺傷。驛傳共疑星使杳，角聲空引雁愁長。書生往往談經濟，攬轡澄清合有方。

答劉持志

關山極目翳黄埃，歎息車薪水一杯。種秫地荒賓少顧，催租邑小吏頻來。暗塵葛服秋當浣，細雨柴門晚未開。近日江南吟思減，斷腸誰更憶方回？

答道原思治

書生報國乏涓埃，羞對茱萸强舉杯[一]。宿霧連山雄虺些，朔風何日野鷹來。交游漸向艱危盡，懷抱那能老病開。幾度出門疑所適，杖藜細遶竹西回。

雨

五月初七日，雨。至初九夕，大作，一晝夜如傾。初十夜半更許方止。江漲，比丁巳有加。

濕雲無際漲痕粘，雨勢朝來幾倍添。已讓滄溟懷絶島，更輸銀漢建高簷。三年兵甲天當洗，一日蛟

[一] 羞對茱萸强舉杯：萸，底本作「萸」，據文淵閣四庫本、豫章叢書本改。

龍地莫淹。早泛賈船隨鬪艦，廣通民食富官鹽。

寄吴彦章卧病客中

亂山歧路雁行斜，籬落酣烟菊自花。我昔郡城行冒雨，君今孤館卧思家。濟時孰是囊中穎，避地除非海上槎。一郡幸存唯二邑，戍樓何日罷吹笳。

城陷

黄塵赤日陷城池，又到冰霜歲晏時。列寨守江兵夜戒[一]，揚旗出郭寇朝馳。就梁誤落荒田雁[二]，啄肉空肥野樹鴟。諸將從容依老守，捷書但奏莫令遲。梁侯守郡，惡聞兵敗。

感秋

鬢如踈葉挂林端，帶減腰圍逐月寬。久病秋深心易怯，多愁夜永夢難安。暗蛩入户輸清苦[三]，落月窺窗進薄寒。屈指青春平野望，東風隨意馬頭看。

[一] 列寨守江兵夜戒：戒，文淵閣四庫本、豫章叢書本作「戍」。

[二] 就梁誤落荒田雁：梁，文淵閣四庫本、豫章叢書本作「粱」。

[三] 暗蛩入户輸清苦：蛩，豫章叢書本作「蟲」。

九日

西風慘淡郡城樓，誰復黄花插滿頭。訪舊愁經墟落晚，登高怕見戰場秋。鳴鸞閣在金笳集，戲馬臺空鳥鼠留。尚欲遠尋雷焕友，攜提雙劍出南州[一]。

荒荒萸菊負登臨，莽莽乾坤亘古今。淮浪逆舟寒日澹，楚山連戍暮雲深[二]。孤生自滴思親淚，先父宋淳祐九年九月九日生。多難誰攄報國心。道路幾時辭逆旅，關河無地避秋砧。

送韓一初赴馬萬户府參議

才俊宜從幕府陞，四郊何日保安寧？連營未報休傳箭，策馬何嫌出戴星。苦戰城壕霜月白，屢殘村落野烟青。軍民甚有關心處，佐政行看刃發硎。

登城

世祖艱難德澤深，風悲城郭怕登臨。九朝天下俄川决，七載江南竟陸沉。馬首空傳當日價，雞聲不

[一] 攜提雙劍出南州：攜提，文淵閣四庫本、豫章叢書本、《元詩選》本作「提攜」。
[二] 楚山連戍暮雲深：戍，豫章叢書本作「歲」。

到暮年心。兩經門外青青草[一]，過客魂消淚滿襟。

民　哀

痛哭群庸誤主恩，遺民無路叩天閽。荒凉甲第有焦土，倉卒深閨無固門。青血傳餐供士卒，黄金爲土贖兒孫。囊膠誰造崑崙頂，念此長河駭浪渾。

除夜感念亡室

無復憐余踏雪回，一燈兒女促行盃。土寒深痛骨委絶，月暗忽迷魂去來。遅暮影孱如欲踣，顛危心死不成哀。鬢邊種種君知否，消得流年幾度催。

中　秋

夢遠霓裳世外音，漢宫天老桂香沉。黄埃欲出飛鳶上，白骨猶如落葉深。萬國砧聲離别淚，中宵月色大平心。晋公相業何時見，目斷天津益苦吟。

[一] 兩經門外青青草：兩經，豫章叢書本作「雨餘」，文淵閣四庫本、《元詩選》首字亦作「雨」，次字闕。

風雨重陽

八載兵戈苦未休，異鄉佳節若爲酬。鷹臺人化前千載〔一〕，雁塞書沉外九州。風雨黄花宜换世，山林白髮欲專秋。莫言抱病妨盃酌，漸喜新來絶酒讐。

冰盤雪藕

清徹冰盤壓蔗漿，酒酣雪藕進華堂。凝寒色映瑶華脆，真白絲連翠袖香。金掌曾聞承玉露，瓊臺忽見擣玄霜〔二〕。文園近日真消渴，莫種蓮根引恨長。

元日雪

朔雪遥憎毒霧蒸，兩年元日勢憑陵。氣吞鶴表城如玉，聲撼龍宫海欲冰。不夜與天爲汗漫，當春借地示嚴凝。貂裘公子來何暮，好向寒空縱角鷹。

〔一〕鷹臺人化前千載：載，豫章叢書本作「歲」。

〔二〕瓊臺忽見擣玄霜：瓊，豫章叢書本作「瑶」。

新正雨雪連綿人日大霧近午晴

天賜春晴一日恩，亂來骨肉幾家存？屢危豈望全要領[一]，積善當知及子孫。喜有帆檣通白下，幸無車馬到青門。往時百萬蒼生苦，歲晚承平擬細論。

中秋城西感興

玉宇瓊樓三萬里，乘槎無路匪仙才。塵揚海内衣冠盡，雁斷雲邊鼓角哀。天意未知何日定，月華空似昔年來[二]。故山老桂無消息，紅蓼花高滿路開。

雨困簡張梅間[三]

濕薪萬竈漲烟氛，屋角鳴鳩旦夕聞。山接雲根如棧道，雨生波暈似犀紋。麥苗泥漬連千頃，花信寒消到幾分。最苦相從巷南北，掩窓十日斷論文。

[一] 屢危豈望全要領：要領，文淵閣四庫本作「腰領」。

[二] 月華空似昔年來：華，底本作「花」，據文淵閣四庫本、豫章叢書本改。

[三] 詩題：簡，底本作「蕳」，據文淵閣四庫本、豫章叢書本改。

和前韻

天氣渾疑挾楚氛，雨淫愁向早春聞。紅淹小圃違芳信，緑泛回塘亂縠紋。遠樹鳥飛村舍没，淡烟人立野橋分。空餘落墍隣翁壁，顛倒蝸涎似篆文。

紀事

八月十五日告示，詰朝往攻新安孫本立。晡時，群黨争出，城中撞擊居民門户，壕外縱掠水東、永和，邊江而上，放火殺人，劫取財物、婦女，火達旦不滅，是夜白氣亘天。

横亘東西白氣升，喧傳入夜事堪驚。縱焚傳刃連村市，流血呼寃逼郡城〔一〕。天意豈忘心憯怛〔二〕，山河未放影分明。提攜婦女閨房秀，飲涕群驅敢出聲！

〔一〕流血呼寃逼郡城：逼，豫章叢書本作「過」。

〔二〕天意豈忘心憯怛：意，文淵閣四庫本、豫章叢書本作「地」。

和青華道士蕭宗元

月滿虚堂奏帝歸，仙風吹送紫雲衣。九還欲致三花聚，一悟能消萬劫非。老樹鶴棲存夜氣，清池魚躍見天機。黄冠况得山陰客，未信詩盟與願違。

九　日

未霜白雁渺關河，來日空隨赴海波。世難持身高處怯，秋聲入耳老來多。山中甲子今誰在，日下長安柰遠何。幾度西風餘破帽，悠悠心事唾壺歌。

和劉子贄韻

夢中走馬上西凉，回首燕山六月霜。尚想築臺思郭隗，誰能薦士效田光？三陲吴楚人才劣，百戰河山事會長。賴有淮南招隱處，掩窓清晝坐焚香。

立　秋

京洛風塵竟未休，送迎馬上敝貂裘。蕭條人物常如夕，慘澹乾坤又入秋。敕使經年遺北府，戰場近日在南州。紛紛雞鶩群争食，誰向滄江友白鷗？

寇來自北見城中蕭然散入村落

斷雁雲低欲度遲，鵲巢何許寄南枝。寇兵已厭空城住，官馬猶從間道馳。萬骨白邊寒月夜，孤烟青處夕陽時。經年北道無消息，望眼頻穿淚暗垂。

幽憤

隴梅驛信杳如緘，白晝連山霧氣酣。細柳未應同灞上，藍田自可轉關南。驚濤四面輕帆破，疑路千條老驥諳。落落懷才宜不少，冥冥當局得無慚？

詔至

三月二十六日，天詔自廣東來。詔發京師，去年八月二十七日也，於是朝廷號令久不聞矣。欣幸之極，故賦七言律詩一首。

沉陸如雲跬步艱[一]，忽傳驛信自燕山。九霄日御龍光起，萬里春乘海道還。忠義銘心扶壯節，老癃

[一] 沉陸如雲跬步艱：艱，豫章叢書本作「難」。

垂涕洗愁顔。中原黎庶知何似，想望疏恩溥蒯菅。

次韻劉道原九日

曠劫何當洗壒埃，凌高欲藉海爲杯。巫山雨暗猿相引，汾水雲深雁不來。新釀偶憑茅舍漉，寒花時向槿籬開。仲宣幸有荆州託，未厭吟邊數往回。

喜東宫受册

六月二日，東宫受册；越八日，大赦天下。使臣出湖廣，來自茶陵，十月十有一日到郡。踴躍快覩，不覺情發於聲，忘其爲老病也。

海色穿林曉夢圓，戰塵氛霧一時湔。青宫德進瑶編紀，紫禁恩隨玉漏傳。洛邑車書符永世，漢家日月覲中天。秋霜一寸丹心在，稽首洪禧萬億年。

全參政九日宴僚佐城西神岡參謀萬德躬賦詩五首用韻寓情

畫省凝香被羽林[一]，賞心寧許二毛侵。閭閻側聽歌謠起，父老争看棨戟臨。霜露黄花留歲晏，江湖白雁待秋深。宴闌歸騎營門夕，凉月紛紛落醉襟。

能賦登高幕府親，深秋過雨絶飛塵。山城驛路黄柑富，水寨人家白粲新。歌舞多非前日境，交游半是異鄉人。通商近喜官鹽集，不比西都巧筭緡。

如雲冠蓋此高攀，千載龍山季孟間。犀筯駝峰傳翠釜[二]，銀罌春色照蒼灣。歌姬擁醉翻腔誤，才士争先覓句艱。秖有相如欣授簡，興來無物不相關。

蘭臺無分珮珊珊，斷壟平岡自往還。避地亂來猶有酒，放懷高處不須山。參差紅樹西風外，明滅青烟落照間。何日遠尋方外友，却隨紫氣出函關。

曾向凌波賦襪塵，絶交近日愧錢神。百年撫事皆陳跡，四海知心幾故人。山借衣冠違世濁，天留英菊貸秋貧。偶尋五柳先生傳，自覺年來懶是真。

〔一〕畫省凝香被羽林：畫，底本作「晝」，據文淵閣四庫本、豫章叢書本改。

〔二〕犀筯駝峰傳翠釜：筯，底本作「筋」，據文淵閣四庫本改。

懷　古

關河渺渺幾浮沉，落日秋風萬古心。二頃留人輕六國，一壺玩世重千金。亂來耆舊傳聞泯，老去英雄悔恨深。輸與蘇門長嘯者，不教車馬涴山林。

贈張梅間

故人誰似此君賢，涉難交情晚更堅。迂路出城尋故友，移牀就月話當年。霓裳曲奏忘天上，博望槎回記海邊。歸去尊鱸隨地有，別來鬢鬢得秋先。

九日遣懷

繞籬黄菊自幽香，無復龍山落帽狂。身外老來從雜還，眼前高處倍凄凉。妖狐突過荒城雨，旅雁冥飛絶塞霜。風物關心倦回首，野園柑熟旋分嘗。

還鄉初度辱親友劉盧南惠詩依韻答之〔一〕

憔悴還鄉一病翁，雪窗晴透校參同。庚寅俛誦湘纍語，甲子長懷晋士風。塵暗衣冠情索寞〔二〕，眼青骨肉誼深崇。新吟多謝耆年頌，晚節終慚老圃容〔三〕。

至正十二年壬辰正月武昌失守

黄鶴樓前帝子宫，古來形勝控江東。運籌要害無豪俊，流禍顛崖總寇戎。天馬西來勛可樹，河冰北渡驛誰通？一壺或負千金重，白髮丹心愧少同。

述懷二首

子月中旬以後，雨雪交作〔四〕，群寇合攻大坑、荆山、小水，逆黨出城南三十里立砦。廿四

〔一〕詩題：友，豫章叢書本作「交」。
〔二〕塵暗衣冠情索寞：寞，文淵閣四庫本、豫章叢書本作「莫」。
〔三〕晚節終慚老圃容：慚，底本作「漸」，據文淵閣四庫本、豫章叢書本改。
〔四〕雨雪交作：交，豫章叢書本作「大」。

日〔一〕，破白石、下塘〔二〕。廿五日，破吾里。吾與次兒、長孫寓歷村下牢。是日，省都事吴軍已到郡。廿六日，走度嶺者相屬如繩。過午，猶不得家中消息，心甚憂。薄晚，長兒來，乃知廿五日四更初〔三〕，寇掩出吾里，兒曹隨衆走厚富；向晚，寇退，渡江趍王屯，暮底南阜〔四〕，李氏已空室矣；廿六日早，中宵蓐食，行至高臺嶺顛〔五〕，但見連延、朱村、大坑寇火千炬，雪凍道滑，婦人穉子，僵仆不能進，扶挈過大湖嶺、出章坑〔六〕，天已晚，長女母子無托，與偕來。闔門不自意全，遂投下牢，依陳氏暫住。述懷二章。

寇陷吾鄉今二日，連宵列炬似星分。如何去此三十里，家中消息杳無聞。只尺干戈皆逆境，連綿雨雪助妖氛。兀坐此身同槁木，恍然不復辨朝曛。

風雪爐存半死灰，每聽人語輒驚猜。眼穿屢揖親知問，愁極忽傳兒子來。足繭荒墟烟慘澹，魂飛間道石崔嵬。經過且勿談辛苦，闔室無虞已幸哉！

〔一〕廿四日：廿，文淵閣四庫本、豫章叢書本作「二十」。下文「廿五日破吾里」、「廿六日」、「廿六日早」之「廿」字亦同。
〔二〕破白石下塘：石，文淵閣四庫本作「水」，豫章叢書本無此字。
〔三〕乃知廿五日四更初：廿，文淵閣四庫本、豫章叢書本作「念」。
〔四〕暮底南阜：底，文淵閣四庫本、豫章叢書本作「抵」。
〔五〕行至高臺嶺顛：顛，文淵閣四庫本作「巔」。
〔六〕扶挈過大湖嶺出章坑：過，文淵閣四庫本、豫章叢書本作「度」。

默念

末路危機逐日新，遭逢瞬息異寃親。多疑忍事甘存拙，久亂全生幸處貧。北海牧羝宜反漢，東門牽犬竟忘秦[一]。古來反覆無前筭，那得匆匆論世人。

書所見

正月十八夜，全參政軍中告變，縛致都事哈剌台、小鎮撫阿思蘭不花，萬户張定住將戮之。十九日昧爽，其麾下擁衆扼全舟，脅取二人入城，閉關，縱兵大掠，全由此失勢。四月二十七日，吴員外部將明塔普台潛蓄異志，忌同列林伯顔武端梟勇，挾詐殺之，誣以謀逆[二]，吴不能制。又參政軍令：喪馬一疋，償白金一伯兩[三]。是蓄不戰之馬也。

百金戰馬厩中屯，部伍酣歌徹曉昏。牙帳黑風梟突起，營門白晝虎相吞。史徒富躐官曹位，厮養威

[一] 東門牽犬竟忘秦：忘，文淵閣四庫本作「亡」。
[二] 誣以謀逆：逆，文淵閣四庫本、豫章叢書本作「反」。
[三] 償白金一伯兩：伯，文淵閣四庫本、豫章叢書本作「百」。

聯士族婚。天下紛紛寧有此，我軍成敗不須論！

記憶先親復齋先生詩二首[一]

九日初度 先父生宋淳祐己酉九月九日[二]

厄於陽九晝成乾，淳祐遺民自憮然。正則庚寅宜有字，絳人甲子已忘年。菊枝偶地存幽操，汗簡何心理舊編。賴有童孫初學語，挽衣争果戲堦前。

代李季實賀歷塘劉所立生日

春日霞杯喜拂天[三]，初逾六六紀瑶編。人間銅狄何時鑄，天上銀蟾昨夜圓。六月十六日生。秋水精神高六月，仙人風骨妙千年。山林城市遥相祝，凝望蓬萊隔紫烟。

[一] 按，詩題題爲二首，今各本僅存一首。

[二] 詩題：底本「先父生宋淳祐己酉九月九日」爲詩題中語，據文淵閣四庫本改作詩題小注。

[三] 春日霞杯喜拂天：日，文淵閣四庫本、豫章叢書本作「入」。

石初集卷五

五言絶句

擬復愁十二首

一燼城門火，餘灰已復寒。小兒争炙手，猶作燎原看。

殺氣頻年盛，南昌接武昌。帝城春有路，昨夜夢錢塘。

錢塘江上水，幾載獨朝宗。到海傳消息，殷勤起卧龍。

旌旆簇雕鞍，花袍紫鳳團。路人潛側目，敢謂沐猴冠。

來往動成群，翩翩得意人。九朝深雨露，頭白獨沾巾。

天驥蹬中蹶，瑶釵井底沉[一]。如何起阡陌，坐致萬黄金。

銀鞍寶校新，羅綺耀青春。曾識官儀舊，羞看馬上人。

[一] 瑶釵井底沉：沉，文淵閣四庫本作「深」。

屏跡譙樓下，深追少壯時。卧聽更漏鼓，雙淚落如絲。
朱衣群百佐，白晝出乘車。咫尺青門路，無由得種瓜。
列位公侯寵，連營使相尊。庶僚供指使，誰復恥心存。
徙封餘赤螘，逐氣布青蠅。欲市金臺駿，黄河久不冰。
未忍歌鴝鵒，猶能拜杜鵑。暮年心寸許，何日覩青天？

七言絶句

贊少陵騎驢

巫山雲暗失歸樵，劍閣春深雪未消。淚墮中原天萬里，蹇驢獨過浣花橋。

戲　筆

西園蹴踘醉蒲萄，北里琵琶紫錦絛。堪笑東家頭白者，一燈深夜讀離騷。

客有賦大軍來者戲答

龎眉炙背短墻隈，問我何時笑口開。幾度傳聞狂欲舞，如今懶説大軍來。

夢寐漁陽右北平，彎弓走馬氣憑陵。不知近日燕山雪，添得黃河幾尺冰〔一〕。

北山口號〔二〕

蘄黃連結蔡州城，風靡江東莫敢攖〔三〕。千里南來今送死，天知忠節在廬陵。

過江雲起劍鋒馳，捕取紅巾血作池。後日廬陵收野史，水東第一賽男兒。

城門晝開車馬喧，人行呵道競摩肩〔四〕。軍興那得廷如水，監郡從來不愛錢〔五〕。

莫道逝川波自平，莫道鳧鷖元不驚。白髮營門二千石，幾回霜月送鞭聲。

天嶽東回納贛川〔六〕，山峰斷處是青天。螺湖橋下清流水，留向槎灘送戰船。

〔一〕添得黃河幾尺冰：冰，文淵閣四庫本作「深」。

〔二〕按，該組詩與次首之詩題，豫章叢書本與其餘各本不同，魏元曠跋（《豫章叢書·石初集》卷末）稱：「第五卷『蘄黃連結』六絶，題作《北山口號》；『蜃氣樓臺』一絶，題作《江西省掾》云云；又《紀事》五絶，以序觀之，皆詩與題不類。兩本（指豫章叢書所依之底本金陵鈔本與校本周氏《存存稿》本）同然，必詩與題有脱失於初稿者。《北山口號》一題，似與『蜃氣』一絶相近，因與『蘄黃』六絶題互易。惟『蘄黃』作仍絶不類題，其《紀事》五絶亦然，既無可校正，姑仍之。」魏元曠所舉諸詩確有其所言之問題，但詩題互倒并無益於問題之解決，諸詩詩題仍依其餘諸本。

〔三〕風靡江東莫敢攖：攖，文淵閣四庫本、豫章叢書本、《元詩選》本作「膺」。

〔四〕人行呵道競摩肩：競，豫章叢書本作「更」。

〔五〕監郡從來不愛錢：愛，豫章叢書本作「受」。

〔六〕天嶽東回納贛川：嶽，文淵閣四庫本、豫章叢書本作「獄」。

林郭揚旗激箭鋒，江城吹角氣如虹。義山雲霧西昌月，一片丹心兩地同。

江西省掾陳允中避罪來永新固守城池屹立群盜中泰和宣差以廉明著稱境内晏然

蜃氣樓臺轉眼空，荒墟誰與弔秋蟲。道邊小屋柴門掩，猶是當年種菜翁。

紀　事

去年閏三月十六日，歐賊自袁來，陷吾州。十九日，以陳寇敗走郡城，急報馳去。里猾易桂芳暨脱罪小吏顧清遠兩家兄弟，獻馬納降，力陳括貨之計，追至東門外，懇留。遣趙普玄者復回，遂稔安成之禍。四月二日，城復，趙誅，易、顧殲焉，亦天道也。

萬斛北鹽扃海隅，邇來商販競南趍。去年今日城中價，一貫文纔十四銖。

幸及西成早築場[一]，歲寒猶恐菜畦荒。山村肉價何須聞[二]，近日雞豚倍北羊。常年北羊二貫一斤，今豬、雞四貫一斤。

[一] 幸及西成早築場：成，底本作「城」，據文淵閣四庫本、豫章叢書本改。

[二] 山村肉價何須聞：聞，文淵閣四庫本、豫章叢書本作「問」。

燼餘十室九摧殘，折取充薪寸寸乾。隣境貴收紓乏絶，遺甿竊負活飢寒。

雞豚寥落傍柴荆，粳稻初黄菜甲青。卧聽兒童傳好語，夜來驛使到長亭。

大洲江水緑如苔，畫角吹寒聽莫哀。白茅岡頭黄葉落，鷓鴣洞口鴻雁來。

上巳

舊俗蠶占擬萬霜，兒童猶自賞晴光。亂來錦繡無藏處，那有心情到采桑。

感古

因讀《春秋傳》「戎事不邇女器」，有感吴、楚之亡。後之人以武略自負者，可不鑒哉！

吴宫隊長罷論兵，越女西施擅寵榮[一]。百錬一朝成繞指，方知世上有傾城。

鉅鹿諸侯偉戰功，咸陽宫殿轉頭空。如何蓋世稱無敵，也爲虞兮泣帳中。

[一] 越女西施擅寵榮：女，底本作「語」，據文淵閣四庫本、豫章叢書本改。

論交

古來難覓是知心，曠世襟期感慨深。造次陳餘﨑解印[一]，從容楊震却懷金。

坐看

亂後交遊隔世心，衰年爲客怕登臨。東風不作年時夢，坐看樓頭衆緑深。

故人

春雨初晴是緑陰[二]，故人隔水晚相尋。往來莫信年時路，近日溪流淺處深。

食性

宿春寧復問精粗，食性年來已盡除。隨分晚炊誠當肉，且乘新雨理園蔬。

[一] 造次陳餘﨑解印：﨑，豫章叢書本作「能」。

[二] 春雨初晴是緑陰：是，豫章叢書本作「足」。

過大平橋

秋山戍火夜嗚梟[一]，玉帳春酲富貴驕。獨抱韋編無寸策，白頭羞見大平橋。

山家夜雨

晚暮攜孫此一棲[二]，四年多難秖心知。夢回小屋風和雨，却似春灘轉柁時。

寇至

二十七日，寇至三舍，盡晚攜孫走下泒[三]，止姪壻劉務本家[四]。二十八日，寇出歷村、岡頭，家春繼至下泒。二十九日早，下派大驚擾，走安塘。

重疊青山道路長，疎疎紅葉樹經霜。日斜又度横橋去，祇有江聲似故鄉。

[一] 秋山戍火夜嗚梟：山，豫章叢書本作「風」。

[二] 晚暮攜孫此一棲：棲，底本作「枝」，據豫章叢書本改。

[三] 盡晚攜孫走下泒：泒，文淵閣四庫本、豫章叢書本作「派」。下同。

[四] 止姪壻劉務本家：壻，底本作「婿」，據文淵閣四庫本、豫章叢書本改。

城西放歌

周寇萬四千人發永新，水陸并下。八月二十九日，張録事出軍。九月一日，府委官教授滕諧西昌參政所請師，徵諸將赴援。録事無馬，戰不利。是夜，急報三至。黎明，馳檄促援兵。食時，寇焚高沙、歛陸，録事軍奔還。城内外大駭，或争走入城，或赴舟江滸，或散投村落，僵仆死傷，不可勝紀。賊騎掠大平橋官地上，薄晚退屯。援兵暮集。初三日早，合戰，自辰至午，參政軍扼上流，寇驚敗走，衣裝器仗填野。沿途民義邀擊，擒獲頗多[一]。周寇奔還永新。當是時，郡城幾殆。天也，國家之福也，歌《竹枝》以寫之。

大平橋外吹血腥，追奔黃⿰衤甹蹶門丁[二]。黃⿰衤甹，全參政所招郡人；門丁，張録事所起在城民户。昨日縱横官地上，豈知惡極有天刑！

千金墮地不暇顧，妻孥咫尺愁相拋。此時争門城内去，悔不雲山深結茅。

[一] 擒獲頗多：擒，文淵閣四庫本、豫章叢書本作「禽」。

[二] 追奔黃⿰衤甹蹶門丁：⿰衤甹，文淵閣四庫本、豫章叢書本作「⿰衤粤」。下文同。

理問軍中騎射精，從來賞罰最分明。疾驅赴援如風雨〔一〕，曉發河山夕到城。

水寨城關總寂然，諸軍號令夜分傳。火筒清曉三聲發，諸將齊驅勇向前。

歛陸池邊曉樹旗，埋寃樹下夕僵屍。皇天近日新開眼，説與四方殘黨知。

慘澹秋陰覆血痕，參差蘇石倚蟠根。古來此是埋寃樹，今日還棲戰死魂。

大洲男兒身姓熊〔二〕，杷頭削鐵刃如風。直前竟斬紅旗首，步戰須還第一功。

斬頭纍纍懸馬鞍，衆中誰似林伯顔。賊陣横穿來復去，三軍大捷唱歌還。

先鋒破陣古來難，好手齊推岳長官。除却林奇誰與對，交馳兩馬萬人看。

記得壬辰血亂流，血流又到丙申秋。兇徒惡黨還知不〔三〕，莫要輕來打吉州。

莫道孤城鐵作關，雲埋賊陣血朱殷。强梁多在尊村死，戰馬纔餘八疋還〔四〕。

參政遣軍快閣下，寇來相遇吉塘橋。横陳江上四十騎，居民墻屋免焚燒。

安坐轅門運六韜，寇鋒壓境沸如濤。收功一戰民安堵，始信將軍定策高。

大守當年憲使除，軍須供給自紛如。白髮蒼頭寧自暇，一宵暫向府中居。

〔一〕疾驅赴援如風雨：驅，文淵閣四庫本作「馳」。

〔二〕大洲男兒身姓熊：洲，豫章叢書本作「州」。

〔三〕兇徒惡黨還知不：不，豫章叢書本作「否」。

〔四〕戰馬纔餘八疋還：疋，豫章叢書本作「匹」。

録事張公老且貧，一身闔郡事如雲。倉卒開城容萬衆，從容行酒壯三軍。

軍中苦樂謡

半臂纏腰帽卷氈，剪裙荷葉腿齊編。市西橋外看屠狗，笑擲并刀賭酒錢。
堆帽紅纓間黑纓，粉青宧袴短黄裙〔一〕。酒樓突過行人避，近日新充水砦軍。
旌表門前路幾彎，浮圖坡下日銜山。馬上長身單白紵，雙雙緩轡打毬還。
短髮風欺破帽斜，日西跣足踏江沙。妻孥待哺不遑恤，流汗擔柴赴主家。
疊石支牀擁敗氈，抱關擊柝日隨緣〔二〕。松燈自把芒鞋了，要辦明朝買菜錢。
劍鋒交處奮身跳，箭集征袍血未消。奪得紅巾衝陣馬，歸途乾被長官要。
官船公子抱琵琶，笑指娼船白藕花。今夜江頭好風月，買魚載酒宿誰家？
團扇題詩愛越羅，畫船載酒沸笙歌。何人夜讀張巡傳，獨占秋江月色多。
十里長洲列戰船，白頭吟客坐看天。何時得見三階正，獨倚蓬窓夜不眠。

〔一〕粉青宧袴短黄裙：宧袴，豫章叢書本作「窑褲」。
〔二〕抱關擊柝日隨緣：柝，底本作「拆」，據文淵閣四庫本、豫章叢書本、《元詩選》本改。

初冬驟寒

敗壁蕭蕭夜不扉，昨來天氣似炎威。卧聽風雨中宵歎，何限征人未寄衣。

即　事

街頭昨日走如麻，逆賊憑陵勢轉加。曉起將軍忙館伴，省官遣子壻侯家。

海全二參政

棄舟窮走計全軀，全。力戰憑城志掃除。海。身死不殊心死異，海全他日付誰書！

都事吴不都剌

部伍相殘不敢呵，林伯顔武端被殺。美人雪洞夜酣歌。舟中宴居名「雪洞」〔二〕。到頭誤國均遺臭，只爲高昌不可和。全子仁，高昌人，其志專在吞吴，恐其成功。

〔二〕舟中宴居名雪洞：宴，底本作「寓」，據文淵閣四庫本、豫章叢書本改。

紀實

戊戌夏五月之變，新郡守張元祚與全府參謀蕭彝翁約同死。蕭一再赴井，死讀書臺下，張竟降。

振文堂上刃縱横，水陸旌旗瞬息更。俯伏獻城新大守，笑談赴井舊諸生。

宿州歌

客有自中興來者，能言四川聞亂〔一〕，遣兵出援，主將日寘酒高會，收其子女玉帛而西。宿州，南北之咽喉也。知州廉能，在任十二載，遠近歸心，因不納拜見之禮，責以軍前供給。知州既行，宿州遂陷。

羽書兵馬調西川，省署新兼上將權。不怕連營幾百里〔二〕，寇來只要宿州堅。

〔一〕能言四川聞亂：能，豫章叢書本作「爲」。
〔二〕不怕連營幾百里：幾，豫章叢書本作「數」。

萬騎連雲發蜀都，宿州一擲似樗蒲〔一〕。幕僚摺得流星檄，牙帳朝酣睡未蘇。

群盜河南稔禍端，此邦城守古來難。知州一紀心如水，那得金錢謁上官？

宿州知州無一錢，官差供給赴軍前。軍前未到宿州陷，從此紅巾勢灼天。

雲槃長轂輦金繒，皓齒青蛾逐日新。一夜西風吹漢水，將軍歸去錦城春。

謾成口號

余生之歲，至元壬辰後立春一日。今兹庚子正月十日戌時春，與始生日時適合。

初度春生先我辰，餘生時日恰逢春。十年風雨江南路，猶有先朝白髮人。

楊柳枝詞

偶憶丁酉春，客自邑中來，誦王大初一絶，落句云：「多情只有城南柳，舞盡長條更短條。」蓋指失身而事修飾者，戲續之。

〔一〕 宿州一擲似樗蒲：樗蒲，豫章叢書本、《元詩選》本分别作「摴蒱」、「摴蒲」。

離宮別館短長亭，忘却江南舊日春。是處人家種楊柳，往來繫馬解留人。

背立東風淺畫眉，斷腸烟雨一枝枝。隋宮漢苑春無主，莫向江南話別離。

移栽楊柳受風多，南畔行人北畔過。若道浮萍是飛絮〔一〕，好隨流水到官河。

舞絮含愁入酒家，何因得近瑣窓紗。春風萬一無拘束，放去錢塘逐落花。

即　景

似晴却陰陰復晴，曉霜霧雪夜瞻星。天機咫尺開黄道，借與江南鬼火青。

惜往日

千金愛女貯蘭房，百寶雕鞍擁驌驦。過眼青春誰是主〔二〕，燕歸無處説興亡。

穀日薄霧食後晴

夢筆生花到枕邊，朝來晴穩荷蒼天〔三〕。春秋災異書將徧，準擬今秋大有年。

〔一〕若道浮萍是飛絮：若，《元詩選》本作「莫」。

〔二〕過眼青春誰是主：眼，底本作「眠」，據文淵閣四庫本、豫章叢書本改。

〔三〕朝來晴穩荷蒼天：蒼，底本作「窓」，據文淵閣四庫本、豫章叢書本改。

去燕吟

寄聲多謝捲簾恩，花落春陰半掩門。只有當時堂上月，夜深猶照舊巢痕。

籬間小花

小小閒花分外紅，野人籬落自春風。江南多少繁華地，盡在含烟蔓草中[一]。

田家

木棉花謝豆莢肥[二]，秋風催換白紵衣。東家女兒浣紗去，西家年少負薪歸[三]。

題鷹熊聽澗圖

奇絕鷹熊聽澗圖，眼明畫意近年無。子房借筯旋銷印，此是人間大丈夫。

鷹攫熊蹲聽澗聲，貴從巧畫寓深情。李斯書上秦留客，安國謀行漢罷兵。

[一] 盡在含烟蔓草中：含，文淵閣四庫本、豫章叢書本、《元詩選》本作「寒」。

[二] 木棉花謝豆莢肥：棉，文淵閣四庫本作「綿」。

[三] 西家年少負薪歸：年少，豫章叢書本作「少年」。

英雄聽諫古來難，飛走藏名戲筆端。堪笑陰陵迷失道，當年枉怒沐猴冠[一]。
聽澗鷹熊豈是真，畫師托意諷時人。白登圍後知劉敬，遼水兵前憶魏徵。

讀天寶雷海清舞馬事有感

劍閣迢迢隔兩京，衣冠相送范陽城。傷心凝碧池頭宴，千載無人傳海清。
大液華清汙禄兒，從官千騎競西馳。君恩舊日深如海，賴有銜盃舞馬知。

校　書

馬糞兒童錦繡裾，專房倡女后妃輿。豈知短褐衡門下[二]，一點寒燈夜校書。

漢　冠

酎金刀布罷長安，露冷銅僊屑玉盤。畢竟皇天深有意，赤眉難改漢衣冠。

[一] 當年枉怒沐猴冠：年，豫章叢書本作「時」。
[二] 豈知短褐衡門下：知，豫章叢書本作「如」。

雨中

柳塘分路市橋斜，海燕雙飛識故家。一月閉門聽夜雨，隔墻落盡碧桃花。

劉氏二生從吾兒學赤日中分渠溉枯其意甚善遂成一絶示之

渠成不使利專秦，救旱分流惠及貧。一飯秋來應憶汝，艱難相顧幾何人？

前詩子勤連和七章或病首句秦字難押援筆泛及故事不覺其言之長[一]

輸粟常慚晋閉秦，艱難稼穡每憐貧。溝塍雁立交通處，汗血駢肩荷鍤人。

井田埋没自先秦，錐卓堪憐白屋貧。任氏漫多倉粟窖，王孫一飯更無人。

雨似沱江不向秦，老天應念四郊貧。卧聞夜半呼龍起，一滴天瓢活幾人？

世上山中幾晋秦，今年却憶去年貧。有時彈鋏歌馮劍，誰是江東指廪人。

羸馬孤舟遍楚秦[二]，著書憔悴暮年貧。茂陵無復談封禪，淚墮先朝白髮人。

[一] 按，底本「辛苦兼并百二秦」、「天醉山河却賜秦」二首在該組詩之末，今依通行本次第。

[二] 羸馬孤舟遍楚秦：楚，豫章叢書本作「晋」。

黑貂裘敝歎蘇秦，短布寧甘甯戚貧。自古畏塗車轍覆〔一〕，到頭何似漢陰人〔二〕。

縱横無術效儀秦，堪嘆先生一劍貧。談到薛文焚券事，方知豪傑異常人。

關法雞鳴幸脱秦，何如高卧北窗貧。種瓜一片青門地，頭白能來有幾人？

戰罷長平地入秦，邯鄲悄似索居貧。定從誰料毛生出，羞殺同行十九人。

五羊皮賤恥干秦，自在披裘帶索貧。談笑七雄争戰地，乾坤自古有閑人。

抛却千金不帝秦，魯連懷寶豈爲貧。綱常獨振東周末，海内應無第二人。

山東賓客競投秦，獨向商於守賤貧〔三〕。後日子房安漢策，相逢竟屬采芝人〔四〕。

不將奇計試强秦，一介狂生衣褐貧。馬上匆匆談六國〔五〕，何如來就種瓜人。

黄金散盡務强秦，寧計咸陽府藏貧。六國暗投離間網，奔馳談笑合從人。

富國强兵善用秦〔六〕，故將子贅抑家貧。山東十五年無事，盡是偷安醉夢人。

投筆當年論過秦，賈生豈料謫居貧。非關絳灌輕相棄，自是才高反累人。

〔一〕自古畏塗車轍覆：自古畏，文淵閣四庫本作「摭拾泥」。

〔二〕到頭何似漢陰人：似，底本作「以」，據文淵閣四庫本、豫章叢書本改。

〔三〕獨向商於守賤貧：獨，文淵閣四庫本作「枉」。

〔四〕相逢竟屬采芝人：屬，豫章叢書本作「是」。

〔五〕馬上匆匆談六國：匆匆，文淵閣四庫本、豫章叢書本作「悤悤」。

〔六〕富國强兵善用秦：國，底本作「貴」，據文淵閣四庫本、豫章叢書本改。

空自美新更劇秦，子雲竟守一區貧。草玄可惜無良友，説與他年蹈海人。

法立商君始變秦，本期盡活世間貧。惜無麟趾關雎意，萬古流傳一罪人。

辛苦兼并百二秦，後無蓬顆葬侔貧。可憐曲阜東家叟，今日猶存守冢人。

天醉山河却賜秦，六奇藏在席門貧〔一〕。古來萬事無能測，祗羡商山四老人。

臨淮百萬蹶堅秦，一擲無論儋石貧。何似柴桑松菊裏，逍遥彭澤退歸人。

漢中決策定三秦，本自淮陰寄食貧。除却當年蕭相國，相逢未許説知人。

肥瘠何須問越秦，紛紛北富與南貧。空花過眼無能識，輸與嚴灘把釣人。

杜門公子起謀秦，十五商於一旦貧。可惜論囚臨渭者，扁舟未識五湖人。

〔一〕六奇藏在席門貧：門，底本作「間」，據文淵閣四庫本、豫章叢書本改。

石初集卷六

序

吉水州新城序送都事吴不都剌〔一〕

兵興連年，生靈塗炭日甚。相國陳公之定江西也，專以愛民爲心，便民之政，靡不脩舉，故公治洪而洪城增，徙九江而九江之城建，凡以爲民也。樞密熊公，以相國腹心之寄〔二〕，分治五郡，城池之益廣與崇，方事不煩而民益附。吉水屬邑，水陸來往之衝，民無以爲固。樞密按圖度地曰：「吾職也。都事吴某其往城之。」經始季秋，畢以良月。《春秋傳》「火見致用，水正而栽」之義，蓋脗合焉。高卑厚薄，溝洫土方，遠邇事期，徒庸財用，各適其宜。開一郡之壯觀於下流，隱然方城漢水之勢。於是邑之垂髫

〔一〕文題：吴不，文淵閣四庫本作「謌卜」；豫章叢書本作「謌卜一作『不』」；剌，豫章叢書本作「拉」。
〔二〕以相國腹心之寄：腹，豫章叢書本作「股」。

戴白，脱此鋒鏑之懼[一]，投諸袵席之安。都事之心，樞密之心也；樞密之心，相國之心也。傳曰：「以佚道使民，雖勞不怨；以生道殺民，雖死不怨殺者。」都事是役，充其惻怛慈惠，由樞密以達於相國，同一愛民之心，佚道也，生道也，其可忘耶！按樞密之鎮是邦，視民如子，都事實左右之，其律己廉介，論建不阿，遇事明決，數從征伐，出奇計活人死地，所至有聲。吉水版築之餘，一新州治，興學校，復流徙，宿弊盡蠲，皆深識大體。郡邑賢者美其事，屬予序之，予索居日久，何能重輕！然樂道人之善，遂執筆不辭。

送劉弘略遠遊序

余昔未壯時，見士之懷才抱藝，有志四方，白首而未遂者，往往悲歌慷慨，悵然負其平生不勝往日之悔。故凡後進之彦邂逅相遇，必勉之以不可不出，出之不可後時，又必申其平生悔恨之意，而願望之若己事之不可緩。間亦爲余上下極論。余方盛氣，自許以爲宇宙分内，何事不可爲，在所建立耳，何至是耶！回首三十年，風霜百態，心事落落，老已先之。雖伏櫪千里，此志尚存，而聞雞起舞之狂，不爲世故消磨者，無幾矣。夫然後知其人之志爲可感也。余友劉弘略，淵源家學，有志盛年，疏通不群，奇氣横出，所至無不欣慕願交。一日别余遠役，將極泰山、黄河之高深，以發舒胸中所藴。余聞而壯

[一] 脱此鋒鏑之懼：此，文淵閣四庫本、豫章叢書本作「乎」。

之，於是取昔之人有志未遂而以告余者，與余之不能自拔低徊以至于今者，反覆陳之，以爲弘略助。弘略其勉之矣！吾鄉固多出者，而鮮以儒術聞，計其足跡所經，殆將遍天下，至于山川形勝，人物氣概，古今壯觀，名賢志士之所從出，則茫然孰何[一]。豈爲不暇問？就使能問，亦不及知，徒追逐妄走而已。果若此，復何以出爲哉！吾固謂出者之未必賢，賢者之不能出，使人每致恨於事會之難齊也。今弘略挾儒術以往，周流博覽，登高能賦，鄒魯之絃歌揖遜，燕趙之慕義强仁，舉足以充其耳目，無歎老嗟衰之意，有青雲自致之資，將之以慎密，達之以優柔，豈無傾蓋而指廩者乎！豈無別東家而西家待贍者乎！又豈無握手出肺肝，相視恨相見之晚者乎！固不待决之蓍龜而遇可必也。雖然，吾所願於弘略者，猶有説焉。《詩》不云乎：「維桑與梓，必恭敬止。」古人事親愛日，遊必有方，良有以也。以子之才，得天下之士而友之，顧盼間乘堅驅良，如持左契相符不翅過，尚毋[二]曰「何所獨無芳草」。其必有方之義、愛日之誠爲心，是則遊之善者，而吾所爲深致意也，弘略念之。

[一] 則茫然孰何：孰何，豫章叢書本作「不曉」。
[二] 尚毋：毋，原作「母」，據文淵閣四庫本改。

永豐縣尉周誠甫贈詩序〔一〕

往年群盜縱横，馬將軍馳郡檄領兵吾里〔二〕，控制安成、永新之衝，時則周君誠甫以佐州長收復城池，功擢巡檢，實左右之。幕府初開，寇鋒再折，士各懷才自負。誠甫妙年，善騎射，膽氣過人，潛身衆中，未嘗與行伍較優劣。一日，戰汶西石門，寇酋挺刃突出。引弓仆之，轉而前，仆者奮起擊馬後。回轡斬首，躍馬復進，手斃十餘人，追奔數里，寇披靡不能支。比還〔三〕，甲裳皆赤。馬公曰：「壯哉，良將也！」自是每出必俱，賊望旗引避。事聞監郡，辟永豐尉。後值馬公他出，誠甫留南，從容矢石間，恒以少擊衆，幾死者數，終不少貶其初。雖餘孽未殲，然相戒不敢輕犯。自癸巳夏迄乙未冬，吾里閭閻畎畝父母兄弟妻子得相保者，皆馬公所賜，而誠甫之用力尤多。余初未識誠甫，意所交燕趙豪俠，酒酣呼鷹射雁，叱咤風生，視吾輩土苴爾。送客吴子剛門外，一揖得之，開口談詩，粹然退讓君子也。然後知向之慷慨激烈，出萬死不顧一生，皆理義所發。夫惟有得於理義，故知綱常大義不可渝，彼嗜利偷生者，不可同年而語，明矣。諸賢相與歌詠其美，俾予序之。若誠甫從事之勤，自當見知於上，余賤且老，何足以盡誠甫哉！雖然，觀風者必有取焉，或足爲方來勸，遂執筆不辭。

〔一〕文題：文淵閣四庫本、豫章叢書本作「美永豐縣尉周誠甫詩序」。
〔二〕馬將軍馳郡檄領兵吾里：馳，文淵閣四庫本作「持」。
〔三〕比還：比，豫章叢書本作「北」。

張梅間詩序

余昔以詩文謁桂隱劉先生，時張君梅間出其門，年甚少，已工吟詠，尤善行草書，意氣相期，若古燕趙悲歌慷慨，何事不可爲！喪亂重逢，劉先生没已久，余與張君亦俱老矣。獨吟思未落，展卷求評〔一〕，余何足以知君？余僅守故步，何足以知君？然有感焉。近時談者尚異，糠粃前聞，或冠以虞邵菴之序而名《唐音》，有所謂《始音》、《正音》、《遺響》者，孟郊、賈島、姚合、李賀諸家，悉在所黜；或托范德機之名選《少陵集》，止取三百十一篇，以求合於夫子删詩之數。一唱羣和，梓本散行，賢不肖靡然師宗，以爲聖人復起，殆不可易。余何人也，而敢與之言哉！因君善鳴，觸我浩歎。夫詩樂也，發於情也。情之類有七，隨其所發而形於言，故感人易入而入人深，曷嘗布置先後若律令條格，秩然不可易哉！考之三百篇是矣。今之談者，往往承訛踵謬，轉相迷惑，没溺而不自知。吁，其可駭也夫！其亦重可悲也夫！君之作，出入諸名家，浩蕩如潮，磊落如星，如車馬風帆，翕忽變化，時或抑揚反覆。又若山陽之笛，倚風獨奏，聞者自不能爲懷，而壹以平易出之〔二〕。瀏瀏乎其有遺音，佳處雖古人不讓。由其情性超越，識趣開朗，故屹立衆楚，壹不變其夙心。余交君數十年，涉難幸無恙。君思

〔一〕展卷求評：求，原作「余」，據文淵閣四庫本改。

〔二〕而壹以平易出之：壹，文淵閣四庫本作「一」。

致不倦益工，余愧君多矣！獨恨不得復起劉先生，取正以袪前所陳者之惑，而使後人聞之。君之作，異日必傳，固不待余評也。

贈曾億韶州省父序

予友彭貫思，少負磊落倜儻之資，往來公卿貴人，如布衣交。持耿耿遊四方，所至恒必有合。頃歲客嶺海，遭亂淹留。妻子甘貧故廬。道遠消息絶，相傳或異，浮沉竟莫知。去歲之春，其鄉變起肘腋，家殲焉。長子曾億適婦氏，幸脱，煢然不顧萬死，奮起復讐，雖未盡如意，然聞者莫不壯之。貫思去時，曾億年纔十二，今二十有五齡矣，間關變故，志趣益堅。會音書韶南來，父蹈危機無恙，急附舟西上謁焉。行有日，别余求贈言。余感其父子懸隔千里，曠歲時，涉難不死，相見且有日，藴蓄憤惋以俟宇内之清，天於善人未必無意也。山川悠遠，舉足荆榛，慎無以千鈞一髮之身行殆，道曲江公邑里，再拜披心，孝子與忠臣類也，其必有以相子。彭氏未艾之福，將由此卜之。

邑掾劉以輔廉能序

自兩漢盛時，列郡多良二千石，然必資賢掾以左右之。張敞以掾不按事而致之法，吴祐謂觀過知仁，其已然之迹，今皆可見。蓋守令治郡縣，凡事總其大綱，至於斟酌進退，别淑慝，决嫌疑，絶壅蔽，使閭里無歎息愁恨之聲，椽之所係爲尤重。任是職者，夫豈易哉！數十年來，貪冒相承，其痛有不忍言者。新朝更化，守令之選得人居多，掾吏互遷，宿弊斯革。東平劉君以輔，因父吏瑞金，家焉。掾於贛，素以廉能著聲稱，於是由贛調廬陵。廬陵，劇縣也，臨以大府，治當驛途，簿書期會，日不暇給。達官貴人之迎送，相接於風雨寒暑，而不敢告勞。懷姦挾詐之徒，又相與投間抵隙，以攻其短。前後至者，鮮不病焉。以輔精白一心，勤勞朝夕，縣令又賢而明，聲應氣求，雍容一堂之上，事至立決，如燭照數計，造庭累千百無留，游刃恢恢乎恒有餘地。縣豈真難治哉？乏廉能爾。余嘗即耳目睹記，守令之稱職者，往往有之。察諸掾曹，某也厚其資，某也巧於進，某也以事去，某也不能芘賴其後人，欲求剛直奉公，不撓不變如劉君以輔之爲，甚不多見也。以輔勉乎哉！恤凋瘵之餘，推惻隱之實行，見農桑被野，雞犬相聞，禮樂教化興起於安居樂業之中，孰非君之賜？由縣而州，由州而府而省憲，青紫拾芥，列位縉紳，其進未可量也，又豈廬陵止哉！吾固願見在庭有同志者，幸以是告之。

劉能翁入蜀省父序

蜀於天下爲至險，凡山川風氣，水陸所經，固不待身親其間，概可識矣！然地大物衆，百貨所都，四方咸走集焉。近年遊宦往來，無不得意，大率視如康莊。吾安成柘溪往者特盛，往而挾所長公卿間，買田築室，若將老焉，則清叔其最，於是二十有八年矣。方清叔往遊時，能翁甫九歲，出入起居，母訓是式。年十六，即慨然念父，不憚數千里，致其迎養之誠，諸公貴人之愛清叔者，方膠固莫解，俾其母子俱來。能翁歸，母不可往，温凊之恭，兩不容釋，乃間歲一造父所，期以必歸，俯仰二十年，視其志如一日。今年春，予來溪上，始識能翁，聽其言，不覺前席，又聞旦夕再往，求一言自勗，庶幾慰悦其親。昔天長朱壽昌，七年知念母，求之五十年，上下四方，流離險阻，同州之遇，壽昌亦已老矣。能翁年富志確，人事盡而天理自見，將見綵服回車，父前子後，指某丘某水之遊釣，道故舊而歎，樂親戚在焉，墳墓在焉。夫妻子母之屬，父祖子孫之慶，雍穆一堂。鄉人歎息而言曰：「是母之賢也，始終一節，及其子之有成；是子之孝也，數千里往復頻年，竟得以遂其志；是父之慈也，不必久客思故鄉於異日，而悠然江山吾土之懷。此風俗之勵也。」不知壽昌當日母子之歡，還及此否？蜀士大夫多賢者，試以余言質之，其亦有不待言而勉清叔以歸者乎？《詩》之「維桑與梓，必恭敬止。靡瞻匪父，靡依匪母」〔一〕，能翁有焉。邑之士凡久於蜀者，其亦爲子誦太白之語〔二〕，箴之曰：「錦城雖樂，不如還家。」

劉遂志詩序

詩自虞廷《賡歌》以至《風》、《雅》、《頌》，皆本性情，故其爲言易知，而感人易入，興觀群怨，蓋有不期然而然者。漢世去古未遠，若《東都賦》後五篇及蘇李相贈答，與夫《十九首》之作，往往平易近情，義味淵永，讀之者悠然有契於心。魏晋以降，變而辭游，氣卑而聲促。唐初始革其敝，至開元

〔一〕詩之維桑與梓必恭敬止靡瞻匪父靡依匪母：之，文淵閣四庫本、豫章叢書本作「云」。

〔二〕其亦爲子誦太白之語：子，文淵閣四庫本作「予」，豫章叢書本作「予一作『子』」；太，原作「大」，據文淵閣四庫本、豫章叢書本改，後同。

而極盛，李杜外又各自成家。宋世雖不及唐，然半山、東坡諸大篇蒼古，慷慨激發，頓挫抑揚，直與太白、少陵相上下，後来作者其能仿佛之邪？近年風氣益漓，士習好異，妄庸輩剽聞先進一二語，遂謂宋詩舉不足觀，棄去之惟恐不遠。專務直致，傲然自列於唐人，後生小子争慕效之，相率以歸於淺陋，詩之道固若是乎哉？友人劉遂志，自幼嗜吟，頗不爲流俗所變。往年同客城西，雅相好，不幸死亂兵間。其季子孚從余遊，一日，出所編遺稿，余欣然讀之，愛其情事直切[一]，音節諧婉，如行雲流水，無纖芥凝滯，時出警語，他人苦思所不能。得意處尤在七言長句，旁搜遠取，浩乎沛然，胸中之耿耿，將盡吐而雜陳之不少厭。彼溺志他歧，肆爲誇誕者，又孰得而涯涘哉！因念平生交遊，亂來零落殆盡，故家文獻，求千伯之一二於其子若孫[二]，茫然不知所對，或因以見踈而反獲戾焉，世道之可感如此！若遂志，可謂有子矣！惜卷中盡載酬答，自著者罕有聞，爲可恨耳！孚之兄升，好學警敏，凜乎乃父之作之散亡。勉旃，詩之傳其在此也。

送李仲弘再往西安序

李氏子仲弘，昔從余學，性警敏，少所屈下，卓犖不可羈。兵興以來，慨然出身行陣，族賴以完。

[一] 愛其情事直切：直，文淵閣四庫本、豫章叢書本作「真」。
[二] 求千伯之一二於其子若孫：伯，文淵閣四庫本、豫章叢書本作「百」。

海内平，督府調發，從主帥濮公鎮西安。當西上未趣裝，時鄉人少忿争，事達於府，去後獄詞連延，府檄徵就辨，事畢，復西。親友之能文辭者，集歌詩以贈，匆匆來别，求叙卷端。余交其祖子孫凡四世，閭里干戈之後，半爲丘墟，是宗屹立其間，如龍驤泛海，雲濤出没，竟抵安流；如駿馬决踶，按轡羊腸九折，徐就康莊。仲弘一再西行，壯年盛氣〔一〕，無漁陽摻撾之歎〔二〕，有新豐呼酒之豪。回視故鄉，前人之澤遠矣。勉旃！此去毋易視同列，或起禍端；毋忽老成之言，恐貽後悔；毋惑邪佞而駸以驕奢〔三〕，毋爲權勢所臨而失其所守。小心事上，御下以恩。鞍馬弓刀，固屬分内。暇日稍親簡策，足以開發其聰明，應接無失。親年喜懼，子能受書，間歲一到家鄉，以慰荅迺翁，扶持嗣續，不墜家聲。丈夫不必局促效轅下駒，故應爾也。關中多漢唐碑刻，搜求一二寄我，乃見不忘。歲在著雍敦牂，孟春之月，石初周霆震書。

晏彦文詩序

晏氏子彦文，幼穎悟有志，世味泊如。稍長，即留意筆墨。間出，遇里巷兒童，每羞與伍。通家多一時知名士，侍立忘疲。余留城西，迺翁梅間遣其來學，與之講析經義，欣然會心，觸類而通，時有啓

〔一〕壯年盛氣：年，文淵閣四庫本、豫章叢書本作「歲」。
〔二〕無漁陽摻撾之歎：摻，底本作「操」，據文淵閣四庫本改。
〔三〕毋惑邪佞而駸以驕奢：駸，文淵閣四庫本作「侵」，豫章叢書本作「寖」。

人意者。於詩尤感發，故酷嗜吟咏。迺翁甚喜[一]，余亦器之，勗其勉力勿怠，庶進進以底於成[二]。癸卯春，顛沛風塵，東西奔竄，漫不知存否何如？乙巳，余客横溪，來拜館下，意此道必廢，試叩之，猶前日之彦文也。出所作袖中，亹亹焉。律詩首尾春容，規制平妥；選體跋涉，上下有情；七言古句，收攬鋪張，浩蕩不乏，已極可愛。但律詩意欠沉著[三]，馴習尚多，激昂處絶少。選體當令語近意遠，涵泳優游，自然有得。長篇氣骨不可少，中間轉换，要須突兀起伏變化，前後照應，使有歸宿，方是本色，只滔滔寫去，多亦奚爲？大抵古人之作，雖若甚平，然托興微婉，反覆求之，方見其不可及。若曰「辭而已矣」，豈足言詩？從遊諸生，自信莫若吾子。迺翁四十年知已，吾子慎思之，吾所望於方來未止此。

[一] 故酷嗜吟咏迺翁甚喜：咏迺翁甚喜，文淵閣四庫本闕此五字，豫章叢書本作「咏曾不少輟」。
[二] 庶進進以底於成：進進，文淵閣四庫本作「進境」，豫章叢書本作「日進」。
[三] 但律詩意欠沉著：欠，文淵閣四庫本作「次」。

石初集卷七

記

義兵萬户馬合穆安塘生祠記[一]

國家承平百年，東南武備寖弛，盜發徐潁，扼荆襄上流，蘄黄乘勢連結，掩吾郡之不備，賴守臣盡力，城以克復，而妖孽所染，不可勝誅。雖廬井細民，涵濡至治之澤，不知自愛，故兇徒揚煽其説，甘心没溺不辭。亦由分兵四出者，不能體念牧守意，或反爲富貴之資，重以吏習舞文其弊，有不忍言者。求如今義兵萬户馬合穆公致遠撫士恤民，盡心報國，始終不渝者，蓋不多見也。按公之先自西域徙京師，宦遊四方，子孫益盛。致遠侍親杭淛，以蔭補官，敕授廬陵井岡巡檢，職在察姦求盜，而所至書策自隨，深有意濂洛之學，事上接下，一於温厚和平。至綱常大義所關，則正色凛然，不可毫髮忤。臨危涉險，慷慨出萬死如履坦途，蓋由詩書講貫之餘，有以察夫天理民彝，而此心之涵養有素也。粤自壬辰

[一] 文題：馬合穆，文淵閣四庫本作「馬哈瑪爾」，豫章叢書本作「瑪哈穆特」，下同，不復出校。

討賊，奉府檄東西馳，捕南嶺，備烏東，招集廬陵、安成諸鄉，復臨江、新喻州治，出永新、馮橋、吉水、白茅、黄源、瀘江、江口，鏖戰大坑，移鎮龍泉、西昌，前後斬捕首虜上功，幕府具存。監郡忠憲公納速兒丁多其能〔一〕，辟安成判官，中省授廬陵監縣，權烏東萬户府事。五年之間，芟夷平定，生死肉骨者皆是，而廬陵視公如父母，受賜獨多。感恩之深，又未有近群盜往來出没，而無險可恃如永福之安塘者。癸巳九月，寇自永新踰嶺，掠玉山，火淡江，距安塘十里耳。公率衆追擊，破走之，民賴以安。乙未十一月，袁寇據安成者，驅土人大出，掩南里，越三舍，包歷村下牢，蹤火數十里，民扶老携幼，顛踣相藉，晝夜雪霜中。公按據安塘，連戰大捷。寇退保城，而其黨分據永豐者復熾。丙申正月晨，壓敖城，所過無不殘毁，火及羅興塘。官軍相顧引却，人人自危。公星馳赴援，提步卒三十人進，與賊遇。賊躍馬奮戟抵公冑，公斬以徇，取其馬而還。明日，整兵復出，生擒僞帥周昇，奪馬三疋。又明日，官軍四集，焚其營巢，拔良民之陷賊者慰撫之，餘衆遁去，安塘無毫髮遺失。蕞爾僻地，煩公屢犯鋒鏑，如枯荄朽質，絶望歲晏，一旦而春德澤之，在人心爲何如也！今其江山登望之美，人物邑居之繁，何莫非公所賜？於是里之父老相率立祠江滸，以繫其思，若《召南·甘棠》之詩，西都《循吏》之傳，《張益州畫像》之仿佛其平生衣冠狀貌，有不自知其然而然者。雖公之德業聞望，不繫祠之有無，然人情感慕之誠，則必因祠以著，而或者猶有慊焉。蓋公之心無愧於古人，公之才豈不如古人？而吏

〔一〕監郡忠憲公納速兒丁多其能：納速兒丁，文淵閣四庫本作「尼雅斯拉鼎」，豫章叢書本作「納蘇羅丹一作『納速兒丁』」。

議常以資名聲壅於上聞，僅省府一二辟除，止使得專一郡，以究其所藴，詎可量哉！予故深歎，夫一世之屈伸，而重爲人才惜。第公論時出於山巔水涯，足以備太史氏之缺，且使朝衣朝冠坐於塗炭者見之，其顙或有泚焉。則此祠之建，於名教未必無小補也。是鄉人士求記本末，予不敢終辭，且復託於詩，他日使車往來，俾歌以爲公壽：

繄皇穹兮子民，閔下土兮覆以仁。殆先事兮毓才，俾乘運兮禦患菑，于嗟我公兮曷爲此來？公桓桓兮以武，射則臧兮有翩其馬，碧雲旗兮焕朝日。耕市弗遷兮貔貅用律，我民匪公兮將疇依，饑食渴飲兮寒而衣。春山沐雨兮笋蕨以肥，秋野日晏兮雞豚忘歸。何土兮可樂，此獨全兮屹如昨。祝公壽康兮位朝端，干戈耑戢兮海宇奠安。民心孔懷兮奔走祠下，歲歲兮式歌且舞。

石門八景記

古今山川名物，隱顯萬殊，表彰於名人勝士者不一二[一]，而埋没於樵人牧豎恒千百。每讀蘇老泉《木假山記》，未嘗不掩卷悵然。汶之石門，阡陌平曠，泉流分注，山色遠近，與人烟低昂，有武夷盤谷之意。中具八景，東則桃源春日、僧院曉鐘，南則馬峰白雲、勾嶺瀑布，西則密賽喬松[二]、西山雪霽，

[一] 表彰於名人勝士者不一二：人，文淵閣四庫本作「下」，豫章叢書本作「下一作『人』」。

[二] 西則密賽喬松：賽，豫章叢書本作「塞」。

北則隔山樵唱、北嶺早梅。岡坂連延，前後起伏。或博采幽曠，或追慕古昔。名狀之勝，見聞相傳。獨所謂馬峰白雲，巋乎特起，仿佛狄懷英河陽之思。里士王子琛，冒犯干戈，殯葬其母，凡三遷，然後安於此，八景之名始彰，以予先世交遊徵記。余昔弱冠，王先生禮聘，俾二孫執經。先生宋大學諸生，字鼎翁，居汶西偏，事母以孝聞，梅邊則肥遁之號。子琛，其族孫也。安成南來，豪右鼎峙，王氏財産甲諸族，其知名縉紳則以梅邊之孝，富盛不與焉。梅邊凝峻端方，士類取則，一語中理，雖年少，必極口獎稱；稍越準繩，雖鄉邦達尊，亦面折不假借。賓客滿座，無或敢輕出言，子琛之曾大父斯賢兄弟冠帶侍側。承平文物如彦方之廬庚氏、城西公府，薰而善者凡幾人，世改運遷，干戈所歷，向之華堂甲第，落而爲墟。汶屹立其中，賴一二才俊相與扶持，依然冠屨之舊。於是梅邊孝友餘風，漸漬沉涵，去他族遠矣。子琛又能繼前人之志，其示不忘，宜矣。蓋嘗究觀宇内山水佳處，皆扶輿清淑之所融結。鍾是氣之秀者，必以其有人，夫然後足以駿發地靈之祕，記勝跡而垂無窮。峴首之碑，無羊叔子則安能使千載墮淚；浯溪之石，無元次山則歌誦止乎當時；《渭陽》之作，記載於《國風》，以康公念母不見；上虞之文，稱述於魏武，以曹娥求父殞身。《陟岵》《陟屺》，所以紀孝子行役，瞻望父母之思，否則屺爾岵爾，參錯丘陵原隰，過而覽者，誰復動心？《凱風》《蓼莪》所以致「生我劬勞」、「莫慰母心」之感，否則草木榮華，忽焉變滅，「爰有寒泉」、「昊天罔極」之恨，曷自而至哉！汶在城南，居上游而都要會，衣冠文士之所走集，非梅邊孝行純篤，未必名揚四方。石門八景之勝，閟於昔而顯於今，非子琛葬母盡誠，曷足以紹梅邊而無怍。人之善因物而著，物之美藉人而傳，初不足以大小高卑異視，而孝友一念，所以貫金石而不朽也。余交王氏之初，在賓客中齒最少，今行年八十有一，廢興存亡之事〔二〕，何所弗有？復見王先生孝友餘風被及族孫，何其幸邪，而可感矣！故略叙本末，勗其後人。若鋪張秘思妍辭，發揮八景，則屬之能賦諸賢，余未暇悉。

張梅間雲林環堵記

老友張梅間，辟地潯源，結廬雲峰之下，翳然水竹，居者雜耕，一翁逍遥，三子環侍。玩漁樵之争席，狎童穉之牽衣，放乎其間，意若甚自足者，自號雲林環堵，徵一言識之。余撫案三歎曰：今之梅間，猶昔之梅間歟？當其在承平也，自少爲佳子弟，名譽流縉紳間，談言折衝，遇事慷慨，有古燕趙之風，一時名公卿皆欲出其門下。跋涉廣海，與臺憲諸俊頡頏，誓將攬轡京華，泰山、黄河如指諸掌，其暇顧深山野人哉？蒹葭霜露之餘，而止於此，回視初心，其不大相遠邪！雖然，塵生中原，干戈二十餘年，他日名都要地，甲觀華堂，羅鍾鼓，立曲旃，負恃專房，逢迎接席，厩馬委芻粟，僮僕厭膏粱，豈知人間世之有來日哉！而瞬息之間，飄風所遇，悉化爲墟。顛踣東西，望斜徑托足以苟須臾且不敢必，以彼較此，得失何如邪？或者又以求田問舍，概言之亦非也，惟知道之君子，始可與言，吾因是深思。陟其所造，則咫尺雪峰，非有桂林梅關山水之奇；度其所闢，則容膝環堵，非有承平甲觀

〔二〕廢興存亡之事：之事，文淵閣四庫本作「之」；豫章叢書本作「亦」。

華堂之美；問其所居，則漁樵童稺相爾汝，又非憲府英才倡酬詩酒之樂。其迹誠若遠乎初心，其趣則遁世高蹈者，自有得於言意之表。抑斯趣也，常情所未易知，而足以使人洞悟。今有人焉，以環堵而舍於四通八達之衢，高車駟馬，固弗視也，下至負薪之子、賣菜之傭，掉臂而過，亦嘗有回顧者歟？甚則群童欺無力，抱茅入竹者有之矣，其不與土苴同腐幾希。以雲林而施繡闥雕甍，則夜鶴曉猿有所不屑，舉相率而避逃。山靈有知，必將艴然懷怒，棄之惟懼弗速，而況得以污其名乎！是故惟雲林可以安環堵，而都邑之雄富不與焉。環堵可以托雲林，而臺榭之侈靡不與焉。茫洋窮乎兩間，寶藏之興，肇乎卷石，千駟萬鍾，弗與易也。雲林已乎哉！夫然後知寓形兩間，邂逅默契之深趣，必俟知道君子而屬之。非雲林不足以遂環堵之高，非環堵不足以都雲林之美〔一〕。斯林斯堵，秘於昔而闡於今，天下之奇遇也。一或差池，胥失之矣。樂哉處此，玩出岫無心之詞，充歲寒松柏之守，慕耕桑而追五柳焉，有不足者乎！於是梅間作而謝曰：「受賜多矣。」遂爲記。

漁樵別墅記

漁樵別墅者，劉氏子孟謙奉親燕休之所也。日以其父敬心之命，屬予記之。予謂孟謙：奉親，人間至樂，清溫甘旨，焉往而不得盡吾情，獨有取於漁樵，何也？孟謙蹙然變色曰：噫，此豈其所意

〔一〕非環堵不足以都雲林之美：都，豫章叢書本作「見」。

乎？吾氏自長沙來，世居荆溪之上，國子博士盤溪，遊西山文忠公之門，所交多一時卿相，信國文公尤敬慕焉。詩書福澤，芘賴後人遠矣。不幸兵厄，先廬遺構，百一僅存，迺集山中數椽，扁「荆溪樵逸」，溪之隙宇，扁「玉溪釣隱」，合而名之曰「漁樵别墅」，於此奉親讀書，一日得以盡其菽水之歡，亦平生之志，願姑以自釋云爾，甚非予之初意也。先生桑梓世契，故敢竊有請焉，其勿多遜。予乃躍而起曰：幸哉，故人之有子也！干戈徧海内，于兹十年，千金膏粱，往往不免束縛以歸山岡，樂羊忍中山之羹，王裒誓西向之坐。衆暴寡，智欺愚，何所不有？朱門大第，莽爲丘墟，求麥飯一盂以洒寒食者鮮矣。於斯時也，乃能脱屣風塵之表，税駕山水之間，撫童子之釣遊，慨前人之種植，與老翁稺子來往，風晨月夕，歲時伏臘，館授來歸，唯諾庭闈，自相師友。地爐榾柮，風雪閉門，無蔡州夜半之慮；秋風鱸鱠，澹泊自安，無東門牽犬之悲。此漁樵所以爲得，宜吾子之深有取也。推是心以往，則負米百里，轉客行傭，奚必多遜古人？將使其親陶然一丘一壑，筆牀茶竈，葛巾鹿裘，寄邪許於嚶鳴，雜吾伊於欸乃。侶魚鰕，友麋鹿，山間明月，江上清風，相與爲無盡藏。仁義之美，施於令聞，又豈待芻豢之悦口、文繡之被身，然後謂之能養哉？不知者惟徇其名，知之者則見其登山而采玉；不知者徒泥其跡，知之者則見其入水而求珠。漁樵云乎哉！於是進於道矣。第不知會稽之綬，渭水之車，富貴逼人，禮羅交致，亦思所以早見而預待之乎！子歸，試從迺翁質之，尚分我半席。

心泉記

去郡三十里，有泉泓澄，回抱林麓，乃王步秀氣所鍾。居是間者，存心蕭氏。蕭氏爲里著姓，存心雅好文，家庭雍睦。二兒英英，長宗禮，次宗玄，幹蠱用譽。迺翁俯仰世變，標致自如，晚益和易，心之所玩，無適而非泉，遂以「心泉」扁燕休之所，屬余記之。余笑曰：心出入無時，泉在山則清，出山則濁。金玉綺繡，可玩者衆矣，而獨有取於泉，此何心哉？曰：噫！吾宗盛時，東西花竹連陰，亭館清邃，觴詠無虚日，玩好之物不一而足[一]。亂來人物俱盡，僅留斯泉與童子無異。白髮照影，悠然今昔之思，於是泊與澹相遭，脗合無間。此心泠然，泉之清也；此心湛然，泉之鑑也。泉之冽，吾心之潔；泉之幽，吾心之休。感於心者，與泉流通；遇於泉者，與心融貫。心即泉也，泉即心也，夫何出入清濁之有？余聞而善之，請推本以申其説[二]。粤自鴻濛肇判，高下散殊，人身雖微，然心之虚靈，有以通千載之前，攝三才之藴。水性本下，然泉之爲物，湧出懸崖峭壁，而瀉於千仞之巔。蓋人爲萬物之靈，而心者其主，乃天理所會。水居五行之首，而泉者其本，乃天一之初。由是言之，心者，人之天也。泉者，水之天也。得於心，寓之於泉，殆人而天矣。《易・蒙卦》象傳云：「山下出泉，君子以果

〔一〕玩好之物不一而足：一，底本作「移」，據文淵閣四庫本改。

〔二〕請推本以申其説：請，豫章叢書本無。

行育德。」徐子曰：「仲尼亟稱於水，孟子以源泉有本啟之。」夫所謂「果行育德」，所謂「有本」，皆指心而言，聖賢豈欺我哉！則存心之義，有取於泉也尚矣。誠能於此，既有本以涵養馴致於果行育德，使方寸充滿，浩乎日夜之所息，旦晝不得以梏亡〔一〕，猶泉之本源瑩徹，畜而陂池，注而江海，泥沙不得以相混也。彼形勢聲色，斃而後已，譬諸坎井污瀆，甘心没溺，惡足以窺涯涘哉！余嘗讀蘇文忠《天慶觀乳泉賦》至「汲者未動，夜氣方歸」〔二〕，愛其深達華池妙理，默探造化之端倪，此心泉之説也，知之者蓋鮮矣。邂逅出此，得全於天。清風自來，明月時至，煮茶留客，歌濯纓其上，余雖老尚能聽之。

中和堂記

安成自通真子顯於宋劉氏，多名醫，城南尤著〔三〕，列郡監司太守交章羅致，《雲萍録》具有考焉。今浮梁津友蘭氏，又城南流派之屈指者，世襲篤厚，顔堂中和，過余質其義。傳曰：「中者，天下之大本。和者，天下之達道。無所偏倚，故謂之中；無所乖戾，故謂之和。」醫之取義，最爲切近。蓋天地萬物，本吾一體。中和，以性情言，人之有生，同稟天地五行，其感疾也，亦由陰陽五行。陰陽五行，豈在性情之外哉？善醫論病，必推其所感。大陽、少陽、陽明，大陰、少陰、厥陰，支分派别，不使

〔一〕旦晝不得以梏亡：梏，豫章叢書本作「牿」。

〔二〕余嘗讀蘇文忠……方歸：余嘗讀蘇，文淵閣四庫本作「□□□□」，豫章叢書本作「嘗讀歐陽」。

〔三〕「城南尤著」，文淵閣四庫本後有「者」字，豫章叢書本作「城南尤特著」。

少有偏倚，即傳之所謂「中」也。其治病也，必察其表裏虛實，何者當補，何者當瀉，不致少有乖戾，即傳之所謂「和」也。然必先明己心，恒不失其性情之正，然後施以治人[一]，則端本澄源，自然中節，非深造乎道不能也，而昧者往往易視之。友蘭家學淵源，殆深有見乎此，其所由來遠矣。余昔承平時客澗西彭氏十載，彭、劉東西家，悉其父志翁爲人，恂恂焉，不事表襮，清儉自持，進退周旋，雍容謙遜，澹泊安分，所至争迎，平生未嘗議論人長短。治家嚴整，子弟小有過失，必加捶辱，雖對賓客不少恕。負販賤微，每極優容，感悦贊歎之聲載途。坐閲聲華，玩世韜晦，浮沈閭里間，無毫髪幾微形於顔面，始終不移。即其行事，何莫非中和發見，豈獨醫哉？吾嘗謂志翁厚種而未食其報，天意似不可知。壬辰以來，天下鼎沸，向之朱門大第，莽爲丘墟。友蘭屹立其間，弟兄子姪，俱不在人下，四方邀請旁午，駢肩累迹，雪霜、風雨、昏莫，叩門即奔往赴之，了無德色。時時衝冒鋒鏑，暴横之輩舉不敢相加，送迎恐後，由是所至無留碍。益廣其施，田廬恢覙[二]，過其父百倍。然後知積之深者，其發也必弘。志翁之天，於是乎定。斯堂斯義，蓋友蘭能以志翁之心爲心，故名實相似，光振前後，愈熾而愈昌。子孫登斯堂者，又能以友蘭之心爲心，聿追厥祖，勿怠勿矜，勿以貧富異心，勿懷小忿而自相殘害，則斯堂斯美，彌久而彌固矣。彼要利欺心，慘酷自斷，陰陽經絡昧於脈[三]，虛實補瀉逆其施，草芥

[一] 然後施以治人：治，文淵閣四庫本、豫章叢書本作「活」。

[二] 田廬恢覙：覙，文淵閣四庫本作「拓」，豫章叢書本作「規」。

[三] 陰陽經絡昧於脈：脈，底本及豫章叢書本俱闕，據文淵閣四庫本補。

視人，橫行鄉曲，亦嘗升斯堂而聞所謂中和者歟！較之友蘭，何啻霄壤。蚩蚩之氓，委命束手，莫措一辭，而其人自以爲得忍哉！永新劉德翁嘗言[一]：「吾父以精藝名鄉邑，恒恐藥誤傷人，夕必焚香祝天，乞祛蒙蔽。後值北兵討叛，脱死屠城，終於牖下，世業相傳。廬陵某氏稍聰明，知讀書，負才壓同輩，凡危急請召，無問親疎遠近，必厚賄乃就，責備多端，中人之家不敢屈致。年五十二，子孫寂無聞焉。」於斯二者，一勸一懲，中和餘慶，其未涯也。友蘭離席謝曰：「先生之賜多矣，請書以勗後人。」遂爲記。

[一] 永新劉德翁嘗言：劉，底本作「刋」，據豫章叢書本改。

石初集卷八

志

戴氏濟美志

至正壬辰，紅巾寇起，官弗能致討，反因之以流毒於民，上下相蒙，列城繼踵淪没。郡人戴大賓提千百之衆，扼龍泉要衝，與賊相持連歲，衆寡不敵，竟殁於兵。兄子華明繼之，而無投足之地矣，遂脱身獨去，道廣踰閩，間關航海，走京師，萬里伏闕上書，歷詆時政，語頗侵東宫，執政爲之失色。蓋舉朝以言爲諱，危在旦夕，無人敢出口。華明不顧萬死，直犯龍顔，事雖寢，亦奇矣。由是淹留輦下，思顯其叔父之夙心。事聞太常，錫忠靖，贛守陳子山爲之銘。國破南歸，訪余溪上，極論京城喪敗之由，尚流涕嗚咽不能平，如伏殿階日。士不當如是邪！傳曰：「國家之敗，由官邪也。官之失德，寵賂章也。」余嘗反覆致亂之本，在於官邪而寵賂章，賞罰失宜，姦巧得志。故凡尸位承平，惟務豐其子女玉帛，君臣大義曾不經心。一旦盗賊臨之，望風迎拜，獻妻納女，忍恥乞憐，猶以智術誇人，死不知悔，是皆天理絶滅、人欲横流，所由來者漸矣。於此有人焉，奮布衣，提三尺，百戰死寇，餘忠被其兄子，國危如綫，尚求表章之，跋涉南北，竟得所願，蓋廬陵忠節之流風餘韻，感人也深。故綱淪法斁，縉紳掃地之餘，天理發見於草茆，自然而不可泯。吾於是得三人焉：章立賢，盡室投江死；蕭彝翁，一再赴學宫井死；戴大賓，就死得所。皆儒者也。立賢、彝翁死城陷之日，或爲立傳，或爲文祭之，凛凛在人耳目。大賓率千百疲散，遏萬寇之勢於方張，微華明，野草同腐矣！華明抱孤憤，萬里不死，匍匐南歸，叔父之忠，賴以不泯，殆天意也。昔韓文公送董生，稱燕趙多悲歌慷慨之士，猶恐風俗移易。今異於古，華明展轉涉難，厭見蟲沙，毅然不受變於俗，難矣哉！天固存之，以扶植廬陵之忠節，而昭示來者於無窮也。華明勗哉！余生長承平，苟全亂世，杜門養拙二十年，名不掛投贈卷中，多華明之義之足以得天，故録大概，俾廬陵爲士者聞之。他日太史氏有取焉，或可爲天下勸。

石初志

周氏自吴將軍建功赤壁，子孫散在江東。派安成者，石門田西始著。五世從祖諱因，字孟覺，登宋紹興辛未進士第，益國周文忠公同榜。文忠公久相位，未嘗一造其門。奏疏讓居翰林，不就，終邵州别駕，文忠誌墓。其後族蕃地隘，分適四方。高祖轉徙來南，勤力爲生。曾祖貲用豐給，有餘悉以周貧乏，再世樸厚相承。先親奮起輩流，篤志苦學，務發身場屋，卓然不移。遭值宋亡，浮沉遁迹，教授廬陵、永新間，學者稱復齋先生。皓首甘貧，持論鯁挺，事有弗可，雖衆所禮貌，肺腑至親，必面折不少貸，後輩率嚴憚之。然無藏怒宿怨，故遠近咸服其公。義理研窮，老而不倦，壽七十八終於家。某賦性疎愚孤介，自信生平不能害物，寄跡婦氏，庸愚往往肆侮，輒笑而受之。室無宿舂，晏如也。出處隨分，裹足時貴之門前，聞人頗與其直。亂離屢蹈白刃，迄無毫髮損，若默佑之者，雖刻日定期，不如是之審[一]。天理發見，至危難而益明，夙夜操持，恒恐失墜。他宗烜赫，相繼陸沈，不可傴數[二]，而吾以挾策獨存，斗室扁以「石初」，石門，吾初也。王粲荆州之賦，賈島桑乾之詩，楚鍾儀之樂操南音，齊太公之五世反葬，夢寐往來於懷。時異事殊，貧賤奔走，兒孫生長，不知桑梓爲何如[三]。侵尋暮年，悔已無及，署此斗室，以志水木本源，庶幾出入起居飲食坐卧如石門在目，以發憤而抒情也[四]。宇宙俯仰，參差萬端，國書直而史臣誅[五]，則《豳・七月》之詩可無作；子裾絶而母恩割，則李令伯之表不必陳。錯父悼東海之歸，廣孫蒙隴西之恥。長卿封禪之議，空留於身後；朱序故鄉之語，不發於生前。於是初之可憾衆矣，豈若一間茆屋而祭者之爲愈乎？後之人勤力詩書，嗣守弗替，吾固深有望焉，而不敢必。抑石門之載地志，郡城龍脈所從起，匪特吾氏之初，乃郡城之初也，故又謂之城門。父老相傳，益國公罷相來過，見堂宇陬隘[六]，親書門帖授別駕云：「于公之門宜高，畢萬之後必大。」幼從先

[一] 不如是之審：如，文淵閣四庫本作「有如」，豫章叢書本作「如有」。
[二] 不可傴數：傴，豫章叢書本作「僂」。
[三] 不知桑梓爲何如：梓，底本作「乾」，據文淵閣四庫本改。
[四] 以發憤而抒情也：憤，文淵閣四庫本、豫章叢書本作「情」；情，豫章叢書本作「性」。
[五] 國書直而史臣誅：誅，文淵閣四庫本作「殊」。
[六] 見堂宇陬隘：陬，文淵閣四庫本、豫章叢書本作「湫」。

親展省，習聞其説，故特以示後人。

銘

正心堂銘 并序

親友劉楚南兄弟作堂東潁之上，扁曰「正心」，朝夕循省。來徵銘，石西子初周霆震爲之銘曰：

心體至微，欲動情勝。覺者約之，乃歸於正。是心之靈，造化胚胎。本真不昧，衆理兼該。三才精蘊，具方寸内。俄頃之知，通乎千載。凝冰焦火，淵淪天飛。變化倏忽，莫測其機。勿謂寂然，死灰槁木。如影由形，如聲傳谷[一]。忿懥好樂，勃窣以興。恐懼憂患，起而相承。蔽陷離窮，繆迷展轉。反而求之，初未嘗遠。方其縱肆，出入無時。銛鋒悍馬，晝夜交馳。及其斂藏，澄淵止水。衡鑑在焉[二]，自無斜倚。聲色臭味，玩好珍奇。紛至迭出，卓然不移。有美伯仲，休于吉祥。仁由穀種，生意滿腔[三]。不險不夷，居易俟命。傳之子孫，必有餘慶。

[一] 如影由形如聲傳谷：文淵閣四庫本及豫章叢書本作「跬步恩讐雲翻雨覆」。

[二] 衡鑑在焉：衡，底本作「行」，據文淵閣四庫本、豫章叢書本改。

[三] 生意滿腔：生，文淵閣四庫本、豫章叢書本作「春」。

暘谷丹室銘 并序

羅君朝陽，謙謹好學，少有能詩聲，雅爲士流所敬愛。遭世險阨，閔陰陽寒暑之失序，斯人呼吸疵癘，不能自存，慨然修其世業，若安期生、壺公之爲者，藏丹於室，暘谷其名。厚哉朝陽，天地生物之心也！是心也，在天爲元，在人爲仁，於時爲春。春者，四時生物之始，而暘谷又一日之春也。以心之仁，體天之元，驗四時生物之始，而發揮乎一日之春，斯其爲丹室也，大矣！是宜銘。銘曰：

坎離妙用，虎降龍升。是爲鉛汞，九轉丹成。達人内觀，道進於技。惻隱滿腔，物我兼濟。有美逸士，爰世其家。盎然一室，玉札丹砂[一]。暘谷肇名，於昭秘旨。乾以一元，而爲物始。庶札瘥者，如夕達晨。厥施斯溥，與物爲春。猗嗟斯人，喪亂羈縶。展轉中宵，萬感交集。陰陽後日，知復何如。匪寐伊寤，怛焉長吁[二]。海色東升，丹霞射牖。載瞻彼蒼，拜手稽首。丹室之義，視此弗違。哀哉憔悴，匪陽不晞。寅賓嵎夷，容光奚擇。谷云乎哉，蒼生命脈。虚生白室，燁燁其光。降福孔皆[三]，集於休祥。斯詠斯陶，介我春酒。俾壽俾臧，克昌厥後。

[一] 玉札丹砂：札，底本作「扎」，據文淵閣四庫本改。

[二] 怛焉長吁：怛，底本作「恒」，據文淵閣四庫本、豫章叢書本改。

[三] 降福孔皆：皆，底本作「偕」，據豫章叢書本改。

琴隱銘 并序

黄冠沖和師，姓顔氏，以善琴行四方，曰琴隱者，托也。兵革甫定，求至音於焦爨之餘，蓋極少矣。石初周霆震聞之，跫然而喜，遂爲之銘曰：

海風吹萬，天其譜歟？世無人收，士之不如。伯牙鍾期，古今奇遇。未習安絃，焉知其趣。沖和道士，若世外來。寓名琴隱，豈真隱哉！泠然鼓之，天趣遠引。遺音蓬萊，妙處自領。南薰解愠，垂拱巖廊。單父之化，治不下堂。聖賢養心，所貴及物。被之絲桐，可以觀德。歷曠大劫，孰爲伶倫。聲多殺伐，絶唱陽春。凡此從游，異於疇昔。宜奏和平，變其氣質。絃次風雅，廣推此心。仁民愛物，成治世音。教化所關，豈云小補！毋曰退藏，爲我再鼓。

友于堂銘 并序

士君子推論人倫，極平生之樂，無如兄弟。始而生長之相次，繼而出入之相須[一]。歲月悠長，故得盡夫人倫之所至。蓋嘗深思反覆，親莫親於父母，方其幼也，未知承順，及既成立，則定省温清，左右無方，亦云宜矣，然欲養而親不逮者常多。愛莫愛於子孫，保抱攜持，惟恐失墜，然中道而棄捐者不少。至於同氣，則父母前襟後裾，左提右挈，衣同服而食同案，學連業而遊共方。頡頏青春，休偃白

[一] 繼而出入之相須：須，豫章叢書本作「資」。

日，何願之不遂？何樂之能易？而可以玩視乎？余自交劉以來，辱良友持志顧盼周旋，爲忘年，爲莫逆。其兄持盈，静重不矜，雅淡有守。持志見幾明敏，勤勞自任，遺兄以安。搆堂廬東，援《周書·君陳》之義〔一〕，扁曰「友于」，焚香煮茶，種花蒔竹，日相聚笑，樂無間言，如影隨形，如響應聲，如膠投漆中〔二〕，如魚得水，放情江海之上。酧接庶務，商略古今，攬衣侵晨，篝燈夜永，意適忘倦，率以爲常。膝邊佳兒，長伯友，訓飭端嚴，次仲恭，繼伯氏後。客至觴詠，必誘之盡言以觀其所操，一語微中，即歎賞竟席，作興鼓舞，期於有成，皆友于之推也。惜其得年纔五十一，未究所懷。歿後兵興，故居瓦礫。伯友兄弟備嘗艱阻，幸弗棄基，堂構重新。慨念二父，出其存時堂「中和」，授簡徵銘。顧余暮年〔三〕，交遊零落，感故人之有子，揆鮮終而疚懷。上下古今，難平者事。馬伏波邊郡田牧，佐漢中興，考其書戒嚴、敦，則大才晚成，伯兄必不及見。諸葛武侯躬耕南陽，身都將相而瑾、恪分處魏、吴，南北隔絶。由是觀之，雖功名蓋世，兄弟之愛不得以取多於天。鄭莊公弗制叔段，至於出逐京城，四方餬口。武安侯謂漢丞相尊，不可以兄弟故私撓，自坐東向。由是論之，雖有人民、社稷、尊位、重禄，兄弟之義不能無憾於人。求其友愛純篤，始終不渝，惟元魏楊司徒兄弟，交盡其歡，年老并登台鼎。椿每近出，或日斜不至，津不先飯〔四〕。津爲泗州，椿在京宅，四時嘉味，輒因使次附之，未寄不先

〔一〕援周書君陳之義：陳，底本作「臣」，據文淵閣四庫本、豫章叢書本改。
〔二〕如膠投漆中：中，豫章叢書本無。
〔三〕顧余暮年：暮，文淵閣四庫本、豫章叢書本作「衰」。
〔四〕或日斜不至津不先飯：至津，底本作「津至」，據文淵閣四庫本、豫章叢書本改。

入口。大常卿崔孝芬，天性慈厚，弟孝暐，盡恭順之理，雞鳴而起，且温顔色，一錢尺帛不入私房。及河東節度使柳公綽，處家嚴肅有條，平旦集於中門，與弟公權及群從弟一再會食，終日不離，二十餘年未嘗改易。昭乎流風餘韻在公卿間，卓立相高，若合符節。後來司馬文正公篤愛伯康，奉之如嚴父，保之如嬰兒，情事尤其深至。夫如是，然後無愧，而亦豈易能哉？況經喪亂之餘，倫紀廢壞，布衣閭巷能不爲勢利所奪，存心友于者幾希。今兹浹洽一堂，少長雍睦。伯友練習世務，身繫安危，不遑寧處。仲恭謙約周慎，綜理家庭，毫髮無私，惟兄是聽，足以追述父志，舉觴壽母。次第嫁婚，玉雪諸郎，駸駸讀誦，又有以垂裕於後。庶幾厚人倫，美教化，遠近聞風興起，顧不愈熾而愈昌邪！僕老無能，繹其祖子孫三世交情，喟然韓文公叙馬北平之語，遂不辭，執筆勉而進之。銘曰：

人之有生，蓋與物異。骨肉之親，本同一氣。書紀令德，必曰孝恭。友于斯何，情之所鍾。伯塤仲篪，玉昆金友。駕言康莊，如足于手[一]。陵谷高深，有時變遷。兄弟之好，金石同堅。日月往來，有時薄蝕。兄弟之歡，終始無斁。式燕且譽，悉出於天。涵温和樂，扶持顛連。□□□□，韋家花謝。扇外無塵，烏衣□□。逍遥聽雨，彷彿二蘇。桃園飛觴，太白其徒。京兆枯榮，魯山乳湩。古今奇聞，沛若泉湧。世或致傷，患始争財。俯仰高厚，獨何心哉！斯堂所存，聖賢簡策。寵賜萬金，誓不與易。婉辭微旨，攟摭磨研。於粲啟發，有嘉披宣。參商稗文，豈容過目。常棣雅歌，沉潛熟復[二]。壽觴爰舉，慈顔伊和。施于孫子，服膺靡他。二父聲靈，昭昭孔有。斯堂斯人，相與悠久。

[一] 如足于手：于，豫章叢書本作「如」。
[二] 沉潛熟復：沉，文淵閣四庫本作「玩」，豫章叢書本作「玩一作『沉』」。

石初集卷九

傳

瓦雄傳

劉文貫述母雞不尾而孳，假雄鳴於瓦，作《瓦雄謡》，蕭子貞傳之，劉極稱其工。石初氏未見子貞所著，亦託於戲而肆言焉。

瓦雄者，其先世主西方之辰，錫名翰音，見《小戴禮》。生而赤幘，以善鬬名。春秋時仕魯季孟間，距金羽介，寵遇絶倫，歷戰國尤盛，函谷關出客必候。商鞅用秦，變更法令，爲私鬬，輕重被刑，咸陽之雄由是斂跡，族寖以微，牝類往往散落。涸陰有老媪，思母育恩，泣曰：「翰之類其遂絶乎？類絶則鳴丑不聞，孰與辨東方之白？胥而盲矣。牝晨家索雖多，亦奚以爲？」夕夢陳寶附耳云：「七國縱横争戰，汝見聞習熟，獨不記孟嘗君脱關决策乎？善爲鳴者齊客也。宇宙間變化神奇，孰非假托？特未之思。區區羽族賤微，呼吸變化，生機頃刻，又何患挈壺氏之失職而不三號也哉！古有陶瓦之工〔一〕，因瓦爲氏，播物之巧，侔於大鈞。自有宮室以來，功施棟宇，萬民利之。動静互根，物兩必化，盍往請焉？」夢之明日，嫗物色造門，其儔雜處埏埴，嫗擇重厚陰陽各一，邀與同歸。有以《周易》見者，使筮之，遇《明夷》之《家人》，曰：「吉。明夷坤上離下，坤土重厚，離火炎上。厚重爲質，炎上成功，其應陶鈞。外卦變而之巽，巽，風也，巽風發揚，離明兆合。静極生動，聲登於天。鶉主飛動，雄兆也。」嫗謝筮畢，延瓦上坐，召牝之所生，曲拳以獻陰，瓦氏受而載之，顧陽瓦覆。二人相謂曰：「此所謂見卵而求時夜者歟！獨陽不生，獨陰不成，我二人共功。嫗既已知之矣。」目嫗取孤竹小挺，鳴陽瓦三，有若闡桃都之秘。啟陳寶密祝，還以受牝，置瓦屏處。越二旬而轂，果得雄，由是繼絶，日就蕃滋，數世之後，不可勝紀。二瓦朴陋，未始自陳其功，混身淤礫中，久而泯没，嫗亦漫不復省。他族載輿圖者，若賢妃之警戒、志士之起舞、賈小兒之寵、劉安之仙，無不表表在人耳目，獨瓦氏之派，寂然無聞。於是宋宗後人作而歎曰：「甚哉，秦嫗之善忘少恩，而於陳寶之靈爲有負也！我不可以無言，瓦氏代不乏人，前史夫紀魏臺之銅雀，唐殿之鴛鴦，進而與王者居，餘子輩何足録也？今太史氏其爲我明之。」

太史曰：形化之先，原於氣化。氣化者，陰陽也。天地之初，陰陽而已。亭毒密運，夫何端倪？

〔一〕古有陶瓦之工：工，文淵閣四庫全書本作「士」。

消息盈虚，縱横萬變。兔胎本於望月，女國孕井而生。瓦雄之傳，亦若是耳，焉用蔓引古昔，譸張自欺？傳曰「陰陽不測之謂神」，此不測之神也，體物而不可遺至矣。

説

彭楚英字説

《春秋傳》稱楚多才。召陵之盟，屈完奉命而不辱。晋國通好，以鍾儀樂操土風。其後三閭大夫文章名戰國，卓然千古，足以補國風之遺。蓋其山川磅礴，扶輿清淑之氣，鍾而爲人，故英華發越，恒有以表見於世，其來尚矣。彭氏子傑，好修而文，字楚英，介余友李君伯玉求言以徵之，殆有得於山川之扶輿清淑者歟？將折衝論建，慕屈完、鍾儀之風烈者歟？抑游心瀟洒洞庭之淵，浴蘭沐芳，擥蕙茝，泛秋菊而追屈子者歟？是宜慷慨激揚，足以有爲，而取知當世，有非拘文委瑣所能及，其雅尚可知矣！雖然，才本於德，士君子立身，必以忠信爲主，記曰：「和順積中，而英華發外。」夫英華之所以著於外者，皆和順之實有以充於中也。是以聲聞過情，君子恥之。惟自修於内，有篤實自得之功，則令聞廣譽施於身，風采振揚，有不期然而然者矣。楚英素能愛兄敬長，睦行鄉人，師友間講之必熟，余特懼其發揮太過，而於所當務者或未盡耳，故以是説終焉，亦友切磋之義也〔一〕。

思永字説

古者冠而字，所以責成人之禮。自前朝馬上治天下，冠禮遂廢，字亦罕聞。遐方諛佞成風，率妄引美稱以加愚騃，一唱群和，若宜妾焉，受之者亦恬然無愧，竟不復以字行，長傲莫甚於此。廬陵横溪蕭氏子〔二〕，昔從余游，名之曰恒，字以思永，而未暇以悉其義。晚歲重來溪上，請有以明之。吾年八十有四歲矣，其可靳於吾友乎！《周易》下經，《恒》列於首。恒，久也，非一定之謂，在於通變不窮。《洪範》五事，終之以思，思者，心之官也。自《臯陶謨》訓，蔽以「永」之一言，其旨微矣。惟能知恒非一定，隨事變通，然後足以明此心之官，而心思以至於永。凡人日用動静，莫不有思，乃其常也。然不過循乎遠近之暫爾。若夫心思而至於永，則非知道之君子不能。蓋心之神明，以方寸之微，而攝三才之藴，俄頃之知而通千載之前，曰思而已。周公之坐以待旦，孔子之終日不食、終夜不寢，皆所以永其思也，况學者乎？他岐眩惑，得以汨吾之思，非永也；中道嫌疑，足以病吾之思，非永也；安居省察，當造次而忽亡，非永也；平日操持，或頃刻之少怠，非永也。夫所謂永者，心意循循〔三〕，相爲悠久，

〔一〕亦友切磋之義也：友，文淵閣四庫本、豫章叢書本作「友朋」。
〔二〕廬陵横溪蕭氏子：氏，底本作「民」，據文淵閣四庫本、豫章叢書本改。
〔三〕心意循循：意，豫章叢書本作「思」。

非勉强於一事一時之所能也。是故事親則思永其孝，事君則思永其忠，交朋友則思永其信。物欲牽引，易於變移，則思有以絶之。憂患侵陵，或至沮喪，必思有以勝之。理義之奥，則立潛其思於未融；心術之微，則日察其思於未遂。事物之來有限，吾身之應無窮。思貴有恒，惟恒故永，非恒不能以致永，非永不足以言恒。合《易》、《書》之義，不忘三復於操存，終身由之，無入而不自得矣。思永生質信厚，不剛不柔，試用於時，所至稱善，庶幾有味余言。交游或以虚美相加，佞人也，遠之，毋貽識者之笑。

書後〔一〕

書章立賢傳後

余讀《史記》，至田横海島五百人皆死，竊疑太史公感時憂憤，彰大其事，爲天下後世勸，未必其盡然也。及觀我朝淮南余參政死安慶，盡室相從如歸，闔郡無一人生降，然後知前史之不誣，而天理之在人心，千萬世猶一日也。復有奮身草野，臨難相從，父子婦姑義不辱如龍泉章立賢，益可驗斯人秉彝好德之心，而史氏之言爲尤信。立賢，儒者也，布衣也，非有千金之資、一命之貴。起衆仇，致盜憎，

〔一〕書後：底本作「題跋」，據文淵閣四庫本、豫章叢書本改。

姑引卻退，藏以脱須臾，何不可者？而毅然父子萬牛莫回，嗟乎難矣！至於深閨荏弱，亦慷慨激烈如金石，曾不少變，何哉？蓋其浩然之氣，養之有素，自修身以及齊家，非一朝一夕之故也。使立賢生戰國，固當不遜田横。擅一郡守之資，必不在余安慶後。又進而得行其志於天下，則人皆心立賢之心，與海島、安慶相倣傚矣，豈憂盜哉？於是海内干戈且十年，縉紳間往往不能引决，望風屈伏，憂辱以陷於死亡，子弟妻妾，忍心事讐，不啻犬彘。蓋家庭教詔，惟知持禄固位，君臣大義，未嘗一語及之。則臨難決死生之際，子焉而不父其父，妻焉而不夫其夫，所由來者遠矣。其或脱命鋒鏑，貴妻愛女，一旦夷於倡優，反因之以徼寵利焉[一]，此又禽獸所弗爲者。原其絶滅天理、玩寇以資富貴、日肆漁取之心，未必不自以爲得，孰謂妻子之不保，展轉污辱至此極哉？未知其心亦有悔乎否也，惜無以立賢之事告之。喪亂以來，求立賢本末於朋友，執筆而無愧者鮮矣。獨子交劉楚慨然爲之傳[二]，余讀而異之。悲夫！自余淮南而下，落落不數人，禮義廉恥，大率泯没於公卿大夫，而抗節不屈者，恒出乎一介之士，於此尤見舉世陷溺之餘，天理之不可泯者，自有時而發見也。惜其不盡傳，傳亦未必信，如蕭彝翁之赴井，雖其初不能直道事人，然就義從容，亦足蓋其平生矣。談者猶以無官守之責非之，是亂臣賊子之黨，惡足與論士哉！因附見焉，庶來者之有聞也。

[一] 反因之以徼寵利焉：徼，文淵閣四庫本、豫章叢書本作「邀」。

[二] 獨子交劉楚慨然爲之傳：交，文淵閣四庫本、豫章叢書本作「高」。

書劉敬方所藏其兄元方遺墨後

冬十二月到郡，始得與夏道存相見。談及劉敬方，道存拊髀曰：「惜哉，其兄元方！昔兄弟受學於先叔父華遠，師死而未卒業。仲善兄官會稽日，復負篋往從。其後兄弟自相師友之日爲多。元方已矣，敬方今無恙乎？」吾笑曰：「飲尚可數十杯，橫經授徒，聘幣交至，迹不能出門。」坐客相視，嗟歎久之。歸途過敬方，留宿。燈下出《實軒詩》一章[一]，片紙楷書，泫然曰：「亡兄遺墨也。寒門薄祐[二]，先父年不滿三十，吾兄幼孤植，余遺腹，力學甘貧，幸不墜儒業。壬辰兄殁，天下大亂，間關萬狀，提挈二姪一子，涉難苟存，前年又喪次侄，遺孤藐然。余又垂老，每覽此紙，悲不自勝。」令其子敦信朗吟，客憑几聽，音節起伏，開合抑揚，詩家律度具足。仲善之序，蕭氏一德、求己二進士之題字，相與發揮，歷歷可考。嗟乎！揚子雲爲西漢儒宗，而《太玄》之作，當時已議其覆瓿[三]；韓昌黎文振八代，而金根車之義，其子竟莫能通；蘇内翰賦詠聯篇，而詩禍之興，家人棄之恐後。其他埋没何限？敬方獨存此紙於干戈二十年之餘，寶而藏之，不啻千金之璧，其可尚夫也！天壽斯文，綿延如線，係於一人之身。微敬方，是宗殆矣，豈復有一言半辭留傳翰墨，使人深嗟不能自已，而俟來者之知

[一] 燈下出實軒詩一章：實，豫章叢書本作「述」。

[二] 寒門薄祐：祐，豫章叢書本作「祜」。

[三] 當時已議其覆瓿：議，文淵閣四庫本、豫章叢書本作「譏」。

乎？吾是以反覆沉潛，深有感於此片紙也。兄弟之愛鍾焉，師友之傳著焉，子孫之慶賴焉，一事之微，三善交集，其於倫誼，固不愈厚耶？劉氏未艾之福，不必他求，即此乎在矣。後復從敦信得其《和道存別賦》及《坪下廟捨田碑》，鋪張春容，紀載詳贍，有古作者之風，又諸君子所未見，故備之，庶廣其傳於他日，元方雖死，猶未死也。歲在玄黓困敦臘月望後五日，石初周霆震書。

題王伯康遺墨後

故友王伯康，三十年前宦遊湖北，兵戈隔阻，消息不聞，或言死國沅靖間[一]，竟莫知定處。一日，其子可通持所寄《鄒孔厚詩》三章，泣曰：「先父手澤也，兒生晚，不能記憶父聲容。鄉之先達云：『汝父平生嗜吟，流輩推慕。』亂來不存一字，寤寐深痛，多方購求，近得之孔厚子德誠。捧讀如父復生，提携懷抱，一字一淚。幸托世契，願賜一言。」嗟乎！海內鼎沸以來，倫誼之斁久矣。世家子弟，流離顛沛之餘，辱於皂隸，降而樵牧，往往有之。其僥倖弗墜者，不過馳騁弋獵，日逐聲色貨利。問以先世，茫然不知所對，反肆詆欺，恬無愧色，況復知所謂文字耶？幸哉，伯康之有子也！伯康自幼以穎悟聞，祖父延明師授之書，余由是定交往來，賞其俊異。既長，刻志樹立[二]，急義重交，著述多樂府

[一] 或言死國沅靖間：沅，底本作「沆」，據文淵閣四庫本、豫章叢書本改。
[二] 刻志樹立：志，豫章叢書本作「自」。

歌行。宦游京師，歸而賓客益衆，見聞益廣，殊足以慰悦其親。國難將興，檄遠方遊徼，治裝戒行。親知，力勸引卻。慨然曰：「丈夫立身報國，政在艱難。」即日就道，後聞冒犯鋒鏑，委命於官，多所建置，惜其事不傳。此詩不知作於何所，收藏故人之子，可通求得之。余白頭江南，文字間復得相見，何其幸歟！慨念宇宙寥廓，陵谷推移，善和之藏，凡三易主。平泉草石，無復子孫。凌虛臺之野草荒烟，汾陽宅之古槐夕照，在承平時且不能自保，付哀感於後人。干戈糜爛之餘，珠璧珍奇，漂沈沉礫；姬姜玉雪，流落風塵。愛所不能捐，恩所不能割，不暇一毫顧戀。區區殘篇断簡，脱之醬瓿煨燼，而黼黻文章，托友朋以傳其子，豈偶然哉？父子之親，藉是得以繫孝思而不泯；朋友之義，由是可以裨世教而追古風，皆人倫之大者。天意殆留爲孝子慈孫之勸，而片文隻字，托於交際，乃有以壽斯文一脈，而啟他日過庭之訓。篇章云乎哉！王氏傳家之寶，千金未易致也。往年王櫸山購得《潤槃遺稿》一帙，授其子孔厚，以歸於鄒氏，稿至今存。孔厚，潤槃仲子也。德誠推其父昔之授於櫸山者，今以施之可通。櫸山，盧陵老儒，後進多所汲引，談者尚之。

敬書先親復齋先生律賦後

先親平生著述，遭亂灰滅。此前宋場屋程式，記憶僅存，書以示後，間或片言隻字殘缺，已令同文、鳳祥筆之遺訓。昔授學於祖鄉石門梅屋尹功甫先生，甲子安福賞試《明祀世祖緝熙多福賦》[一]，先生中第一名，七韻警聯云：「大風之會，何殊赤縣之塞霧；棧道之絶，不減滹河之度冰」。蓋二祖則同有艱難，斯有福力。由今日觀之，無創造則無中興。此師友間意，故并録之。文體雖世代之不同，然學識議論之高，古今一也。目昏愈甚，執筆惘然，後之人以此爲心，則庶幾矣。歲在□□□月□□日，嗣子霆震敬書。

書周思忠所著王孝子琛傳後

郡前修日遠，近年肆爲記、序、傳、贊者，率不自量，肆情妄發，遂爲四方所輕。彦文來山中，袖出此傳，讀之不覺驚喜，廬陵豈真無人哉！寫至琛年七十以哭母終，猶極警策。昔戰國時，齊深井里聶政家貧母老，爲狗屠，旦夕得甘脆以養親。濮陽嚴仲子奉黄金百鎰爲政母壽，求以報韓仇。母死服除，竟爲仲子報仇，暴屍韓國。同一狗屠也，彼以報仇死，此以哭母終。琛雖小人，去政遠矣，傳贊有悲歌慷慨意，宜追古作者。宇宙寥廓，庶幾此道不孤，吾以思忠卜之也。

[一] 甲子安福賞試明祀世祖緝熙多福賦：賞，豫章叢書本作「嘗」；熙，文淵閣四庫本作「燕」。

代跋

友人王誠之示余周思忠所著《孝子王琛小傳》，或謂：「琛，小人，屠狗，辱處士，君子羞稱，書之過也。」予曰：不然。琛生長田間，樵牧椎埋與伍，初不知讀書爲學，而致養其母，服喪過哀以終，斯可稱純孝子矣。書不書固不足爲其重輕。先儒謂「無好人」三字非有德者之言，有之而不取，其於爲人賢不肖何如也？大抵今之士君子，往往喪其良心，奔走形勢，矯誣媚悅，惟利是趨，聞王琛之風，不泚其顙，反譏傳者之非，不知所學何事？互鄉童子之見，夫子與其潔而進之。沐浴齋戒之惡人，孟子以爲可以祀上帝。傳琛者獨不得援此意乎？遂書以授誠之，庶有志於道者，知取舍之不可以不審。

石初集卷十

題跋

閲晏彦文所論王生江南野史

郡人有王炎登者，濫名忝宋季士流，鬻爵登仕，著《江南野史》，不録文丞相，以吕文焕責降爲不得已。晏彦文按《春秋》追論之，雖難掩廬陵之愧，愈於知而不言。

余平生寡合，自信朴愚，每閲陳壽《魏志》及王介甫《讀史詩》，未嘗不反覆嗟歎，掩卷流涕。蓋古今興廢之際，談者惟務趨時，諱稱先代，故忠臣義士，多泯没不傳，而姦巧横行，子孫根固，數世之後，豈復有公論哉！殊不知經史昭日月，成湯慚德，仲虺終不敢以爲無。夷齊餓於首陽，仲尼表而出之，爲萬世勸。雖春秋亂賊接跡，戰國七雄并争，然而天理流行，未嘗止息。秦漢而降，如魯仲連，當世利紛紜之會，寧甘死蹈東海，義不帝秦。管幼安避難遼東三十年，終老魏都，心存漢室。百世之下，聞者莫不興起。此豈有使之者哉！抑又有大於此者。漢興，規模宏遠矣，蕭何治未央宫，壯麗宜也，而高祖怒曰：「天下洶洶，未知何定。」唐建成、元吉之死，人倫大變，前所未有，史臣曲意掩護，而大宗命直書之。范質循規矩，惜名器，宋初賢相也，而欠周世宗一死，公義斷自太宗。此皆創業垂統之君，極人情所不敢言，而慨然出諸口，卓爲異代信史，曷嘗有所避忌哉！江南自革命以來，學校碑刻，悉刊去宋年號，朝廷初不知其所爲。仁宗在東宫，一日問左右：「文丞相何如？」對者皆貶其不知天命，仁宗作色曰：「如卿所言，則馮道却是忠臣矣！」衆亟屏氣，相視愓然。信公日見表彰，揚於内外。臨御之日，語廷臣曰：「儒者握綱常如拳。」蓋爲信公而發，由是復興科舉，一代禮樂，蔚然有光。天理之在人心，千萬世如一日，詎不信乎！凡具耳目者，曷不於此觀之？鄙夫盗竊儒名，不啻犬彘，誠如許昌靳裁之所言：「使其人存，不與同中國。」况得以污君子齒舌哉！

附録蕭彝翁碑陰〔一〕

吾不識盧景宣，其先山東人，隨父來南，父殁於官，貧甚，事母以孝聞。一日，於友生晏彦文家閲夏道存所撰《蕭彝翁墓誌》，彦文從旁歎曰：「厚哉，盧景宣！微斯人，彝翁不傳矣。昔受學於彝翁，參政全子仁討紅巾時，辟彝翁行軍參謀。全貪暴自用，彝翁具員耳。戊戌，城陷，全奔贛，彝翁義不

〔一〕文題：録，豫章叢書本作「題」。

辱，約録事張元祚同死。張降，彝翁一再赴學宫井死，葬讀書臺下，逼近城墻。閲十有五載，發卒修城，景宣客鎮守軍帥歐氏，大懼侵没[一]，請於歐，令卒伍物色訪求，得之草莽間。棺衣悉化，白骨儼然。捐歲俸白金若干，改葬如禮，夏先生爲文以傳不朽。厚哉，景宣之爲人也！」嗚呼，師道之不行久矣！始學涵育薫陶，若嬰兒之望長。稍識趨向，即視其師如路人，欺其交游，侮厥父母，或僭皐比之席，或彎射羿之弓，固不待死而背之也！彝翁死義無後，倉卒旅殯，陵谷改移，景宣追悼，久而益堅，見諸行事難矣哉！近世有避兵走死，赤日黄塵，瘞道側，同行者歸告其子，事定令偕往收殯，子邈然置之弗問。又有逃竄將出境，候者失期[二]，顛踣而返，自度不能活，一夕陷首空池淤泥中，俯伏死，稿葬池邊[三]，其子客歸[四]，曠歲嬉笑自如。彼二人者，既不能免父於難，距死所可百里，委棄泯滅，未嘗一動其心，較之景宣師友間，何啻霄壤！吾固繫此於彝翁後[五]，匪徒著景宣之賢，因以警天下爲人子者！

彭九萬妻死寇本末

至正壬辰，紅巾寇禾川，省掾陳允中率官民堅守，辟九萬行軍鎮撫，晝夜勤勞。寇方競時，九萬馳

[一] 大懼侵没：侵，文淵閣四庫本作「浸」。
[二] 候者失期：失，底本作「出」，據文淵閣四庫本、豫章叢書本改。
[三] 稿葬池邊：稿葬，文淵閣四庫本、豫章叢書本作「稿屍」。
[四] 其子客歸：歸，文淵閣四庫本、豫章叢書本作「居」。
[五] 吾固繫此於彝翁後：固，豫章叢書本作「因」；後，豫章叢書本作「碑誌後」。

馬白上官，嚴設方略，其配李氏，促具食勞軍，士氣倍增，戰大捷。寇退，居民按堵。婦人倉卒出此，亦大奇哉！明年十月，湖北五溪苗獠詭辭助順，突入城，焚廬舍，掠民財，倉皇奔竄，死者相藉。李氏及其子友諒、女秀瑛俱被執。驅之行，不從，脅以白刃，不動。問所求，駡曰：「狗彘，吾死吾節，斯已矣，何求！」遂母子皆遇害。因憶歸附後，禾川變起，丁丑屠城，相傳有趙氏婦抱嬰兒匿州學禮殿，北兵搜得，强污之，不可，死於禮殿之南。事定，母嬰兒血糢糊影留殿階不滅，剗去復存，學官述以文，立石爲後來勸。嗟夫，節義者，人之所敬也！彼趙氏得於傳聞〔一〕，士猶稱述，懼其泯。況李氏名家，始戰勝，却賊有佐助功，卒守節，母子同死，視趙氏殆將過之。夫賢，又能歸骨於封鄉之南臺山，本末可徵如傳，其又可泯邪？千載之下，猶使人追慕而起敬也。余既高李氏之義，又重惜九萬厄於天而至此極，故爲辭以哀之。其辭云。

贊

番陽潘母胡氏贊 并序

胡氏儒家子，天性純至，配番陽潘希古，事舅姑以孝聞。至順辛未，大疫，希古病且殆，胡氏默念

〔一〕彼趙氏得於傳聞：於，豫章叢書本作「之」。

曰：「在室惟三兒，長纔九歲，次七歲，次四歲，無内外懿親，夫萬一不幸，兒將何屬！」乃涕泣毁鬟自誓[一]，焚香祝天曰：「潘氏興廢，係夫存亡，若命數在天，不可逃，願以妾代夫身，庶幾宗緒不墜，妾雖死，實甘心焉！」禱訖，希古遂甦，胡氏後五日死。希古日夕哀念，恒恐幽冥有負，凛凛焉長育諸子，至於成立。官學校，以壽終。其適長景岳，爲安成邑佐，撫摩兵燹之後，民賴以生。家甚貧，篤志有守，金玉貨財凡可欲之物，填委輻輳，一毫不以經心。縉紳接迹誅夷，獨超然刀鋸斧鉞之外，古所謂剛者，殆近之矣！非此母不生此子，故并及之。

贊曰：夫妻子母之屬，人倫至重。喪夫而自誓守義，史傳往往有之。未聞籲天以代夫死，而憂深思遠在於後嗣者，當其倉卒捐生，慨然引决，既婦道之所難，而憂及後人，知有夫而不知有己，尤母道之罕見。婦道也，母道也，俱有以異於人。一念之烈，自天祐之，克昌厥後，而其子之樹立，皆人所難，此天道之自然也。向使夫存而子莫能訓，子壯而無以顯其親，則天道爲不可知矣！感應之理，彌久而益著，天定可必，豈不信乎！

碧溪贊 并序

廬陵多佳山水，都其勝者曰横溪，距郡密邇，歐陽文忠之先宰樹在焉。小溪環流，映帶如練。友人

[一] 乃涕泣毁鬟自誓：鬟，文淵閣四庫本作「容」，豫章叢書本作「髮」。

蕭貴卿居之，取「碧溪」自況。其季子恒從余游，請究其義。余嘗升高四望，涉溪之源，休於江滸，慨昔賢之不作。居是間者，豈偶然哉〔一〕？將覈斯名於稱情，固當引而伸之也。

贊曰：水生天一，萬有之初。瀦爲池沼，滙爲江湖。山下出泉，放乎四海。望洋無垠，其淵有漼。泉之始達，演而溪流。盈科而進，有本不休。夏潦春霖，奔湍駭浪。左决右衝，固難具狀。殆其定也，表裏湛然。源流一碧，玉潔冰堅。泥沙潛藏，潢潦遠去。碧者其天，性真呈露。智人於此，適興陶情。爰漱我齒，爰濯我纓。清風在懷，載色載笑。明月無心，放歌垂釣。漉溪而釀，秋桂始花。汲溪以煮〔二〕，石鼎春茶。弗激弗揚，斯澄斯瑩。水乎云哉〔三〕，我天其性。逍遥容與，或淺或深。中心默契，朝夕洗心。持之以平，視溪猶鏡。隨流應之，周流涵泳。存之於淡，溪静匪愚。滌除垢濁，漸漬紆餘。什伍閭閻，傍沾沛澤。以溉釜鬵，以豐稼穡。越若子職，譬之派分。伯也幹蠱，季也崇文。施於諸孫，沐浴其滸。夢寐吾伊，青燈夜午。遡泉達海，其不在兹。樂夫天者，益廣其施。峩峩文忠，榮顯此始。紹述高風，尚其敬止。

〔一〕豈偶然哉：哉，文淵閣四庫本作「者」。
〔二〕汲溪以煮：煮，文淵閣四庫本作「石」，豫章叢書本作「飲」。
〔三〕水乎云哉：乎云，文淵閣四庫本作「云乎」。

歐陽氏畫舫圖贊

掬指之舟，恒昧夫先備；千金之壺，每捐於既濟。此古人所以傾覆相繼。圖畫舫者誰歟？驚風濤於平地。斯人也，深謀遠慮，居安思危，凜乎臨淵而欲墜，夫然後免禍於干戈之際。宜其坐觀冒利涉險，深得歐陽子之微。而沐浴膏澤，歌詠勤苦〔一〕，默契太史公之遺意。猗歟休哉，弗畏入畏！

周尚易出軍圖贊

執弓矢者其容舒，鞚鞍馬者安以徐，指揮左右而坐自如。不知者，將以爲輕羊腸九折之險；知之者，則見其胸中兵甲之有餘。遡而求之，非有得於漢廷傅介子之意氣，能若是歟！

張梅間寫真贊

丰神灑然，談辨鏘然。鍾王筆法，姚賈吟編。昔也諸侯之賓客，今焉偶地以周旋〔二〕。不知者將概以脂韋之類，知之者則見其玩世而神全。噫，此之謂杜德機，殆自適其天者乎〔三〕！

〔一〕歌詠勤苦：勤，底本作「知」，據文淵閣四庫本、豫章叢書本改。
〔二〕今焉偶地以周旋：偶，豫章叢書本作「隅一作『偶』」。
〔三〕殆自適其天者乎：適，豫章叢書本作「遇」。

琴隱寫真贊

潛心自遠其神全，寓物恒平其智先。飄飄乎一琴一鶴，殆無入而不自得焉！

自　贊

承平少壯，竟絶迹於嗚珂；遲暮艱危，屢脱命於干戈。端己而不矜，重交而不阿。長貧孤立，適興詠歌。生平無害物之意，恒簡静而謙和。方寸間其或得於天者稍多。

祭　文

黄尚書幕府伍經歷祭旗文

國家用兵五年，四方次第平。余從尚書奉詔出都門，天戈所加，無不定順，狡焉小醜，敢抗大邦！皇威顯臨，其黨之毒於永新者，既不遠二百里而送死，安成伊邇，何恃而猶陸梁？方今秋令司刑，金爲兵氣，諸軍順時進討，其成厥勛。嘉謀僉同，穆卜允協。大旗卓建，所以明號令，肅觀瞻，揭日月而光華之。祀事孔嚴，重王命也。皇天后土，洞鑒丹心，惟神其歆，相我必濟！

附　録

故處士周石初先生墓誌銘

門生奉政大夫山東等處提刑按察司僉事晏璧撰并書

元氏有國，肇興朔方，祖蒙古氏〔一〕。中外官僚，署置國族，名爲世臣，專掌印章。漢人、南人，無筮仕之途，惟以科目取士。科目外，有豐家鉅室可以納粟補官，不過倉庫雜職，無民社之寄。然科目額狹，三歲僅取百人，應科目者不下數千，故老成宿學之士，命與時違，咸在黜落。甲第之餘，置乙榜，止於學校冷掾，卒老不轉授，惜哉！

安成在漢唐爲大郡，宋元爲州，今爲邑，通今博古之士，若繩聯珠貫。石門周氏，世稱儒師。有諱因者，與丞相益國文忠公同榜進士，官邵州通判。五世孫諱霆震，字亨遠，其父復齋徙吉邨。先生不忘

〔一〕祖蒙古氏：蒙古，底本作「古蒙」，據豫章叢書本改。

厥初，號「石西子初」，生元至元壬辰正月十日。幼聰敏篤學，讀書一目五行俱下，終身不忘。時宋之先輩諸老，若劉公耘盧、書臺，王公梅邊，彭公魯齋、齊齋，鄒公雨巖，皆典刑師表。先生執經考德，遍於諸公之廬，擴充見聞，德日崇，業日廣。延祐甲寅，科興，一試藝場屋，弗偶；再試，再不利。揆己學未至，才未充，乃閉户讀書古汶之源。梅邊延於家塾，教學半焉。大肆力古文辭，取《史》、《漢》、韓、歐諸大家，紬繹玩味，浩然有得。諸老物故，先生獨步，文名著邇遐，鄉俊士不憚遠受業者，咸厎於成。先生賦性介特，寡言笑，不輕訾譽人，至於講説義理，剖析如流，竟日忘倦。其記問該博，經史貫串，隨問隨答，不檢閲書籍，酬應無窮。文章議論正大，必關綱常，不爲浮辭綺語。詩宗老杜，沉著痛快，辭旨淵深。不嗜麴蘖，疏食泊如。不御綺紈，衣惟練布。終日端坐，身無傾欹，步履安詳，動中規矩。容色無嚴厲，人自敬畏之。書法歐陽率更，筆畫端楷。弟子數十人習儀容，傳學業者，不問知爲先生弟子。年踰八衮，耳聰目明，講貫不輟。

四子：純、莊、郁、吉[一]，善傳世業，吉終廣西桂林府義寧縣丞[二]。最厚於先君子梅間先生。璧自七歲從遊，凡八春秋，受訓居多。娶劉氏，先十五年卒。女二，長巽恭，適劉用新；次旋恭，適王吾貫。孫男十：德恭、德浚、德深、德邵、德美、德麟、德詵、德崇、德豐、德良。德恭諱静，字安

[一] 純莊郁吉，豫章叢書本作「敬忠文泰」。

[二] 吉終廣西桂林府義寧縣丞：吉，豫章叢書本作「泰」。

卿，寶鈔庫提舉；德美諱美，字實卿，工部主事。孫女四。曾孫男□永錫嘉謀嘉猷，乾濟監茲章綱。□□□□□□□□。歲己未，八十有八，壽誕之辰，兒孫弟子稱觴竟，向午以微疾終，一語不亂。□□月□□□日葬儒林鄉楓樹林之阡，友人趙用章所遺之地。銘曰：

學講詩書，壽躋期頤，稱儒師兮。不出鄉曲，不釣爵禄，膺戩穀兮。道淑諸人，德裕後昆，昌斯文兮。楓林幽幽，樂哉斯丘，心休休兮。刻銘貞石，石不可泐，過者式兮。

先生既葬，予求郡守湯侯銘之。爲之銘矣，而事未悉，不能述先生之心，及先生之教人。余重爲銘，録似同門友蕭恒思永共傳之，并録寄其諸孫曾，幸甚！璧謹識。

附

傳記資料

故處士周石初先生行述

（明）晏　璧

先生諱霆震，字亨遠，姓周氏，吉之安成人也。周氏由吴將軍瑜樹勛赤壁，子孫蔓延江東。時有名訪者，官終振武將軍、潯陽侯。其後自潯陽徙豫章，又徙於宜春。唐顯慶中，又自宜春徙於安成。有諱廣者，居石門田西，官至銀青光禄大夫、檢校國子祭酒兼監察御史、馬步總管。九世孫因，字夢覺，登高宗紹興辛未進士第，與丞相益國周文忠公同榜。文忠累上疏奏，讓居翰林，不就，官終邵州别駕，爲先生六世祖也。曾祖諱彦明，祖諱孟桂。考諱以道，字復翁，篤志苦學，宋亡之後，浮沉遁跡於安成南吉村，學者稱復齋先生。

先生自幼劬於書，天資穎敏，嘗與群兒聚戲，過者笑之，即投戲具，自是專心學術。二十有三，爲前元延祐甲寅，科舉初興，以書經試，不偶。宋太事上舍梅邊王公以雄才奥略爲鄉閭矜式，即禮羅訓諸生。先輩若魯齋、齊齋彭公伯仲，青山趙公、養吾劉公、麟洲龍公，深相器重。母劉氏先卒，服闋，間一歲，復齋殁，先生俱終制三年，不肉食。泰定間，館郡城，即爲申齋、桂隱二劉公、冲所彭公所知，與家君誼猶兄弟。桂隱公酷嗜先生所爲詩。冲所公尤重先生經學，每私試，多中前列。其後江西鄉試，凡再進，俱不利。歎曰：「命也，奚以强爲？」乃專意古文詞。至正壬辰，兵起徐潁，蔓延江右，由宜春陷安成。先生揭家郡城，家君闢館，令璧兄弟受學，杜門講貫。時流欲一見顔色，弗可得，不掛名投贈卷中。以師道自任，嚴不可少犯，而意氣勤勤懇懇，善開化造就弟子員。每屬文，不起稿，而用意精深，浩浩乎莫測其際，源源乎莫探其窮，高處直追配古人。蓋由其資稟超越，學識淵源，尤喜讀戰國、先秦、兩漢文。前鄉貢進士劉公成之稱先生「續其世學，而介然自守，其爲文爲詩有古意，有奇氣，能使人讀之興起，而隱居深藏，不妄交，不求名，故雖老成而人鮮識之者」。鄉先達陳公一德稱先生「負奇氣，抱碩學，卒困躓不偶，其窮益堅，而文益壯且老。江南野史，誰復健筆？而集中隱約散見，皆可爲國史補」。家君亦謂先生「學問文思，度越流輩。凡所爲文，皆沉著痛快，慷慨激烈，如風雷振蕩，長江大河，令人悚敬而不可涯涘，不必循規蹈矩而藹然温和，不必扼腕張拳而凛然激烈，蓋其所養者深，故其所發者異」。此先生學問文思之大概也。

先生之爲人，賦性介特，氣剛直簡静，寡言笑，鄙逢迎，而和易從容，亦不爲矯激之行，方寸間常與造物者遊。人非善不交，物非義不嚮，故孤立長貧，雖田園居亦不獲伸己志，然不以是戚戚。惟於誨人子弟則汲汲，晝夜憂人之憂，恐不克於成，以負吾樂育之責。與人言，必依於理實與行，多舉古今方便事爲勸。言之見聽，別亹亹傾竭，終日忘倦，否則亦不失言。噫！推先生之立心操行如是，故歷亂三十年，領家衆凡幾人，出入兵間凡幾險，自始至終無一人罹鋒鏑、被抄虜之害者，若造物有以陰相之。今而海宇清平，使先生得從容八九十，考終牖下，則是爲善之報，未始不可憑者。諸生嘗命工圖先生像，先生有贊，見於文集中，讀者可以知先生之心。

先生生於元之前至元二十八年壬辰正月初十日，歿於今洪武十二年正月十一日，壽八十有八。娶劉氏，有淑德，相其夫子，先二十有七年卒。子男四：純、莊、郁、吉。吉字從泰，終廣西桂林府義寧縣丞。女二：長巽恭，適劉用新，次靚恭，適王吾貫。孫男十：德恭、德浚、德深、德邵、德美、德麒、德詵、德崇、德豐、德良。德恭諱静，字安卿，寶鈔庫提舉；德美諱美，字實卿，工部主事。孫女四。曾孫男一：齊昌。將以今年九月二十七日葬廬陵縣如林象長牢楓林之原，其地則友人趙用章所贈。

璧於門生中，年最少，受教實深。先生曾詔璧以身後撰行述。嗚呼痛哉！以先生之學之行，可使其名節不彰與庸人同腐？兹不揆，謹摭先生平生大略，私共謚曰「清節」，以乞銘於立於立言君子云。

（豫章叢書本《石初集》卷末）

清節先生墓誌銘

（明）費　震

資善大夫湖廣等處承宣布政使費震撰，嘉議大夫禮部尚書朱夢炎書，資善大夫秦相府右相府文原吉篆

洪武十二年正月十一日，清節先生石初周氏以疾歿於正寢，歿之後五月，其門人晏璧狀先生之行，徵銘於番陽費震，辭不獲，乃摭其行事而叙之曰：

先生諱霆震，字亨遠，世家安成，上世出吴將軍瑜。西晋時有名訪者，封潯陽侯，其後隱顯遷徙不常。居安成，由銀青光禄大夫檢校國子祭酒兼監察御史馬步總管諱廣始。九世孫因，字孟覺，與丞相周益公同登宋紹興進士第，官邵陽别駕，先生之六世祖也。曾祖彦明、祖夢桂、考以道俱以儒起家。先生自少劬於學，不爲童兒嬉戲。延祐科興，勵志舉子業，累以《書經》試有司，不偶，乃篤志古文詞。宋太學上舍梅邊王公喜其才，延訓諸孫。鄉先達若魯齋、齊齋二彭公、青山趙公、養吾劉公、麟洲龍公、中齋、桂隱二劉公、沖所彭公諸賢，咸相器許。或有薦於當路者，固辭謝，優游閭里，絶意進取，時流欲一見顔色不可得。杜門校經，以道自任，淑諸學者，無不底於成。其爲學，務求聖人誠意正心，真知而實踐，不尚華麗。故其爲文也，質茂淳朴，不與時之文合，訓子弟必遵彜倫之言。至正壬辰，江南失

太平，安成爲甚。先生潔身澡行，不以困阨累其心，而尤忠君愛國，彰善嫉惡，一於文辭發之，皆可爲國史補。晚築室安成南里，嘗謂先世家石門田西，自號「石西子初」，不忘本也。先生生於前至元二十八年壬辰正月初十日，距卒歲八十有八年。娶劉氏，先二十有七年卒。子男四：純、莊、郁、吉，咸克世家。吉字從泰，廣西桂林義寧縣丞。女二：長巽恭，適劉用新，次靚恭，適王吾貫。孫男十：德恭、德浚、德深、德邵、德美、德麒、德詵、德崇、德豐、德良。德恭諱静，字安卿，實鈔庫提舉。德美諱美，字實卿，工部主事。孫女四。曾孫男一：齊昌。將以今年九月二十七日庚申葬廬陵縣儒林長牢楓林之原，其地則友人趙用章所贈。先生之殁，大夫君子慕先生德行，相與謚曰「清節」。

洪武初元，余令吉之文江，讀先生之文，慕先生之行，而未嘗識容彩，然於晏君交且久，信其爲人，乃爲之銘曰：

生之棘棘，學之舒舒，有志無時，命也何如？今既亡矣，有孫有子，克紹克承，是猶不死。後千百年，松柏丸丸，曰清節先生之丘，過者式焉。（豫章叢書本《石初集》卷末）

評論

讀元處士周霆震石初集有感

（清）孫枝蔚

清節先生至正中，憂時頗與杜陵同。蚤年應舉還多事，淳祐遺民是乃翁。石初父復齋生於宋淳祐己酉。

老眼愁看殺氣侵，雄藩滅後寇如林。酣歌不分全參政，匹馬便償一百金。集中記參政全子仁事不一而足，有云：「參政軍令：喪馬一匹償白金一百兩，是蓄不戰之馬也。」

豺虎縱橫麟鳳稀，老人詩罷淚長揮。可憐國脈危如綫，肯聽忠言戴布衣。詳《戴氏濟美志》。

埋冤樹下怕經過，白髮丹心奈若何。古往今來如一日，諸位請讀宿州歌。《宿州歌》序云：「知州廉能，在位十二載，遠近歸心。因不納拜見之禮，責以軍前供給。知州既行，宿州遂陷。」（孫枝蔚：《溉堂集》後集卷四，康熙刻本）

《元詩選·周霆震小傳》

（清）顧嗣立

周處士霆震

霆震字亨遠，吉之安成人。以先世居石門田西，故又號「石田子初」云。生於前至元之季，宋之先輩遺老尚在，執經考業，遍於諸公之廬。若王梅邊、彭魯齋、龍麟洲、趙青山諸公皆器重之。科舉行，再試不利，乃杜門授經，專意古文詞，尤爲申齋、桂隱二劉所識賞。晚遭至正之亂，東西奔走，作爲詩歌，多哀怨之音。明洪武十二年卒，時年八十有八矣，門人私謚曰清節先生。廬陵晏璧葺其遺稿曰《石初集》。老友梅間張瑩稱其「沈著痛快，慷慨抑揚，非勉强步驟者所能及。近時詩文一變，蹈襲梁隋，以夸淫靡麗爲工，纖弱妍媚爲巧，是皆先生之罪人」。石初之序梅間也，亦曰：近時談者糠粃前聞，或冠以虞邵菴之序而名《唐音》，有所謂「始音」、「正始」、「遺響」者，孟郊、賈島、姚合、李賀諸家悉在所黜。或託范德機之名選少陵集，止取三百十一篇，以求合於夫子删詩之數。承譌踵謬，轉相迷惑而不自知。蓋石初天性介特，其持論之嚴，固非時好之所能易也。（顧嗣立：《元詩選·初集·辛集》，北京，中華書局，二〇〇二年版二一七四頁；標點稍作改動）

《論元詩絶句·周霆震》

（清）謝啓昆

風雨書沈雁塞邊，離憂擬續杜陵編。江南野史憑誰集，健筆高歌屬石田。（謝啓昆：《樹經堂詩續集》卷七，清嘉慶刻本）

《論元詩·周霆震》

（清）袁　翼

清節先生騎鶴去，江南野史未焚如。一編陶謝詩源正，故老猶來訪石初。（袁翼：《邃懷堂全集》詩集後編卷四，光緒十四年袁鎮嵩刻本）

論周霆震[一]

（清）翁方綱

周石初霆震序《張梅聞集》曰：「近時談者糠粃前聞，或冠以虞邵菴之序而名《唐音》，有所謂

〔一〕題目：校點者代擬。

《始音》、《正始》、《遺響》者，孟郊、賈島、姚合、李賀悉在所黜。或託范德機之名選《少陵集》，止取三百十一篇，以求合於夫子删詩之數。承譌踵謬，轉相迷惑而不自知。」蓋石初持論耿介，不苟隨時者也。

石初多亂離紀事之作，有關史事。（翁方綱：《石洲詩話》卷五，粤雅堂叢書本）

何桂笙劫火紀焚序（節選）

（清）俞　樾

徵君之詩，知者罕焉，曰修志乘者，表章忠義，舍此曷以哉？是亦可謂詩史矣。嘗讀元人周霆震《石初集》、郭鈺《静思集》，叙述至正中兵戈饑饉之狀，流離轉徙，百世之下如目見之。君此詩殆與異曲同工乎！然彼皆白首亂離，君則大亂之後，復游於化日光天之下。韋莊詩云「且對一樽開口笑，未衰應見泰階平。」而君真及見之，其遭逢勝古人遠矣！（俞樾：《春在堂雜文》四編卷五，光緒二十五年刻春在堂全書本）

序　跋

王士禎跋語一則[一]

周處士《石初集》，詩、雜文各五卷。七言歌行如《金城》、《豫章》、《潯陽》諸篇，可以庀史。近

[一] 題目：校點者代擬；以下三條亦同。

體樸直，無足觀者。文詞亦多陳腐，不甚洗煉，大抵鄉塾老儒本色耳。王士禎藉觀偶書。（國家圖書館藏彭元瑞校讀本《石初集》卷首，館藏號：13403）

彭元瑞跋語一則

癸卯夏，坊估以馬氏叢書樓此帙來鬻。中有阮亭手題，詞甚貶斥。石初生前至元，殁洪武，年八十有八，身閱有元一代興亡。當庚申君末造，吏貪將殘，兵驕寇熾，生民流離涂炭之苦，身丁患難，一發之於篇什，視少陵《三吏》《三别》，酸楚過之，有《小雅·大東》告哀遺意，垂爲世鑒，是謂真詩。阮翁但解流連光景，修飾句法，嵌一二稀用字爲工而已，此詎奚足以知之？芸楣校竟且識，以俟論定。

（國家圖書館藏彭元瑞校讀本《石初集》卷首）

魏元曠跋語一則

《石初集》十卷、《附録》一卷，從金陵鈔本。以周氏家藏《存存稿》本校，之間有不同者，隨註於下。惟第五卷「蘄黄連結」六絶，題作《北山口號》；「蜃氣樓臺」一絶，題作《江西省掾》云云。又《紀事》五絶，以序觀之，皆詩與題不類，兩本同然，必詩與題有脱失於初稿者。《北山口號》一題，似與《蜃氣》一絶相近，因與「蘄黄」六絶題互易，惟《蘄黄》作仍絶不類題。其《紀事》五絶亦然。既無可校正，姑仍之。睹《附録》後序，是集爲門人晏彦文所輯，六世孫浙江余憲正方所梓，在成化九、十年間，而序於洪武初者，爲劉玉汝成之、陳謨心吾、葛化誠夫、張瑩梅間，則皆石初之友也。《存存稿》所附有《蹄涔集》、《坦齋存稿》、《愚直存稿》、《佩韋存稿》，詩文皆可録。兹刻但取《石初》，故從金陵所鈔成化刻本，獨未載入其前序。己未十月，南昌魏元曠跋。（豫章叢書本《石初集》書末）

胡思敬識語一則

石初詩文之可貴，《四庫總目》、《元百家詩選》言之盡矣。予初得江南鈔本，魯魚亥豕，觸目皆是，後假安福周氏所藏《存存稿》校之，改正多字，始行付梓。據《存存稿》小序，此集在明有成化、隆慶兩本，今皆不可見。《存存稿》刊於乾隆三十七年，以《石初》居首，并十卷焉五卷，編次與鈔本稍異，然前後均無删削，尚爲完書。末附其子日强《達止集》三卷、孫安卿《提舉集》、定卿《蹄涔集》各一卷，雖家法具存而韻味則稍遜矣。庚申四月，胡思敬識。（豫章叢書本《石初集》書末）

著録

《四庫全書總目·石初集提要》

石初集十卷，附録一卷。浙江鮑士恭家藏本

元周霆震撰，霆震字亨遠，安成人，以先世居石門田西，自號「石田子初」，省其文則曰「石初」。

早年刻意學問，多從宋諸遺老游，得其緒論。延祐中，行科舉法，再試不售，遂杜門專意詩古文。是集爲廬陵晏璧所編，集後行狀誌銘之屬，亦璧所附也。霆震生於前至元二十九年壬辰，卒於明洪武二十年己未，年八十有八。親見元代之盛，又親見元代之亡。故其詩憂時傷亂，感憤至深，如《二月十六日青兵逼城》、《古金城謡》、《李潯陽死節歌》、《兵前鼓》、《農謡》、《杜鵑行》、《過玉城砦》、《城關曲》、《郡城高》、《人食人》、《延平龍劍歌》、《寇至雜咏》、《寇自北來》、《軍中苦樂謡》、《宿州歌》諸篇，并叙述亂離沉痛酸楚，使異代尚如見其情狀。昔汪元量《水雲集》，論者謂宋末之詩史，霆震此集，其亦元末之詩史歟！（《四庫全書總目》卷一六八，北京，中華書局，一九六五年版一四五七頁）

《浙江采集遺書總録》一則

《石初集》十卷，知不足齋寫本。右安成周霆震撰，門生僉事廬陵晏璧編，王士禛跋云[一]：「周處士詩、雜文各五卷，七言歌行如《金城》、《豫章》、《潯陽》諸篇可以庀史。近體樸直，文詞亦不甚洗練。」（《浙江采集遺書總録》壬集，韋力：《古書題跋叢刊》第六册，北京，學苑出版社，二〇〇九年版五三三頁）

〔一〕王士禛跋云：禛，底本因避諱作正，今改作原字。

《繡谷亭熏習録》一則

（清）吴　焯

《石初集》十卷，元安成周霆震亨遠著，廬陵晏璧編輯，其友張瑩梅間、劉玉汝成之、陳謨心吾、葛化誠夫并序，晋安林堅後序。霆震遭至正之亂，避兵流離其所，爲詩多哀怨之音，亦有足關史事者。洪武十二年卒，門人私謚清節先生。成化九年，六世孫浙江僉事正方重刻，大學士彭時、翰林學士商輅、太常少卿劉宣并識其後。（《繡谷亭熏習録》，韋力：《古書題跋叢刊》第五册，北京，學苑出版社，二〇〇九年版七十頁）

《文禄堂訪書記》一則

（清）王文進

《石初集》十卷，附録一卷。元周霆震撰，明鈔本。次題「門生晏璧編」。半葉九行，行二十四字，藍格，版心下刊「鶴洲鴛渚之間」六字。洪武癸丑劉玉、陳謨、葛化、張瑩[一]、林堅序。成化元年彭時、商輅、劉宣序。有「盛百二」、「秦川」、「羅浮山人」、「春草堂」印。（王文進：《文禄堂訪書記》卷五，上海，上海古籍出版社，二〇〇七年版三四四頁）

[一] 張瑩：瑩，底本作「簧」，據張氏序落款改。

《善本書室藏書志》一則

（清）丁　丙

《石初集》十卷、附録一卷　舊鈔本

門生山東僉事廬陵晏璧彦文編輯。

元周霆震撰。霆震字亨遠，吉之安成人，先世居石門田西，自號「石田子初」，又省呼「石初」。延祐復科舉，勵志舉業，累以《書》經試，不偶，乃篤志古文詞，或有薦於當路者，固謝之，杜門授經，以道自任。至正壬辰，江南失太平，安成尤甚，乃潔身澡行，不以困阨累。一心忠君愛國，彰善嫉惡，一以文詞發之，皆可補國史。卒年八十有八，私謚清節。是集門人晏璧所編，并製行述墓銘，同時費集又銘其墓。前有洪武癸丑劉玉汝成之、洪武六年陳謨心吾、七年葛化誠夫、梅間張瑩序，後有洪武辛酉晋安林堅跋。成化九年，六世孫正方由秋官出僉浙憲，鋟木以傳，同邑彭時、劉宣、淳安商輅各序其後。（丁丙：《善本書室藏書志》卷三十四，韋力：《古書題跋叢刊》册五，北京，學苑出版社，二〇〇九年版四三一頁）

《善本書所見録》一則

羅振常

《石初集》十卷。

元周霆震撰。前有洪武癸丑劉玉汝序，洪武六年陳謨序，洪武七年葛化序，玄默困敦重午張瑩序。

後有洪武辛酉林堅跋，成化九年彭時書後，成化九年商輅書後，成化甲午劉宣書後。前録王漁洋題識，有孔洪谷題識二處，補目注云「嘉慶元年録」。（羅振常遺著，周子美編訂：《善本書所見録》卷四，北京，商務印書館，一九五八年版一六九頁）

《五十萬卷樓群書題跋文》一則

莫伯驥

《石初集》十卷，附録一卷。舊寫本王文簡、彭文勤校讀。

元周霆震撰。霆震，字亨遠，吉之安成人。先世居石門田西，自號「石田子初」，又省呼「石初」，前人稱「石初」。於延祐復科舉時，勵志舉業，累以《書》經試，不偶，乃篤志古文詞，謝絶舉薦，杜門授經，以道自任。至正壬辰，江南失太平，安成猶甚，乃潔身澡行，忠君愛國，彰善嫉惡，一以文詞發之，皆可補國史。是集門人晏璧所編并制行述、墓銘伯驥按，晏璧字彦文，廬陵人，洪武時官武昌訓導，與同郡顔伯瑋友善。建文元年，顔官沛縣知縣，及燕兵攻沛縣，以身殉，晏爲顔傳其事。永樂間纂大典，晏爲副總裁，見李氏《續藏書》及《廬陵縣誌》。同時費集又銘其墓。前有洪武癸丑劉玉汝成之、洪武六年陳謨心吾、七年葛化誠夫、梅間張瑩序，後有洪武辛酉晋安林氏跋。成化九年六世孫正方由秋官出僉浙憲，鋟木以傳。同邑彭時、劉宣、淳安商輅各序其後。伯驥按，楊復吉《夢闌瑣筆》云：「周氏《石初集》較他本多幾倍蓰，張損持先生任興國時所鈔。壬寅歲，鮑淥飲過訪而見而愛之，余因持贈。後有元文選之役，向淥飲索之，久無以報，存亡不可必矣。」由楊氏之言，是此集流傳有篇軼多寡之別。此本曾爲王文簡、彭文勤所校讀，當非陋本。今記二公識語如下：

王氏墨筆題記云：（略）

文勤朱筆題記云：（略）

伯驥按，集中如《古金城謠》、《李潯陽死節歌》、《普顔副使政績歌》、《過王城》、《呰城》、《關西》、《宿州歌》諸篇多有小序，述當時情事，知晏氏所撰行狀述稱「江南野史，誰復健筆？《石初集》中隱約散見，皆可爲國史補」，洵非虚也。（莫伯驥：《五十萬卷樓群書題跋文》集三，韋力：《古書題跋叢刊》册三十，北京，學苑出版社，二〇〇九年版二九〇頁）

張光弼詩集

（元）張 昱 撰
辛夢霞 點校

點校説明

張昱，字光弼，盧陵（今屬江西吉安）人。號「一笑居士」，又號「可閒老人」。生卒年不詳。據陳彦博序，洪武九年（丙辰、一三七六）與張昱相逢於杭州，時張昱「年未耄」；據楊士奇序，張昱卒時八十三歲〔一〕。按「耄」指七十至九十歲，則可推知張昱約生於大德或至大前後，卒於洪武十六年或洪武二十六年前後。又张昱有诗《壬戌朔旦試筆》「斯文天與樂餘年，中有黄金取酒錢。絳老又添新甲子，王家唯守舊青氊」，时在至治二年（一三二二）；又有《癸亥立春在壬戌十二月二十五日》有句「茍全性命君之賜，痛念文章兒不傳。隨俗辛槃惟赤手，省思舊物只青氊」，时在至治三年（一三二三）。「樂餘年」、「兒不傳」絶非少年之語，可推斷張昱此時或將近中年。故張昱生年在大德前後，卒年在洪武十六年左右。

張昱早年宦遊大都，任宣政院判官，管理佛教事宜。其間，他以詩記録京城見聞，作《輦下曲》，

〔一〕按：四部叢刊本作「七十三」，文淵閣四庫全書本、毛晉本均作「八十三」；楊士奇《東里續集》所載《張光弼詩序》亦作「八十三」。張昱《元旦試筆》中言：「從心所欲過八十。」

成爲研究元代宫廷史與大都城市史的重要文獻。其《宫中詞》更是接續王建、花蕊夫人、楊奂等人之後，進一步拓展豐富了宫詞題材詩歌。

張昱曾任江南江北庸田經歷，後爲海北帥閫經歷，又爲湖廣省員外郎。至正中，受江浙行省左丞楊完者器重，出任江浙行省左右司員外郎、行樞密院判官，參謀軍府事。楊完者原名楊通貫，字世傑。他是苗軍統帥，被元朝政府作爲可以與張士誠抗衡的力量，故而於至正十七年（一三五七）被任命爲江浙行省右丞，并被順帝賜名「完者」。後因居功自傲，於至正十八年被江浙行省丞相達識帖睦邇與張士誠合攻，兵敗自刎[一]。而張昱集中有《楊忠愍公墓上作》：「夢覺邯鄲萬有空，邦人猶自説英雄。道家論將忌三世，臣子報君唯一忠。淺土何堪封馬鬣，迷魂猶自恨秋風。死綏固是將軍事，國史旂常盡雋功。」，就是感慨楊完者之死。之後，張昱棄官不仕，退居西湖之上。因時局動蕩，不言時事，胸襟坦蕩，超然物外，往往以「一笑」應對，故號「一笑居士」[二]。張士誠欲禮待網羅，張昱自然不肯俯就。入明，朱元璋招至南京，因其年老，稱「可閒矣」，厚賜遣還，張昱遂自號「可閒老人」[三]。曾命名所居房屋爲「晏居」，徐一夔为作《晏居記》；又曾營壽藏於西湖赤岸，名「樂丘」，自作《樂丘志》，陳謨作《樂丘

[一] 生平見趙志剛：《楊完者和元末苗軍》，《中南民族學院學報》，一九九〇年第三期，第七十六～八十頁。王頲：《楊完者與苗、僚武裝》，《復旦學報》，二〇〇一年第一期，第六十四～七十二頁。

[二] （元）劉仁本：《一笑居士傳》，《羽庭集》卷六，文淵閣四庫全書本。

[三] （明）楊士奇：《時母傳贊》，楊士奇《東里續集》卷四十三，文淵閣四庫全書本。

頌》；又曾笑言：「吾死埋骨西湖，題曰『詩人張員外墓』足矣。」可見其曠達灑脱、不同凡俗。

張昱身處元末明初易代之際，是江南文壇的重要人物。他師承虞集[一]，爲張翥所知，寓居安慶、杭州時，與淮浙湖湘間文人交遊往來，詩歌唱和。其中，與周伯琦、楊維禎最爲相得。後閒居杭州，更與徐一夔、凌雲翰、白范、瞿佑、高德暘、王謙、俞和、宋杞、楊明、俞友仁、王正道、張輿、唐肅、簡易道、沕季潭、玘大璞、仁一初等構成一個江南文人群體，是一個承上啟下的關鍵人物[二]。張昱親歷元明鼎革，一生顛沛，半世賦閒，詩歌内容豐富，情感深沉。既有蒙古舊俗、宫闈秘事、上京紀行、塞上風光，如《輦下曲》、《宫中詞》諸詩；又有感時傷懷、撫今追昔、頌古悼己的佳作，如《歌風臺》、《惆悵》；還有賦詩次韻、詠物作畫的雅趣，如《寄淞江楊維禎儒司》、《春萱堂爲陳彦廉》、《題華光梅》、《繡球花》、《白翎雀》等，多爲論者選家所稱道。楊士奇稱其詩「氣宇閎壯，節制老成，而從容雅則」，深得虞集詩風真傳[三]。

然而張昱作品流傳至今卻不多，僅有詩九百余首，文四篇。張昱生前，作品多已散佚，他曾將自己所餘詩歌集爲「二編」，請陳彦博作序，時爲洪武九年（丙辰，一三七六）。正統元年（丙辰，一四三

[一]（元）陳謨：《樂丘頌》，《海桑集》卷三，文淵閣四庫全書本。

[二]（明）田汝成：《西湖遊覽志餘》卷二十一，文淵閣四庫全書本。相關研究可見朱傳季：《元末明初杭郡文人集群研究》，浙江大學碩士學位論文，二〇〇七年。

[三]（明）楊士奇：《張光弼詩序》，《張光弼詩集》卷首，四部叢刊本。

六），楊士奇得張昱五七言、古近體一帙，交予張昱外孫浮梁縣丞時昌，令刊刻成書。今未見。史載張昱有《左司集》，今亦未見。

存世有毛晋校明抄本《張光弼詩集》二卷，今藏國家圖書館。卷首有陳彦博、楊士奇序。卷一包括古風五言、古風七言、七言絶句、五言絶句、五言律詩、六言詩、四言詩，卷二爲七言律詩，卷末附迺賢贈詩四首及《楊維禎次韻楊左丞五府壁詩》。集中「游洞霄宫」組詩詩題與詩錯亂，闕《春日》一詩。

清康熙十八年（一六七九），金侃因參與編選宋金元詩，搜求張昱詩集，於徐乾學處借得毛晋抄本，五七言古今體詩兩卷，近一千餘首，分别爲卷一：古風五言、古風七言、五言絶句、七言絶句、六言絶句、四言詩、五言律詩，卷二爲七言律詩。集中「游洞霄宫」組詩順序同於毛晋本，金侃曾於《無骨蒻》一詩題注後有按語：「此語疑爲前詩之註，無骨蒻題誤。」又《大滌棲真二洞題名石》有按語：「此爲前詩之題，玩詩意可見。」此本多《春日》一詩，闕《長安鎮市次趙文伯韻》、《水竹佳處爲壺金子賦》、《謝張彦恭》、《朱家園海棠》、《過王郎中草堂賦》、《適軒爲致仕浙東宣慰使楊元誠賦》、《聽鶯軒》、《過鑑湖》諸詩。四庫館臣稱「國初金侃得毛晋家所藏别本，改題曰《盧陵集》，侃復爲校正，閒附案語於下方」，金侃所見本曾題爲《盧陵集》，金侃予以校正。今藏國家圖書館的金侃本，即仍題爲《張光弼詩集》。

又有趙琦美跋、黄丕烈校并跋《張光弼詩集》七卷本。卷首有楊士奇序、陳彦博序。卷一爲古風五言，卷二爲古風七言，卷三爲七言絶句，卷四爲五言絶句，卷五爲長短句、五言律詩，卷六爲七言絶句，卷七爲七言絶句。天頭有校注。書後有天啟二年（壬戌，一六二二）趙琦美跋，稱此本爲借胡震亨藏本抄録，張光弼詩應爲二卷，七卷乃不解事書人誤分。卷一至卷五爲第一卷；卷六至卷七爲第二卷。當時還有孫唐卿家藏本，但未能見。胡本缺文損字較多[一]。趙琦美跋後又有黄丕烈跋四則。嘉慶六年（辛酉，一八〇一），黄丕烈購得此本，并通過書後跋語字跡對比判斷確爲趙琦美手書，然而趙琦美《脈望館書目》未載此本。嘉慶十九年（甲戌，一八一四），黄丕烈又得明刻本校勘，天頭書校記。據刻本將書歸并爲二卷，卷一至五爲一卷，卷六至七爲二卷。刻本缺字與鈔本符合，且鈔本旁有墨筆旁添之字，皆刻本所有。由此，黄丕烈推斷此明刻本當爲胡震亨藏本、即趙琦美鈔本所據之本。黄丕烈稱「此本多孫唐卿本校補一過，幸先收此而刻本反可藉是獲全」[二]。

後張元濟得此遞藏本。因原鈔卷七第二十五葉《西湖晚春》一詩後脱詩六首，分別爲《留峽石朱山人家》、《海昌雙廟同張太守次壁上題韻》、《趙松雪墨蘭》、《松隱齋》、《剪韭軒爲韓叔賢賦》、《南坡書室圖爲竺郎中題》，刻本此處亦脱落一葉，趙琦美曾於卷末補鈔。張元濟爲了方便閲讀，將書中脱落處割裂，增加一葉爲「補廿四」，將補鈔六首詩插入[三]。張元濟據此本影印，撰寫跋語，收入《四部叢刊》。此本卷首有「鐵琴銅劍樓」朱文印，又有「曾藏汪閬源家」朱文印，可知爲汪士鐘、瞿鏞遞藏。與《鐵

[一]（明）趙琦美：《張光弼詩集》跋。
[二]（清）黄丕烈：《張光弼詩集》跋。
[三] 張元濟：《張光弼詩集》跋。

琴銅劍樓藏書目録》所載「卷中有『新安汪氏』、『啟淑信印』、『蕘圃經眼』諸朱記」相符。此本經名家校勘、遞藏，足稱善本。

又有《文淵閣四庫全書》收《可閒老人集》四卷本。前僅有楊士奇序。卷一爲古風五言、古風七言、五言絶句，卷二爲五言絶句、七言絶句、四言詩、長短句、五言律詩、五言排律，卷三爲七言絶句，卷四爲七言絶句。未收《長安鎮市次趙文伯韻》、《水竹佳處爲壺金子賦》、《謝張彦恭》、《朱家園海棠》、《過王郎中草堂賦》、《適軒爲致仕浙東宣慰使楊元誠賦》、《聽鶯軒》、《過鑑湖》諸詩，且《輦下曲》中亦闕詩一首。「游洞霄宫」組詩正文與詩題相符。

此本爲浙江鮑士恭家藏本，四庫館臣稱從楊士奇命時昌所刻本傳寫而來。但究竟爲何分四卷，尚不得而知。《浙江採集遺書總録·可閒老人集》載，《可閒老人集》二卷，爲知不足齋寫本，「抄上卷八十八翻，下卷七十九翻，疑非編次原本」。明刻本今已不見，四庫館臣應是在鮑氏知不足齋抄本基礎上重新編次的。

顧嗣立《元詩選》曾録張光弼詩於初集卷五十七辛集中，題《廬陵集》，不知所據爲何。四庫館臣稱「其小傳引楊士奇序云云」〔一〕，由此斷言顧嗣立所見亦爲四庫所據之刻本。《元詩選》所收張昱詩，順序同於四庫本，異文亦同。所選《五府驛代楊左丞留題》後有小字注，引《西湖遊覽志》補集外詩一

〔一〕《可閒老人集提要》，見《文淵閣四庫全書·可閒老人集》卷首。

首。有《長安鎮市次趙文伯韻》一詩，此四庫本未收。

以上諸本，雖題名、卷帙、收詩均有差異，但内容、編排大體相同，當係同一源流。

本次校點《張光弼詩集》，所用底本爲《四部叢刊》本，依照黄丕烈校勘歸并爲兩卷校本爲毛晋抄校《張光弼詩集》（簡稱毛晋本）、文淵閣四庫全書本《可閒老人集》（簡稱文淵閣四庫本）。并輯佚詩十首，佚文三篇。

附録部分得師弟張欣幫忙搜集整理，特此致謝。

辛夢霞　二〇一三年五月十一日於武漢體育學院

張光弼詩序

（明）楊士奇

廬陵張光弼先生，少事虞文靖公集，得詩法。文靖才高識廣，其詩浩博而不肆，變化而不窮，而一宿於正。先生之詩，氣宇閎壯，節制老成，而從容雅則，稱其傳焉。張潞公翥最先知之，而一時學者皆傾慕之。其平生之作散亡多矣。予近從給事中夏時得其五七言、古近體一帙，以授其外孫浮梁縣丞時昌，俾刻之。鄒孟氏有言：「誦其詩，讀其書，不知其人，可乎？」先生名昱，仕元，至江浙行省員外郎〔一〕，嘗贊忠謨於戎幕。元末政壞，遂棄官不仕。張士誠據有浙西，禮致之，不屈，而與周伯温、楊廉夫交游相得，號「一笑居士」。我太祖皇帝混一天下，訪求前元故臣之賢者，嘗被徵至京，深見温接，已而憫其老，曰「可閒矣」，厚賜遣歸。遂採天語，更號「可閒老人」。徜徉浙西湖山之間，詩酒自適，春秋八十有三而終〔二〕。噫！觀其詩而考其出處，可以知其爲人焉。

正統元年夏四月既望，榮禄大夫、少傅、兵部尚書兼華盖殿大學士同郡楊士奇序。

〔一〕 至江浙行省員外郎：毛晋本、文淵閣四庫本卷一作「累陞至行樞密院判」。

〔二〕 春秋八十有三而終：八，底本作「七」，據毛晋本、文淵閣四庫本卷一、《東里續集》卷十五改。

張光弼詩集序

（明）陳彦博

庚子之冬，予始識張光弼於杭。光弼，廬陵人也，蚤游湖海間，以詩名。嘗負劍挾策從軍，入幕府，佐主帥，經畫籌略，以功累遷至杭省左右司員外郎，行樞密院判官。杭爲山水勝地，而光弼能詩善歌詠。是時，天下方用兵藩府，所在不一，而光弼獨能周旋其間，以詩酒自娱，不侵官，不怙勢，以取撓敗，故一時公卿大夫士咸稱之，求詩者日走其門。予時每數詣光弼，光弼誦所作，未嘗不爲之擊節，然猶未能盡閲其編。其後，予去杭，與光弼益遠。丙辰之春，予復至焉，光弼手其詩二編過予寓舍，且言曰：「吾平生所作多矣，今其藁皆不存，獨此在巾衍中，與吾周旋者殆二十年，幸不失墜，而得古律絶句凡若干篇，而凡志意之所感發〔一〕，欣憂哀樂，於是乎在。其可以自見於世者，獨此而已，子其爲我序之。」予受而讀之，愛其意婉而辭麗，情閒而調逸，有詩人之風，不能去手者累日。因切自念，向之所聞於光弼者，雖久而未浹，迺今始得其詳焉。盖言者心之聲也，時者事之會也，時異則言異，於是有

〔一〕而凡志意之所感發：志意，毛晋本、文淵閣四庫本卷一作「意志」。

正變焉。兵革之秋，殆雅亡之日也。光弼以詩人之才而遭時板蕩，汩汩戎馬間，其應酬交接，蓋無非衰世末俗之事，雖欲正言而不可得，故其辭多變。使光弼當盛時，一鳴則鏗鍧炳耀之辭，自可匹休於前人，惜其遭逢不偶而其言止於是也。雖然，杭之山水猶昔，而光弼年未耄，猶可肆其餘力於詩。矧今聖化之隆天下，頌聲方作，光弼雖在田野，其能自已於言者乎？尚當歌詠太平而傳之無斁也。

洪武九年夏四月八日，錢塘陳彥博序。

目録

張光弼詩集卷二……（四一四）

張光弼詩集卷一[一]

古風五言

飲馬長城窟行

飲馬長城窟，飲多泉脉枯。嘶跑不肯行[二]，思若畏前途。驅之尚不忍，惻然駐征車。朔風當面吹，墮指裂肌膚。豈念衣裳單，顧已猶亡夫。功名登天然，何時執金吾。陰陽無停機，百年諒須臾。常恐遂物化[三]，奄忽委路隅。此懷當告誰，策馬自長吁。

[一] 天頭有校記：「刻分卷一卷二，此分七卷，誤也。」校點者按：天頭校記當爲黄丕烈作，「刻」指明刻本。

[二] 嘶跑不肯行：跑，文淵閣四庫本卷一作「咆」。

[三] 常恐遂物化：遂，文淵閣四庫本卷一作「隨」。

古意

白露積瑶堦，明月生羅幃。流光劇奔電，窈窕閟空闈[一]。黄金奉桑間，毋乃禮義虧。安得廉耻士，再詠關雎詩。

雜詩

高樓抗浮雲，南盡洞庭野。凉風颯然至，槁葉凄以下。登臨極四顧，莫我所思者。憂來欲奮飛，羽翼不余假。昭質匪金石，流年劇奔馬。日暮湘水陰[二]，幽蘭謾盈把。

日月交互行，四時亦云易。去時柳未黄，又見楓葉赤。人生範圍内，生死難固必。别離將訴誰，訴之又何益。昨宵夢相見，嫵婉如平昔。覺來但虚幔，衾枕有餘憶。

行路難

鴻雁及秋來，玄鳥先社去。俱生亭毒内，羽翼乃不遇。翔者不知水，泳者不知山[三]。世事每如此，

[一] 窈窕閟空闈：閟，文淵閣四庫本卷一作「閉」。
[二] 日暮湘水陰：水，毛晋本作「雲」。
[三] 泳者不知山：泳，毛晋本作「流」。

人生行路難。

少年行

看取木槿花，朝榮夕已萎。芳容有凋謝，胙澤何所施〔一〕。壽命如可長，仙人今何之。高堂有歌舞，及此年少時〔二〕。

古別離

陽關古別離，對面折楊柳。旋踵委道傍，焉得長在手。丈夫四方志，竭力車馬走。慷慨平生懷，不在然諸後〔三〕。傾貲鑄寶劍，性命同所有。去去勿復陳〔四〕，黃金印如斗。

古瑟

錦瑟古之樂，造自軒轅間。朱絲五十絃，柱列鵁鶄班。中有洞庭水，白日興波瀾。人文際昌期，出

〔一〕胙澤何所施：胙，毛晋本、文淵閣四庫本卷一作「膩」。
〔二〕及此年少時：年少，毛晋本作「少年」。
〔三〕不在然諸後：毛晋本作「不然在諸後」。
〔四〕去去勿復陳：復，毛晋本作「重」。

應清廟彈。洋洋雅頌音，一唱而三嘆。神人既以和，鳳鳥翔其翰。聖明御天下，百靈咸仰攀。

讀離騷經

三閭楚同姓，怨生於所愛。讒人在君側，繩墨日偭背。虞茲宗社隕，繁辭冀收採。反覆三致忠，九死猶未悔。靈修終不察，遂投汨羅水〔一〕。斯文幸未喪，風雅接三代。豈惟南國士，汲汲仰霑溉。

讀秦記〔二〕

登高望遠海，中有三神山。秦皇惑方士，採藥駐容顏。如求不死藥，何必波濤間。玄牝氣孔神，日夜相循環。若人善保之，入聖而超凡。所以廣成子，度世安泥丸。

言　志

少小誦六經，中歲始聞道。乃知三百篇，不貴辭娟好。發言將自宣，猶若未深造。常恐歲年晚，白露先芳草。覃思時竄易，舉筆如振槁。庶或諧雅音，詠歌以終老。

〔一〕遂投汨羅水：水，文淵閣四庫本卷一作「內」。

〔二〕詩題：記，毛晉本作「紀」。以下同此者不再出校。

相逢行

京師衆大區，鞍馬俱俊游。相逢念輕薄，解贈雙吴鈎。性命付然諾，妻子托綢繆。朝過狹斜道，暮宿娼家樓。五侯與之談，七貴爲之謀。心膂誓百年，羽翼期九州。當其勢合時，喝倒黄河流。一朝貲用盡，門户無鳴騶。鄉關耻獨歸，京邑難久留。慨念平生懷，徘徊顧河丘。浮雲詎終朝，失意將焉尤。

古詩

壯哉沛中歌，命世之雄者。帝王有大度，不在論風雅。綿蕝禮樂修，採詩固無暇。蘇李離别辭，亦自關教化。文章與政通，斯豈雜王霸。

漢詩十九首，不復辨名氏[一]。蘇李及枚乘，伯仲之間耳。當時尚詞賦，六義誰作意。雖非大雅言，頗有風人致。篇章何在多，自足傳於世。所嗟黄初後，作者莫與企。

曹公英雄姿，吐辭自天成。横槊鞍馬間，慷慨念平生。汝潁諸文學，斂衽奉明廷。對酒惜時邁，載歌伸鹿鳴。風雲入壯懷，河山助威靈。至今鄴下唱[二]，猶擅文章名。銅雀有遺憾，哀哉短歌行。

[一] 不復辨名氏：氏，毛晋本、文淵閣四庫本卷一作「字」。

[二] 至今鄴下唱：下，底本作「中」，據文淵閣四庫本卷一改。

鄴中盛文辭，七子相掎角。雖膺丞相辟，未免傷流落。世胄相友善，宴好以酬酢。出内結腹心〔一〕，庶僚仰殊渥。願因雲雨會，戢翼永栖托。貴賤俱黄土，徒存建安作。

魏文在世子，嗣領五官將。國事既有閒，經術尤所尚。讌游集文學，辭藻咸宗仰。五星垂光彩，兩曜分氣象。風流積二世，况復人君量。快樂芙蓉池，乘輦一何壯。寧同汝潁士，戚戚冀所望。

東阿帝室親，復乃貴介弟。降志詞翰間，國事罔所冀。思深而文典，光彩照當世。切切陳自効〔二〕，捐軀以明志。淫情洛神賦，所願以自棄。

禰衡輕狡人，况以才自負。將赴漁陽撾，侮人還自侮。曹公豈容物，嫁惡與黄祖。值兹劻勷際，焉用鸚鵡賦。所以賢達士，貴在識時務。

三謝國親臣，世家金閨彦。玄談雖時尚，好爵尤所羡。出各領名郡，而不拘履踐。能忘永嘉樂〔三〕，山水事游宴。摛章固自美，雅誦從此變〔四〕。餘波及齊梁，纖穠入哀怨。

嗣宗絶臧否，善若處時晦。詠懷數十篇，倬尔追漢魏〔五〕。駕車哭而返，此豈無所謂。嘯登廣武臺，

〔一〕出内結腹心：内，文淵閣四庫本卷一作「納」。
〔二〕切切陳自効：効，文淵閣四庫本卷一作「劾」。
〔三〕能忘永嘉樂：樂，原闕，今據文淵閣四庫本卷一補。
〔四〕雅誦從此變：誦，天頭校文「刻誦空格」；文淵閣四庫本卷一作「音」。
〔五〕倬尔追漢魏：倬尔，文淵閣四庫本卷一作「卓爾」。

神氣偶相會。從來倜儻心，土苴視富貴。惟有步兵厨，可用時一醉。

淵明君子儒，心事甚夷曠。醉來得佳眠，自謂羲皇上。文章固可誦，節概尤所仰。且無州縣拘，安得言不放。託志聖賢録，千載成絶響。

高人王右丞，輞川亦有樂。位居尚書省，志不異丘壑。誰言肉食鄙，而不事澹泊。辭擅大雅名，集多應制作。唐音得所宗，夫子寔先覺。

工部行在官，飢寒莫與比。奔走盗賊中，朝夕命如寄。一飯不忘君，危言以鳴世。親蒙萬乘知，不救妻子累。文章天地間，風雅可無愧。賦者謾接跡，此作竟誰繼。

襄陽孟浩然，五言擅時譽。跡放羈旅間，氣藉江山助。感懷峴山作，託興洞庭賦。九重獲見知，一語乃上忤。弊廬南山歸，亦足蔽風雨。篇章如可傳，可傳遇不遇[一]。

蘇州韋刺史，早事武皇帝。既蒙南宫録，復膺符竹寄。折節就繩墨，檢身勤治理。賦詩長日静，静閤餘香至[二]。晚逢楊開府，感激道所以。宜尔金玉音，風雅存遺製。

[一] 可傳遇不遇：可傳，文淵閣四庫本卷一作「論何」。

[二] 静閤餘香至：静，文淵閣四庫本卷一作「鈴」。

鴛鴦篇

鴛鴦水中禽，居常有定偶。行則共洲渚，栖不異淵藪。交頸情所私，和鳴氣相友。白頭不自嫌，彩翼戢左右。雄雌或失配[一]，霜霰甘獨守。嗟哉羽毛類，賦性乃何厚。願獻金閨女，繡作君子綬。人或違天常，翻爲此禽醜。

幽蘭篇

幽蘭不自媚，叢雜生溪澗。寂寞空林色，過者誰復玩。及時或見收，不與衆芳亂。夢協天使與，握勤郎官盼。顧兹馨香德，庶以同歲晏。

閨思篇

連日洲渚上，香風吹杜若。閨人念離別，遠思生幃薄[二]。去年執手時，記有採蘭約[三]。如何燕鴻

[一] 雄雌或失配：雄雌，毛晋本作「雌雄」。

[二] 遠思生幃薄：幃，毛晋本、文淵閣四庫本卷一作「帷」。

[三] 記有採蘭約：有，文淵閣四庫本卷一作「省」。

跡〔一〕，遽尔成綿邈。將憑夢中見，反側睡難着。起視東西廂，衆星已寥落。晨雞方再鳴，曙色已東作。安得携手人，歸來共春酌。

丹華篇

脩莖冒丹華，碧葉相掩映。晨露發其姿〔二〕，舉世莫與并。微風波上來，綽約有餘韻。相看咫尺地，人遠河漢近。緑房多苦心，竚立秋塘暝。

美女篇

燕趙有美女，紅蓮映緑荷。珮環彤夜玉，團扇畫春羅。流盼星光動，曳裾雲氣多。回車南陌上，誰不駐鳴珂。

松濤軒

松聲學海濤，汹汹不可息。如驅萬山泉，迸落千丈石。浩然入清聽，心與竟爲一〔三〕。焉知咸陽道，

〔一〕如何燕鴻跡：燕，毛晉本、文淵閣四庫本卷一作「雁」。
〔二〕晨露發其姿：姿，文淵閣四庫本卷一作「枝」。毛晉本原作「枝」，旁校作「姿」。
〔三〕心與竟爲一：竟，天頭校文「竟刻境」；毛晉本、文淵閣四庫本卷一作「境」。

車馬走赤日。大哉利名事[一]，静者夢不及。

三良詩

百歲誰免死，貴足留其名[二]。三良殉秦穆，慷慨平生情。一語奉明主[三]，千秋共哀榮。從容就長夜，斯人豈偏生。所以黄鳥詩，至今頌遺聲。

班婕妤

婕妤辭輦時，風誼動宫闕。後來紈扇詠，詞氣何悽屑。婦人何所恃，所恃惟姿色。過時而色衰，枕席成棄物。不見長信宫，苔生玉階側。

一脉泉銘爲中一元禪師作

天地不自私，至寶發山川。誰於黄金巖，得此一脉泉。涓涓成不息，曹溪寧後先。造物亦有待[四]，

[一] 大哉利名事：利名，毛晋本作「名利」。
[二] 貴足留其名：足，毛晋本作「是」。
[三] 一語奉明主：語，天頭校文「刻諸」；毛晋本、文淵閣四庫本卷一作「諸」。
[四] 造物亦有待：物，文淵閣四庫本卷一作「化」。

於師亦前緣。既供香積厨，復灌富陽田。譬彼釋氏法，一燈偏三千。泉流願無竭，燈光永相傳。日居而月諸，於億萬斯年。

送薛山人歸富春

舊識談天叟，挑囊又賦歸。性諧麋鹿友，身老薜蘿衣。高步雲同舉，潛形鶴自飛。清醪香潑甕，黄絹織成機。生事有繩準，清言無是非。勿矜絃上操，若聽古人稀。

贈孫雷師祈雨有應

天人本無二，萬物備吾身。一誠苟無妄，呼吸皆鬼神。南邦五六月，熯陽如火燉。法師念民食，升壇肆怒嗔。符召五雷伏，龍起三江濱。風雲隨指顧，沛澤來逡巡。豈惟盈溝澮，更且溢河津。道路接歌頌，田家具倉囷。芒芒大鈞内[一]，造化豈不仁。安得法師輩，飛行遍八垠。以兹雲霓心，慰彼大旱民。

拙逸詩

守拙中乃逸，用智機或生。所以抱真士，泯焉黜聰明。賣藥不二價，懸壺無姓名。逍遥城市間，心

[一] 芒芒大鈞内：芒芒，毛晋本、文淵閣四庫本卷一作「茫茫」。

與造物并〔一〕。鶴長斷則悲，鳬短續則驚。萬物有常性〔二〕，巧僞非人情。乘黄一剪拂，千里無留行。賢哉拙逸翁，可以爲世程。

從軍行

一身既從軍，寧復顧家室。日食官倉糧，唯知事行役。昨朝號令下，負弩趍大磧。驅車出城去，旌麾耀白日。男兒重横行，萬乘假羽翼。意氣從中來，性命何所惜。鵰鳴沙塞雨，四面無馬跡。不有封侯貴，班超肯投筆。

晚春詞

暄風日夜起，春到亦已久。清晨捲簾坐，惆悵閨中婦。聞鶯暗垂淚，對花懶擡手。昨宵夢夫婿，白馬章臺走。結成合歡帶，自置妾懷袖。覺來風張幔，啼鳥在高柳。空織錦回文，佳期竟何有。

〔一〕心與造物并：物，毛晋本作「化」。

〔二〕萬物有常性：常，毛晋本作「長」。

採蓮詞

採蓮復採蓮，採花莫採葉。葉上多朝露，花間盛顏色〔一〕。同舟二姝女，流盻軼明月〔二〕。鬬溜荷上珠，將逞肌膚白。岸上騎馬郎，調笑五陵客。豈不念所歡，淇水不可越。

捕魚詞

漁家無别業，衣食惟罟網。生長風波中，舟楫慣來往。江平風波静，天静榔板響。得魚固所欲，忖心輒内怏。群生各有命，吾寧愛其養〔三〕。敢恣口實求，而絶生意盎。遐思放麑翁〔四〕，乃屬中山相〔五〕。

贈吴琰代宣州

天風吹孤蓬，一去無留蹤。或與回飈遇，猶希返故叢。同飲南陵水，况是親骨肉。相見無别辭，縷

〔一〕花間盛顏色：間，毛晋本、文淵閣四庫本卷一作「開」。
〔二〕流盻軼明月：盻，文淵閣四庫本卷一作「盼」。
〔三〕吾寧愛其養：愛，文淵閣四庫本卷一作「受」。
〔四〕敢恣口實求而絶生意盎遐思：此十二字底本闕，據文淵閣四庫本卷一補；天頭校文「刻空同」。
〔五〕乃屬中山相：相，毛晋本作「想」。

縷訴衷曲。衷曲猶未伸，征車動行塵。屏營高堂上，尊酒聊具陳。紉蘭以爲贈，此志良不薄。冀藏懷袖間，時用慰綿邈。

題簡掾辨誣卷後

種蘭雜荆棘，棘長傷蘭根。結交或匪良，中道生謗言。所以明哲士，慎之非一門。美玉累卞和，明珠誣馬援。終焉各有辨，暫屈寧爲寃。

自警二首

愚者昧其識，沉冥生死中。一爲利欲染，罔測吉與凶。轢轆前後聲，覆轍無不同。遑遑驅馬車，騶從行趋風。惡影不息蔭，世路焉愧躬。

兩足與之翼，去齒存其角。乾坤負冥頑，造化乃忖度。恃此以爲勇，能無遭束縛。銜冠與裂眦，未信盡堪託。毋爲萬物先，内省有先覺。

飲酒詩示婿時伯庸四首

連日春風暖，面容爲之鮮。仰看樹上花，荑萼亦復然。中有和鳴鳥，羽翼相向肩。胡能不命觴，酌此花鳥前。飲之豈不醉，所貴乃其天。頽乎麴蘖間〔一〕，南床得佳眠。如何靖節翁，乃賦止酒篇。

青陽時至矣，萱草滿堂階。柔葉刷翠羽，對之憂思裁。室中無長物，所蓄唯酒盃。客至即與飲，既醉從先回。平生曠達懷，何曾計尊罍。得錢即付酒，酒盡錢復來。百年能幾何，笑口時自開。

光陰劇奔電，金石難與期。仙人浮丘公，此日竟何之。看取古聖賢，丘塚亦纍纍。死而不朽者，六經豈余欺。酒中有妙趣，俗士不可醫。及時不作樂，事過徒傷悲。年華駟馬車，日夜勞驅馳。

既老憐餘生，放情在麴蘖〔二〕。每到花開時，一飲輒累月。何曾校尊罍，酒量盈與竭。二儀蘧蒢舍，百年羈旅客。劉伶乃放達，注意頌酒德。不見昨日花，今朝謝顔色。賢愚俱有歸，脩短隨造物。

卧病寄孟天暐郎中

數會誠不辭，暫離還相憶。雖無膏肓慮，伏枕已旬日。雨雪高樓上，陰沉病增劇。不知湖中水，晴後添幾尺。日照花枝明，風吹柳條碧。感此春事深，携壺想無及。

〔一〕頽乎麴蘖間：麴蘖，文淵閣四庫本卷一作「麯蘖」。
〔二〕放情在麴蘖：麴蘖，文淵閣四庫本卷一作「麯蘖」。

孝感詩爲呂運使題　宋學士作序。

天地無私恩，日月無私照。信哉太史筆，區别造化妙。禎祥靡有常，孝感斯乃兆。金魚章服貴，三事唯克肖。使君寔啓之，後嗣有餘耀。

題唐李昭道畫摘瓜圖　即小李將軍，思訓子。

中舍唐宗室，丹青焕雲漢。適當天后朝，家國生屯難。所願執藝事，婉焉而上諫。製爲摘瓜圖，忠恪非鄙慢。冀或宵覽餘〔一〕，骨肉釋冰炭。章懷恭順子，盡室赴憂患。回首横門道，苦淚落餘棧。路見摘瓜者〔二〕，悉然興永嘆。悲哉黄臺詞，四摘乃絶蔓〔三〕。神器有天命，侈心暫惑亂。梁公社稷臣，直劫四廟算。煌煌萬方業，復得返貞觀。

〔一〕冀或宵覽餘：宵，天頭校文「宵刻霄」；毛晋本、文淵閣四庫本卷一作「電」。

〔二〕路見摘瓜者：摘，毛晋本原作「接」，旁校爲「摘」。文淵閣四庫本卷一作「接」。

〔三〕四摘乃絶蔓：絶，文淵閣四庫本卷一作「抱」。

上巳日杭州府學教授徐一夔四齋訓導拉遊智果寺訪東城題參寥泉[一]

佳遊在上巳，屬此清明前。春景已云宴，風光猶未暄。往尋智果寺，竟得参寥泉。雲物豈殊昔，人世自更遷。邈哉長公詠，風流想當年。我輩復登臨，花界何因緣。古佛儼香閣，真詮積華軒。境超萬念空，道勝諸妄捐。緬懷此會難，徘徊未云還。中章續芳藻，冀或來者傳。

此君軒爲周昉賦

種竹不在多，竹多翻自俗。周生達此意，窻户惟數竹。凉飈集雅吹，炎景消煩燠。情神穆如詠[二]，興寄淇園緑。誰云翡翠枝，不有鳳凰宿。苔堦近相對，色净尊中醁。雖非沈湎事，庶以忘寵辱。何可一日無，此君美如玉。

棲鶴軒

張天師行館在佑聖觀，丁虚一提點方丈。

鶴馭從天來，雪光照雲闕。戛然九皋唳，散落三山側。乃知羽人師，近作金門客。玉女見投壺，后

[一] 詩題：城，天頭校文「刻坡」；毛晋本、文淵閣四庫本卷一作「坡」。

[二] 情神穆如詠：情，毛晋本、文淵閣四庫本卷一作「精」。

羿從奔月。令威古仙子，竟使枉其轍[一]。不言三清事，但叙千年别。至今棲鶴處，光怪常不滅。有時玉笙歌，雲氣猶下接。欲賦遊仙詞，作者不可得。斗酒誰爲呼，吾將招李白。

陳孔碩回泰和柬寄其丈人羅楚翁處士

昔别翁未婚，翁今已抱孫。俊哉東床婿，玉樹照名門。知我丈人行，再拜情誼敦。惠顧每持酒，坐語移朝昏。離居獲軫念，殊慰羈旅魂。我自京城回，安分守丘樊。家事復儒業，寧同東掖垣。尚賴稽古力，似若吾道存。終焉營菟裘，兩翁老青原。

嘯軒

開軒出平湖，四望惟青天。嘯聲静中起，萬象俱回旋。雲霞未改色，水波爲之先。白日每少光，長風亦蕭然。沉吟阮公詠，興懷廣武邊。寂寞千載後，慷慨千載前。斯人竟何人，託志在空言。

雪巖

夏雲多奇峰，洞照赤日下。玲瓏萬雪巖，突如臨大野。南風有時來，素色欲飄灑。体物而賦之，誰

[一] 竟使枉其轍：轍，毛晋本、文淵閣四庫本卷一作「轍」。

爲漢司馬。持以遺所思，丹青莫圖寫。

北山堂

築堂大湖北[一]，堂上何所見。好峰七十二，終日如對面。其中盡白雪[二]，且是難持贈。鶴鳴露氣升，魚躍波光泛。唯尔禪居人，天機兩相羡。

李息齋平章畫著色竹御屏

此君有逸韻，翠佩而長裾[三]。遭彼列仙人，授以鴻爪書。把玩猶未解[四]，倏焉凌空虚。化爲九鳳雛，其聲雜笙竽。煌煌薊丘公，描寫登畫圖。丹青照屏帷，如對古丈夫。乃知廟堂上，一日不可無。至今伶倫氏，見之爲踟躕。

[一] 築堂大湖北：大，天頭校文「大刻太」；毛晉本、文淵閣四庫本卷一作「太」。以下同此者不再出校。

[二] 其中盡白雪：雪，毛晉本、文淵閣四庫本卷一作「雲」。

[三] 翠佩而長裾：佩，文淵閣四庫本卷一作「珮」。以下同此者不再出校。

[四] 把玩猶未解：解，毛晉本作「醉」。

題天平寺禎上人房

每過屢不逢，出寺乃一見。巖回樹色暝，日轉霞光絢。邀留復入寺，禮待良繾綣。欣同静者室，坐久殊未厭。寂然禅榻外，罏烟落經卷〔一〕。境静累自遣，情忘道非遠。方丈如或容，吾將老貧賤。

訪仁一初尊師

願聞清净法，往謁富春僧。妙論聽不厭，道心中自增。如此醍醐味，使我嘗未曾。豈無宿世因〔二〕，坐對古佛燈。庶幾一言下，彼此證三乘。

雪齋

東坡命名，少游作記。

萬有從妄作，庸辨僞與真〔三〕。假山復假雪，空色自相因。東坡古維摩，出語驚天人。彈指爲説法，一息乃萬旬。舊時言所説，幾見湖水春。染習或未除，示此前後身。題詩附齋壁，庶與坡詩隣。

〔一〕罏烟落經卷：罏，文淵閣四庫本卷一作「爐」。以下同此者不再出校。

〔二〕豈無宿世因：宿，文淵閣四庫本卷一作「夙」。

〔三〕庸辨僞與真：辨，毛晋本作「辯」。以下同此者不再出校。

思雲軒爲羅從事賦　福州人，四川省掾。

三川望三山〔一〕，相去幾萬里。親舍白雲下，懷思曷云已。朝思歌陟岵，暮思歌陟屺。如之何勿思，禄不及甘旨。哀哉天壤間，此思孰終始。舉目皆白雲〔二〕，寧論此與彼。但移思雲心，夙夜勤治理。委質既在心，忠孝同一軌〔三〕。

題郭文醫虎圖

利忘九重淵，珠從龍頷得。仁忘千金軀，手探虎口骨。獸或復其性，其禍不可測。馴擾亦何術，貴在道與德。

天茁亭爲柳膺賦

侯門臭酒肉，窮居厭藜藿。賦分各有定〔四〕，天胡爲厚薄。荒園灌數畝，亦足代耕穫。折葵助鼎俎，

〔一〕三川望三山：上一「三」字，毛晋本、文淵閣四庫本卷一作「山」。
〔二〕舉目皆白雲：皆，毛晋本作「俱」。
〔三〕忠孝同一軌：忠，毛晋本作「思」。
〔四〕賦分各有定：定，毛晋本作「天」。

剪韭供春酌。雖非八珍饌，其味良不惡。三牲何可常〔一〕？一瓢易爲樂。古之志道者，糲食甘澹泊。造物茁此徒，於世寧妄作。賢哉宋宇嘆，美矣樊遲學。〔二〕勿嫌食肉鄙，儒家貴儉約。

妙高院 大方厔上人。

碧岑日在望，雨雪阻登臨。二客從事者，杖藜長松陰。緣雲及上方〔三〕，步履皆黃金。佛香出寶閣，一息契初心。心如白蓮花，塵垢何由侵。攢眉入社後，此會還可尋。廬山得遠公，法侶滿東林。虎溪偶然事，傳笑直至今。我輩乃避俗〔四〕，厔師誠可欽。

壽光宮訪道士不遇留題

高皐臨大溪，激流喧衆石。中藏壽光宮，年深翳金碧。儼然天人尊，羽衛何赫奕。回廊蔭古木，苔蘚少行跡。傳昔丹霞士，於斯鍊金液。丹井雖尚存，鸞鶴無一隻。徘徊長松下，瞻望雲氣白。不見種桃

〔一〕三牲何可常：何，文淵閣四庫本卷一作「安」。

〔二〕賢哉宋宇嘆美矣樊遲學：宇，美，底本原闕，據文淵閣四庫本卷一補；天頭校文「空刻殁釘」。

〔三〕緣雲及上方：緣，毛晉本作「緑」。

〔四〕我輩乃避俗：乃，文淵閣四庫本卷一作「仍」。

人，惆悵理還策〔一〕。

宜晚堂送江架閣還奉化

隆替理之常，仕進難固必〔二〕。在事寡尤悔，於心孰欣慼。從來黄甘里，先廬頗完葺。雖非大哉居，亦異環堵室。歸來宜晚歲，懷抱得所適。謳吟及芳辰，言笑共佳夕。赤城有霞氣，光照五色筆。門前有大路，而無車馬跡。幸焉返初服，素願於此畢。冥冥江上鷗〔三〕，矯首羨歸翼。

過清逸處士盧公墓上作

處士古豪傑，在衆不自異。平昔鄉曲間，隨時以軒輊。聚書千餘卷，將遺子孫計。醖酒百餘石，將虞賓客至。甚慕魯仲連，於人無所媚。辟書下臺省，踰垣而趨避。遂隱清平山，居然事高致。地隣萬松嶺，日夕聞鶴唳。朝論美其風，錫以清逸謚。煌煌楊宣慰，深情託姻契。豈期七十年，遽棄人間世。遂使倜儻懷，銷盡虹霓氣〔四〕。高墳蔓宿莽，寧不爲長喟。子常仕今朝，宗廟瑚璉器。自唐譜系存，簪纓舊

〔一〕惆悵理還策：理還，文淵閣四庫本卷一作「還理」。

〔二〕仕進難固必：難固，毛晉本作「固難」。

〔三〕冥冥江上鷗：冥冥，毛晉本作「寞寞」。

〔四〕銷盡虹霓氣：毛晉本、文淵閣四庫本卷一作「消盡虹蜺氣」。

門地。賢哉郭有道，毋忝蔡邕誌。

無憂子詩爲揚州湯仲銘處士賦

安分以達生，所適皆天游。恂恂里巷間，何忮復何求。簞瓢自終日，冬夏惟一裘。既不願名爵，寧對狐貉羞。忘機鷗與親，浪迹雲中儔。中區本混沌，愚者昧雕鎪。樂哉湯處士，宜尔名無憂。

奉聽玘法師講楞伽經留别

玘公註經回，於世無所慕。結壇在南塢，心與道爲務。行苦緇素歸，律嚴鬼神護。吾從挹清芬，肺腑久歸附〔一〕。仰聆楞伽旨，灌頂發甘露。四衆瞻禮間，繞床天花雨。古無雪山子，我願黄金鑄。兹行匪慢游〔二〕，實以聞經故。初地誰不明，末法自迷誤。不謂支道林，猶識許玄度。忻然詶宿願，言笑亦已屢。出寺且復留，徘徊川光暮。還當理輕楫，時到茆家步。師既不忘予，予忘南塢路。

〔一〕肺腑久歸附：歸，天頭校文「歸刻皈」；毛晋本、文淵閣四庫本卷一作「皈」。

〔二〕兹行匪慢游：慢，毛晋本、文淵閣四庫本卷一作「漫」。

南塢釋如玘次韻附

吾佛生世間[一]，赴彼群機慕。説法歷五時，華嚴最先務。聲聞若聾啞，慈悲善調護。脱除著弊衣[二]，令伊可親附。彈斥淘汰餘，一乘方顯露。所以鷲峰頭，四華繽紛雨。頓銅及鈍銕[三]，大鑪盡鎔鑄。後五百世來，誰復知其故。居士佛會人，聞説知幾度。自吾得爲友，歲月幾成屢。復此話無生，於焉慰遲暮。東林雖云遠，玄蹤可追步。鑿池種藕花，共超真歸路。

訪巢雲子不值留題

桃源不可覓，結屋以巢雲。只此方丈内，便覺超人群。秋晚槿籬秀[四]，雨餘塘水渾。安知巢雲子，不是雲中君。又值荷蓑出，無從書練裙[五]。

[一] 吾佛生世間：生，文淵閣四庫本卷一作「主」。

[二] 脱除著弊衣：除，毛晉本作「珍」。弊，文淵閣四庫本卷一作「敝」。以下同此者不再出校。

[三] 頓銅及鈍銕：頓，天頭校文「鈍刻頓」；毛晉本作「頑」；文淵閣四庫本卷一作「頓」。

[四] 秋晚槿籬秀：槿籬，文淵閣四庫本卷一作「籬槿」。

[五] 無從書練裙：練，文淵閣四庫本卷一作「練」。

聽松軒爲朗上人題

微風吹幽松，近聽聲愈好。師非寒山子，安得此懷抱。天機内相會，百體同浩浩。如適清凉境，大地絶熱惱。每從晝省歸，騎馬必一造。妙趣須自知，難與别人道。

舟行即事

舟行如虚空，上下天光裏。中宵撤前幔，繁星在清泚。天河横未落，北斗當而指〔一〕。凉風波上來，吹皺青文綺。蘆洲集夜禽，聒聒鳴不已。惡聲雖擾眠，清景則可喜。却思車馬塵，此時動城市。

題隱居圖 處州王啓明。

隱居萬山中，日夕有佳色。時於巖上石，蒸起雲氣白。桑麻鬱相望，雞犬識巷陌。中林芳草地，不有車馬轍。爲與城市遠，似覺囂塵絶。原田既膏腴，且是宜稼穡。溪流既清駛，且是利舟楫。耕漁鄙夫事，富貴要不得。但見桃花開，不知何歲月。寄謝丹青人，吾將安蹇劣。

〔一〕北斗當而指：而，毛晋本、文淵閣四庫本卷一作「面」。

種德堂爲岳醫士題

種德不在淺，種藥不在深。雖有千畝地，不如方寸心。種之百年後，所得非尺尋。忠信乃佳實，慈愛爲繁陰。如有仙人杏，一核延千林。以此惠後嗣，安用多黃金。

百馬圖

畫師畫馬時，心與馬爲一。精神各自分，萃此馬百匹。起卧適馬性，踶齧通馬力。逸如龍在水，馳若虎而翼。遊牝得群聚，風騰各相及。或滾塵沙黃〔一〕，或嘶草芽碧。豈無麒麟骨〔二〕，松下鹽車泣。誰將朔漠大，圖畫歸咫尺。曹韓不并世，按圖爲尔惜。

木槿花

誰謂木槿花，朝榮夕已萎。顔容逐電光〔三〕，老大行相隨。高堂有歌舞，及取少年時。壽命信可長，仙人竟何之。

〔一〕天頭注：「滾」刻作「瀼」。

〔二〕豈無麒麟骨：麒麟，文淵閣四庫本卷一作「騏驎」。

〔三〕顔容逐電光：顔容，文淵閣四庫本卷一作「容顔」。

浮雲一首别高士敏

人生如浮雲，聚散何可必。倏忽萬里餘，求之渺無迹。有時天上見，若我舊相識。飄摇玉雪姿，可望不可即。羨此凌風翰，與彼得共適。

田家詞

爲農謹天時，四體務勤力。日夕耘耔罷，植杖聊假息。兒童原上牧，婦女機中織。田家無别事，俯仰唯衣食。黽俛共百年，辛苦何所惜。世有五侯貴，農人夢不及。但願風雨好，一穗千萬粒。卒歲無徵科，庶俛憂儋石〔一〕。

六月三日雨〔二〕

日車當空行，雷聲從地起。長風吹行雲，萬籟若有喜。田夫念稼穡，望雲如望米。甘澤始沛然，三日不可止。吁嗟乎蒼生，何以答天地。

〔一〕庶俛憂儋石：俛，毛晋本、文淵閣四庫本卷一作「免」。

〔二〕詩題：三日，毛晋本作「三十日」。

田　家

田家無所具，客至唯雞黍。厨下作新炊，門前備酒醑〔一〕。涼風吹户牖，高柳蔭塗路。還家既不遠，送上採菱渡。

蘭雪軒

幽蘭不自芳，君子以貽好。白雪不自潔，君子用媲操。與彼蘭與雪，聊付爾懷抱。人生幼而學，壯則行其道。青春未畹晚，白日正杲杲。何乃七尺軀，迷邦以懷寶。時哉不可失，功名貴及早。

古風七言

河漢篇

河漢亘天幾萬里，鶉火西行入箕尾。金氣浮空漾白波，任是雄風吹不起。一河之水皆空青，往還唯

〔一〕門前備酒醑：毛晉本、文淵閣四庫本卷一作「清」。天頭注：「酒」刻作「清」。

此烏鵲翎。太史不識漢使者，却奏張騫爲客星。載回織女支機石[一]，牽牛隔河來不及。二十八宿有常經，七夕胡能會靈匹。西牛東女長相望，女則織紝牛服箱。人間兒女謾愁思，河影不滅秋夜長。

唐太宗駿馬圖

昭陵石刻今無有，絹素乃能存不朽。當時奇骨濟時艱，駕馭盡入天人手。隋家再世俱凡庸，不知肘腋生英雄。晉陽奮起六駿馬，蹴踏人海波濤紅[二]。帝王一出萬邦定，干戈四指群小空。凌烟勛臣盡圖畫，一旦肯遺汗血功。嗚呼何從得此樣，規模却與石刻同。乃知帝王所駿乃龍種，豈可求之凡馬中。唐家開基三百載，展卷尚覺來英風。

張建封擊毬圖

唐家風流尚毬馬，中外靡然爲之化。徐州節度張建封，坐領東藩示閑暇。長簫短吹行相隨，以此慢遊爲日夜。玉山滿馬扶醉歸，正及樓頭望春罷。孔雀屏帷次第開[三]，黄金買得春無價。不教白日向西馳，只許黄河向東瀉。使君死後誰登臨，燕子不來風雨深。緑珠甘守珊瑚樹，文君獨宿鴛鴦衾。當其意

[一] 載回織女支機石：回，毛晋本作「爲」。
[二] 蹴踏人海波濤紅：人海，毛晋本作「大海」。
[三] 孔雀屏帷次第開：帷，毛晋本、文淵閣四庫本卷一作「圍」。

氣傾朝野，肯信人無百年者。萬言猶在從事書，一幅空遺後人畫。

五王行春圖

開元天子達四聰，羽旄管籥行相從。當時從駕驪山者，宰相猶是璟與崇。華萼樓中雲氣裏，兄弟同眠復同起。玉環一旦入深宫，大枕長衾冷如水。興慶池頭花樹邊，梨園小部俱嬋娟。楊家姊妹夜遊處，銀燭萬條生紫烟。寧知樂極哀方始，羯鼓未終鼙鼓起。褒斜西幸雨霖鈴[一]，回首長安幾千里。

贈河南衛畢將軍歌

壯哉將軍八尺軀，陣前奪騎生馬駒。有力每輕弓兩石，據鞍手横丈二殳。小敵如怯大敵勇，生平氣與忠義俱。逢時受命從大將，勢合風雲興海隅。奉辭東下尉陀國[二]，回兵北擊無单于。望風襁負至者衆，將軍爲駐南征車。歸來九重賜顔色，蹈舞恩光生步趨。團花戰袍出内府，大官羊膳來公厨[三]。洛陽關東古重鎮，授以斧鉞專城居。緑槐高映使者節，黄金新鑄兵家符。握手負看走壯士[四]，擁盖吹笳喧道

[一] 褒斜西幸雨霖鈴：霖，文淵閣四庫本卷一作「淋」。
[二] 奉辭東下尉陀國：陀，毛晋本作「佗」。
[三] 大官羊膳來公厨：公，毛晋本作「官」。
[四] 握手負看走壯士：文淵閣四庫本卷一作「握刀負盾走壯士」。天頭注：刻「刀」、「盾」。

塗。盡知勛名在忠義〔一〕，千騎萬騎先傳呼。祈連亦有霍去病，細柳豈無周亞夫。只今將軍與之并，人馬相輝古迹無〔二〕。君恩廣大法天地，將軍報答將何如〔三〕。丹青或接萬億載，忠義莫虞無畫圖。

送程希道回河南

銀鞍白馬郎，自是平臺客。海水桑田不自知〔四〕，朅來二紀異南北。他鄉忽然顾我笑，有如清風洒蘭雪。開心寫意慰離居，別時童孺今有鬚。知從馬援在軍旅，不謂陳琳工檄書〔五〕。我於程家最知舊，大宅脩椽曾置酒。玉攢紫笙吹鳳凰〔六〕，羅袖春衫舞楊柳。因之感念二紀前，躍馬射麋江水邊。煌煌賓從散秋葉，叠叠樓臺成野烟。程生程生既會面，蔬麻瑶華莫持贈〔七〕。但存此日會面情，地北天南有相見。丈夫有志豈陸沉，使者不憚巖穴深。他時或有公車召，嗣我雲間金玉音。

〔一〕盡知勛名在忠義：勛，毛晋本作「功」。

〔二〕人馬相輝古迹無：迹，毛晋本、文淵閣四庫本卷一作「即」。天頭注：「迹」刻「即」。

〔三〕將軍報答將何如：報答，毛晋本作「答報」。

〔四〕海水桑田不自知：水，底本作「木」，據毛晋本、文淵閣四庫本卷一改。

〔五〕不謂陳琳工檄書：工，毛晋本作「上」。

〔六〕玉攢紫笙吹鳳凰：毛晋本、文淵閣四庫本卷一作「瓚」。

〔七〕蔬麻瑶華莫持贈：蔬，毛晋本、文淵閣四庫本卷一作「疏」。麻，毛晋本作「蔴」。

贈製筆生許文瑶

許生精藝誰可及，材用剛柔以製筆〔一〕。水盆洗出紫兔毫，便覺文章生羽翼。蒙恬將軍爲動色，爲是秦王舊時物〔二〕。丞相斯曾從駕行，載此篆書封禪碣。從秦至今幾千載，兔尚存皮竹可採。利濟天下功不有，入手千人萬人愛。我昔爲郎居粉署，用筆唯於許生取。輕衫日對紫薇花〔三〕，寫遍江淹夢中句。

夢雲樓爲佑聖道士王景舟賦〔四〕

阿母妊娠曾夢雲，道人見雲如母存。高天悠悠不可聞，虎豹守關深九門。丹青樓館雲中起，翠幙銀屏接雲氣〔五〕。縹緲時聞子晋笙，蹉跎日集王喬履。蟠桃千年花又開，雲中不見阿母回。丁令白鶴有再至，漢宫青鳥無復來。但願無風亦無雨，桃花開遍夢雲處。花氣騰空結紫雲，拔宅乘雲上昇去。

〔一〕材用剛柔以製筆：剛，毛晋本作「壯」。
〔二〕爲是秦王舊時物：王，文淵閣四庫本卷一作「皇」。
〔三〕輕衫日對紫薇花：日，文淵閣四庫本卷一作「自」。
〔四〕詩題：舟，文淵閣四庫本卷一作「丹」。
〔五〕翠幙銀屏接雲氣：接，文淵閣四庫本卷一作「按」。

玉局生引

龍翔住持毛起宗，參隨鶴駕謁九重。沖虛教主器許之，名以玉局高其風。贈言五十有六字，盡説大羅天上事。老君出現成都時，地神涌局亦如此。空歌黎羅還上清，再三祝付玉局生。吾徒被服老君教，毋忝玉局之所名。名非可名局非局，心田種熟藍田玉。入水不濡火不焚，一氣孔神無斷續。況聞古有毛仙翁，是身雖異性則同。華表白鶴猶未歸，函關青牛今則逢。道家宮植連雲起[一]，日食仙曹千萬指。誰其主者玉局生，宴坐無爲觀太始。

白翎雀歌

烏桓城下白翎雀，雄鳴雌隨求飲啄。有時决起天上飛[二]，告訴生來毛羽弱[三]。西河伶人火倪赤，能以絲聲代禽臆。象牙指撥十三絃，宛轉繁音哀且急。女真處子舞進觴，團衫鞶帶分兩傍。玉纖羅袖柘枝體，要與雀聲相頡頏。朝彈暮彈白翎雀，貴人聽之以爲樂。變化春光指顧間，萬蘂千花動絃索。只今蕭條河水邊，宮庭毀盡沙依然。傷哉不聞白翎雀，但見落日生寒烟。

[一] 道家宮植連雲起：植，毛晋本、文淵閣四庫本卷一作「闕」。

[二] 有時决起天上飛：决，天頭注：刻「抉」。

[三] 告訴生來毛羽弱：毛羽，毛晋本、文淵閣四庫本卷一作「羽毛」。

捕虎行

碧油幢下曹司兵，見義有勇身爲輕。平生每得貴人喜，有似花卿知姓名。一朝共聽將軍令，鎮市臨平虎尤甚。汝司其兵往捕之，食肉寢皮須要盡。司兵受令即出城，怒氣填膺風人生〔一〕。揚言大明聖人既御世，爾虎何物猶縱横。大刀長戟屯村堡，前期釘牌爲斷道〔二〕。村堡喜得司兵來，萬夫鼓勇千夫譟。半月捕獲十三枚，大檻小車推載回。自言此乃將軍令，是豈小人之力哉〔三〕。將軍索酒指其虎，此虎不死司兵死。在官食禄忘其軀，亦是人間好男子。

資壽堂

爲之醫藥以資壽，古人存心子能有。治生若然天必與，衣禄何憂不豐厚。潘彝世籍富豪家，金珠斗量錢載車。百年風雨换門户，甘守儉薄爲生涯。法依本草爲炮削〔四〕，脩合肯教違矩矱〔五〕。日月回旋碾上

〔一〕怒氣填膺風人生：人，毛晋本、文淵閣四庫本卷一作「火」。
〔二〕前期釘牌爲斷道：爲，文淵閣四庫本卷一作「後」。
〔三〕是豈小人之力哉：是豈，毛晋本、文淵閣四庫本卷一作「豈是」。
〔四〕法依本草爲炮削：削，文淵閣四庫本卷一作「制」。
〔五〕脩合肯教違矩矱：違，毛晋本本作「爲」。

輪，虎龍交媾爐中藥。服之一劑神氣全，百齡壽等金石堅。洪範五福壽居首，有金無壽真徒然。彝也性稟芝蘭秀〔一〕，湖海香名喧衆口。修文坊南當大街，如斗之字出高牌。貴人長者共祇重，每日門前車馬來〔二〕。

望雲詩爲翼城常盤賦

風吹白雲天上來，游子望雲心眼開。小時見雲在親側，安得親同雲往回。世家翼城桐葉里，雲自往回親在彼。昔年捧檄爲榮親，得官拜親雲亦喜。所憐得禄遠莫分，委質爲臣命在君。青袍駿奔各有事，斑衣兒啼更勿云。我知爾家廣田宅，小弟朝朝縱圍獵。暮歸雉兔滿馬鞍，不使高堂甘旨缺。望中有使頻寄書，夫人堂上泣羅襦〔三〕。願尔長辭楊震金。願爾長懸羊續魚。親之念子無不至，子思其親雲即是。紅顏早受縣君封，莫計同飡太倉米。桐葉之里非一家，如尔兄弟誰不誇。牆頭風吹紫荆樹，堂前露浥萱草花。莫言親遠翼城縣，萬里關河如對面。一官九考今八年，指日雲中又相見。

〔一〕彝也性稟芝蘭秀：稟，文淵閣四庫本卷一作「秉」。
〔二〕每日門前車馬來：車，毛晋本作「鞍」。
〔三〕夫人堂上泣羅襦：泣，毛晋本、文淵閣四庫本卷一作「哭」。

雲林歌〔一〕

李侯雲林心所仰，既見雲林副心賞。欣然爲我出圖畫，索我題詩畫圖上。我自别侯二紀餘，不得半紙盧江書。乃知已膺廟堂聘，梁棟之材寧不如。雲林乃是君所植，雨露蟠根同鐵石。直幹凴凌御史霜，青雲照耀郎官筆。即今英發當盛年，上林玉樹幕府蓮。東閣梅花時自詠，南郡官曹誰更賢。從知侯家積陰德，鳳雛七枚毛五色。覽輝已出丹穴中，來儀定集虞廷側。安棲不用求梧桐，雲林氣接扶桑紅。結巢日邊長羽翼，好音惠我雙飛鴻。

玉簫引爲沈仲德賦

洞簫宫前有狂客〔二〕，雙眼直嫌天地窄。甕中釀熟葡萄漿，養得身輕好顔色。興來爲我吹玉簫，縹緲一聲生泬寥。驚鸞跱鵠不自定，游絲落絮隨風飄。高情遠思遊碧海，此豈肯受王門招〔三〕。咲言學蕭二十載〔四〕，家業凋零心不悔。要須吹上鳳凰臺，白日羽儀生五彩。

〔一〕詩題：毛晋本作「雲中歌」。
〔二〕洞簫宫前有狂客：簫，毛晋本作「霄」。
〔三〕此豈肯受王門招：王，毛晋本、文淵閣四庫本卷一作「黄」。
〔四〕咲言學蕭二十載：蕭，毛晋本作「笙」。

王無僞仙翁見訪爲賦此詩

神仙之術本無作，當面無緣尋不著。但能寡欲自長年，愚者昧之求海嶽〔一〕。此術不許凡俗知，道成由來非大藥。仙翁高風何所喻〔二〕，天垣月暎王喬鶴。等閑瓦礫變黄金〔三〕，候尔相從步寥廓。

寄河南衛鎮撫趙克家叙舊

程生河南來，始得河南信。雨散雲飛二十年，萍蹤梗跡今纔定。却思小孤洲渚邊，大江大浪拍戰船。將軍鬚髯劲如戟，白日酣歌便醉眠〔四〕。我從别來贊畫省，夫容幕與風塵遠。洪武初年自日邊，詔許還家老貧賤。池館盡付當時人，唯存筆硯伴閑身。劉伶斗内蒲萄酒，西子湖頭楊柳春〔五〕。見人斲輪只袖手，聽人論天只箝口〔六〕。年過七十髪未斑，路途不辭牛馬走。知尔出鎮在洛陽，宫袍健馬日煌煌。前騎大

〔一〕愚者昧之求海嶽：昧，毛晋本作「味」。

〔二〕仙翁高風何所喻：風，毛晋本作「峰」；喻，毛晋本作「踰」。

〔三〕等閑瓦礫變黄金：瓦，毛晋本作「丸」。

〔四〕白日酣歌便醉眠：日，毛晋本、文淵閣四庫本卷一作「石」。

〔五〕西子湖頭楊柳春：頭，毛晋本作「邊」。

〔六〕聽人論天只箝口：論，文淵閣四庫本卷一作「談」。

旗畫熊虎〔一〕，後騎長戟横雪霜。我於此事别已久，富貴浮雲更何有。鴻雁得便時附書，但問老人平安否。

題醉墨堂爲桐江俞子中賦

世稱草聖唯張旭，氣主神光從所欲〔二〕。醉來提筆走風雷〔三〕，電掣長雲夜相逐。徤於大野戰蛟龍，媚似輕波浴鴻鵠。由唐至今幾百年，筆法竟尔失其傳。芝翁乃若神所授，亦以醉墨題堂前。晴絲罥空王逸老〔四〕，生蛇絆樹黄庭堅。筆法不必問高閑，筆法不必詢懷素〔五〕。縱横遲疾心自知，曾見公孫大娘舞。

雲門山房爲青州曹伯起賦

雲門山房何所指，知尔不忘桑梓意。山在城南百里間，沃衍膏腴宜樹藝〔六〕。中有一村倶姓曹，列戟

〔一〕前騎大旗畫熊虎：熊，毛晋本、文淵閣四庫本卷一作「羆」。
〔二〕氣主神光從所欲：文淵閣四庫本卷一作「氣在神先從所欲」。
〔三〕醉來提筆走風雷：提，天頭注：刻「捉」。毛晋本、文淵閣四庫本卷一作「捉」。
〔四〕晴絲罥空王逸老：老，文淵閣四庫本卷一作「少」。
〔五〕筆法不必詢懷素：筆，底本原闕，天頭注：空刻「筆」，此據天頭注、毛晋本、文淵閣四庫本卷一補。法，毛晋本闕，文淵閣四庫本卷一作「勢」。
〔六〕沃衍膏腴宜樹藝：藝，底本原闕，據文淵閣四庫本卷一補。

高門是鄉里。青州舊入齊封疆，相國猶傳漢家世。曹彬爲宋下江南，史册能書其門第〔一〕。四世之祖在元初，遭際風雲致爵位。亦參丞相下豫章，腰插金符位元帥。但知報國守忠貞，不肯隨人事軒輊。用也綽有乃祖風，一簣不止山可崇。碧梧枝老自棲鳳，緑竹根深須化龍。昔時未到山房裏〔二〕，每望雲門佳氣。却緣亦是豫章人，客舍并州如有喜。雲門之山青接天，鴻濛既判知何年。山房去天不咫尺，名與雲門當共傳。

贈秋鳴善捧檄迎母往金蘭州就養〔三〕

人子能不念其母，嗚嗚啞啞猶返哺〔四〕。十月褱娠乳抱勞，亦期仰事慰遲暮。那知中道母子分，南望親舍唯白雲〔五〕。伯也執殳在軍旅，堂上消息空傳聞。將軍命許迎就養，拜捧檄文喜無量。蘭州萬里到杭州〔六〕，母見子如墮天上。膝間乍見歡復悲，天河水流有合時。宜男草是别時草，老萊衣是别時衣。只今

〔一〕史册能書其門第：其、第，底本分别作「共」、「地」，均據文淵閣四庫本卷一改。
〔二〕昔時未到山房裏：時，毛晋本作「年」。
〔三〕詩題：秋，毛晋本、文淵閣四庫本卷一作「狄」。
〔四〕嗚嗚啞啞猶返哺：嗚嗚，文淵閣四庫本卷一作「烏烏」。
〔五〕南望親舍唯白雲：唯，毛晋本作「猶」。
〔六〕蘭州萬里到杭州：文淵閣四庫本卷一作「杭州萬里到蘭州」。

四海車書一，人間萬事真難必。十年戎馬行陣間〔一〕，子母團圓有今日〔二〕。

題湖州何生售書養母詩卷

衙散到家無與適，領客壺觴以終日。何生忽從湖州來，當筵不語惟長揖。古貌存心行孝道，袖出舊書三兩帙。進言售此備甘旨，有母行年將八十。吾聞此語爲太息，傷哉貧乎乏朝夕。龍蛇蟄藏天地閉，宜尔之賢身不立。莫説家無田可耕，縱有田耕那得食。不如歸掉湖州船〔三〕，有魚可釣鳧可弋。君不見賣刀與賣戟，朝持出門莫得直。文章本是太平具，以此干人復何益。軍中或有錫類人〔四〕，傾産酬書吾可必。

東圃詩爲道士王景舟賦〔五〕

東圃軒在玄武宮，海日欲上烟霏紅。若人飡之百體充，養得面貌如嬰童。上清有法授有宗，靈章祕呪存心胷。一氣孔神天與通，右衛白虎左青龍。擲火萬里行老翁，欲雨即雨風即風。燮理造化代天工，

〔一〕十年戎馬行陣間：陣，毛晋本、文淵閣四庫本卷一作「陳」。以下同此者不再出校。
〔二〕子母團圓有今日：圓，毛晋本、文淵閣四庫本卷一作「圞」。
〔三〕不如歸掉湖州船：掉，天頭注：刻「棹」。文淵閣四庫本卷一作「棹」。
〔四〕軍中或有錫類人：中，毛晋本、文淵閣四庫本卷一作「人」。
〔五〕詩題：圃，毛晋本作「坡」；舟，文淵閣四庫本卷一作「丹」。

事親則孝事君忠〔一〕，神人執鞭須相從。

題王朋梅界畫大都池館圖樣

元朝人。

國初以來好時節，冶緑妖紅盖阡陌。樂游盡是勛貴家，人鬧馬嘶聽不得。細漆闌干輦子車，同載女子如蕣花。車中馬上目相許，胡蝶夢滿東西家。牡丹臺畔夜如晝，花照銀燈大於斗〔二〕。正月飲到三月終〔三〕，樂地歡天古無有。一朝花謝春復歸，門鎖池園空緑苔。簾前塵覆珊瑚樹，案上蝶棲鸚鵡杯。豪華盡逐東流往，百年丹青化草莽。當時命酒徵歌人，此日題詩圖畫上〔四〕。

題番使進呈三馬

殿中得名畫番馬，筆力不在陳閎下。方其番使引進時，詔許當軒對描寫。近前一匹白鼻騧，咫尺天威生懼怕。第二匹馬青連錢，矯首嘶鳴意閑暇。向後赭白馬最雄，霧鬛風鬃勞握把。三馬既出瀚海空，

〔一〕事親則孝事君忠：事君，文淵閣四庫本卷一作「君則」。

〔二〕花照銀燈大於斗：照，文淵閣四庫本卷一作「炤」。

〔三〕正月飲到三月終：終，文淵閣四庫本卷一作「中」。

〔四〕此日題詩圖畫上：圖畫，天頭注：刻「畫圖」。毛晋本、文淵閣四庫本卷一作「畫圖」。

天廐真龍此其亞。畫師貌此良苦心，慘淡精神入夷夏。冥冥雷雨晦大河，漠漠風沙連鉅野[一]。諸番服飾本華靡，不獨丹青侈圖畫。百年絹素霜雪新，拂拭徒爲發悲咤。莫言世有真乘黄，只此按圖誰識者。

天馬歌

天曆間貢。

天馬來自茀郎國，足下風雲生倏忽。司天上奏失房星，海邊産得蛟龍骨。軒然卓立八尺高，衆馬俛首羞徒勞。色應北方鍾水德，滿身日彩烏翎黑。縱行不受羲和轡，肯使王良馭輗軏。黄絲絡頭兩馬牽，金轡雙垂玉作鞭。寵榮日賜三品禄，不比衛鶴空乘軒。大國懷柔小國貢，君王一顧輕爲重。學士前陳天馬歌，詞人遠獻河清頌[二]。鑾旂屬車相後先[三]，受之却之俱可傳。普天率土盡臣妾，聖主同符千萬年。

贈楊彦臣使還

宋楊通寅祭酒十四世孫、元武岡總管外孫。

使節何煌煌，騎從造我門。自陳世有通家舊，武岡太守之外孫。俊哉舒侯賢宅相，執禮愈恭辭愈降。老夫已是閉關人，甚厭傳呼到閭巷。須臾驚定還復悲，挽生近床爲抱持。尔外大父强健否，此來殊慰我所思。黔陽到浙七千里，相問相看疑夢寐。祥符年貶祭酒公，安江之陽無乃是。自從隔却蒼梧雲，

[一] 漠漠風沙連鉅野：鉅，毛晋本、文淵閣四庫本卷一作「巨」。
[二] 詞人遠獻河清頌：詞，毛晋本作「調」。
[三] 鑾旂屬車相後先：鑾，毛晋本、文淵閣四庫本卷一作「鸞」。車，毛晋本作「東」。

隻字片言無得聞。車書既同四海一，逢人每問舊參軍。立談知生具才美，金鐘大鏞莫與比。池上曾聞咏鳳毛，詩中又見歌麟趾。當今聖德及海隅，龍馬出圖龜負書。直言治安容賈誼，喻蜀父老煩相如。心存忠孝在年少，縣官勸駕能應詔。得時舉步即青雲，瑚璉從來在宗廟。

織錦詞

行家織錦成染別，牡丹花紅杏花白。作雙紫燕對銜春，一疋錦成過半月。持來畫堂捲復開，佳人細意爲剪裁。銀燈連夜照針指〔一〕，平明設宴章華臺。爲君著衣舞垂手，看得風光滿楊柳。蝶使蜂媒無定栖，萬蕊千花動衣袖。回回舞罷换新衣，新衣未縫錦下機。憐新棄舊人所悲，百年歡樂唯片時。

贈趙希哲還河南仍寄其父太醫

趙生幼小辭鄉里，長成却自河南至。風流籍甚芝蘭室，文彩粲然瑚璉器。懋遷不憚萬里遥〔二〕，魚鹽歲逐商人利。杭州舊是繁華地，輕薄相逢增意氣。愛生不登酒家樓，重生不遊花柳市。秋風八月柳葉

〔一〕銀燈連夜照針指：指，文淵閣四庫本卷一作「黹」。

〔二〕懋遷不憚萬里遥：憚，毛晋本作「悼」。

黄〔一〕，束裝别我還洛陽。樓船大帆高十丈，順風一日到高堂。高堂雙親應有喜〔二〕，寶貨既豐兒亦至。定呼斗酒出屏帷，膝下相歡復相慰。自來陰騭富人家，廬山董奉非徒誇。拜罷而翁煩問訊，好種門前仙杏花〔三〕。

蓮塘曲

青蘋風起蓮塘水〔四〕，波聲夜聒鴛鴦睡。一點芳心不自持，露荷又作蠵珠碎。藕絲織錦香滿機，裁成衣裳將遺誰。只愁賤妾夢魂短，不恨蕩子歸來遲。花間鶗鴂依芳草，等閑緑遍邯鄲道。還應憶念蕩舟人，滿架芙蓉鏡中老。

過歌風臺

世間快意寧有此，亭長還鄉作天子。沛宫不樂復何爲，諸母父兄知舊事。酒酣起舞和兒歌，眼中盡是漢山河。韓彭受誅黥布戮，且喜壯士今無多。縱酒極歡留十日，感慨傷懷涕沾臆。萬乘旌旗不自尊，魂魄猶爲故鄉惜。從來樂極自生哀，泗水東流不再回。萬歲千秋誰不念，古之帝王安在哉。莓苔石刻今

〔一〕秋風八月柳葉黄：葉，毛晋本、文淵閣四庫本卷一作「條」。
〔二〕高堂雙親應有喜：有，文淵閣四庫本卷一作「自」。
〔三〕好種門前仙杏花：仙，毛晋本作「鮮」。
〔四〕青蘋風起蓮塘水：蓮，毛晋本、文淵閣四庫本卷一作「柳」。

如許，幾度秋風灞陵雨。漢家社稷四百年，荒臺猶是開基處。

讀易處爲俞文輔賦

易經四聖人之事，潔静精微惟此書。夫子五十以學易，尔今讀易年何如。易之爲書廣大而悉備，不以一言一事拘。君子觀象玩辭處，近取諸身而論諸。按文責義而有得，斯乃萬方之二隅[一]。履，德之基；謙，德之柄；復，德之本；恒，德之固；損，德之脩；益，德之裕；困，德之辨；井，德之地；巽，德之制。於此九卦能體驗，可無大過爲德符。讀易於斯而自勉，仰觀俯察非吾徒。羲文周孔雖既没，天人其不在兹乎？

風木歌爲褚本中賦并寄徐一夔記

褚孝子，感風木，樹猶如此親安在。歲月去人何迅速，陟岵陟屺望不及，入室升堂成宿昔。劬勞未報棄諸孤，號泣旻天涕沾臆。走獸聞之失其群，飛鳥聞之墮其翼。物之感也有如此，宜尔諸孤哀罔極。始豐先生辭餘力，文章今擅歐蘇筆。記成不忍再三讀，未及終天語嗚咽[二]。乃知人皆有父母，天性油然

[一] 斯乃萬方之二隅：二，文淵閣四庫本卷一作「一」。

[二] 未及終天語嗚咽：天，文淵閣四庫本卷一作「篇」。

非染習。孝思不匱永錫類，草偃風移而俗易。三復始豐記，擊節爲太息。往求二本之所在〔一〕，果然拔地俱千尺。孝子之父見手植，造物於斯有陰騭。君不見東坡所記三槐堂，魏公德符在他日。

送馮以清知事赴成都右衛幕府

李白苦歌行路難，以喻世途之難有如是。莫言難上於青天〔二〕，時至青天是平地。五等之爵國所司，萬鍾之禄人所冀。爲臣忠實而不欺，畫像式接咸可至。石樓先生舊簪纓，出宰三綬郎官貴。即今任政成都幕，萬事只應咨伯起。葵藿常存向日心，鯤鵬會展垂雲翅。玉陛承恩咫尺天，官船給驛八千里。三峽盤渦轉殷雷〔三〕，萬壑啼猨響空翠。相如擁傳喻蜀時，縣官負弩爭趨避。況尔旌旗出入間，丈夫足展平生志。

讀杜拾遺百憂集行有感

余生行年將八十，不知何者爲憂戚。富貴不驕貧賤安，以此存心度朝夕。往年承乏佐中書〔四〕，大官羊膳供堂食。只今賜老作編氓，衣食信天無固必。陋巷簞瓢如素居，不管茅茨春雨濕。門前載酒求賦

〔一〕往求二本之所在：本，文淵閣四庫本卷一作「木」。
〔二〕莫言難上於青天：上於，文淵閣四庫本卷一作「於上」。
〔三〕三峽盤渦轉殷雷：渦，毛晋本作「蝸」。
〔四〕往年承乏佐中書：年，文淵閣四庫本卷一作「來」。

詩，錦軸牙籤日堆積。在官不置負郭田，既老翻得稽古力。毀譽都忘月旦評，姓名不上春秋筆。朝來不煩隣僧送〔一〕，暮來不煩太倉糴〔二〕。我亦一飯不忘君，文人相輕所不及。傷哉白首杜拾遺，入蜀還秦勞轍迹。文章盖世亦何爲，妻子相看百憂集。

西溪柳送人赴京

西溪柳，自是風流樹，受用春風好媚嫵。長條折盡還復生，如何免得人來去。千樹萬樹接郵亭，到官五見楊柳青。百年行路有離別〔三〕，三月飛花惟送迎〔四〕。知君毋留彭澤縣，門前五柳都栽遍。密葉能藏返哺烏〔五〕，柔條不碍雙飛燕。膝下長懷萬里心，風光滿眼瞻上林。請羹遺母應有賜，咫尺龍墀恩露深。

題華光梅

墨梅之作盛衡湘，始作俑者惟華光。此僧平生千萬紙〔六〕，筆力所到花爲香。是誰好事憐清苦，三二

〔一〕朝來不煩隣僧送：來，文淵閣四庫本卷一作「米」。

〔二〕暮來不煩太倉糴：來，文淵閣四庫本卷一作「米」。

〔三〕百年行路有離別：離別，毛晋本作「別離」。

〔四〕三月飛花惟送迎：飛花，毛晋本作「花飛」。

〔五〕密葉能藏返哺烏：返，毛晋本、文淵閣四庫本卷一作「反」。

〔六〕此僧平生千萬紙：千，毛晋本、文淵閣四庫本卷一作「十」。

百年存絹素。和靖多情縱有詩，廣平得意還能賦。東坡先生昔倅杭，萬松嶺見一枝長[一]。我今見畫如昨夢，都在君家白玉堂。

題劉松年畫張志和辭聘圖

長安城中晨鼓響，馬後紅塵高十丈。吴儂爲尔去烟波，卧聽樵青閑蕩槳。醉來即唱滄浪歌，平生志願今無多。鵜鶘不巢上林樹，鸒斯不啄玉山禾。是身眇焉寓天地，何殊太倉之稊米。野人本乏濟時策，孰爲要君徵不起[二]。所以漢光武，不强嚴子陵。放歸江湖從所志，千年萬年呼客星。聖人在位，麟鳳在野。洛既出圖，河復出馬。普天率土遂其生，四靈咸集依至化。唐堯垂拱而在上，禹稷憂勤而在下。當時天下所不臣，亦有臨流棄瓢者。

題三友圖

劉文學，如冠玉，平生所性在擇友，友此梅花與松竹。後凋莫問歲寒心，眼中且得無塵俗。顾兹鬱鬱在徂徠，瞻彼猗猗在淇澳。更有江南萬玉妃，暗香吹遍湖山曲。三友地遠莫致之，收拾畫圖歸一幅。

[一] 萬松嶺見一枝長：松，毛晋本作「枝」。

[二] 孰爲要君徵不起：爲，毛晋本、文淵閣四庫本卷一作「謂」。

竹爲君子松大夫，梅則佳人在空谷。從他坐客寒無氈，只此可以伴幽獨。君不見玄都觀裏千樹桃，盡是人間閑草木。

貞婦詩

諸暨縣有吴氏女，十五嫁作蔡家婦。十六生兒夫即亡，日抱呱呱爲乳哺。情知身是未亡人，善事尊章猶父母[一]。盡拋粧具洗鉛華，盡棄羅襦服荆布。蓬首釐居八十年，孤子有孫孫作父。采蘋采藻共祭祀[二]，嗃嗃家人無間語[三]。婦人言行止閨門，懿德何由出庭户。憐哉弱孫蔡光祖[四]，再拜請求鄉曲譽。魯恭治縣車馴雉，劉昆作郡河渡虎。承流宣化物爲感，况乃觀風行繡斧。母今行年九十六，人壽百年餘幾許。門前滄海變成田，屋後白楊堪作柱。寒鴉猶帶昭陽日，銅人亦霑未央露。古傳生女作門楣，貞節之褒誰不慕。聖恩浩浩如江河，母息厭厭迫朝暮。早將封事謁天閽，爲母一擊登聞鼓。

〔一〕善事尊章猶父母：章，毛晋本、文淵閣四庫本卷一作「嫜」。
〔二〕采蘋采藻共祭祀：共，文淵閣四庫本卷一作「供」。祭，毛晋本作「登」。
〔三〕嗃嗃家人無間語：間，文淵閣四庫本卷一作「閒」。
〔四〕憐哉弱孫蔡光祖：哉，文淵閣四庫本卷一作「我」。

送蔡孝廉回侍母

暨陽有蔡宗盟府[一]，能以力耕事其母[二]。懷橘之名早已傳，分椹之心壯如故。我嘗使驛至其家，有花有柳當門户。雖非郭泰可榆柳，且有茆容具雞黍。暨陽之邑鄰上虞[三]，大舜遺風尚千古。蔡乎蔡乎，清川既東不在西[四]，白日過時不在午[五]。楊雄愛日著新訓[六]，甘旨温清不厭數。人皆有母我獨無，西望同安心更苦。汝歸何以獻高堂，遺汝瑶華慰遲暮。

軍中樂送征南掾史張毅赴京

我嘗軍中行，從知軍中樂。高牙大纛啟征途，風雲隨護軍中幕[七]。千乘萬騎指顧間，環而居之迺城郭。五更觱篥吹一聲，旄頭驚向天邊落。捷書日夜報天子，親筆敕書加寵渥。刲羊宰牛餉壯士，萬歲歡

[一] 暨陽有蔡宗盟府：府，毛晋本、文淵閣四庫本卷一作「甫」。

[二] 能以力耕事其母：事，毛晋本、文淵閣四庫本卷一作「侍」。

[三] 暨陽之邑鄰上虞：鄰，文淵閣四庫本卷一作「臨」。

[四] 清川既東不在西：在，文淵閣四庫本卷一作「再」。

[五] 白日過時不在午：在，文淵閣四庫本卷一作「再」。

[六] 楊雄愛日著新訓：楊，毛晋本、文淵閣四庫本卷一作「揚」；訓，毛晋本作「詞」。

[七] 風雲隨護軍中幕：軍中，天頭注：刻「中軍」。毛晋本、文淵閣四庫本卷一作「中軍」。

呼震天嶽〔一〕。大旆悠揚錦萬重，從伶窈窕花千萼。男兒墮地志四方，蓬矢桑弧爲有託。遭逢主聖得臣賢〔二〕，風順鴻毛易寥廓。只今沿檄登大府〔三〕，鷙鳥之中瞻一鶚。渭城且莫唱陽關，舉杯爲賦軍中樂。

李龍眠畫飲中八仙歌

龍眠白描誰不賞，胷次含空生萬象。筆下猶存小篆文，落紙烏絲幾千丈。小時讀歌心愈奇，此日按圖神始壯。浣花草堂老拾遺，詠彼八仙將自放。天寶年來萬事非，得醉如逃三面綱〔四〕。鳳鳥鳴岐縱德輝，麒麟見魯辭羈鞅。丈夫骯髒迹每同，孰謂龍眠成技痒〔五〕。眼中未見獨醒人，未免開函爲撫掌。

義株行

廬陵江西古名郡，四忠一節之故鄉。豈唯英賢間世鍾造化，亦有義株連理呈禎祥。豐塘三山兩株

〔一〕萬歲歡呼震天嶽：天，文淵閣四庫本卷一作「山」。
〔二〕遭逢主聖得臣賢：此句底本闕，據文淵閣四庫本卷一補。
〔三〕只今沿檄登大府：沿，文淵閣四庫本卷一作「詔」。
〔四〕得醉如逃三面綱：綱，文淵閣四庫本卷一作「網」。
〔五〕孰謂龍眠成技痒：謂，毛晋本作「爲」。

樹，托生離立不數步〔一〕。高徑擎天一盖張〔二〕，深根走地群蛟怒。曾氏世居株樹邊，詩禮傳家三百年。尚書既爲連理詠，丞相復入郡志編。二公真跡今猶在，文光照耀無年載。李囦諸孫尚有傳，桑田詎謂成滄海。五世孫亦一老翁，欲以此事徵盲聾。豐塘之株毋乃豐成劍〔三〕，變化偃蹇雙蛟龍。不然安得保風雨，專與三山爲始終。

懷遠亭詩爲東甌鎮撫譚濟翁作 譚世蹟之後，《宋史》有傳〔四〕。

譚將軍，勇而禮，宋之端明學士七世孫，早年身逐兵塵起。鼻尖出火耳生風，馬上飛塵虎添翅。出門志願定遠侯，果然持節鎮東甌。上宣德意化海俗，鯨鯢滅迹波爲收。古來鎮將還如此，緩帶輕裘接賢士。襄陽沉却峴山碑，水底魚龍猶識字。國家承平千萬年，軍中之樂何可言。大牢五鼎湌壯士〔五〕，從伶百戲陳廣筵。山川不隨人事改，端明丘壠今猶在。亭名懷遠乃在兹，地下幽魂有光采〔六〕。普天之下皆皇家，故鄉何必懷長沙。人臣受命無遠近，河源曾泛張騫槎。食君之禄治軍旅，咫尺轅門詎敢去。私情丘

〔一〕托生離立不數步：步，文淵閣四庫本卷一作「武」。
〔二〕高徑擎天一盖張：徑，文淵閣四庫本卷一作「莖」。
〔三〕豐塘之株毋乃豐成劍：毋，毛晋本、文淵閣四庫本卷一作「無」。成，毛晋本、文淵閣四庫本卷一作「城」。
〔四〕詩題注：蹟，文淵閣四庫本卷一作「績」。
〔五〕大牢五鼎湌壯士：湌，毛晋本作「食」。
〔六〕地下幽魂有光采：采，毛晋本作「彩」。以下同此者不再出校。

壠豈不懷，日夜沅湘水東注。

學仙曲

二八女人貌嬋娟，杏花陰裏競秋千。同心錦帶刺石蓮，逢人學繫剪刀錢〔一〕，却妬鴛鴦沙上眠。

七言絶句

題孔明抱膝圖

抱膝長吟彼一時，卧龍消息有誰知。能聽天下三分計，賴有劉家大耳兒。

題羲之寫扇圖

蒲扇新題墨未乾，也應技癢要人看。阿婆莫謾提籃去，明日街頭寫便難。

〔一〕逢人學繫剪刀錢：繫，毛晋本、文淵閣四庫本卷一作「縛」。

訪舊三竺次泐禪師雜興韻

但教懷抱能傾倒，莫向尊罍計有無[一]。不爲訪僧三竺寺，肯乘烟艇過西湖。

酒館湖船盡有名，玉杯時得肆閑情。至今人説張員外，不是看花不出城。

爲同峰講主題風烟梅二畫[二]

長林春早玉烟新，未許風光殿後塵。留得維摩方丈在，碧紗遮護散花人。

高坐天人白玉床，袈裟都是素毫光。東風也自知消息，故故吹香入道場[三]。

題墨梅

一點嬌飛傍鏡臺，曾隨咲靨貼宫腮。如今莫説顔如玉，何限風烟馬上來。

[一] 莫向尊罍計有無：尊，毛晋本、文淵閣四庫本卷二作「樽」。以下同此者不再出校。

[二] 詩題：同，毛晋本、文淵閣四庫本卷二作「桐」。

[三] 故故吹香入道場：故故，文淵閣四庫本卷二作「箇箇」。

白描杏花

小樓春雨賣花時，盡説京城好女兒。有筆何應描不就，况兼紅粉不曾施。

白描水仙花

月下歸來看未真，烏絲幾縷欲生春。莫教縞帶隨風遠，留綰明珠贈洛神。

荔枝畫

一勺瓊漿貯絳霞，好招鸚鵡過西家。若爲解得相如渴，免向金莖乞露華〔一〕。

題十八學士弈棋圖

瀛洲風景最清真〔二〕，一代人材盡鳳麟。莫道深山更深處，傍觀都是下棊人〔三〕。

〔一〕免向金莖乞露華：乞，毛晋本、文淵閣四庫本卷二作「泣」。

〔二〕瀛洲風景最清真：洲，文淵閣四庫本卷二作「州」。

〔三〕傍觀都是下棊人：傍，文淵閣四庫本卷二作「旁」。以下同此者不再出校。

五陵游俠圖

白雪肌膚白玉鞍，渾身俊氣許人看。若知稼穡艱難處，肯把黄金鑄彈丸？

題桂花仙子

黄金碎擣作微塵，露染秋和色未匀。回首瓊樓休悵望〔一〕，素娥元是月中人。
烌雲幾片作衣裳，吹盡西風骨亦香。明月若教生洛浦，可勝才思惱陳王。

題徽廟螃蟹圖

閲盡蟲魚爾雅篇，閑將藤素染蒼烟。不知畫得招潮後，艮嶽從教變海田。
長白山前謾拔都，清華小殿試操觚。含毫應咲滕王拙，不寫秋沙郭索圖。

題畫梅

年年長與柳争春，數點風前更可人。待得緑陰成子後，暗香踈影總随身。

〔一〕 回首瓊樓休悵望：樓，毛晋本、文淵閣四庫本卷二作「林」。

題明皇擊毬圖

管籥聲随萬乘遊，開元毬馬最風流。九齡老去無人諫，不破中原不肯休。

題黄花白蝶扇面

一枝秋露染初匀，曾伴淵明漉酒巾。若道夢中能化蝶，飛來應是白衣人。

題大慈寺僧房

老禪相見具袈裟，旋汲新泉自煮茶。咲問世間春幾許，東風開遍石巖花。

題紙瓶留别育王寺長老照大千

朝市山林自一家，要知縫掖即袈裟〔一〕。青蘋波上凉風起，定到禪房看蕙花。

〔一〕要知縫掖即袈裟：縫，文淵閣四庫本卷二作「逢」。

題剡溪夜雪圖

雪月相邀過剡川，芙蓉遠近玉生烟。戴家亭館多風致，只好到門回酒錢〔一〕。

題二馬圖

卸却銀鞍得自由，偶因鬃癢一回頭。青絲幾尺無拘束，曾控風雲遍九州〔二〕。

春明仰首一塲嘶〔三〕，莫説河冰迸玉蹄。曾與將軍同患難，等閑平步過檀溪〔四〕。

江南曲

阿姊却從何處來〔五〕，芙蓉有露濕香腮。相呼相應棹船去〔六〕，知是隣家鬪鴨回。

一束蓮莖學細腰，塗金艇子木蘭橈。東家姊妹西家去，更約明朝去看潮。

〔一〕只好到門回酒錢：錢，毛晉本、文淵閣四庫本卷二作「船」。

〔二〕曾控風雲遍九州：遍，毛晉本作「迎」。

〔三〕春明仰首一塲嘶：塲，毛晉本、文淵閣四庫本卷二作「長」。

〔四〕等閑平步過檀溪：過，文淵閣四庫本卷二作「到」。

〔五〕阿姊却從何處來：却，毛晉本作「都」。

〔六〕相呼相應棹船去：棹，毛晉本作「掉」。

贈琴士

萬樹流鶯御苑西，朝回騎馬醉如泥。如今都向山堂宿，聽得琴中烏夜啼。

小遊仙次韻四首

漢武求仙未絶情，枉將心力事金莖。靈王太子因無欲，吹得琅玕作鳳吟〔一〕。

桂閣金銀不甚高，仙山幾許隔波濤。信回青鳥無尋處，一色春風是絳桃。

小娃莫説臉如蓮，自牧羊龍向對田〔二〕。笑指清泠橋下水，此中元是碧瑶天。

青蛇昨夜付書回，只許麻姑自拆開。説道蓬萊山下路，莫因清淺不歸來。

〔一〕吹得琅玕作鳳吟：吟，文淵閣四庫本卷二作「鳴」。

〔二〕自牧羊龍向對田：對，文淵閣四庫本卷二作「葑」。

題鸚鵡士女圖〔一〕

長門幾日斷羊車，閑得工夫坐日斜。〔二〕唯有舊時鸚鵡見〔三〕，春衫曾染石榴花〔四〕。

題露荷風柳扇面

猶恐丹砂染未勻，波中影是鏡中身。長眉畫向東風裏〔五〕，不許人間更效顰。

此扇當年定賜誰，淚痕猶自舊胭脂。班姬莫用閑相詠，次第涼風到汝吹。

秋　夕

紫藤滿架月華明，一片涼風絡緯聲。猶有西江未歸客〔六〕，倚樓因爾動離情〔七〕。

〔一〕詩題：士，毛晋本、文淵閣四庫本卷二作「仕」。

〔二〕長門幾日斷羊車閑得工夫坐日斜：文淵閣四庫本卷二作「美人應自惜年華，庭院沉沉鎖暮霞」。

〔三〕唯有舊時鸚鵡見：唯，文淵閣四庫本卷二作「只」。

〔四〕春衫曾染石榴花：染，文淵閣四庫本卷二作「似」。

〔五〕長眉畫向東風裏：東，文淵閣四庫本卷二作「春」。

〔六〕猶有西江未歸客：西江，毛晋本作「江西」。

〔七〕倚樓因爾動離情：樓，毛晋本、文淵閣四庫本卷二作「船」。

過泖湖

泖湖有路接天津，萬頃銀花小浪匀。安得滿船都是酒，船中更載浣紗人。

過金粟寺看東坡竹

東坡仙去三百載，海上猶存丹鳳巢。醉裏自將衫袖下，拂開塵碧看烟梢〔一〕。

題凝思士女

萱草花開一兩枝，薰風更是斷腸時。自家團扇無心把，想得回文織錦詩。

題盧媪家

誰似褚庄盧媪家〔二〕，開門繞屋是荷花。收來麥把雲成垛，繅動蚕絲雪滿車。舡坊小小柳依依，田舍人家儘自肥。溪水受陰魚出躍，薰風吹暑燕交飛。

〔一〕拂開塵碧看烟梢：碧，文淵閣四庫本卷二作「壁」。
〔二〕誰似褚庄盧媪家：似，毛晋本作「是」。

過蕭山縣

原野蕭條井邑虚，居人都是刼灰餘。橋邊猶有江淹寺，不爲題詩駐使車。

題吴綵鸞寫韻圖

小點紅鸞欲下遲，遠山渾似畫來眉[一]。如何一念人間事，上界仙曹便得知。

同徐大章溪上看芙蓉

日暮歸來雨濕衣，凉風千樹彩雲飛。渚宫只在秋江上，何事襄王夢到稀。

宫詞次韻周員外[二]

時樣宫眉不甚長，再三笑語問同房。内園有約看花去，稱得春衫繡鳳凰。

[一] 遠山渾似畫來眉：似，毛晋本、文淵閣四庫本卷二作「是」。

[二] 詩題，文淵閣四庫本卷二作「宫詞次周員外韻」。

題左司壁

省中莫説文書簡，開遍杏花渾不知。今日樹邊騎馬過，滿衣春雨立多時。

題毛女

一钁長隨玉雪身，女中還有爛柯人。相逢好向麻姑説，東海千年又化塵。

題東坡竹

三百餘年屈指過，猶於餘墨見東坡〔一〕。雖然數尺黄州竹，寫出平生直節多〔二〕。

題蘇小小像

湖上行雲逐步移，手携團扇欲何之。鬢邊莫咲閑花草，也是當時第一枝。

〔一〕猶於餘墨見東坡：餘，毛晋本、文淵閣四庫本卷二作「遺」。
〔二〕寫出平生直節多：平生，文淵閣四庫本卷二作「參天」。

題蜻蜓蛱蝶畫扇

點水穿花不自疑，輕盈滿扇欲何之。秋塘一覺風流夢〔一〕，又是秋香欲老時。

觀弈圖爲楊左丞題 楊完者都〔二〕。

局中勝負幾回新，盡在丹青亦損神〔三〕。莫把等閑銷歲月，傍觀都是下棊人。

求仙辭

漢皇承露鑄金莖，别道雲間有玉京。萬乘旌旗不隨去，此身何用獨長生。
不見王喬馭鶴還，祇應憔悴老空山。何如修取金仙法，滅盡空花出世間。

荷花辭次韻周伯温參政

朝霞染得好衣裳，吹徧湖頭風露香。身分可憐年紀小，纖腰一束鬱金黄。

〔一〕秋塘一覺風流夢：秋，毛晋本、文淵閣四庫本卷二作「柳」。
〔二〕詩題注：底本原闕，據毛晋本、文淵閣四庫本卷二補。
〔三〕盡在丹青亦損神：盡，毛晋本、文淵閣四庫本卷二作「畫」。

少年慣服白硃砂，養得容顏過似霞[一]。生長六橋楊柳岸，不知湖水是儂家[二]。
莫訝吴儂説靚粧，紅銷貼體肉生香[三]。夜來相伴緑荷葉，受用滿湖風露凉。
一種西湖與若耶，鴛鴦宿處便爲家。秋房結得新蓮子，便是當時藕上花。

上元夫人辭

阿母親曾與製衣，手攀雲錦下天機。自從宴罷茅君後，寂寞龜壇會更稀。

瘦　馬

少盡其力老棄之，此豈有意埋弊帷。不如汗血陣前死，以革就裹將軍屍[四]。

[一] 養得容顏過似霞：過，文淵閣四庫本卷二作「故」。
[二] 不知湖水是儂家：水，毛晋本作「上」。
[三] 紅銷貼體肉生香：銷，毛晋本、文淵閣四庫本卷二作「綃」。
[四] 以革就裹將軍屍：將軍，毛晋本作「陣前」。

柳枝詞

尊前不奈小腰身〔一〕，争得搀先上舞茵〔二〕。多謝東風好擡舉，盡情分付畫眉人。

春光領略不勝嬌，摇蕩東風千萬條。悔盡江州白司馬，一生空詠小蠻腰。

折柳枝

愁向尊前唱渭城，柳枝折盡贈人行〔三〕。蚤知世路多離別，移在郵亭遠處生。

唐天寶宫詞十五首

壽王妃子在青春，賜與黄冠號太真。不是白頭高力士，翠華那得遠蒙塵。

徹夜宫中按羽衣，明朝册拜太真妃。鳳凰園裏承恩後〔四〕，從此君王出内稀。

興慶池頭芍藥開，貴妃步輦看花來。可憐三首清平調，不博西涼酒一盃。

〔一〕尊前不奈小腰身：奈，毛晋本作「棄」。

〔二〕争得搀先上舞茵：得，文淵閣四庫本卷二作「欲」。

〔三〕柳枝折盡贈人行：人行，底本原作「行人」，據毛晋本、文淵閣四庫本卷二改。

〔四〕鳳凰園裏承恩後：園，毛晋本、文淵閣四庫本卷二作「閣」。

清源小殿合凉州，羯鼓琵琶響未休。爲是阿瞞供樂籍，八姨多費錦纏頭。

蓬萊前殿摘黄柑，一色金盤賜内官。揀得枝頭合歡實，畫圖傳與大家看。

玉笛當年是賜誰，可教妃子得偷吹。還家剪下青絲髮，持謝君王意可知。

天子樓前百戲陳〔一〕，大娘竿舞最驚人。貴妃獨賞劉郎詠，牙笏羅袍色色新。

舁上兒綳滿翠容，黄裙高髻一叢叢。君王入内聞歡咲，賜與金錢滿六宫。

四海承平倦萬機〔二〕，只將彩戲悦真妃。不平最是弹雙六〔三〕，骰子公然得賜緋。

小部梨園出教坊，曲名新賜茘枝香。霓裳按舞長生殿，擊碎梧桐夜未央。

共指雙星出殿遲，并肩私語有誰知。君王未出長安日，肯信人間有別離。

香囊遺下佛堂堦，不使君王不愴懷。想著當年雪衣女，羽衣猶得苑中埋。

勤政樓中夜正長，上皇西望轉悽凉。侍兒唯有紅桃在，一曲凉州淚萬行。

龍女殷勤道姓名，凌波池上乞新聲。周公不入君王夢，誰與蒼生致太平。

天寶年中寵賈昌〔四〕，黄衫年少滿雞坊。絳冠鬬罷羅纏項，又得君王笑一塲。

〔一〕天子樓前百戲陳：陳，底本原作「呈」，據毛晋本、文淵閣四庫本卷二改。

〔二〕四海承平倦萬機：機，文淵閣四庫本卷二作「幾」。

〔三〕不平最是弹雙六：六，文淵閣四庫本卷二作「陸」。

〔四〕天寶年中寵賈昌：中，文淵閣四庫本卷二作「間」。

趨府

燕子梁間漸有聲，碧油窓外未天明。長街官樹留殘月，滿馬好風吹宿酲。

小寒

花外東風作小寒，輕紅淡白滿闌干[一]。春光不與人怜惜，留得清明伴牡丹。

涼思

朝來風雨怯輕羅，便覺涼秋意思多。一夜不眠聯翠被，餘香銷盡滿池荷[二]。

覺來

好風吹雨覺來遲，開遍荼蘼總不知。團扇晚涼人似玉，也須消受暮春時[三]。

[一] 輕紅淡白滿闌干：闌，毛晋本作「欄」。
[二] 餘香銷盡滿池荷：銷，毛晋本、文淵閣四庫本卷二作「消」。
[三] 也須消受暮春時：受，文淵閣四庫本卷二作「瘦」。

春光

湖上偏多楊柳風，桃花吹盡雨前紅。等閑却被東君咲，大半春光在醉中。

柳花詞

望窮河水是隋家，風落長堤御柳斜。春盡花飛留不住，白頭啼偏後棲鴉。
欄馬牆西欲暮春，花飛不復過中旬。倚天樓閣晴光裏，争撲珠簾不避人。
章華臺下路西東，走馬歸來滿袖風。吹起萬條枝上雪，等閑迷却細腰宫。
滿院長條散緑陰，誰家門户碧沉沉。地衣不許重簾隔，雪白花鋪一寸深。
揚州寺前楊柳多〔一〕，柳枝能舞更能歌。夜來吹入維摩室，化作天花可奈何。

孟院判宅辭飲

病來酒力未能加，易覺衰容染絳霞。團扇涼風吾欲睡，不勞頻看石榴花。酒名。

〔一〕揚州寺前楊柳多：揚，底本作「楊」，據毛晋本、文淵閣四庫本卷二改。以下同此者徑改。

輦下曲　有序。

昱備員宣政院判官，以僧省事簡，搜索舊文藁於囊中。曩在京師時有所聞見，輒賦詩，有宫中詞、塞上謡共若干首，合而目曰「輦下曲」[一]。其據事直書，辭句鄙近，雖不足以上繼風雅，然一代之典禮存焉。

黄金大殿萬斯年，十二丹楹日月邊。傘盖葳蕤當御榻，珠光照曜九重天[二]。
五垓十陛立朝廷[三]，檻首銅鵰一丈翎。不待來儀威鳳至，日聞韶濩在青冥。
州橋拜伏兩珉龍，向下天潢一派通。四海仰瞻天子氣，日行黄道貫當中。
方朝猶是未明天，玉戚輪竿已儼然。百獸蹲威繪旛下，萬臣効職内門前。
東閣緋服唱雞人[四]，擊到朱鼙第幾聲[五]。楠寐奉常先告備，駕行三叩紫銷鳴[六]。

[一] 合而目曰：文淵閣四庫本卷二作「合而目之曰」。
[二] 珠光照曜九重天：曜，毛晉本、文淵閣四庫本卷二作「耀」。
[三] 五垓十陛立朝廷：十，毛晉本、文淵閣四庫本卷二作「千」。
[四] 東閣緋服唱雞人：閣，天頭注：刻「樓」。毛晉本、文淵閣四庫本卷二作「樓」。
[五] 擊到朱鼙第幾聲：到，毛晉本作「倒」。
[六] 駕行三叩紫銷鳴：銷，文淵閣四庫本卷二作「鞘」。

至元典禮當朝會，宗戚前將祖訓開。聖子神孫千萬世，俾知文業此中來〔一〕。
二九行分正從班，盡將牙笏注名間〔二〕。簞鋪獸鎮丹墀内，鵠立千官遶畫闌〔三〕。
國戚來朝總盛容，左班翹鶡右王封。功臣帶礪河山誓，萬歲千秋樂未終。
静瓜約鬧殿西東，頒宴宗王禮數隆。酋長巡觴宣上旨，儘教滿酌大金鍾〔四〕。
萬方表馬賀生辰，班首師臣與相臣。喝贊禮行天樂動，九重宫闕一時新。
三司侍宴皇情合〔五〕，對御吹螺大禮終。寶扇合鞘催放仗，馬蹄哄散萬花中。
授時曆盡當冬至〔六〕，太史昇官近御前。御用粉牋題國字，帕黄封上榻西邊。
泥金瀝水順飄揚〔七〕，掌扇香吹殿角凉。不是内官親執御，太平無用鎮非常。
只孫官様青紅錦，裹肚圓文寳相珠。羽仗執金班控鶴，千人魚貫振嵩呼。

〔一〕俾知文業此中來：文，毛晋本、文淵閣四庫本卷二作「大」。
〔二〕盡將牙笏注名間：間，文淵閣四庫本卷二作「單」。
〔三〕鵠立千官遶畫闌：遶，底本原闕，據毛晋本、文淵閣四庫本卷二補。
〔四〕儘教滿酌大金鍾：酌，文淵閣四庫本卷二作「飲」。
〔五〕三司侍宴皇情合：合，文淵閣四庫本卷二作「洽」。
〔六〕授時曆盡當冬至：盡，文淵閣四庫本卷二作「進」。
〔七〕泥金瀝水順飄揚：瀝，文淵閣四庫本卷二作「歷」。

全裝節仗冒金錢，振竦高擎玉陛前。軃袖行交太平字，回鑾猶自步蹁躚〔一〕。

黃金酒海贏千石，龍杓梯聲給大筵。殿上千官都取醉〔二〕，君臣胥樂太平年。

西天法曲曼聲長，瓔珞垂衣稱艷粧。大宴殿中歌舞上，華嚴海會慶君王。

職貢蠻夷通海徼，筦衣毳帽步逡巡。翠華閣下頒繒幣，聖主曲恩柔遠人〔三〕。

竹扛金鑄百尋餘，頂板高鐫萬國書〔四〕。禁得下方雷與電，聲光不敢近皇居。

崇天門下聽宣赦〔五〕，萬姓歡呼萬歲聲。豈獨罪人蒙大宥，普天率土盡關情。

户外班齊大禮行，小臣鳴贊立朝廷。八風不動丹墀靜，聽得宫袍舞蹈聲。

墀左朱欄草滿叢，世皇封植意尤濃。艱難大業從兹起，莫忘龍沙汗馬功〔六〕。

國初海運自朱張，百萬樓船渡大洋。有訓不教忘險阻，御厨先飯進黃糧〔七〕。

旂常萬乘綴旒旃，玉瓚升壇藉白茅。前月太常班鹵簿，安排法駕事南郊。

〔一〕回鑾猶自步蹁躚：自，毛晉本、文淵閣四庫本卷二作「是」。

〔二〕殿上千官都取醉：都，毛晉本、文淵閣四庫本卷二作「多」。

〔三〕聖主曲恩柔遠人：曲，文淵閣四庫本卷二作「留」。

〔四〕頂板高鐫萬國書：板，文淵閣四庫本卷二作「版」。

〔五〕崇天門下聽宣赦：赦，毛晉本作「敕」。

〔六〕莫忘龍沙汗馬功：馬，文淵閣四庫本卷二作「血」。

〔七〕御厨先飯進黃糧：糧，文淵閣四庫本卷二作「粱」。

清廟上尊元不罩，爵呈三獻禮當終。巫臣馬湩望空灑，國語辭神妥法宮。

遼東羞貢入神厨，祭鮪專車一丈餘〔一〕。寢廟歲行春薦禮，有加鉶豆雜鮮腒。禽鳥之肉。

國俗祠神主中霤，氈車氈俑掛宮燈。神來鼓盞自飛應〔二〕，妖自人興如有憑。

狼髖且抛何且呪，女巫憑此卜妖祥。手持樸揪揮三祀，蠲祓祈神受命長〔三〕。

當年大駕幸灤京，象背前馱幄殿行。國老手鑪先引導，白頭連騎出都城〔四〕。

皇輿清暑駐灤京〔五〕，三日當番見大臣。夜半暗中偷摸箭，陰教右姓主朋巡。

請號闕牌趋鼓閣，弓刀千騎領兵符。例差右姓巡倉庫，哄唱穹廬賜大酺。

祖宗詐馬宴灤都，挏酒哼哼載憨車。向晚大安高閣上，紅竿雉帚掃珎珠。

駕起京官聚草棚，諸司誰敢不從公。官錢例與供堂食，馬上風吹酒面紅。

千門萬户嚴扃鑰，留守司官莫自閑。仰候秋風駝被等，郊迎大駕向南還。

駞裝序入日精門，銅鼓牙旗作隊喧。一聽巡階鈴鈸振，滿宮俱喜出迎恩。

〔一〕祭鮪專車一丈餘：餘，文淵閣四庫本卷二作「魚」。

〔二〕神來鼓盞自飛應：應，文淵閣四庫本卷二作「動」。

〔三〕蠲祓祈神受命長：蠲祓，文淵閣四庫本卷二作「蠲潔」。

〔四〕白頭連騎出都城：連，文淵閣四庫本卷二作「聯」。

〔五〕皇輿清暑駐灤京：駐，文淵閣四庫本卷二作「出」。

月華門裏西角屋，六纛幽藏神所居。大駕起行先戒路，鼓鉦次第出儲胥。

華纓孔帽諸番隊，前導伶官戲竹高。白傘威蕤避馳道，帝師輦下進葡萄。

守内番僧日念吽，御厨酒肉按時供。組鈴扇鼓諸天樂，知在龍宮第幾重。

皇輿行在闕人門，群牧分屯散綵雲。習馭每朝供進馬，近移毳幕盡宗勛。

御前親拜中書令，恩賜東宮設内筵。手署勑黄唯一道，任誰祇受付雙遷。

雞人唱罷内門開，千騎前頭丞相來。衛士金爪雙引導，百司擁醉早朝回。

端本堂深綉榻高，滿前學士盡風騷。星河騎士知唯馬，慣識金牋玉兔毫。

旌旗千騎從儲皇，詐柳行春出震方。祖宗馬上得天下，弓矢斯張何可忘。

和寧沙中樸樕笔，史臣以代鉛槧事。百司譯寫高昌書，龍蛇復見古文字。

儀臺鐵表冠龍尺，上刻横文晷度真。中國失傳求遠裔，猶於回紇見斯人[一]。

儒臣奉詔脩三史，丞相銜兼領總裁。學士院官傳賜宴，黄羊挏酒滿車來[二]。

經筵進講天人喜，宣索金繒賜講臣。已覺聖躬忘所倦，教將古訓更前陳。

文明天子念孤寒，科舉人才兩榜寬[三]。別殿下簾親策試，唱名纔了便除官。

[一] 猶於回紇見斯人：人，毛晋本、文淵閣四庫本卷二作「文」。

[二] 黄羊挏酒滿車來：挏，文淵閣四庫本卷二作「湩」。

[三] 科舉人才兩榜寬：才，文淵閣四庫本卷二作「材」。

胄監諸生盛國容，大官羊膳兩厨供。六經盡是君臣事，卿相才多在辟雍。

爐香夾道湧祥風，梵輦遊城女樂從。望拜綵樓呼萬歲，柘黄袍在半天中。

放教貴赤一齊行，平地風生有翅身。未解刻期争拜下，御前成箇賞金銀。

國子題名金僕姑，樹籬比射盡腰符。分明百步中侯的，踴躍宗王舞袖呼。

對朋角飲自相招〔一〕，黄鼠生燒入地椒。馬潼飲輪金鐸刺〔二〕，頂寧割髪不相饒。

中樞密遣弄臣回〔三〕，封印黄金盒一枚。天語直將西内去，便教知是草芽來〔四〕。

直從海子望蓬萊，青雀傳言日幾回。爲造龍舟載天姆，院家催造畫圖來。

西方牛女即天人〔五〕，玉手曇雲滿把青〔六〕。舞唱天魔供奉曲，君王長在月宫聽〔七〕。

鴨緑江波勝鴨頭，魚龍變化滿中州。分來一派天潢水，到得烏桓便不流。

昭君遺下漢琵琶，拗軫誰彈狷獲沙。春色不關青塚上，只今芳草滿天涯。

〔一〕對朋角飲自相招：自，文淵閣四庫本卷二作「目」。

〔二〕馬潼飲輪金鐸刺：潼，毛晋本、文淵閣四庫本卷二作「湩」。

〔三〕中樞密遣弄臣回：中樞，文淵閣四庫本卷二作「柳林」。

〔四〕便教知是草芽來：草芽來，底本原闕，據毛晋本、文淵閣四庫本卷二補。

〔五〕西方牛女即天人：牛，旁校「舞」，文淵閣四庫本卷二作「舞」。

〔六〕玉手曇雲滿把青：雲，旁校「華」，毛晋本、文淵閣四庫本卷二作「花」。

〔七〕君王長在月宫聽：長，毛晋本、文淵閣四庫本卷二作「常」。

玉竇橋邊日月名〔一〕，金棊界脉直如繩。世皇存此爲殷鑒，上刻宣和示廢興。

金計傾遼至可哀，爲車爲馬枉隳隤。豈知萬歲山中土，載得龍砂王氣來。

大都週遭十一門，草苫土築那吒城。讖言若以磚石裹，長似天王衣甲兵。

八思巴師釋之雄，字出天人蹔妙工。龍沙髣髴鬼夜哭，蒙古盡歸文法中〔二〕。

學貫天人劉太保，卜年卜世際昌期。帝王真命自神武，魚水君臣今見之。

許衡天遣至軍前，未喪斯文賴此傳。大學一編堯舜事，致君中統至元年。

運際昌期不偶然，外臣豪傑得神仙。一言不殺感天聽，教主長春億萬年。

宋亡死節文丞相，不受宣封信國公。祠廟至今松栢在，世皇盛德及孤忠。

太祖雄姿自聖神，一時睿斷出天真。要將儒釋同尊奉，宣諭黃金塑聖人〔三〕。

龍虎山中有道家，上清劍履絢晴霞。依然進謁棕毛殿〔四〕，坐賜金瓶數十茶。

桐官馬潼盛渾脱〔五〕，騎士封題抱送來〔六〕。傳與內厨供上用，有時直到御前開。

〔一〕玉竇橋邊日月名：名，文淵閣四庫本卷二作「明」。

〔二〕蒙古盡歸文法中：文，毛晋本作「大」。

〔三〕宣諭黃金塑聖人：塑，文淵閣四庫本卷二作「鑄」。

〔四〕依然進謁棕毛殿：然，文淵閣四庫本卷二作「時」。

〔五〕桐官馬潼盛渾脱：桐，毛晋本、文淵閣四庫本卷二作「相」；潼，毛晋本、文淵閣四庫本卷二作「湩」。

〔六〕騎士封題抱送來：封題，毛晋本、文淵閣四庫本卷二作「題封」。

西番僧果依時供，小籠黄旗帶露裝。滿馬塵沙兼日夜，平坡紅艷露猶香。
黄公壚榜大金書，門外長停右姓車。教請官繒來换酒〔一〕，悲歌始是醉之餘。
圜殿儀天十六楹，向前黄道不教行。帳房左右懸弓角，盡是君王宿衛兵。
玉德殿當清灝西，蹲龍碧瓦接榱題。衛兵學得高麗語，連臂低歌井即梨。
棕毛四面擁龍床，殿角凉生紫霧香。上位勵精求治切，不曾朝退不擡湯。
斜街木局盡閑房，御史微行自不妨。從立憲臺曾有旨，代天耳目付賢良。
上都半道次榆林，是處鴛鴦野樂深〔二〕。不比使君桑下問，自媒年少覓黄金。
少年馬後抱熊羆〔三〕，便佞相傾結所知。一日搭名幫草料，好官都屬跨驢兒〔四〕。
閑家日逐小公侯，藍棒相隨覓打毬。向晚醉嫌歸路遠，金鞭捎過御街頭〔五〕。
閗鵪初住草初黄〔六〕，錦袋牙牌日自將。鬧市閑坊尋搭對，紅塵走殺少年狂。
教坊女樂順時秀，豈獨歌傳天下名。意態由來看不足，揭簾半面已傾城。

〔一〕教請官繒來换酒：教請，毛晋本、文淵閣四庫本卷二作「請教」；官，毛晋本、文淵閣四庫本卷二作「宫」。
〔二〕是處鴛鴦野樂深：樂，文淵閣四庫本卷二作「濼」。
〔三〕少年馬後抱熊羆：抱，毛晋本作「把」。
〔四〕好官都屬跨驢兒：都，毛晋本、文淵閣四庫本卷二作「多」。
〔五〕金鞭捎過御街頭：捎，毛晋本作「相」；文淵閣四庫本卷二作「梢」。
〔六〕閗鵪初住草初黄：住，文淵閣四庫本卷二作「罷」。

争抱荆筐拾馬留，貧兒朝夕候鳴騶。不知金印爲何物，肯要人間萬户侯。
北方九眼大黑殺，幻形梵名麻紇剌〔一〕。頭帶髑髏踏魔女〔二〕，用人以祭惑中華。
高昌之神戴羖首，仗劍騎羊勢猛烈〔三〕。十月十三彼國人，蘿葡麪餅賀神節。
十字寺神呼韓王，身騎白馬衣戎裝。手彈箜篌仰天日，空中來儀百鳳凰。
旃檀佛像身丈六，三十二相俱完全。流傳釋家親受記，止於大國來西天。
西番燈盞重百斤，刻銘供佛題大臣。黄酥萬甕照無盡〔四〕，上祝皇釐下己身〔五〕。
花門齊候月生眉，白日不食夜飽之〔六〕。纏頭向西禮圈户，出浴升高叫阿彌。
西天呪師首蜷髮，不澡不頮身亦殷。裙□何有披紅罽〔七〕，出入宫闈無靦顔〔八〕。
似將慧日破愚昏，向日如常下釣軒。男女傾城求受戒，法中秘密不能言。

〔一〕幻形梵名麻紇剌：形，文淵閣四庫本卷二作「影」；麻紇剌，文淵閣四庫本卷二作「紇剌麻」。
〔二〕頭帶髑髏踏魔女：帶，文淵閣四庫本卷二作「戴」。
〔三〕仗劍騎羊勢猛烈：勢，文淵閣四庫本卷二作「氣」。
〔四〕黄酥萬甕照無盡：酥，毛晉本、文淵閣四庫本卷二作「梄」。
〔五〕上祝皇釐下己身：皇，毛晉本作「黄」。
〔六〕白日不食夜飽之：飽，文淵閣四庫本卷二作「飢」。
〔七〕裙□何有披紅罽：裙□何有，文淵閣四庫本卷二作「倒垂瓔珞」。
〔八〕出入宫闈無靦顔：此句文淵閣四庫本卷二作「膜拜螭坳識聖顔」。

肩垂緑髮事康禪，淡掃蛾眉自可憐。出入内門粧飾盛〔一〕，滿宮争迓女神仙。

紅城萬户拱皇居，宿衛親兵飽有餘。苑鹿與人分食慣，朝朝群聚候麋車。

樞密院家家賜宴，金符三品事奔趨。教坊白馬馱身後，光緑紅簾送酒車〔二〕。

四面朱欄當午門，百年榆樹是將軍〔三〕。昌期遭際風雲會，草木猶封定國勛。

駕鵝風起白毰毸，秋夏根隨駕往回〔四〕。聖主已開三面網，登盤玉食自天來。

守宮妃子往東頭〔五〕，供御衣粮不外求。牙仗穹廬護闌盾，禮遵估服侍宸遊。

三宮除夜例驅儺，徧灑巫臣馬湩多。組燭小兒相哄出，衛兵環視莫如何。

緋國宫人直女工，衾稠載得内門中〔六〕。當番女伴能包袱，要學高麗頂入宮。

壁衣面面紫貂爲，更繞腰欄掛虎皮〔七〕。大雪外頭深一尺，殿中風力幾曾知〔八〕。

〔一〕出入内門粧飾盛：粧，文淵閣四庫本卷二作「裝」。

〔二〕光緑紅簾送酒車：緑，毛晉本、文淵閣四庫本卷二作「禄」。

〔三〕百年榆樹是將軍：樹，文淵閣四庫本卷二作「柳」。

〔四〕秋夏根隨駕往回：根，毛晉本、文淵閣四庫本卷二作「跟」。

〔五〕守宮妃子往東頭：往，文淵閣四庫本卷二作「住」。

〔六〕衾稠載得内門中：稠，文淵閣四庫本卷二作「裯」。

〔七〕更繞腰欄掛虎皮：欄，文淵閣四庫本卷二作「闌」。

〔八〕殿中風力幾曾知：幾，文淵閣四庫本卷二作「豈」。

天朝習俗樂從禽，爲按名鷹出柳陰。立馬萬夫齊指望，半空鵝影雪沉沉。

大安閣是延春閣，峻宇雕墻古有之。四面珠簾烟樹裏，駕臨長在夏初時。

萬歲山中瓊島居，廣寒宮殿畫難如。回鑾風過黄金鐙，飄下爐香十里餘。

欄馬墻臨海子邊，紅葵高柳碧參天。過人不敢論量數，雨露相將近百年。

宮中詞

宮中詞，唯唐陝西司馬王建一百首爲得體，蓋從内臣出入宮闈所賦，俱實見其事。厥後蜀主花蕊夫人効其體，賦一百首[一]，亦其身親見之。宋王安國校官書，見其本，序而置之内閣。元初奉天楊興録宋宮人語五言詩十八首，頗得其情，足次二家後。大抵宮中詞，論富有天下，貴爲天子，不可以文章工拙稱[二]，必非想像，必親見，皆非閭巷之士可擬而賦者。後學盧陵張昱光弼誌。

紅光滿室産皇儲，天下千秋與祝釐。侍女后妃頒剩綵，天顔有喜内臣知。

[一] 賦一百首：毛晋本、文淵閣四庫本卷二作「賦詩一百首」。

[二] 不可以文章工拙稱：章，毛晋本無。

裏頭保母性温存，不敢移身出内門〔一〕。尋得描金龍鳳紙，學模國字教皇孫〔二〕。

頒賜三宫端午節，金絲纏扇綉紅紗。謝恩都作男兒跪，拜起深深鶡尾斜。

内人哄動各盈腮，説自西宫撒雪來〔三〕。報與内司當有宴，羊車今晚早將來。

網軒凉思早相催，紅葉生時雁又來。不用題情付流水，已隨步輦過宫回〔四〕。

櫻桃紅熟覆黄巾，分賜三宫遣内臣。拜跪酬恩歸院後，金盤酪粉試嘗新。

徽儀殿裏不通風，火者添香殿閣中。榻上重重鋪設好，君王今夜定移宫。

宫衣新尚高麗樣，方領過腰半臂裁。連夜内家争借看，爲曾着過御前來。

和好風光四月天，百花飛盡感流年。宫中無以消長日，自擘龍頭二十絃〔五〕。

鴛鴦鸂鶒滿池嬌，綵繡金茸日幾條。早晚君王天壽節，要將著御大明朝。

宫羅支請銀霜褐，徹夜房中自剪裁。明日看花西内去，牡丹臺畔木瓜開。

延華閣下日如年，除是當番到御前。尋出塗金香墜子，安排衣線撚春綿。

〔一〕不敢移身出内門：内，毛晋本作「後」。

〔二〕學模國字教皇孫：模，文淵閣四庫本卷二作「摹」。

〔三〕説自西宫撒雪來：説，毛晋本、文淵閣四庫本卷二作「談」；來，文淵閣四庫本卷二作「回」。

〔四〕已隨步輦過宫回：隨，文淵閣四庫本卷二作「從」。

〔五〕自擘龍頭二十絃：二十，毛晋本、文淵閣四庫本卷二作「十二」。

頻把香羅拭汗腮，綠雲背綰未曾開。相扶相曳還宫去，咲説秋千駕下來〔一〕。
上苑新波小海分，綠香溢岸好湔裙。故將禁指監官見，放出天河洗絳雲〔二〕。
紙繩未把祝爐香，自覺紅生兩臉傍。爲蹬爲輪俱有喜，莫教緗結作羊腸〔三〕。
飲到更深無厭時，并肩士女與扶持〔四〕。醉來不問腰肢小〔五〕，照影燈前舞柘枝。
填金臂失戲分明，贏得真珠三兩升。便去房中還賭賽〔六〕，黄封銀榼酒如澠。
殘却花間一局棊，爲因宣唤賜春衣。近前火者催何急，惟恐君王怪到遲。
從行火者咲相招，步輦相將過釣橋。鹿頂殿開天樂動，西宫今日賽花朝。
彤雲捧起黄金殿，十二丹楹七户開。南面君臨朝萬歲，來儀應共鳳歸來。
櫺星門與州橋近，黄道中間御氣高。拜伏龍眠金水上，鎮安四海息波濤。

〔一〕咲説秋千駕下來：駕，文淵閣四庫本卷二作「架」。
〔二〕放出天河洗絳雲：絳，毛晋本作「綵」。
〔三〕莫教緗結作羊腸：教，文淵閣四庫本卷二作「將」。
〔四〕并肩士女與扶持：士，文淵閣四庫本卷二作「侍」。
〔五〕醉來不問腰肢小：肢，毛晋本作「支」。
〔六〕便去房中還賭賽：賭，毛晋本作「睹」。

塞上謡

砂磧大風吹土屋，馬上行人沙罩目〔一〕。貂裘荆筐拾馬矢，野帳吹烟煮羊肉〔二〕。

玉貌當爐坐酒坊〔三〕，黄金飲器索人嘗。胡奴疊騎唱歌去，不管柳花飛過墻。

漭然路矢龍沙西〔四〕，挏酒中人軟似泥。馬上毳衣歌刺刺，往還都是射鵰兒。

馬上黄須惡酒徒，搭肩把手醉相扶。見人强作漢家語，哄著村童唱塞姑。

野蠶作繭絲玉玉，乳雞浴沙聲谷谷。駱駝妳子多醉人，氊帳雪寒留客宿。

胡姬二八面如花〔五〕，留宿不問東西家。醉來拍手趂人舞，口中合唱阿刺刺。

雖説灤京是帝鄉，三時閑静一時忙。駕來滿眼吹花柳，駕起連天降雪霜。

親王捧寶送回京，五色祥雲抱日明。錫宴大開興聖殿，盡呼萬歲賀中興。

〔一〕馬上行人沙罩目：沙，文淵閣四庫本卷二作「紗」。

〔二〕野帳吹烟煮羊肉：吹，文淵閣四庫本卷二作「炊」。

〔三〕玉貌當爐坐酒坊：爐，文淵閣四庫本卷二作「壚」。

〔四〕漭然路矢龍沙西：矢，文淵閣四庫本卷二作「失」。

〔五〕胡姬二八面如花：胡，毛晋本、文淵閣四庫本卷二作「燕」。

同賈守玄副官顧存玄老監曹空隱上座龔倏然吴逢原二監齋遊洞霄宮得徧覽洞天福地諸勝跡各紀一詩刻諸崖石以紀斯行之概云爾[一]

岫雲隱居

岫雲深護列仙儒，心與天倪共卷舒。詩境偶生吟思外，青苔黄葉滿山居。

昇王壇

大滌潛通勾曲山，列仙到處有遺壇。千年落葉無行迹，時見郭文騎虎還。[二]

無骨蒻

許遠遊臨化，囑弟子曰：丹在無骨蒻下。

緣合詩逢無首羈，此身便有上天時。無端許遠留遺囑，勾引閒人到處疑。[三]

[一] 底本此組詩詩題與詩對應錯亂，詩題順序依次爲：《岫雲隱居》、《昇王壇》、《無骨蒻》、《大滌棲真二洞題名石》、《同賈守玄副官顧存玄老監曹空隱上座龔倏然吴逢原二監齋遊洞霄宮得徧覽勝跡各賦詩刻石以紀斯行之概云爾》、《洞天福地》。此處據文淵閣四庫本卷二改。

[二] 校點者按：此詩底本原題作「洞天福地」。

[三] 校點者按：此詩底本原題作「昇王壇」。

大滌棲真二洞題名石

身到名山骨亦清，洞中不枉爲題名。高車駟馬人間世，幾度浮雲石上生。〔一〕

九鎖峰

青山九曲鎖烟霞，隔斷塵寰百萬家。洞裏有春藏不得，春風春雨泛桃花。

唐碑

百尺穹碑當道安，蛟龍蟠躩蘚花乾〔二〕。火燒雨洗殘文字，留得前王舊散官。

漢祈靈壇

漢武祈靈築此壇，願同日月駐龍顏。神仙豈有君王福，萬國臣隣指顧間。

〔一〕校點者按：此詩底本原題作「無骨蒻許遠遊臨化囑弟子曰丹在無骨蒻下」。

〔二〕蛟龍蟠躩蘚花乾：躩，文淵閣四庫本卷二作「攫」。

馴虎巖

郭文醫虎處。

世往人非事不同，岩前無復舊行蹤。空山落遍千林樹，夜夜如同虎嘯風。

藏書石室

曾於唐史讀遺文，此日來遊如見君[一]。石室自藏真誥後，等閑人世幾浮雲。

仙人影

形影能離已異常，指揩猶作桂花香。偶然狡猾留山石[二]，未覺人間歲月忙。

丹　泉

百年能得幾回來，更酌丹泉飲一盃。莫送魚龍歸大海，海中波浪是塵埃。

[一] 此日來遊如見君：如，文淵閣四庫本卷二作「似」。

[二] 偶然狡猾留山石：猾，文淵閣四庫本卷二作「獪」。

搗藥禽

因曾搗藥事幽棲，羽化千年長未齊。得似杵聲相繼散，月明只繞故山啼〔一〕。

題海昌仙蹤

古老相傳語不空〔二〕，至今石井有仙蹤。行人莫向井邊唾，一勺水中藏卧龍。

近次薛濤詩二首〔三〕

不教周昉畫丹青，却把風流付早鶯。錦水滔滔流不盡〔四〕，斷腸詩句可憐情。

知尔回文織未成〔五〕，爲因顔色擅才名。傷春傷别尋常事，莫唱陽關第四聲。

〔一〕月明只繞故山啼：只，文淵閣四庫本卷二作「猶」。

〔二〕古老相傳語不空：古，文淵閣四庫本卷二作「故」。

〔三〕詩題：近，毛晋本、文淵閣四庫本卷二作「追」。

〔四〕錦水滔滔流不盡：不盡，底本原闕，據文淵閣四庫本卷二補。

〔五〕知尔回文織未成：文，毛晋本作「紋」。

學仙曲

仙人好乘白鹿轓，更剪明霞作飛帶。醉來濯髮向銀灣，龍劍直倚青天外。

又

徐卿有子抱才賢，天上麒麟正妙年。書案囊螢勤自勉，吟窓臨草頗堪憐。

題桐栢宫

吹笙太子慕滄霞，一鶴空山總是家。桐栢幾回清露重，人間容易日西斜。

題畫梅花

鉛華學作内家粧，畫出宫梅歲月長[一]。不與東風共摇落，人間天上儘吹香。

送　春

送春何事典春衣，銷得楊花幾度飛。掌上玉盃成慣見，年年長是送春歸。

[一] 畫出宫梅歲月長：梅，文淵閣四庫本卷二作「眉」。

巾子峰

青冥天界碧迢迢[一]，仙客遺巾竟寂寥。猶有白雲閑似鶴，與人相伴夜吹簫。

題孔主奉宅畫菊

朝陽下照東籬菊，影落前庭亦有香。好伴容安齋内客，玉盤承露對秋光。

題三香圖

山礬　水仙　梅花

離騷比興諸香草，不見三香入楚辭。莫是歲寒將自異[二]，衆芳蕪穢不同時。

雪夜寄史左丞

白雪相將一丈深[三]，碧油窓合夜沉沉。党家更有人如玉，猶道春寒入繡衾。

[一] 青冥天界碧迢迢：界，文淵閣四庫本卷二作「上」。
[二] 莫是歲寒將自異：是，毛晉本作「自」。
[三] 白雪相將一丈深：丈，毛晉本、文淵閣四庫本卷二作「尺」。

題漁村晚照

在在溪灣盡晒罾[一]，暮天秋水碧澄澄。幾家漁舍雲深處，紅樹寒山路慣登。

丹溪别業圖爲周昉賦

文光萬丈照丹溪，愛尔烏慈夜夜啼[二]。父有遺經能教子，草堂猶在此溪西。

題夏圭孤舟風雨圖

此船載得許多愁，使我樽前感舊遊。惆悵揚州十年夢，滿江風雨泊瓜洲。

[一] 在在溪灣盡晒罾：溪，文淵閣四庫本卷二作「村」。

[二] 愛尔烏慈夜夜啼：烏慈，文淵閣四庫本卷二作「慈烏」。

題歸釣圖

雨笠風波日往回〔一〕，桃花流水碧山隈。潭中魚釣何能盡〔二〕，收却輪竿歸去來〔三〕。

題溪居圖

朝市塵埃若我何，幽棲好處是松蘿。前溪若與天河接，夜夜水中星斗多。

紹興客中除日〔四〕

一歲今朝是歲除〔五〕，旅人况復在離居。從來牛女成惆悵，烏鵲橋邊莫寄書。

〔一〕雨笠風波日往回：波，文淵閣四庫本卷二作「蓑」。
〔二〕潭中魚釣何能盡：魚，文淵閣四庫本卷二作「漁」。
〔三〕收却輪竿歸去來：輪，文淵閣四庫本卷二作「綸」。
〔四〕詩題：日，文淵閣四庫本卷二作「夕」。
〔五〕一歲今朝是歲除：一，文淵閣四庫本卷二作「今」。

翫月圖

天地有情俱是感，兔蟾應自念嬋娟。分明照見山河影〔一〕，一歲無如此夜圓〔二〕。

家人輩開螯侑盃即事

東床鼓枕未成眠，玉手開螯自可憐。得似甕頭狂吏部，江頭風味落尊前。

題讀碑圖

未瞻魯廟三緘口，且讀曹娥八字碑。較智只争三十里，楊脩誰説是男兒。

題枯木竹石

風雪禁持百歲過，真成生鐵鑄枝柯。天寒翠袖能相倚，免得春來纏女蘿。

一勺水中藏白蜃，一毫端上畫青蛇。世人只道韓湘子，藥術能開頃刻花。

〔一〕分明照見山河影：此句毛晋本作「分河照見山明影」。

〔二〕一歲無如此夜圓：夜，文淵閣四庫本卷二作「月」。

熱

南州大暑何可當，雪冰不解三伏凉。夜深明月在天上，白露滿湖荷葉香。

題畫雨竹

江上數聲湘女瑟，烟中一曲竹枝歌。葉間有恨俱成淚，只爲曾承雨露多。

題桶底圖

不向粟中藏世界，却來桶底畫樓臺。分明記得麻姑語，清淺蓬萊水一盃。

題漁樵閑話〔一〕

漁樵本似不同科〔二〕，何事停橈話更多。説與別人都不信，夜來風雨濕青蓑。

〔一〕詩題，文淵閣四庫本卷二作「題漁樵閒話圖」。

〔二〕漁樵本似不同科：似，文淵閣四庫本卷二作「自」。

題徽廟畫鶺鶉

長白山前馬似龍，相將風火入深宮[一]。君王苦好丹青筆，猶恐鶺鶉畫未工。

題茆堂雪景圖

草堂有客何爲者，應愛山川雪未消。床上一壺堪獨酌，風流不減霸陵橋。

閑居春盡

幾日春殘不在家，堦前開遍粉團花。再看又是明年事，酒滴東風惜歲華。

題淵明像

典午功名等羽毛，區區州縣亦徒勞。折腰五斗無人識，只有歸來最是高。

[一] 相將風火入深宮：風火，毛晉本作「火風」。

升仙壇

壇上春風長紫苔，當時仙駕此徘徊。山中老盡千年樹，化鶴何因一再來。

題王若水畫翎毛

喔喔雄鳴趂曉光〔一〕，豈同雌雉在山梁。雲中鷹隼無虚爪，羽翼低飛好自防。

東風吹水碧漪漪，不放桃花自在飛。莫怪野鳧驚不定，溪頭弋者未忘機。

題道士王東甫圖畫

金銀樓閣在三山，東甫何妨屢往還。信是神仙在平地，鶴飛元不離人間。

寄報國寺渭清遠上人 時張氏築城。

誰説嚴關一兩重〔二〕，直教隔斷白雲蹤。城中何限蕭家寺，不把三間事遠公。

〔一〕喔喔雄鳴趂曉光：鳴，文淵閣四庫本卷二作「雞」。

〔二〕誰説嚴關一兩重：説，毛晉本、文淵閣四庫本卷二作「設」。

桂花仙子圖

秋雲幾片剪衣裳，吹盡西風骨更香。明月不應生洛浦，又添情思惱陳王。

船過臨平湖

船過臨平欲住難，藕花紅白水雲間。只因一霎溟濛雨，不得分明看好山。

寄三塔寺寬虚海

望見寺前三塔近，老夫指擬駐行舟。無端一陣東風雨，吹過湖南不自由。

凌霄花

天女天花一樣嬌，凌霄挽下最長條。生愁化作空山雨，滿臉春紅恨未銷。

題新亭壁

爲愛亭前金鳳花〔一〕，風吹滿地散殘霞。清樽團扇能相伴〔二〕，飲到海天秋日斜。

題脩竹士女圖

袖卷香羅日又曛，寸心都作錦回文。莫教吹動參差玉，驚斷陽臺一段雲。

題左司壁

春樹團團日未斜〔三〕，東風滿地散青霞。曉鶯啼過落花雨，獨立淮南宰相家。

題王若水畫

萱草花開日又西，太湖石畔鷓鴣啼。竹枝不是江南曲，唱得樽前思欲迷。

〔一〕爲愛亭前金鳳花：亭，毛晉本、文淵閣四庫本卷二作「庭」。
〔二〕清樽團扇能相伴：樽，文淵閣四庫本卷二作「尊」。以下同此者不再出校。
〔三〕春樹團團日未斜：樹，文淵閣四庫本卷二作「日」。

題唐十八學士圖

堯舜之道載方册[一]，人存政舉又何疑。肅容斂手慚色者，知是當年封德彝。

題趙子昂浴馬圖

真是房星夜降精，雙瞳下照水波明。浴回有翼應飛去，萬里風雲是一程。

風　馬

時清天地息烟塵，騰躍乘看自有神。遊牝委龍求作種，任渠風合向天津。

嘉禾湖上爲謝參軍題扇

鸚鵡盃中紅麯酒，鴛鴦湖上黑油船。南風吹入荷花蕩，借與閑人一醉眠。

〔一〕　堯舜之道載方册：册，文淵閣四庫本卷二作「策」。

明皇對弈圖

漏盡宫壺日晷移，君王猶自戀殘棋[一]。馬嵬一著無人筭，只有楊妃自得知。

題楊妃橫玉圖

天寶年間好太平，華清小殿稱人情。如何玉笛纔拈起，便作風吹别調聲。

春日游湖

神仙不死今何在，富貴能全古亦難。賸買蘇公堤上酒，莫教容易度春寒。

題白玉蟾像

白玉如蟾俱是妄，青天指月亦非真。武夷洞裏曾相見，却是尋常劈篾人。

[一] 君王猶自戀殘棋：自，毛晋本、文淵閣四庫本卷二作「是」。

詠何立事

宋押衙官何立，秦太師差往東南第一峰。恍惚引至陰司，見太師對岳飛事，令歸告夫人，東窗事犯矣。復命後，即棄官學道，蜕骨今在蘇州玄妙觀，爲蓑衣仙。

舊作衙官身姓何，陰司歸後記仙魔。視身已是閑軀殼，一領蓑衣也是多。

謝太傅

謝安德望重南朝，妓女東山未寂寥。若論漢家勛業事，何如笳鼓霍嫖姚。

四菓畫

照眼紅綃未十旬，西風又拆錦苞新〔一〕。石家金谷如長在，儘有明珠换美人。石榴。

漢帝求仙不自知，祇憑青鳥使瑶池。矮人不見東方朔，肯信三偷是此兒。桃實。

〔一〕西風又拆錦苞新：拆，文淵閣四庫本卷二作「折」。

葉底纍纍黄漸深，暖風四月熟幽林。記曾摘遍西園樹，好似文君取酒金。枇杷。

廊廟嘗新出上闌[一]，内厨酪粉賜金盤。白頭見畫成惆悵，滿朶春紅不厭看。櫻桃。

效唐僧無則詠物詩四首

巧作春禽百樣聲，似矜觜舌有餘輕。若爲臢有閑心性，何不雲中學鳳鳴。百舌禽。

褵褷羽翼作群飛，殘害溪魚欲自肥。滿膆腥涎吞不下[二]，爲人長忍一生飢。鸕鷀鳥。

木筆花含曉露濃，似將才思擬春風。若還開在江淹宅，夜夜題詩入夢中。木筆花。

小小紅絲疊絳霞，釵頭玉燕共年華。果然買得青春在，儘把名園種此花。金錢花。

紫菊

應爲揚州舊使君，雞冠顔色染歌裙。陶翁每日東籬下[三]，誰肯花前問紫雲。

[一] 廊廟嘗新出上闌：出上闌，底本原闕，據文淵閣四庫本卷二補。

[二] 滿膆腥涎吞不下：膆，毛晋本、文淵閣四庫本卷二作「嗉」。

[三] 陶翁每日東籬下：翁每，文淵閣四庫本卷二作「家九」。

唐太宗遣御史蕭翼賺禊帖圖

君臣詭遇一䟦僧，禊帖雖來事可懲。誰料萬年歸殉後[一]，却將繭紙累昭陵。

宫廊雪霽圖馬遠畫

畫在丹青事亦非[二]，碧山猶自繞朱旗。分明黄屋宸游處，千步宫廊雪霽時。

東坡笠屐圖

從來涇渭不同波，得貶黎中幸已多。莫把丹青論笠屐，文章千載一東坡。

杜宵畫圍棊圖

何事今朝懶畫眉，深宫又是日長時。閑愁不用量紅線，看取新添幾着棊。

[一] 誰料萬年歸殉後：殉，文淵閣四庫本卷二作「葬」。

[二] 畫在丹青事亦非：亦，天頭注：「亦」刻「已」，文淵閣四庫本卷二作「已」。

雨晴

薔薇正開雨弄晴，狂蜂觸處亂紅英[一]。韓朋莫作雙飛蝶[二]，泊在其間畫不成[三]。

曉起

杏子花開桃萼紅，夜來踈雨過簾櫳。風光雖是好時節，春在誰家絃管中。

松瀑圖

石間激浪雪無迹，松下瀑流雷有聲。百折狂瀾非是險，人心方寸最難平。

寒食

錢塘江上逢寒食，遠客今朝轉念鄉。幾樹落花春寂寂，數行回雁草茫茫。

[一] 狂蜂觸處亂紅英：蜂，毛晉本、文淵閣四庫本卷二作「風」。
[二] 韓朋莫作雙飛蝶：朋，文淵閣四庫本卷二作「憑」。
[三] 泊在其間畫不成：間，毛晉本、文淵閣四庫本卷二作「中」。

孫鍾設瓜圖

三士憑空化鶴群，已將旗盖兆三分。劉家門外樓桑樹，豈是荒唐讖所云。

岳林寺題兜率内院爲玘石心上人賦

兜率天宫内院開，錦衣彌勒咲盈腮。因緣未了兒孫債，此是重來第幾回。

聞夜潮

潮到江樓月到遲，百年心事有誰知。床頭尋得劉琨劍，舞向秋風惜舊時[一]。

張横塘畫竹枝萱草

幾宵明月竹枝好，一夜東風萱草長。悵望美人烟水闊，不勝清思繞横塘。

[一] 舞向秋風惜舊時：秋，文淵閣四庫本卷二作「春」。

荔枝畫爲福建張惟遠僉憲題〔一〕 濟南人。

尊前人出玉芙蓉，纖手親分荔子紅。歸到大明湖上宴〔二〕，也應看畫説閩中。

茜羅輕裹玉肌寒，吹盡南風露未乾。一寸丹心無與寄，爲憑圖畫入長安。

紅塵一騎露華香，不管盧龍道路長。誰信御前供玉食，不呈妃子不先嘗。

六月南風荔子丹，皺紅小碧滿銀盤。水晶細嚼甜於蜜，滿口生香玉露漙。

剪花士女

咫尺芳叢艶色深，蜂情蝶思兩難禁。看來莫用閑惆悵，剪下春風一寸心。

趙仲穆人馬圖〔三〕

厩吏牽呈御苑回，開元毬馬盡龍材〔四〕。趙家富有曹韓様，摹出承平氣象來。

〔一〕詩題，文淵閣四庫本卷二作「荔枝畫爲福建僉憲張惟遠題」。

〔二〕歸到大明湖上宴：到，文淵閣四庫本卷二作「得」。

〔三〕詩題，文淵閣四庫本卷二作「題趙仲穆人馬圖」。

〔四〕開元毬馬盡龍材：毬，文淵閣四庫本卷二作「求」。材，文淵閣四庫本卷二作「媒」。

劉曜卿畫折花宮女

柳風草露欲霑衣，又是宮中上直時。好把桃花都折盡，免教吹作落紅飛。

錢舜舉畫芙蓉

木末芙蓉最耐寒〔一〕，等閑不許世人看。蛾眉淡掃朝天去，自採花頭製道冠。

梅花水月仙子畫

游魂非鬼亦非仙〔二〕，憑附梅花度歲年。欲向姮娥訴孤另，浪中亦自少團圓。

招周德新員外觀菊

明朝莫問晴和雨，騎馬能來看菊花。豈是省郎無酒對，不如此處似陶家〔三〕。

〔一〕木末芙蓉最耐寒：末，文淵閣四庫本卷二作「葉」。

〔二〕游魂非鬼亦非仙：仙，毛晉本作「神」。

〔三〕不如此處似陶家：似，毛晉本作「是」。如，文淵閣四庫本卷二作「知」。

題扇士女

轉深文字轉多情，侍女常將筆硯行[一]。恐得玉臺新樣句[二]，爲題團扇贈卿卿。

湖中即事

湖柳湖波盡可憐，不知春在阿誰邊。滿頭翡翠雙鬟女，細雨吴歌濕畫船。

挾彈游騎圖趙仲穆畫

玉臂雙揎據綺鞍[三]，渾身俊氣要人看。若知稼穡艱難事，肯把黄金鑄彈丸。

李白應制圖

明主憐才赦酒狂，不知力士賤文章。當其醉草清平調，肯信長安是夜郎。

[一] 侍女常將筆硯行：硯，毛晋本作「研」。以下同此者不再出校。

[二] 恐得玉臺新樣句：恐，文淵閣四庫本卷二作「思」。

[三] 玉臂雙揎據綺鞍：揎，文淵閣四庫本卷二作「楦」。

杜甫上謁圖

出當天寶艱難日，歸拜拾遺行在時。入蜀還秦底心性，一篇長拜杜鵑詩。

寄遠詞

夢裏關山覺後非，憂深别淚在羅衣。堂前種得宜男草，正及春香人未歸。

臨安訪古十首

石　鏡

臨安山中古石鏡，曾照錢王冕服來。天遣紫苔封裏後，等閑不許别人開。

婆留井

錢王初生時將棄井中，婆奮留之〔二〕，故乳名「婆留」。既貴，以「鏐」代「留」字。

〔二〕婆奮留之：奮，文淵閣四庫本卷二作「奪」。

舊日婆留井未堙，石闌苔蘚上龍文〔一〕。而今率土俱臣妾〔二〕，莫願皇天産異人。

功臣塔

峰頭石塔表功臣，五百年前是佛身。莫問蓬萊水清淺，野藤猶蔓刼餘春。

錦　溪

錢王功業與天齊，百里旌旗照此溪。從自波中鋪錦後〔三〕，至今光景凈無泥。

化成寺〔四〕

錢王第十九子，出家爲僧，賜號「普照大師」。

王子能以身施佛，何異生居凈梵宫〔五〕。弊屣視他閑富貴，男兒到此是英雄。

〔一〕石闌苔蘚上龍文：闌，文淵閣四庫本卷二作「欄」。文，文淵閣四庫本卷二作「鱗」。
〔二〕而今率土俱臣妾：俱，文淵閣四庫本卷二作「皆」。
〔三〕從自波中鋪錦後：從，毛晋本作「彼」。自，文淵閣四庫本卷二作「此」。
〔四〕詩題，文淵閣四庫本卷二作「化城寺」。
〔五〕何異生居凈梵宫：梵，文淵閣四庫本卷二作「飯」。

衣錦山

今縣治主山，是王故居，即九龍堂。

還鄉滿山都覆錦，富貴應須白晝歸。設宴九龍堂上日，沛中歌後似王稀。

將軍樹

王平時率群隊狂戲此樹下〔一〕，還鄉以錦幪之，號「錦樹將軍」。

將軍官重執金吾，不比秦朝列大夫。王爲錦衣歸故里，遂令老樹有稱呼。

〔一〕下，底本無，據文淵閣四庫本卷二補。

環翠閣 今爲寺，謝安遊處。〔一〕

東山尚存環翠閣，謝傅遊來經幾年〔二〕。可是舊曾携妓到〔三〕，粉香猶在畫欄邊〔四〕。

净土寺 東坡作杭倅，行部過於潛回。〔五〕

祥符額賜海會寺〔六〕，四百年來彈指過。試問竹林橋上路〔七〕，往還曾見幾東坡。

九仙山 王謝舊游，東坡有詩。

仙子何年化鶴群，至今名姓只空存〔八〕。我來欲訪前朝事，悵望九山唯白雲〔九〕。

〔一〕文淵閣四庫本作「謝安遊處、今爲寺」。
〔二〕謝傅遊來經幾年：遊來，文淵閣四庫本卷二作「來遊」。
〔三〕可是舊曾携妓到：曾，文淵閣四庫本卷二作「時」。
〔四〕粉香猶在畫欄邊：欄。文淵閣四庫本卷二作「闌」。
〔五〕文淵閣四庫本卷二作「東坡作杭倅，行部過於潛回，至此。」
〔六〕祥符額賜海會寺：額賜，毛晋本、文淵閣四庫本卷二作「賜額」。
〔七〕試問竹林橋上路：上，毛晋本、文淵閣四庫本卷二作「下」。
〔八〕至今名姓只空存：存，文淵閣四庫本卷二作「聞」。
〔九〕悵望九山唯白雲：山，毛晋本、文淵閣四庫本卷二作「仙」。

鴻溝

天命何曾分楚漢，自將南北限鴻溝。當時應恨烏江水，不與君王照白頭。

李白小像

承制摛毫玉殿頭，清平樂府擅風流。名花傾國能相妬，得寵翻貽失寵憂〔一〕。

桃源圖

幾樹桃花認未真，又何分晋與分秦。漁郎不悟避秦者，便把興亡説與人。

蘇小小墳上作

在嘉興縣前，晋名妓，錢塘人，有詞行於世。今爲人家占矣。

香骨沉埋縣治前，西陵魂夢隔風烟。好花好月年年在，潮落潮生更可憐。

〔一〕得寵翻貽失寵憂：貽，毛晋本、文淵閣四庫本卷二作「遺」。

宋贇善以笻竹一支并詩贈玘太朴次其韻〔一〕

庸蜀之西一竹笻，年來蛻首已如龍〔二〕。扶登春殿談經後，風雨時生掌握中。

題臧祥卿畫

露桃風柳兩依依，畫在丹青亦自奇。若在墻頭并驛畔，過春都是折殘枝。

問藺夷道索冬筍

僧家嗜笋如嗜肉，滿腹生香貯寒玉。肯信湖州太守饞，飢來煮遍千林竹。

徐一夔以自己小影代送壎上人回龍門寺爲題其上

總是三生夢幻身，又何分别假和真。縱饒送到龍門寺〔三〕，也只丹青畫裏人〔四〕。

〔一〕詩題：支，毛晋本、文淵閣四庫本卷二作「枝」。

〔二〕年來蛻首已如龍：蛻首，文淵閣四庫本卷二作「蛻骨」。

〔三〕縱饒送到龍門寺：縱，文淵閣四庫本卷二作「總」。

〔四〕也只丹青畫裏人：只，文淵閣四庫本卷二作「是」。

邵庵虞先生爲張伯雨賦四詩開元宮道士章心遠求追次其韻

伯雨畫像 號句曲外史。

此畫茅山第幾真，翛然白鷺鶴翎新。百年最在歸歌詠〔一〕，一代交游在縉紳。

懷舊

憶誦清江空舊魚，流光如赴隙中駒。雲沉華盖星沉海，思絶狂張與老虞。

丹井 今在佑聖觀東圃。

張仙於此煉丹砂，夜夜丹光照井華。猶有石欄遺刻在〔二〕，將軍移置羽人家。

碉阿碑〔三〕

邵庵文字在堅珉，摹刻中郎筆畫真。在日得錢除買酒，餘貲都付打碑人。

〔一〕百年最在歸歌詠：最在，文淵閣四庫本卷二作「身世」。

〔二〕猶有石欄遺刻在：欄，文淵閣四庫本卷二作「闌」。

〔三〕詩題：碉，文淵閣四庫本卷二作「澗」。

贈人遊湖南

世途無處不通津，惟爾棲棲志未伸。莫過沅湘唾江水，此中曾有汨羅人。

趙子昂畫花鳥

綺紈舊習信難移，得意青春正好時。直下玉廬無所事，試臨花鳥學徐熙。

五言絶句

古　辭

歡樂自歡樂，苦辛長苦辛。城中十萬户，誰是種田人。

風雨牧牛圖

牧牛值風雨，牧具幾脱手。不自風雨前，不自風雨後。

石友

蒼然柱石姿，風雨莓苔久。幸同貞固心[一]，相看即吾友。

竹君[二]

百年駒過隙，萬事成鞅掌。自顧非此君，誰與共清賞。

花徑

繁花作高樹，狹徑不數曲。醉來扶杖行，幽興亦自足。

蕉林

愁懷長把酒[三]，愛此滿林玉。風回舞袖翻，欲近紗窗緑。

[一] 幸同貞固心：貞，毛晋本作「真」。
[二] 詩題，文淵閣四庫本卷一作「竹居」。
[三] 愁懷長把酒：長，毛晋本、文淵閣四庫本卷一作「常」。

芳屏

衆芳結爲屏，左右暎紅藥。問訊園中人，何如金孔雀。

蔬畦

學圃纔兩畦，佳蔬欲幾品。露葵不厭烹，及我春酒醒。

梨花折枝

已過清明節，猶依玉鏡臺。一枝如折得，幾誤蝶飛來。

水殿納凉圖

别殿紅綃女，無風亦自凉。欄邊是湖水〔二〕，夜夜宿鴛鴦。

七夕

乞與人間巧，全憑此夜秋。如何針線月，容易下西樓。

〔二〕欄邊是湖水：欄，文淵閣四庫本卷一作「闌」。

别劉博士

秖爲情如雨，從教醉似泥。免看楊柳色，相送出城西。

王昭君

漢地非無雪，胡中不見花[一]。琵琶一萬里，馬上盡風沙。
巾幗猶知辱，裙釵可即戎。單于如有問，教妾若爲容。

銅雀臺

自古誰無死，英雄豈不知。望陵歌舞歇，還有夢來時。

邊　思

萬里盡風沙，征人念歲華。角聲悲自語，誰見落梅花。

[一] 胡中不見花：胡中，文淵閣四庫本卷一作「邊城」。

赤壁

赤壁不改色，漢江依舊流。二龍争戰後，風月屬扁舟。

峽川

石與青天近，浮雲向客低。自然堪下淚，不是有猿啼。

題揚州史左丞畫扇

后土祠前路，金鞍憶舊游。春風雙燕子，渾似在揚州。

塞上

朔風西北來，驚沙對面起。人馬暗相失，咫尺異千里〔一〕。

〔一〕咫尺異千里：異，文淵閣四庫本卷一作「已」。

題商山觀弈圖

縱横十九路，一著一回新。如此深山許，傍觀亦有人。

題村廟

禍福憑誰降，雞豚合有災。年年當社日，簫鼓賽神來。

飛來峰

峰在西天竺，青蓮千葉開。佛人無妄説[一]，或恐是飛來。

呼猿洞

洞閟烟霞古，岩回藤蔓叢。誰能將劍術，往問白猿公。

[一] 佛人無妄説：人，文淵閣四庫本卷一作「應」。

題名石

東坡龍井回，題名塔磚上。豈期後百年，過者爲瞻仰。

合澗橋

兩澗何年合，一橋終日閒。桃花逐流水，未覺是人間。

龍公洞

龍或藏其用，跡與蛇何異。慚愧耕稼人，猶來候雲氣。

飯猿臺

僧既非昔年，猿亦異往日。唯有飯猿臺，猶是當時石。

連岩棧

連岩有棧道，重疊架古木。勿輕縱步險，平地折車軸。

客兒亭

客兒謝家子，明師夢相待。斯人骨已朽〔一〕，斯亭尚千載。

坐禪石

法師禅定時，萬象付冥漠。至今岩前石，每每天花落。

鄰墻梅花

臘後春纔到，寒香襲素袍。梅花如有意，不在粉墻高。

聞　鐘

朝撞亦匆匆，暮撞亦匆匆。銷磨浮世事，都在數聲中。

〔一〕斯人骨已朽：已，毛晋本、文淵閣四庫本卷一作「亦」。

墨萱草

種得宜男草，忘憂度歲華。墨池憐照影，朶朶鳳頭花。

葛仙溪

葛仙浴丹溪，飲溪骨自蜕。試問歸來鶴，何人壽千歲。

濟川圖

平地有摧輈，慎者或不免。奈何千金軀，涉此風濤險。

菊　花

萬夫起銅盤，拔地一千丈。寧知白露華，暗滿菊花上。

臧祥卿畫竹枝白頭禽扇面

片月出幽林，閑情欲不禁。天寒憐翠袖，爲賦白頭吟。

西施[一]

館娃宫前洞，西施舊來往。自載扁舟後，歲歲春蘿長。

履迹

西施往行處，好事作履迹。幾寸莓苔深，見者爲憐惜。

問梅

一種隴頭樹，東風都合吹。未應造物者，偏在向南枝。

喜新晴

五色雲間鵲，今朝忽放聲。繞簷飛不去，亦是喜新晴。

〔一〕詩題：毛晉本、文淵閣四庫本卷一作「西施洞」。

泉月軒爲開元宫張道士題

爲貪真境好，每到即忘歸。扣齒漱明月〔一〕，清光生羽衣。

題凔霞洞

愚者昧其覺，貪生還一夢。不見凔霞人，唯見古時洞。

李息齋平章畫生色竹

一代風流畫〔二〕，丹青付此君。忍將湘浦淚，更洒九疑雲。

題牧溪飛鳴雁二畫〔三〕

秋風幾萬里，一色是青雲。誰信天山路，無書可寄君。

〔一〕扣齒漱明月：扣，文淵閣四庫本卷一作「叩」。
〔二〕一代風流畫：畫，毛晋本、文淵閣四庫本卷一作「盡」。
〔三〕詩題，文淵閣四庫本卷一作「題牧溪畫飛鳴二雁」。

倦飛憐羽翼，引頸一長鳴〔一〕。紫塞秋何似，今宵月正明。

新宫訪袁真人知已羽化留題

仙客已塵土，桃花依舊春。後來看花者，不是種桃人。

惜　花

昨夜一花開，今朝一花落。春事能幾何，奈此風雨惡。

僧華光畫梅

誰與一毫端，示此無垢相。迦葉不可招，始悟色空妄。

柳　莊

種柳連莊屋，春來色更嬌。不同殘臘見，封雪落長條。

〔一〕引頸一長鳴：頸，文淵閣四庫本卷一作「領」。

桂林

不用歌叢桂[一]，誰能更出山。若無忘世事[二]，來共此中閑。

蘭渚

幽蘭滿洲渚，紉之可爲佩。欲遺心所親，涔陽何處在。

竹坡

城中寸金地，種竹不可多。風前植杖看[三]，奈此緑陰何。

瓜田

仲夏生意繁，延蔓若野葛。結實田畝中，庶慰行者渴。

[一] 不用歌叢桂：用，底本原闕，據文淵閣四庫本卷一補。
[二] 若無忘世事：忘，毛晋本、文淵閣四庫本卷一作「妄」。
[三] 風前植杖看：植，文淵閣四庫本卷一作「值」。

荷港

門前東西道，下是荷花港。越女不避人，唱歌來蕩槳。

鶴亭

有時命童子，亭前按舞鶴。雖無賓客懽，對此亦云樂。

魚池

放魚池中央，池水丈尺許[一]。勿謂江湖遠[二]，時來足風雨。

題市學堂

喧聒從終日，跳梁欲上街。要令心目静，除是掩空齋。

[一] 池水丈尺許：丈，文淵閣四庫本卷一作「深」。

[二] 勿謂江湖遠：湖，毛晋本、文淵閣四庫本卷一作「河」。

贈歐陽尚禮還播州

人生豈無别，咫尺異言咲。况復萬里遥，風烟接蠻徼。

觀拆白塔有賦

白塔誰所營，又復爲平地。猶有百年人，閑來説興廢。

題章叔厚所畫投竿圖

大魚不可得，小魚釣何益。不如投竿坐，臨流以終日。

上清方方壺作墨畫贈毛起宗提點

風火錬仙骨，雲雷鑄鼎文。壺公探造化〔一〕，圖寄大毛君。

〔一〕壺公探造化：探，毛晉本作「深」。

趙清獻小像

當時仰望公，畫筆開生面。之官唯琴鶴，千載趙清獻。

別故人

未別欲千言，臨別無一語。唯此舊時心，隨君渡江去。

別鄉友

共是他鄉客，從游又隔年。老人偏惜別，把臂一茫然。

贈縣令任滿

一勺清泉水，三年共此心。不堪彈別鵠，唯是邑中琴。

磐石吹簫圖

宰相五更朝〔一〕，金鞍拂柳條。何如磐石上，散髮坐吹簫。

落梅花

含章人正卧，幾片下空墻。春雪調鉛粉，相和一處香。

題宋子障太守畫

老樹含青雨，平林淡白烟。隔溪茅屋在，好泊米家船。

題趙子昂畫梨花畫眉圖

鳴春如有意，誰與畫眉長。若訴梨園事，開元夢一塲。

〔一〕宰相五更朝：宰，毛晉本作「宗」。

高房山畫扇

結屋清溪上，仙凡此路分。終朝看不厭，唯是滿山雲。

惱啼鴉

朝啼人盡睡，暮啼人厭聞。非關毛羽惡，不入鳳凰群。

代毛延壽 褒姒故事。

豈謂黄金少，除哀君未知[一]。古來因好色，滅國是龍漦。

捕魚圖

畫出溪邊景，渾家在捕魚。筆頭餘興在，幾點暮鴉踈。

[一] 除哀君未知：哀，文淵閣四庫本卷二作「褒」。

晚望東村

開門見東村，晨光尚蒙昧。白雲何處來，適與予心會。

題王大年畫

舟楫爲生計，沙鷗識此情。百年浮世事，九鼎一絲輕。

林子山畫爲鄭宗表題

尊前可忘世，綸竿聊伴身。樂然溪水上，魚鳥與相親。

雙　蝶〔一〕

相逐雙飛蝶，風前不自持。有生皆有感，微物豈無知。

〔一〕詩題：毛晋本作「蝶」。

白練帶禽

一雙白練帶，繞樹效于飛。宜爾閨房喜，圖形上繡衣。

秋棠晚思圖

兩雀晚相依，棠梨葉漸稀。連枝有深思，未可便辭飛。

梅詩十絶〔一〕

種梅如昨日，樹已過人長。粉白東鄰女，争窺出院墻。

小玉探春回，褰簾咲語來。今朝庭樹上，忽有數花開。

黄鐘纔應律，英蕚已舒芽。不咲黄金柳，先開白玉花。

漢主黄金屋，盧家白玉堂。暗香浮動處，愁思月昏黄。

一枝憐似玉，日暮正愁新。寂寞真珠佩，天寒翠袖人。

數點飄香雪，非關畫角吹。鷩心調鼎事，細雨緑陰時。

〔一〕詩題：文淵閣四庫本卷二作「梅花十絶」。

雪落窻紗外[一]，寒梅正著花。不同桃李樹，争艷五侯家。
新月回宫簷，梅粧艷於雪。誰謂五出花[二]，能加天下白。
姑射有處子，雪色而内視。肌粟寒不生，香篝熏素被。
樹老苔衣厚，花稀春事遲。爲緣生驛路，都是折殘枝[三]。

題畫

筆墨生幽思，山居春日長。獨謡橋上路，亦自惜年芳。

夜坐

夜長春酒醒，攲枕何曾睡。時見燭花中，餘光吐金穗。

題竹

落墨生幽思，風來自有香。九天皆雨露，容易拂雲長。

〔一〕雪落窻紗外：窻紗，毛晉本、文淵閣四庫本卷二作「紗窻」。
〔二〕誰謂五出花：謂，文淵閣四庫本卷二作「爲」。
〔三〕都是折殘枝：折，毛晉本、文淵閣四庫本卷二作「折」。

題西湖大佛頭寺

佛身滿法界，金色從地起。若人加粧嚴，其福亦如是。

題枯木石圖〔一〕

石氏珊瑚樹，楊家翡翠鈎。千年風雨後，遺影海中洲。

青山白雲圖

俗駕是難到〔二〕，滿山都是雲。雲中有樓觀，鸞鶴日相親〔三〕。

題畫山水

溪回岸影深，山迴溪聲響〔四〕。獨有溪上人，扁舟自來往。

〔一〕詩題：毛晉本作「題枯木竹石圖」。
〔二〕俗駕是難到：是，文淵閣四庫本卷二作「真」。
〔三〕鸞鶴日相親：親，文淵閣四庫本卷二作「聞」。
〔四〕山迴溪聲響：迴，毛晉本作「回」。

題諸葛孔明像

一笑出隆中，黄星掩日紅。妖氛不敢作，白羽起西風。

詠　雞

鳳凰有五色，雞亦有五德。鼓翼不妄啼，一聲天下白。

長短句

巫山高

巫山高，望不極[一]，際天微茫十二峰，彩雲上蒸靈雨集。中有瓊臺承翠館，曼態脩容相出入。君王淫荒進神女[二]，直以夢中爲白日。洛汭無聞五子歌，宋玉微辭諷何及。巫山高，望不極，不比堯階土三尺。

[一] 望不極：極，文淵閣四庫本卷二作「及」。下文「望不極」同。

[二] 君王淫荒進神女：淫荒，文淵閣四庫本卷二作「荒淫」。

君馬黄

君馬黄，臣馬白[一]，十月風高塞草枯，鐵衣夜浸盧龍月。深入單于臣敢辭，邊城土是征人血。

翹摇花

翹摇花，清明時節徧天涯。東阡南陌晝輪車[二]，樂游踐之同泥沙。城中多少富豪家，去年不見今年花，慎勿輕賤翹摇花。

擬古秋夜長

雲中鴻雁過，門前朔風起。梧桐葉落金井頭，月照烏啼天似水。誰家機上織回文，夜聽啼烏如不聞。明朝爲遣安西使，細意緘題持贈君。

[一] 臣馬白：臣，毛晋本作「君」；文淵閣四庫本卷二作「我」。

[二] 東阡南陌晝輪車：晝，毛晋本作「盡」。

古　意

頭上鳳凰釵，是郎手中物。床上鴛鴦被[一]，是妾手自織。將釵與衾寄郎去，願郎長見長相憶。

拙逸齋

群峰兮立立，衆流兮湜湜。大木千章兮丘陵是植，桑麻百頃兮蔽於原隰。翁居是間兮以作以息，階庭五子兮蘭玉其質。教以一經兮是訓是式，富春之渚兮漫而不激，有魚可釣兮鳧雁可弋。翁居於是兮天之所騭，鑿井而飲兮耕田而食，仰事俯育兮不知不識。窪尊兮噏噏，土鼓兮秩秩，優游卒歲兮皆仰蒙乎帝力。高車駟馬兮非予心之所及，高車駟馬兮非予心之所及[二]。

[一] 床上鴛鴦被：被，毛晋本、文淵閣四庫本卷二作「衾」。

[二] 高車駟馬兮非予心之所及：文淵閣四庫本卷二無此句。

五言律詩

暑中招客 二首。

長夜不可度，鬱陶自難開。衣冠嫌褦襶，樓觀想蓬萊。赤日天中過，凉風湖上來。非君一命駕，誰與共傳盃。

江上猶故國〔一〕，風月自閑人。老至謀生拙，時更盛化新。花疑春似夢，酒與道爲鄰。杜史猶何者〔二〕，何嫌有此身。

虀館詩 有序。

省掾李仲常，儒者也。喜蔬菜，每年以時治百餘品，候開歲正月人日，會郡中諸儒士爲虀館之會。時予爲左右司員外郎，以斯得忝座右，索賦其事。

〔一〕江上猶故國：上，毛晋本、文淵閣四庫本卷二作「山」。
〔二〕杜史猶何者：何，文淵閣四庫本卷二作「龍」。

虀館常年會，辛盤此日傳。鷁飛慚落羽，鯨吸感流年。白髮干戈裏，青雲談咲邊。晤言寧邂逅，接席亦因緣。列俎餘珎味，登筵總俊賢。玉壺延淑景，綵筆詠春天。上客歡先醉，狂朋喜欲顛。梅懸金勝小，燭照錦袍鮮。起舞交爲壽，疑年各自憐。主人情更重，屢賦鹿鳴篇。

送天使僧

釋子承天語，儒官撰寺碑[一]。萬間靈谷建，一切布金爲。寶界山河大，璇題雨露垂。丹青人所仰，壯麗古無之。鈔幣勤中賜，恩榮拜曲施。文章尊典誥，億兆頌皇基。鶱舉鸞回筆，光華鳳吐辭。繡幢天上遣，金錫日邊移。赫赫瞻行邁，遥遥賦載馳。在公無候謁，於禮有嫌疑。道路承傾盖，言辭見誦詩。斯須如久要，造次亦委蛇。宗廟觀罍洗，雲霄式羽儀。乃知脩白業，動輒守清規。空谷行春律，餘生共聖時。頂祈摩佛手，目願覩尧眉。慶讚諸天會，觀光夙世期。叩頭雲陛遠[二]，舞袖草堂卑。枝繞貪生鵲，池支服氣龜。暌違難折柳，嚮仰只傾葵。復命蒼龍闕，覃思白玉墀[三]。握蘭前席對，視草近臣知。仙樂停宫扇，天花散殿帷。一人膺大慶，萬宇受繁禧。立雪時將至，拈華事未遲。有緣皆弟子，無念不慈悲。軟語敷甘露，清齋却紫芝。頻煩尊者問，慚愧老夫衰。在德寧忘報，惟心不可欺。朝宗江漢水，

[一] 儒官撰寺碑：官，文淵閣四庫本卷二作「臣」。
[二] 叩頭雲陛遠：叩，天頭注：刻「扣」。
[三] 覃思白玉墀：思，毛晋本、文淵閣四庫本卷二作「恩」。

日夜注懷思。

六言絶句

題山青白雲〔一〕

一箇茆廬何處，小橋古木溪湾。但見山青雲白，不知天上人間。

四言詩

題鍾馗

夢以自見，正以辟邪。賜之袍笏，人耶鬼耶？

〔一〕詩題：山青，毛晋本、文淵閣四庫本卷二作「青山」。

張光弼詩集卷二

七言律詩

投贈潞國公承旨學士張仲舉

漢家舊德有桓榮，赤舄登朝羽翼成。三晋鳳鳴千載會，兩河龍見五雲迎[一]。獨於社稷多艱日[二]，復使君臣大義明。自念昔曾親几杖，頌歌慙後魯諸生[三]。

投上中書右丞相[四]

履舄從容自九重，相王忠孝更誰同。千年帶礪猶初誓，萬國臣鄰盡下風。星貫紫垣朝佩劍，月臨黃

[一] 兩河龍見五雲迎：見，文淵閣四庫本卷三作「現」。

[二] 獨於社稷多艱日：艱，文淵閣四庫本卷三作「難」。

[三] 頌歌慙後魯諸生：歌，毛晋本、文淵閣四庫本卷三作「聲」。

[四] 詩題：毛晋本作「投上中書右丞相脱脱」，文淵閣四庫本卷三作「投上中書右丞相托克托」。

道夜傳弓。漢家若論安劉策，四皓難書第一功。

五府驛代楊左丞留題 後有楊維禎次韻。

免胄日趨丞相府，解鞍夜宿五侯家。玉盃行酒聽春雨，銀燭照人如晚霞。受命敢忘軍旅事，撫時又過掖垣花。漢家未可輕韓信，尚要生擒李左車。

束髮從戎十五年，戰回平地血成川。英雄生世有如此，忠孝報君當慨然。俶擾弄兵俱赤子，中興有道自皇天。猖狂暫假姑蘇息，繫頸終須拜馬前。

附楊維禎次韻楊左丞五府壁詩

皇元正朔承千載，天下車書共一家。一柱東南擎日月，五城西北獲烟霞。寶刀雷煥蒼精傑，天馬郭家獅子兒。收拾全吴還聖主，將軍須用李輕車。

湖山堂宴贈天使還京

畫旗風裹繡筵開，竟日歌鐘樂未回。柳拂玉鞍秋繫馬，酒淹羅袖醉傳盃。杭城近自月前復，使者適從天上來。歸對大廷真得賓，眼中諸將盡奇才。

岳鄂王墳上作

朔雪炎風共此年，中原父老亦堪憐。竪儒屢遣祈求使，大將空持殺伐權。忠誼有碑書大節，奸邪無面見重泉。至今宰木猶南拱，遺憾西陵是墓田。

陪宴相府得芍藥花有賦

醉吐車茵愧不才，馬前胡蝶趂花回。玉瓶盛露扶春起，錦帳圍燈照夜開。垂白敢思溱洧贈，欹紅還是廟廊栽。揚州何遜空才思，誰對高寒詠閤梅〔一〕。

退居湖上投贈楊左丞四首

樓外湖光白渺茫，樓中少婦試新粧。行年將近半百歲，大醉豈能千萬場。織繡舞裙飛蛱蝶〔二〕，白描歌扇睡鴛鴦。垂楊滿院無人到，芍藥花開日正長。

信馬蘇公堤上行，水邊鷗鷺不曾驚。春波滿眼湖光細，花片飛來雨點輕。天上碧雲如有詠，樓中紅

〔一〕誰對高寒詠閤梅：誰，文淵閣四庫本卷三作「惟」。

〔二〕織繡舞裙飛蛱蝶：繡舞，文淵閣四庫本卷三作「錦繡」。

袖謾多情。牧之老去狂心歇，總把風流付後生。

宿酒猶多睡未忺，好風何處散香奩。可教春日閑瑶瑟，而使楊花撲繡簾。削迹不煩三顧重，息機將廢六壬占。今朝晝省無公事，又得從容少避嫌。

且觀神女爲行雨，莫問郎官應列星。芳草到門無俗駕，好山終日在湖亭。白鷗共戲荷葉小，黄鳥亂啼楊柳青。肯信曲欄干外立[一]，晚凉吹得酒都醒[二]。

宴犒將士酒酣命健兒舞劍爲樂浙省平章泣下不禁感事有賦

平陸龍蛇起殺機，旄頭又自照金微。兩階干羽知何似[三]，二典君臣豈盡非。劍舞尊前回夜電，燭明帳下接晨輝。可憐司馬江州淚，濕盡團花舊戰衣。

陪宴後堂觀牡丹回有作

風光偏惱掖垣人，銀甕連車載酒頻。寒食烟新萬家樹[四]，洛陽花擅一年春。揀好任從天女散，近前

[一] 肯信曲欄干外立：欄，文淵閣四庫本卷三作「闌」。

[二] 晚凉吹得酒都醒：都，文淵閣四庫本卷三作「初」。

[三] 兩階干羽知何似：干，底本作「千」，據毛晋本、文淵閣四庫本卷三改。

[四] 寒食烟新萬家樹：烟新，毛晋本、文淵閣四庫本卷三作「新烟」。

不嫌丞相嗔。壓帽紅香歸路晚，幾多瞻望馬前塵。

至浦陀洛迦山寺作佛事七晝夜祈見海岸觀世音及善財岩七日之間隨心應見大衆瞻仰無不慶讚〔一〕

丞相函香致此誠，願深海水救群生。慈悲謂可消諸惡，征伐容將息大兵。金色圓光開寶髻，玉毫妙相珞珠瓔〔二〕。手中示現楊枝露，願洗干戈作太平。

戊戌題

海上作。

華表仙人舊姓丁，羽毛今日惜飄零。海中又見蓬萊淺，門外空憐楊柳青〔三〕。暮雨朝雲翻覆手，落花飛絮短長亭。如何未熟黄粱飯，説道英雄夢已醒。

楊忠愍公墓上作

夢覺邯鄲萬有空，邦人猶自説英雄。道家論將忌三世，臣子報君唯一忠。淺土何堪封馬鬣，迷魂猶

〔一〕詩題：文淵閣四庫本卷三作「普陀洛伽山」。随心應見，毛晋本作「随心應現」。
〔二〕玉毫妙相珞珠瓔：珞，毛晋本、文淵閣四庫本卷三作「絡」。
〔三〕門外空憐楊柳青：憐，文淵閣四庫本卷三作「傳」。

自恨秋風。死綏固是將軍事，國史旂常盡雋功[一]。

惆悵六首

交遊蚤歲在幽燕，費用黄金買少年。闕下朝回瞻馬首，酒間俊發抱龍泉。劇談寧顧日西落，倒載不知天左旋。惆悵近來纔解事，先生五柳種門前。

三山夢斷綵雲空，幾把長箋賦惱公。畫閣小杯鸚鵡緑，玉盤纖手荔枝紅。春衫汗裛薔薇露，夜帳香回茉莉風。惆悵近來江海上，却將鞍馬學從戎。

畫船湖上載春行，日日花香扇底生。蘇小樓前看洗馬，水仙祠畔坐聞鶯。碧桃紅杏渾相識，紫燕黄蜂俱有情。惆悵繁華成逝水，盡歸江海作潮聲。

惆悵當年使酒來，娼楼紅粉夜相催。可憐明月二分在[二]，不見璚花半朵開。誰復醉翁堂下柳，更堪從事閤中梅。揚州一片青青草，誰信春來無雁回。

惆悵雄藩海上遊，武昌佳氣接神州。東風歸思王孫草，北渚愁生帝子洲。楚國江山真可惜，劉家豚犬亦何羞。不須更問中原事，官柳新栽過戟樓。

[一] 國史旂常盡雋功：盡，文淵閣四庫本卷三作「畫」。

[二] 可憐明月二分在：二，毛晋本作「三」。

至今惆悵在東城，結伴看花取次行。輦道駐車招飲妓，宮牆回馬聽流鶯。星河織女從離別，海水蓬萊見淺清。不有酒船三萬斛，此生懷抱向誰傾[一]。

過楊忠愍公軍府留題

總是田家門下客，誰於軍府若爲情。林花滿樹鶯都散，雨水平池草自生。街上相逢驚故吏，馬前迎拜泣殘兵。能言樓上題詩處，猶有將軍舊姓名。

睡覺

滿院楊花風力輕，牡丹時月好晴明[二]。簾垂不知白日晚，睡覺忽聞黄鳥鳴。萬斛春光金盞酒，百年心事玉人筝。劉伶未到忘形處，枉自閑將畚鍤行。

湖亭納凉

奈尔湖光月色何，不知此境爲誰多。忽驚墜露翻荷葉，想見微風生水波。炎景只消清夜飲，老懷都

[一] 此生懷抱向誰傾：向，毛晋本作「望」。

[二] 牡丹時月好晴明：月，文淵閣四庫本卷三作「節」。

付小鬟歌。家中未必凉如此，且待樓西轉絳河。

燈前有賦

雨夜湖樓錦帳垂，有人爲尔故眠遲。春衫照影看教舞[一]，寳合薰烟學畫眉。何處絶纓憐楚客，爲誰掩袂泣樊姬。思量暗室無窮事，留到天明不忍欺。

湖船勸曹德照僉院酒[二]

倩得名姬唱慢歌，梁塵直欲下輕波。西風八月芰荷老，落日滿湖鳧雁多。到手莫辭雙盞飲，轉頭又是一年過。光陰只在槐柯上，奈此浮生樂事何。

宿中書左司呈上太尉丞相

天上誰開白玉堂，東垣列宿共輝光。畫屏雪暎蓬山鶴[三]，錦帳雲凝漢署香。嚴尹世交憐杜老，揚州詩興屬何郎。連雲騎省乘風露，月過秋河夜色凉。

[一] 春衫照影看教舞：教，毛晋本、文淵閣四庫本卷三作「歌」。
[二] 詩題：船，文淵閣四庫本卷三作「舫」；照，文淵閣四庫本卷三作「昭」。
[三] 畫屏雪暎蓬山鶴：鶴，文淵閣四庫本卷三作「雀」。

别春次揚州成廷圭韻〔一〕

燕語鶯啼盡可哀，更無馬跡到青苔。自從玉樹成歌後，曾見銅仙下淚來。爲晋爲秦花幾度，行雲行雨日千回。若教蝴蝶知春夢，儘把黄金付酒杯。

省垣梅花

官梅過臘花開遍，何遜揚州興未闌。踈映粉闈疑是畫，香飄羅袖欲生寒〔二〕。公餘不厭廵簷咲，夜後還思把酒看。只恐明朝零落盡，枉教人恨角聲殘。

安慶南城寄賀守帥余廷心郡守韓公懋余家留是郡故句中及之

壯哉淮邑冠荆舒，新築堅城鐵不如。完美皆吾大夫力，奠安與尔庶民居。歸來江漢朝宗水〔三〕，滯迹周南太史書。莫説鬓毛成種種，近來吾亦愛吾廬。

〔一〕詩題：成廷圭，文淵閣四庫本卷三作「成廷珪」。

〔二〕香飄羅袖欲生寒：欲，毛晋本作「玉」。

〔三〕歸來江漢朝宗水：來，天頭注：「來」刻「心」；毛晋本、文淵閣四庫本卷三作「心」。

丞相委入姑蘇索各官俸米留別幕府諸公

不比常年載酒遊，杏花時節出杭州。粉圍未覺爲郎貴[一]，萱草難忘此日憂。沙漠帛書空見雁，江湖春水莫容鷗。何須折盡垂楊柳[二]，留取他年繫別愁。

至姑蘇呈太尉

相君求米若求雨，員外得船如得仙。職忝下僚班可恥，情通鄰好亦堪憐。山中棊局迷樵客，溪上桃花誤釣船。醉把玉盃無所計，不勝惆悵晚春前。

城南武威樓成守帥余廷心自安慶使人索詩

自來名將出名儒，暫駐襜帷向上居。城遶朱闌連百雉，門排畫戟壯群舒[三]。雲開五老招何及，秋對九峰清有餘[四]。樓上記成鐫琬琰，廬陵須得蔡襄書。

[一] 粉圍未覺爲郎貴：圍，毛晉本、文淵閣四庫本卷三作「闈」。

[二] 何須折盡垂楊柳：須，文淵閣四庫本卷三作「時」。

[三] 門排畫戟壯群舒：舒，文淵閣四庫本卷三作「烏」。

[四] 秋對九峰清有餘：九，文淵閣四庫本卷三作「五」。

辭答張太尉見招

中年頓覺壯心去，涉世頗知前事非。若使范增能少用，肯教劉表失相依。風雲天上渾無定，麟鳳人間不受鞿。殘夢已隨舟楫遠，五湖春水一鷗飛。

秋　興

一夜凉風便覺秋，楚人多感易生愁。金盤露水何曾見，紈扇恩情未肯休。零落梧桐宮井上〔一〕，稀疎楊柳御街頭。近來收得麻姑信，説道蓬萊更可憂。

夜登天童寺觀海日

登臨何事獨關情，北斗闌干對面橫。漢使猶空河畔影，霓裳如在月中聲。魚龍水闊星辰動，鴻雁風高鈴鐸鳴。不待下方雞唱罷，衲僧東指海雲平。

〔一〕零落梧桐宮井上：宮，毛晋本、文淵閣四庫本卷三作「金」。

桃花園招兀顔廉訪使飲

桃花好是未全開，人世花間醉幾回〔一〕。一片嬌随歌袖去〔二〕，滿園紅待使君來。尊罍有興皆清事，風雨明朝又緑苔。誰見朔兒千歲實，銜巾青鳥莫相猜。

武夷山

南郡名山説武夷，幔亭尚想是秦時。空中簫管何曾絶，洞裏曾孫自不知。石室尚遺仙蜕骨，棹歌俱唱宋人辭〔三〕。山前毛竹知龍籜〔四〕，咲與壺公作杖騎。

冷泉亭觀猿

舊從巫峽看猿掛，此日山中復見之。黠與樵蘇争墜果〔五〕，捷於風雨下高枝。月沉夜澗魂先斷，風攪

〔一〕人世花間醉幾回：間，文淵閣四庫本卷三作「開」。

〔二〕一片嬌随歌袖去：袖，文淵閣四庫本卷三作「扇」。

〔三〕棹歌俱唱宋人辭：俱，文淵閣四庫本卷三作「猶」。

〔四〕山前毛竹知龍籜：知，文淵閣四庫本卷三作「如」。

〔五〕黠與樵蘇争墜果：墜，毛晋本、文淵閣四庫本卷三作「堕」。

霜空叫轉悲。應記往年梅嶺事，玉環付與老僧持。

觀潮次貝廷琚韻

世代銷沉在此聲，幾回東下復西傾。翻騰日月迷朝夕，簸蕩魚龍定死生。啣石每憐精衛小，投膠未見濁河清[一]。眼前波浪猶如此，莫説蓬山頂上行。

題後堂壁

兵權去手志何伸，恥是隨班入省頻。京國蹉跎空在夢，蓬萊清淺已生塵。繞朝謾贈秦人策，孔子將書魯國麟。散騎得辭丞相後，五湖安往不閑人。

春閨詞

白日高堂欲暮難，鳴鳩乳燕静相干。銀瓶行酒雙環緑[二]，玉琯調笙十指寒[三]。蝴蝶每因飛過見[四]，

[一] 投膠未見濁河清：膠，文淵閣四庫本卷三作「醪」。

[二] 銀瓶行酒雙環緑：環，毛晋本、文淵閣四庫本卷三作「鬟」。

[三] 玉琯調笙十指寒：琯，文淵閣四庫本卷三作「管」。

[四] 蝴蝶每因飛過見：過，文淵閣四庫本卷三作「處」。

牡丹多是折來看。明朝爲遣安西使，錦字紅燈織夜闌。

春懷

幾涴先生漉酒巾，眼中猶自落花頻[一]。春來秪與醉爲伴，睡起翻疑夢是真。翠羽棲香秦隴鳥，玉釵墜鬢雒陽人。風光已逐流年去，此事那容更問津。

湖上漫興[二]

百鎰黄金一咲輕，少年買得是狂名。尊中酒釀湖波緑，席上人歌鳳語清。蛺蝶畫羅宮様扇，珊瑚小杜教坊箏。南朝舊俗憐輕薄，每到花時別有情。

爛熳風光在酒家，狂蜂冶蝶趂繁華。人來人往如趋市，樓上樓前盡屬花。波面畫舡雙蕩槳，堤邊黄犢一遊車[三]。目成眉語知何限，銷盡柔魂在狹斜[四]。

湖上新泥雪漸融，門前溝水暗相通。裙欺萱草輕盈緑，粉學櫻桃淺淡紅。暮雨欲來銀燭上，春寒猶

[一] 眼中猶自落花頻：自，文淵閣四庫本卷三作「是」。
[二] 詩題：漫，毛晉本、文淵閣四庫本卷三作「謾」。
[三] 堤邊黄犢一遊車：一，毛晉本、文淵閣四庫本卷三作「小」。
[四] 銷盡柔魂在狹斜：銷，文淵閣四庫本卷三作「消」。

在酒尊空。青綾被薄不成夢，又是一番花信風。

樂事杭州奈尔何，人間富貴易銷磨〔一〕。畫船湖水年年在，紅粉娼樓處處多。歌引行雲來綺席，舞番回雪下春波〔二〕。東坡往日留詩後，更有何人載酒過。

聞　鶯

風花時節又清明，迸泪何緣聽曉鶯。咫尺故鄉天近遠，幾家春草路縱横。英雄轉眼俱爲鬼，造物於人豈絶情。自是晚生堯舜世，不關天地不昇平。

同趙郎竹園夜飲

塵土無由得見侵，粉墻高護碧雲深。日行南陸暑不到，月過天河龍自吟〔三〕。沉飲何妨同阮籍，幽情亦或過山陰。夜凉庭院羅衣薄，吹徹参差思不禁。

〔一〕人間富貴易銷磨：銷，文淵閣四庫本卷三作「消」。
〔二〕舞番回雪下春波：番，文淵閣四庫本卷三作「翻」。
〔三〕月過天河龍自吟：過，文淵閣四庫本卷三作「度」。

游雲門寺同寶林别峰尊師賦

東遊好是雲門寺，况是若耶溪水邊[一]。茶會詩傳唐舊刻，松壇名重晋諸賢。行雲欲傍支郎馬，垂柳能維賀老舡。也當一場風月夢，爲題名姓法堂前。

凝香閣聽雪

陡然寒重紫貂輕，便覺高簷瓦有聲。欹枕欲同蟬殼蜕，開門唯恐鶴巢傾。數杯酒力春容轉，滿盞茶香夜思清。小玉迫床推不醒[二]，袖籠檀板失天明。

桐栢宫留題

甚慕天台馬子微，後千年始到幽棲。江湖歲月憐新夢，泉石烟霞感舊題。阿母信傳青鳥後，玉笙人遠絳河低。當時不盡風流興，付與山鶯儘自啼[三]。

[一] 况是若耶溪水邊：是，天頭注：「是」刻「在」；毛晋本、文淵閣四庫本卷三作「在」。

[二] 小玉迫床推不醒：迫，毛晋本、文淵閣四庫本卷三作「近」。

[三] 付與山鶯儘自啼：自，毛晋本、文淵閣四庫本卷三作「日」。

繡毬花次兀顏廉使韻

繡簾春晚欲生寒〔一〕，滿樹玲瓏雪未乾。落遍楊花渾不覺〔二〕，飛來蝴蝶忽成團。釵頭懶戴應嫌重〔三〕，手裏閑抛却好看。天女夜涼乘月到，羽車偷駐碧闌干〔四〕。

竹居爲張行中題

南渡循王之子孫，文采風流今獨存。既有緑筠爲別業，何須畫戟在高門。小堂翡翠横釵影，曲徑莓苔散屐痕。侍婢牽蘿相補葺，幾回風雨送黃昏。

菊隱齋爲金子才賦

蒔菊家園作隱淪，要於晚節伴閒身。從來東晉多名士，豈獨南陽有老人。色綻黃花知應候，香浮緑

〔一〕繡簾春晚欲生寒：簾，文淵閣四庫本卷三作「毬」。
〔二〕落遍楊花渾不覺：遍，毛晋本作「過」。
〔三〕釵頭懶戴應嫌重：戴，文淵閣四庫本卷三作「帶」。
〔四〕羽車偷駐碧闌干：車，文淵閣四庫本卷三作「輪」。

酒不過旬〔一〕。蘇耽橘井桐君録〔二〕，從古良醫盡佚民〔三〕。

初月

薄暮蛾眉臨水出，照人猶自未分明。初升遠岫如無意，欲下西樓却有情。離别幾多長在望，團圓三五未能成。豈知少婦堦前拜，羅袖纔揎恨已盈。

瑚樓〔四〕

樓前芳樹碧盈盈，付與幽禽自在鳴。堤上馬馱紅粉過，湖中人載畫船行。日長燕子語偏好，風暖楊花體更輕〔五〕。何限才情被春惱〔六〕，獨教書記得狂名。

〔一〕香浮緑酒不過旬：不，文淵閣四庫本卷三作「可」。

〔二〕蘇耽橘井桐君録：録，文淵閣四庫本卷三作「籙」。

〔三〕從古良醫盡佚民：佚，文淵閣四庫本卷三作「逸」。

〔四〕詩題：瑚，毛晋本、文淵閣四庫本卷三作「湖」。

〔五〕風暖楊花體更輕：更，毛晋本作「又」。

〔六〕何限才情被春惱：春，文淵閣四庫本卷三作「花」。

碧梧軒爲賈彦仁彦德二貢士賦

賈家種玉能成樹，上有結巢雙鳳凰。陰連深井暮雲碧，花落大尊春酒香。孔雀羽毛歌扇小，石榴顔色舞裙長。莫教擊墜軒前緑，留與吹笙共晚涼。

東堂梨花

爲尔東堂雪滿株，花時長是憶吾廬。風前恐化莊周蝶，月下還迷衛玠車。老至逢春成感慨，興來把酒爲躊躕。尋常一樣清明節，説似當年總不如。

問月亭

衮衮流年逐逝波[一]，試將此意問姮娥。到頭白髮幾人在，愛此清光今夜多。直欲仰天援北斗[二]，便須儘量酌天河。此懷此處不傾倒，禁得宋郎秋思何。

[一] 衮衮流年逐逝波：衮衮，文淵閣四庫本作「何事」。

[二] 直欲仰天援北斗：天，毛晉本、文淵閣四庫本卷三作「空」。

題清心堂詩卷後爲相院判賦

曾把桐鄉作故鄉，徜回繫馬入斯堂。竇家五子榮丹桂，謝氏諸郎焚紫囊。乞得異花曾見種，釀成名酒許先嘗。潸然掩卷垂殘淚，不獨題詩愧老蒼。

贈謝肅東還

風塵如此送君行，莫惜離觴與再傾。執手且聽楊柳曲，過江便是越州城。龍駒墮地即千里，鳳鳥及時纔一鳴。年少有才終大用，賈生曾擅洛陽名。

春暉堂爲謝肅題

謝傅風流在越鄉，至今文采見諸郎。百年喬木慈烏聚，幾日東風萱草長。江上鯉魚朝入饌，枕前紈扇晚生涼。詩成便欲煩青鳥，御置君家白玉堂〔二〕。

〔二〕 御置君家白玉堂：置，文淵閣四庫本卷三作「致」。

次林叔大都事韻　四首。〔一〕

春來長是誤佳期，鳩鳥雄鳩不可私〔二〕。錯信櫻桃懸蟢子〔三〕，悔將衫袖染鵝兒。燒殘蠟燭渾成淚，折斷蓮莖却是絲。辜負緑窓閑歲月，只教楊柳妬腰枝〔四〕。

何處銀鞍白鼻騧，忘將錦瑟數年華。渡頭水急憐桃葉，陌上春狂信柳花。那得芳心到鸜鵒〔五〕，泣將殘淚付琵琶。一身已自成惆悵，况是平陽十萬家。

莫謾題情在粉墻，藕絲終日繫柔腸。不知漢主黄金屋，何似盧家白玉堂。好夢自抛桃葉後，閑愁過似柳條長〔六〕。無端收得番羅帕，徹夜薔薇露水香。

陳王當日賦凌波，寫得風流也太多。掌上玉鸞看教舞，雲中青鳥使傳歌。情緘尺素魚中字，恨織回文錦上梭。休信雙星是牛女，年年波浪隔天河。

〔一〕四首：天頭注「刻無四首字」，文淵閣四庫本亦無。
〔二〕鳩鳥雄鳩不可私：鳩，文淵閣四庫本卷三作「鳴」。
〔三〕錯信櫻桃懸蟢子：信，文淵閣四庫本卷三作「認」。
〔四〕只教楊柳妬腰枝：枝，毛晋本、文淵閣四庫本卷三作「肢」。
〔五〕那得芳心到鸜鵒：到，文淵閣四庫本卷三作「對」。
〔六〕閑愁過似柳條長：過似，文淵閣四庫本卷三作「似過」。

白菊

雪羽毿然欲滿叢，秋香吹遍畫闌東[一]。今宵白露今宵月，昨夜清霜昨夜風。朝灌尚於青蓝見，夕飡將與素霞同。數莖白髮閑相對，誰識柴桑時苧翁。

驚秋

城上高風散鼓鼙，樓頭獨客不勝悲。老嬰世故嗟流落，病念鄉關厭別離。仰面絳霄猶昨日，驚心黃葉又當時。所悲騎省空名累，不是潘郎愛賦詩。

昔遊

春到名園總是花，都城無處不繁華。冠翹鶡尾朱袍盛，馬頓金羈白面斜[二]。騎吏夫忙官索酒，侯門晚散妓留車[三]。党家賤妾麤豪慣，輕易銀瓶雪水茶。

[一] 秋香吹遍畫闌東：闌，毛晋本作「欄」。

[二] 馬頓金羈白面斜：白，毛晋本、文淵閣四庫本卷三作「玉」。

[三] 侯門晚散妓留車：晚散，毛晋本、文淵閣四庫本卷三作「散晚」。

小王孫

貂帽貂裘美少年，圓牌通籍内門前。新分草地緣游牝[一]，舊賜彤弓未控弦。銀甕葡萄春共載，玉鞍驕馬日隨牽。穹廬一夜迷深雪，忘却朝天是醉眠。

漢未央宫㯼題硯

雕墻峻宇幾浮雲，金石雖堅亦鮮存。秦宫三月已灰燼，漢瓦千年猶隸文。改用尚能爲硯器，得名何異在君門。咸陽土盡英雄骨，誰似㯼題記主恩[二]。

匏瓜道人爲徐子貞賦

吾豈匏瓜繫此生，道人玩世以爲名。百年雨露司榮悴，一日江湖見老成。濩落情懷莊子瓠，浮沉蹤跡楚江萍[三]。壺公借與龍爲杖，抛著青蚨到處行[四]。

[一] 新分草地緣游牝：牝，毛晋本作「牡」，文淵閣四庫本卷三作「獵」。

[二] 誰似㯼題記主恩：似，毛晋本、文淵閣四庫本卷三作「是」。

[三] 浮沉蹤跡楚江萍：江，文淵閣四庫本卷三作「王」。

[四] 抛著青蚨到處行：抛、蚨，文淵閣四庫本卷三分别作「拚」、「鞋」。

水竹佳處爲壺金子賦

夏盖魚龍舊兩都，風濤千頃與之俱。鳳毛終日在池上，雲氣有時生座隅。茶竈晚烟連翡翠，釣竿春雨拂珊瑚。豈同六逸清狂者？沈湎徂徠作酒徒。

謝張彦恭

金注傳來九世醫，提携襁負滿門楣。自來南渡稱高手，豈獨咸陽愛小兒。漢史河源知共派，田家荆樹是連枝。木桃猶望瓊瑶報，誰謂酬醫不費詩？

朱家園海棠

天機人事每相催，誰到花前不舉盃？車馬園林春半後，丹青樓館燕雙回。錦幃睡足晨粧在，銀燭燒殘莫雨來。昨夜綵雲頻入夢，米家今見海棠開〔一〕。

〔一〕 米家今見海棠開：米，天頭注：「米」刻「朱」；毛晋本作「米」。

過王郎中草堂賦

藥欄春暖牡丹香〔一〕，胡蝶雙飛不過墻。萬彙天機何處静，一年春事此時忙。篇詩未覺爲時重，尊酒能留共日長。豈是輞川無作者，直邀裴迪賦山堂。

適軒爲致仕浙東宣慰使楊元誠賦

道義相忘樂有餘，貴施行與待何如。閑身已付蘧蘧蝶，暇日何妨小小車。蜂戀酒香留几席，花隨日影到琴書。軒中定有何人到，弟子時常問起居。

聽鶯軒

何處春來好聽鶯，謝家池館越州城。緑楊垂地露烟重，紅杏映簾風日清。醉把玉盃如有待，咲停錦瑟謾多情。却思舊過宮墻畔，著意馬頭啼數聲。

〔一〕藥欄春暖牡丹香：春，天頭注：「春」刻「風」；毛晋本作「春」。

過鑑湖

風流數得賀家湖，觀裏黄冠是酒徒。咲出市壚留劍當，醉臨秋水索花扶。當時未免呼狂客，後世猶堪勵鄙夫。落日無從訪陳迹，商聲爲我起菰蒲。

秋　聲

自從大火西流後，漸覺涼風到竹林。李白已無當世想[一]，宋郎又動少年心。群陰得勢夜聲合，萬物將窮殺氣沉。謾索雅琴彈一曲，徽絃繞指是商音。

七　夕

天上何因有別離，人間謾自指佳期。果如女嫁男婚事，何限風清月白時。銀漢幾曾横鵲影，花盤空復罥蛛絲。今朝少婦心中事，只有回文錦字知。

〔一〕　李白已無當世想：想，毛晋本、文淵閣四庫本作「志」。

寄淮安夏掖齋

爲感風花懶出門，每於時事鮮知聞。江湖信遠春空雁，僚佐情深日暮雲。詩句好於何水部，官資高過杜司勛。海波不隔淮陽路〔一〕，遥指蓬萊憶使君。

有餘清堂

連雲騎省與之鄰，可是高堂履舄頻。湖雨過雲天似玉〔二〕，山風吹酒月留人。紅綃貼肉扶歌板，翠羽粧頭出舞茵。禮法豈爲吾輩設，直須樂死百年身。

柬示二姪女

連宵骨肉夢相牽，二女洪都有信傳。聞説長成渾屋喜，寄來針線得人憐。阿婆近日身差健，老嬸今年病未痊〔三〕。尔叔治兵淮水上，使回懷抱覺凄然。

〔一〕海波不隔淮陽路：陽，文淵閣四庫本卷三作「揚」。
〔二〕湖雨過雲天似玉：雨，文淵閣四庫本作「水」。
〔三〕老嬸今年病未痊：今，天頭注：刻「經」。毛晉本、文淵閣四庫本作「經」。

寄内臺侍御史韓克莊[一]

雜花猶記雨諸天，共禮旃檀古佛前。塔院施僧猶昨日，齋房聽雨憶當年。抄書不許支官紙，買酒從教用俸錢。老盡尚書舊賓客，至今慙愧杜樊川。

夜泊牛渚磯同韓克莊僉事李五峰先輩登蛾眉亭

牛渚磯頭青雀舫，蛾眉亭上紫鸞笙。月中只可賦秋興，酒後不宜留步兵。萬里長河何處盡，百年遺恨此中生。大波總是英雄淚[二]，剗却青山氣未平。

浙省感恩榮言懷述事

仰拜宣黄萃一門，更煩使者枉南轅。寵榮已過愚民分，存殁俱蒙聖主恩[三]。列爵稱男分五等，封君有縣亦通尊。區區戎馬驅馳後，日月餘光照覆盆。

[一] 詩題：韓，疑當作「幹」。下首詩題同。

[二] 大波總是英雄淚：大，文淵閣四庫本卷三作「水」。

[三] 存殁俱蒙聖主恩：殁，文淵閣四庫本卷三作「没」。

明皇妃子擊丸圖

畫柱相當馳道開，黄旗風裏試龍媒。天回日馭戎衣起，電繞星樞綵棒催。供奉嬪嬙俱令色[一]，近前便佞是于腮[二]。九齡猶是開元日，何事都無諫疏來。

重過育王寺明月堂同照大千尊師賦

又携二客過斯堂，慙愧當年塔院香。染習未除塵土念，奔馳猶作馬牛忙。漸添白髮頭顱上，轉覺青雲道路長。儘醉堂前舊時月，莫將閑話及齊梁。

贈士人軍中售筆

古來文字用鉛槧，筆至蒙恬始得名。每日諸軍傳檄到，何人横槊賦詩成。管裁鳴鳳巢邊節，毫運飢蚕葉上聲。莫鄙毛錐無所用，要知韓范盡書生。

[一] 供奉嬪嬙俱令色：俱，文淵閣四庫本卷三作「皆」。

[二] 近前便佞是于腮：腮，文淵閣四庫本卷三作「思」。

廉都事海道失風自丹羅至浙右還閩省

指南針下失風帆，雪浪連天不見山。唯尔不懷和氏璧，彼蒼竟錫大夫環。皇天未厭生戎馬，國步何能斷阻艱〔一〕。此去驛程三百里，海棠花底度閩關。

侍御周伯温以行臺羈留姑蘇柬寄之

白頭歲月付流波，何物虚名在諫坡。屬國莫嫌持節久，子陽猶謂見大多。强梁不見圖銷印，跋扈如聞欲倒戈。一樹紅梨春事晚，宣文閣下欲如何。

殘牡丹

繞闌莫惜酒行頻，開到姚家已暮春〔二〕。瓊樹今朝歌正好，彩雲昨夜夢非真。園林雖不異前日，車馬可憐非舊人。欲倩東風問蝴蝶，花前誰是百年身。

〔一〕國步何能斷阻艱：艱，文淵閣四庫本卷三作「難」。
〔二〕開到姚家已暮春：家，文淵閣四庫本卷三作「黄」。

贈胡世顯宣使代張氏捧謝表請命朝廷寄仲舉〔一〕

此去風波萬里長，使人指日覲清光。雲開雉扇當霄漢〔二〕，龍抱金函出表章。羌服從來尊正朔，包茅次第貢明堂。浯溪有石高千丈，謾叟重煩頌大唐。

題御史孟昉野服畫像

好似當年賀季真，乞身歸老鏡湖春。銅章不綰御史印，練布能裁處士巾〔三〕。麟閣雲臺千載後，鳥啼花落幾回新。浮雲過眼尋常事，且作齊東一野人。

王自牧冷起敬諸文士遊西湖南山記題其後〔四〕

近聞甚得湖山樂，惜不與之同一遊。莫問石城來艇子，却思簫管在揚州。枕邊蝴蝶高樓夢，扇底芙

〔一〕詩題：胡世顯，毛晉本、文淵閣四庫本卷三作「吴世顯」。

〔二〕雲開雉扇當霄漢：扇，文淵閣四庫本卷三作「尾」。

〔三〕練布能裁處士巾：巾，文淵閣四庫本卷三作「衣」。

〔四〕詩題：冷，底本作「泠」，據毛晉本、文淵閣四庫本卷三改。

蓉小院秋。今覺司勛非往日，酒間無復舊風流〔一〕。

得編脩朱恒海道之音〔二〕

命酒徵歌記往年，玉堂遂有夢相牽。魚緘尺素雖云密，事載空言始可憐。季世人材思管樂，盛時戎馬説幽燕。張騫慣識天河路，俯仰乾坤一慨然。

高房山畫廬山圖貢雲林待制有詩在上爲其子户部尚書貢師泰賦盖其家物也

萬壑匡廬紙滿張，好詩好畫兩相當。十年物色偶然得，二老風流何可忘。還見虹光生静夜，却驚雲氣濕高堂。尚書座上多遊客，獨有張翰思故鄉〔三〕。

〔一〕酒間無復舊風流：間，毛晉本作「闌」。
〔二〕詩題：朱恒，毛晉本作「朱桓」。文淵閣四庫本卷三作「得朱垣編脩海道之音」。
〔三〕獨有張翰思故鄉：思，文淵閣四庫本卷三作「憶」。

謝左丞自軍中至同宴周得新員外別業〔一〕

坐來清聽滿風泉〔二〕，頓覺煩襟爲洒然。馬上功名真是夢，盃中歲月豈非仙〔三〕。浮雲對嶺張圖畫，鳴鳥藏花雜管絃。莫訝周郎賓客盛，雄姿英發正當年〔四〕。

兩山亭留題

馬頭曾爲使君回，北望新亭道路開。於越地形緣海盡，勾吴山色過江來。英雄有恨餘湖水，天地忘懷入酒盃。珍重謝家林下客，玉山何待倩人推〔五〕。

三月三日湖上作二首〔六〕

此日誰人肯在家，傾城滿意事繁華。時非上巳不爲節，春到牡丹纔是花。霧鬓風鬟湖上女，畫輪繡

〔一〕詩題：周得新，文淵閣四庫本卷三作「周德新」。
〔二〕坐來清聽滿風泉：泉，毛晋本、文淵閣四庫本卷三作「前」。
〔三〕盃中歲月豈非仙：豈，文淵閣四庫本卷三作「莫」。
〔四〕雄姿英發正當年：姿，文淵閣四庫本卷三作「資」。
〔五〕玉山何待倩人推：推，文淵閣四庫本卷三作「催」。
〔六〕詩題：天頭注：刻無「二首」字。毛晋本、文淵閣四庫本卷三無「二首」。

轂道傍車。兒童儘唱銅鞮曲，未覺人間日易斜。

此日西湖似曲江，湔裙流水碧淙淙。誰家婦女不紅粉，是處水亭皆緑窗。白髮看花春可數，畫舡扶醉玉成雙。邦人何哂狂居士，老至閑心尚未降[一]。

汴河懷古

家國承平厭萬機，輕乘黄屋出京畿。三年廵狩前王有，千里看花亘古稀。河畔柳條春自長，苑中螢火夜還飛。當時九廟躬辭日，肯信龍舟更不歸。

涵虚閣　館娃宫今靈岩寺[二]

靈岩寺是館娃宫，霸國風流夢已空。楚客智窮三諫後，越師戍合五湖中。佳人已化朝雲白，高閣猶涵夕照紅。誰料後千年過此，却憑闌檻數飛鴻[三]。

[一] 老至閑心尚未降：心，文淵閣四庫本卷三作「情」。

[二] 詩題，文淵閣四庫本作「涵虚閣靈巖寺舊爲館娃宫」。

[三] 却憑闌檻數飛鴻：闌，毛晋本作「欄」。

叢玉軒軒在淨慈寺方丈後有鹽運使李員嶠畫墨竹一林儒學提舉趙松雪題名叢玉參政姚江村作記憲副鄧善之書板刻在軒楣〔一〕

河東使君竹成癖〔二〕，落墨滿林烟雨新。雪壁自期留後日，碧紗誰與護輕塵。百年聚散同殘夢，一代風流不數人。賴是主僧知敬客，不辭騎馬到來頻。

遊天台山回別省院諸公

明時無日不從容，三月清遊在醉中。晚岫遠當雲際碧，野花事近馬前紅〔三〕。雖非奉使河源上，猶及題詩浙水東。甚覺淹留煩從者，靦顏何以答諸公。

送馬編脩還明州

當年文采動京城，盡説江南馬長卿。青史可憐成絶筆，白頭相見重關情。内湖柳色春仍好，小院斜陽晚更明。門外畫舡堪載酒，玉盃儘向故人傾。

〔一〕詩題：姚江村，毛晉本、文淵閣四庫本卷三作「姚江翁」。軒楣，文淵閣四庫本卷三作「楣間」。
〔二〕河東使君竹成癖：竹，毛晉本作「獨」。
〔三〕野花事近馬前紅：事，毛晉本、文淵閣四庫本卷三作「争」。

題張叔芳參謀南磵草堂[一]

狂客構堂南磵濱，澗中濯足任魚嗔。日容二仲共三徑，家與萬松爲四鄰。石角鈎衣歸騎晚，花枝妨帽小園春。此來不敢歌叢桂，知是淮王座上人。

歲除日同廖如川至太尉丞相府留坐説周易因賜酒拜官曆賦此上謝[二]

歲晚謬爲趍府客，深慚欵接異他人。説經每嘆匡衡老[三]，賜酒何容畢卓貞[四]。明日千官瞻魏闕，幾時萬國共陽春。家鄉似覺無歸處，准擬酬恩致此身[五]。

[一] 詩題：磵，文淵閣四庫本卷三作「澗」。

[二] 詩題：拜，毛晋本、文淵閣四庫本卷三作「并」。

[三] 説經每嘆匡衡老：嘆、衡，毛晋本、文淵閣四庫本卷三分别作「笑」、「君」。

[四] 賜酒何容畢卓貞：貞，天頭注：「貞」刻「真」；毛晋本、文淵閣四庫本卷三作「真」。

[五] 准擬酬恩致此身：准，毛晋本、文淵閣四庫本卷三作「難」。

贈太史子玄還閩中子玄侍其師貢秘卿由海道遂赴京師至浙西秘卿死

險甚蛟龍又則那[一]，只緣有路接天河[二]。少年謾動乘桴興[三]，中道俄聞曳杖歌。司馬壯遊空歲月[四]，杜陵歸夢隔天河[五]。憑君莫下窮途淚，何處深山無薜蘿。[六]

右丞周伯温出示前爲宣文閣授經郎代祀孔子廟次韻

萬世斯文有耿光，端然龍衮閟宫墻。春秋不獨尊周室，金石如聞奏廟堂。碑樹丹楹皇帝詔，盒封黄帕内庭香。至今仰賴遺經在，師表前王惠後王。

〔一〕險甚蛟龍又則那：甚，毛晋本作「其」，文淵閣四庫本卷三作「阻」。

〔二〕只緣有路接天河：只，毛晋本作「其」。

〔三〕少年謾動乘桴興：謾，毛晋本作「漫」。

〔四〕司馬壯遊空歲月：壯，毛晋本、文淵閣四庫本卷三作「北」。

〔五〕杜陵歸夢隔天河：天，文淵閣四庫本卷三作「山」。

〔六〕底本詩末有「岩阿」二字，天頭注：「刻有舊校『岩阿』二字在後，行與『天河』二字齊」。今删「岩阿」二字，録校記以備考。

送徐大章建寧路學教授

經籍傳家二百年，河汾今在路西偏。文雄虎豹豈徒作，名動京師非偶然。領教七閩勝作郡〔一〕，受知八座合稱賢。竚看召入承明署，禮樂遺書在簡編〔二〕。

寄我軒爲唐主敬貢士賦

人世有生皆我寄，看來造物亦兒戲。身爲蝴蝶何關夢，飯熟黄粱自有時。形影不煩相贈答，死生同是一希夷。濁醪到手能成醉，此趣陶潛或可知。

送貢師泰尚書入閩發鹽粮供北軍

尚書奉詔趋閩省，天子深爲餉運憂。使者頻來大明殿，親軍猶駐武安州。浮烟壓地朝添竈，明月籠沙夜唱籌。驛路海棠迎馬首，春光難爲使君留。

〔一〕領教七閩勝作郡：領教，毛晋本、文淵閣四庫本卷三作「教領」。
〔二〕禮樂遺書在簡編：編，毛晋本作「端」。

送杜時中副使

南方風土要相宜，小盒檳榔好自隨。蜑户負魚朝入市，囝娘把燭夜題詩。三年舊俗猶前日，八郡良家異昔時。若問蒼生蘇息否，使車除是一驅馳。

夜潮

禁得錢塘江上潮，惱人偏在可憐宵。頭顱如許更能白，魂魄幾何仍欲消。濁浪漸高河影没，雄風未到雪山遥〔一〕。西流力盡還東下，月滿空江共寂寥。

自遣

每每樽前惜歲華，牡丹開後似無花。山中謾説秦爲晋，海上難逢棗似瓜。妄想既空無得夢，神仙所至即爲家。不須更問升沉事，看取西樓月又斜。

〔一〕雄風未到雪山遥：到，文淵閣四庫本卷三作「盡」。遥，毛晋本作「高」。

秋閨詞

一曲哀筝感素秋，梧桐落盡碧溪頭。御溝葉上誰題怨，錦字機中自織愁。紈扇恩情空望望，鯉魚書信更悠悠。雙星不到銀河近，風浪遥於隔十洲。

無　題

及時無物不倀倀，燕語鶯啼總斷腸。洛浦輕塵憐故步，揚州舊夢惜餘香。玉和獺髓寧無藥，絃續鸞膠信有方。便把漢江都作酒，飲時猶恐負春光。

辨謗詩宣徽院司議李榮貴以使事至明州飛語獲謗拘留二年乞詩白其事司徒方公命還京師

司議因乘海上槎，河源歸路未應賒。市中徒尔疑成虎，盃内何曾影似蛇。官事吉凶占鵲語，閨房消息卜燈花。南風乞得樓船便，六月中旬便到家〔一〕。

〔一〕 六月中旬便到家：便，毛晋本作「使」。

縱飲

外湖裏湖花正開，風情滿意看花來。白銀大甕貯名酒，翠羽小姬歌落梅。身外功名真土苴，古來賢聖盡塵埃。韶光如此不一醉，百歲好懷能幾回。

松筠軒爲湖州沈叔方賦

軒居好在松筠裏，門外清溪繞屋廬。文物曾陪諸老後，故家似是百年餘。客來與酌茯苓酒，月出共看科斗書。若見漁郎煩借問，桃花清思近何如。

謝吴宗起寫神〔一〕

紫綬空慚老在身〔二〕，每於時事與經綸。不呼賀監爲狂客，却謂張良如婦人。潦倒形容何用似，荒唐言語半非真。凌烟畫像今誰在，更與丹青寫此神。

〔一〕詩題：吴宗起，文淵閣四庫本卷三作「吴起宗」。
〔二〕紫綬空慚老在身：在，文淵閣四庫本作「病」。

送劉庸道侍老父入閩就養

此別爲生一悵然[一]，福州遠在海南邊。白頭病叟年八十，紅樹寒山路幾千。負米既供爲子職，賃車不仰故人錢。起居莫與檳榔遠，風土他鄉氣候偏。

栖霞嶺訪姚子章

買得湖船爲訪君，望中都是北山雲。風前楊柳驚秋晚，波上芰荷愁日曛[二]。青史縱能傳後世，白頭休更説從軍。棲霞有酒能留客，縱飲何妨到夜分。

送張伯雅架閣入閩省

聞道連年瘴氣收，城中風景稱清遊[三]。參天榕樹快人意，似雪梅花當馬頭。海客朝盤送珧柱，囝娘春詠寫銀鈎。毋嫌習俗閩中利，儘勝吴船唱莫愁。

[一] 此別爲生一悵然：悵，天頭注：「悵」刻「愴」，毛晋本、文淵閣四庫本卷三作「愴」。

[二] 波上芰荷愁日曛：上，毛晋本、文淵閣四庫本卷三作「面」。

[三] 城中風景稱清遊：景，文淵閣四庫本卷三作「氣」。

題貫酸齋芦花被詩後

學士才名半滑稽，滄浪歌裏得新知。静思金馬門前直，那侶蘆花被底時。夢與朝雲行處近，醉從江月到來遲。風流滿紙龍蛇字，傳遍梁山是此詩。

劉生侍貢尚書入閩卒業

藉甚劉生尚古文，師資貢禹卒前聞。從公未覺山程遠，到日須知土俗分。紅嚼檳榔霞滿口，白飛鷴鵲雪成群。七閩自惜稱文物[一]，莫説三山盡瘴雲。

感事

雨過湖樓作晚寒，此心時暫酒邊寬。杞人唯恐青天墜，精衛難期碧海乾。鴻雁信從天上過，山河影在月中看。洛陽橋上聞鵑處，誰識當時獨倚闌。

老至翻遭世慮牽，何曾一覺得安眠。家鄉尚遠潯陽郡，世事有如天寶年[二]。朝報唯瞻遼海上[三]，羽

〔一〕七閩自惜稱文物：惜，毛晋本、文淵閣四庫本卷三作「昔」。

〔二〕世事有如天寶年：有，文淵閣四庫本卷三作「猶」。

〔三〕朝報唯瞻遼海上：報，文淵閣四庫本卷三作「服」。

書不斷省門前。長星正在天西北，白水寒沙盡可憐。

雨香堂爲晦岡李介夫賦〔一〕

雷雹冥冥起晦岡，百年虛氣會斯堂〔二〕。友人李愿在盤谷，高士嚴陵是故鄉。薄有貲囊供一老，盡將文采付諸郎。酒坊新斫松杉架，每日風來雨氣香。

蓆帽山人王逢見貽詩：附録

晝省委蛇退食遲，倒衣相見即相知。風流不減張京兆，心迹無慙柳士師。枕上燕鶯鳴署日〔三〕，道傍花藥罥遊絲〔四〕。天機人事都觀遍，有約山中賸採芝〔五〕。

〔一〕詩題：晦岡，毛晋本作「梅岡」。
〔二〕百年虛氣會斯堂：虛，毛晋本、文淵閣四庫本卷三作「靈」。
〔三〕枕上燕鶯鳴署日：署，毛晋本、文淵閣四庫本「附録」作「曙」。
〔四〕道傍花藥罥遊絲：藥，文淵閣四庫本「附録」作「柳」。
〔五〕有約山中賸採芝：芝，底本作「之」，據毛晋本、文淵閣四庫本「附録」改。

題桃源州知州李尚志母暨陽縣君蔣氏墓誌後承旨學士榮祿大夫晉寧張翥撰〔一〕

小龍岡上有高墳，石表新題蔣院君。五品官榮清代爵，一封誥織紫鸞文。生兒何媿孫征虜，作誌可無楊子雲〔二〕。歸去焚香人事畢〔三〕，大夫元是舊將軍〔四〕。

題原善張府吏具慶堂〔五〕

張子搆堂題具慶，此生捧檄爲榮親。府中年少固可數，幕下英才惟此人。尚裝錦衣加吉服，忘憂諼草共陽春。移忠錫數從兹起〔六〕，何患風雲不要津。

〔一〕詩題：墓誌，文淵閣四庫本卷三作「墓誌銘」。「承旨學士榮禄大夫晋寧張翥撰」爲小字。
〔二〕作誌可無楊子雲：楊，毛晋本、文淵閣四庫本卷三作「揚」。
〔三〕歸去焚香人事畢：焚香，毛晋本作「焚帛」，文淵閣四庫本卷三作「帛焚」。
〔四〕大夫元是舊將軍：元，文淵閣四庫本卷三作「原」。
〔五〕詩題：吏，毛晋本、文淵閣四庫本卷三作「史」。
〔六〕移忠錫數從兹起：數，毛晋本、文淵閣四庫本卷三作「類」。

題推官贈行卷

聖主搜賢及海隅，王褒欻起應時須。澧蘭處處歌公子，楚國人人誦大夫[一]。藉甚姓名登制命，霈然霖雨下雲衢[二]。力田孝悌興岩穴，何異福王遺畫圖。

西湖漫興

玉局當年爲寫真，西施宜咲復宜顰。朝雲暮雨空前夢，桃葉柳枝如故人。露電光陰千刦外，魚龍波浪一番新。傷心最是林逋宅，半畝殘梅共晚春。

清槩隱居

門向東吴好處開，柳花風裏白鷗來。青山對榻容欹枕，黄鳥啼春索舉盃。賓客偶携紅袖至，庖厨新得素鱗回。滿前清槩誰能領，消得曹公八斗才。

[一] 楚國人人誦大夫：誦，文淵閣四庫本卷三作「頌」。

[二] 霈然霖雨下雲衢：霈，文淵閣四庫本卷三作「沛」。

贈仙都生

栝蒼仙都十二城〔一〕，中有異人毛骨清。凌風振珮片霞舉，乘月吹笙雙鳳鳴。山上羊眠如石化〔二〕，洞中桃熟驗丹成。長鑱採藥或能見〔三〕，不識此生真姓名。

聽雪軒

化機潛運本無聲，學士情多睡未成。隱几欲同蟬殼蜕，開門唯恐鶴巢傾。花飛翠袖寒光動，茶煮銀瓶夜氣清。小閣下簾人似玉，舞衣製得五銖輕。

慧具庵自灤京回〔四〕

慧師新自上京回，壞色袈裟染刼灰。河漢路遥難載石，蓬萊水淺不勝盃。已知道骨鶴同瘦，無復機心鷗可猜。去把西江都吸盡，却從馬祖問如來。

〔一〕栝蒼仙都十二城：栝，毛晋本、文淵閣四庫本卷三作「括」。

〔二〕山上羊眠如石化：如，毛晋本、文淵閣四庫本卷三作「知」。

〔三〕長鑱採藥或能見：採，文淵閣四庫本卷三作「采」。

〔四〕詩題：京，底本作「東」，據毛晋本、文淵閣四庫本卷三改。

仙姑泉次劉郎中韻

誰把丹崖手擘開，巨灵還到此中來[一]。青冥風露銀河近，白日雷霆碣石摧[二]。神女有時成暮雨，胡麻何處是天台。劉郎舊不通仙籍，能得題詩在紫苔。

江浙省理問朱文選爲妻冀縣君求挽詩[三]

鏡鸞莫更惜孤眠[四]，白玉臺前幾抱孫[五]。冀縣君今題鳳誥[六]，婦人貴已載魚軒。何須出涕悲同穴，政可長歌爲鼓盆。夫婿白頭無所憾，只求文采賦招魂。

[一] 巨灵還到此中來：到，文淵閣四庫本卷三作「向」。

[二] 白日雷霆碣石摧：摧，文淵閣四庫本卷三作「催」。

[三] 詩題：妻冀縣君，文淵閣四庫本卷三作「冀院君」。

[四] 鏡鸞莫更惜孤眠：眠，文淵閣四庫本卷三作「騫」。

[五] 白玉臺前幾抱孫：幾，文淵閣四庫本卷三作「已」。

[六] 冀縣君今題鳳誥：縣，文淵閣四庫本卷三作「院」。

湖山堂觀牡丹〔一〕

儂香偏惹宦遊人〔二〕，銀甕連車載酒頻。乍雨乍晴三月節，傾城傾國一年春。却勝飛燕爲皇后，謾把驚鴻比洛神。若問風流誰可賦，只因宋玉是東鄰〔三〕。

和三脚雞士壁上賦〔四〕

河上仙翁有洞房，几篷雖小勝舟航。徑花妨帽青霞近，楹竹侵衣白露香〔五〕。盤内釣魚供過客，床頭剪月照抄方。平生養得雞三脚，幾向人間唱曉光。

〔一〕詩題：湖山堂，文淵閣四庫本卷三作「湖山」。

〔二〕儂香偏惹宦遊人：天頭注：「儂」刻「穠」。毛晉本、文淵閣四庫本卷三作「穠」。

〔三〕只因宋玉是東鄰：因，文淵閣四庫本卷三作「應」。

〔四〕詩題：賦，文淵閣四庫本卷三作「韻」。

〔五〕楹竹侵衣白露香：楹，毛晉本、文淵閣四庫本卷三作「檻」。

素居詩爲山陰王思敬賦[一]

養素衡門歲已深，坐看喬木幾成陰。青雲不到幽人夢，白髮能知閲世心。附郭無田遺稚子[二]，傳家有集是黄金。絳霞盈頰先生醉，詠徧堯夫擊壤吟。

送宋倬還南康

及此青春還故鄉，順風幾日到南康。峰連五老出空闊，水接二孤來渺茫。徐福樓船能共載，劉安雞犬亦相將。山桃子落都成樹，花裏應迷舊草堂。

答仁一初禪師次韻

富春江頭風浪稀，富春山裏薜蘿垂。滿前明月爲誰好，中有高僧勞我思。意適定同魚躍處，神清多在鶴鳴時[三]。仰承山偈難酬答，不是張衡嬾賦詩。

[一] 詩題：居，毛晋本、文淵閣四庫本卷三作「君」。
[二] 附郭無田遺稚子：附，文淵閣四庫本卷三作「負」。
[三] 神清多在鶴鳴時：多，文淵閣四庫本卷三作「都」。

過峽石山張同知墓上作

平生好友説張侯，紫峽雲深墓木稠〔一〕。朱紱尚能光世澤，黄金元不爲孫謀。衣冠南郡成前輩，風月西湖總舊遊。過此豈勝存殁感，恨無孤劍掛山頭。

題若水臨周昉畫用虞先生韻

一片行雲出畫簷，東風吹恨滿眉尖。凌波鵠峙塵生步，舞鏡鸞回月照奩。楊柳緑肥羞裊娜，櫻桃紅熟妒香甜。風流更有驚人處，呼下丹青語未淹。

贈王法師祈雨感應

名銜知久達天關，可是風雷指顧間。禹步呪香纔一息〔二〕，雷聲送雨已千山。公私盡有倉箱望，壠畝都忘稼穡艱。下土不知蒙帝力，滿城簫鼓送龍還。

〔一〕紫峽雲深墓木稠：墓，文淵閣四庫本卷三作「暮」。
〔二〕禹步呪香纔一息：呪，文淵閣四庫本卷三作「祝」。

蘭窓圖爲戴椽賦[一]

舊家文獻石屏翁，楚國高情世所工。捐佩憶曾過澧上，浩歌今望在雲中。色欺翡翠滋清露，香淡薔薇送好風。可意郎君玉窓裏[二]，肯將幽興出蘭叢。

謾　興

浮世浮名一羽輕，百年何用較衰榮[三]。滿壺好酒供春酌，幾尺游絲共晚晴。明月半遮盧女扇，飛鴻斜引謝家箏。揚州杜牧無拘束，每到花時最有情。

送戴檢校入閩

叨忝明時已自分，往還唯是舊斯文。西窓夜雨同聽處，左掖官曹獨有君。茉莉御香騰玉氣，荔芰顔色染羅紋。風流東閣應多咏[四]，肯與幽蘭寄暮雲。

[一] 詩題：椽，毛晋本、文淵閣四庫本卷三作「掾」。
[二] 可意郎君玉窓裏：意，毛晋本、文淵閣四庫本卷三作「是」。
[三] 百年何用較衰榮：較，文淵閣四庫本卷三作「校」。
[四] 風流東閣應多咏：咏，毛晋本作「味」。

雙清館　蔡參政立名。

廬陵兩生來作椽〔一〕，虀甕長年氷雪寒。中書八座共相許，華衮一字誠爲難。風神左右暎白璧〔二〕，文彩上下翔青鸞。况聞客館更清爽，秋色南山相對看。

送湯僉書還京

天上城開白玉京，仙曹列職侍金庭。行天半是從龍氣〔三〕，載筆都憑躡鳳翎。鳷鵲西飛雲渺渺〔四〕，蓬萊東望海冥冥〔五〕。道家自古無離别，唯誦空歌送使星。

園隱爲方員外賦

省郎别業苕溪上，抱甕日遊溪水邊。花徑春晴胡蝶到，菜畦雨過桔槔懸。兒童慣識題詩客，鷗鳥長

〔一〕廬陵兩生來作椽：椽，毛晋本、文淵閣四庫本卷三作「掾」。
〔二〕風神左右暎白璧：風，文淵閣四庫本卷三作「丰」。
〔三〕行天半是從龍氣：天，毛晋本、文淵閣四庫本卷三作「人」。
〔四〕鳷鵲西飛雲渺渺：鳷，毛晋本作「翅」。
〔五〕蓬萊東望海冥冥：冥冥，毛晋本作「暝暝」。

随載酒船〔一〕。更説陳琳工筆札，獨將文彩從戎旃〔二〕。

估客

不用夸雄盖世勛，不須考證六經文。孰爲詩史杜工部，誰是玄經楊子雲〔三〕。馬上牛頭高一尺，酒邊豪氣壓三軍。鹽錢買得娼樓宿，鵶鵲鴛鴦醉莫分。

題前後赤壁賦圖〔四〕

黄州故事今何在，漢水東流尚未窮。一世英雄争赤壁，百年風月屬坡翁。吹簫俊發龍吟後，作賦才豪鶴夢中。二客從遊雪堂夜，丹青猶與昔時同。

〔一〕鷗鳥長随載酒船：長，文淵閣四庫本卷三作「常」。
〔二〕獨將文彩從戎旃：彩，毛晋本、文淵閣四庫本卷三作「采」。
〔三〕誰是玄經楊子雲：楊，毛晋本、文淵閣四庫本卷三作「揚」。
〔四〕詩題：文淵閣四庫本卷三作「題前赤壁賦圖」。

題曹伯起雲門山房

相國傳來幾世孫，山房随處見雲門〔一〕。侯家畫戟固無有，舊物青氊俱尚存。清譽在人瑚璉器，高情終日鳳凰群。芝蘭玉樹階庭秀，已是新承雨露恩。

送布政司周照磨赴京聽除

沿檄回京喜可知，青雲毋謂著鞭遲。供爲臣職乃常事，簡在帝心唯所司。宗廟豈遺瑚璉器，羽儀當會鳳凰池。仙郎戀闕情應切，不爲河梁住少時。

忠養堂爲張府椽賦〔二〕

張氏搆堂情已著，毛生捧檄事方新〔三〕。府中才俊固多士，幕下孝廉唯此人。返哺老烏憐白首，宜男芳草擅青春。莫論日用三牲養，一面歡顔足奉親。

〔一〕山房随處見雲門：房，文淵閣四庫本卷三作「堂」。處，毛晋本作「雪」。
〔二〕詩題：椽，毛晋本、文淵閣四庫本卷三作「掾」。
〔三〕毛生捧檄事方新：毛，毛晋本作「先」。

筠窓圖爲荆南曹以章賦豫章徐文珍畫

此君何可一日無，徐君爲繪筠窓圖。深居碧雲憐日暮，展卷清風生坐隅[一]。漆簡舊來銷翡翠，漁竿釣罷拂珊瑚。荆王不近周王獵[二]，晚節猶能宿鳳雛。

秋水軒爲陳惟真[三]

鏡湖一曲越城邊，溢岸秋波若可憐。雪點荷塘看鷺下[四]，烟消沙渚見鷗眠[五]。賦成騎省從班鬢[六]，酒在稽山信畫船。何在望洋奔海若，軒中自足管流年。

[一] 展卷清風生坐隅：坐，毛晋本、文淵閣四庫本卷三作「座」。
[二] 荆王不近周王獵：荆王，毛晋本、文淵閣四庫本卷三作「荆南」。
[三] 詩題：爲陳惟真，毛晋本作「爲惟真」，文淵閣四庫本卷三作「爲惟真賦」。
[四] 雪點荷塘看鷺下：鷺，毛晋本作「鳧」。
[五] 烟消沙渚見鷗眠：消，毛晋本、文淵閣四庫本卷三作「銷」。
[六] 賦成騎省從班鬢：班，毛晋本、文淵閣四庫本卷三作「斑」。

題大隱菴開士殊無別遠翠樓

坐來未覺西山遠，紫翠千重隔畫闌。此處豈容携酒到〔一〕，任誰只許捲簾看。佛爐香供朝雲散〔二〕，客碗茶分雪乳寒。一自得陪清論後，此心不用倩師安。

醉漁爲錢思服賦〔三〕

江湖猶自有狂夫，白髮蕭然負壯圖。睡著任船隨月走，醉歸臨水索花扶。要知呂望真漁者〔四〕，可惜酈生非酒徒。澤畔獨醒誠可詠，春風能到雪肌膚。

次韻處士和壎上人詩

每到爐頭憶嬾殘，十年戎馬雪窓寒。亂來亦爲功名易〔五〕，老去纔知世路難。醉把茱萸應自感，狂題

〔一〕此處豈容携酒到：處，毛晋本作「坐」，文淵閣四庫本卷三作「地」。

〔二〕佛爐香供朝雲散：供，文淵閣四庫本卷三作「共」。

〔三〕詩題：服，毛晋本、文淵閣四庫本卷三作「復」。

〔四〕要知呂望真漁者：知，毛晋本作「望」。

〔五〕亂來亦爲功名易：旁校「謂」，天頭注：刻「爲」。毛晋本、文淵閣四庫本卷三作「謂」。

鸜鵒欲誰看。相逢白髮炢風裏，何惜銀燈照夜闌。

司馬温公九世孫碏持公自書獨樂圖并東城詩到今將二百餘年紙不盈數尺手澤猶存感而賦詩[一]

浮雲聚散豈堪論，富貴何如道德尊。幾見蓬萊成淺水，可堪風雨換高門。紙圖價匪千金重，手澤傳能九世存。眼見寢園成茂草，却知司馬有兒孫。

留別寶林同別峰講主

酒船謾尔到山陰[二]，賴有高僧在寶林。不信孤鸞臨寶鏡，更無流水入瑶琴[三]。閑吟蝴蝶過鄰近，醉擊珊瑚坐竹林[四]。此去浙江纔百里，興來命駕即相尋。

[一] 詩題：獨樂圖，文淵閣四庫本卷三作「獨樂園記」。東城，天頭注：「城」刻「坡」，毛晋本、文淵閣四庫本卷三作「東坡」。到，文淵閣四庫本卷三作「刻」。不盈數尺，毛晋本、文淵閣四庫本卷三無「數」字。

[二] 酒船謾尔到山陰：謾，文淵閣四庫本卷三作「漫」。

[三] 更無流水入瑶琴：瑶，毛晋本作「摇」。

[四] 醉擊珊瑚坐竹林：林，文淵閣四庫本卷三作「深」。

留題滴翠軒

城中買地論黄金，種得琅玕欲千尺。月臨閑砌白烟生〔一〕，霧入空林翠光滴。長房杖騎龍一枝〔二〕，子晋笙吹鳳雙翼〔三〕。曾過門前回酒舡〔四〕，洞房清歌遠山碧〔五〕。

贈李學究

哀然縫掖更垂紳，見客何曾有怒嗔。講道誰爲木鐸者，摛詞真似玉堂人。舊書幾帙俱先集，脩竹千尋是切鄰〔六〕。每向百花時節到，長裾自醉小園春〔七〕。

〔一〕月臨閑砌白烟生：閑，文淵閣四庫本卷三作「閒」。
〔二〕長房杖騎龍一枝：杖騎，文淵閣四庫本卷三作「騎杖」。
〔三〕子晋笙吹鳳雙翼：笙吹，文淵閣四庫本卷三作「吹笙」。
〔四〕曾過門前回酒舡：前，毛晋本、文淵閣四庫本卷三作「外」。
〔五〕洞房清歌遠山碧：毛晋本作「洞庭□□□山碧」，文淵閣四庫本卷三作「洞庭水深楚山碧」。
〔六〕脩竹千尋是切鄰：尋，文淵閣四庫本卷三作「竿」； 切，毛晋本、文淵閣四庫本卷三作「比」。
〔七〕長裾自醉小園春：醉，毛晋本、文淵閣四庫本卷三作「曳」。

重陽日寄洞霄宫賈道士

天官侍郎曾寄音，因循秋晚始相尋。張良中歲頗好道，賈島一生成苦吟。敢學游山随猛虎〔一〕，要聽搗藥試微禽。丹泉况説紅如酒，好與茱萸一處斟。

田園居

早歲歸田古所稀，豈同蘧瑗晚知非。臈醅儘醉鸕鷀杓，春服仍加薜荔衣〔二〕。一畝園盧皆樂土〔三〕，百年富貴盡危機。沙頭幾動鱸魚興，每到花時與願違。

明州倪師園觀猿

捷於風雨過喬枝，乍鎖名園亦自疑。幾萬里來都是恨，第三聲後最堪悲。月沉夜磵魂先去〔四〕，露滴

〔一〕敢學游山随猛虎：山，毛晋本作「仙」。
〔二〕春服仍加薜荔衣：加，毛晋本、文淵閣四庫本卷三作「如」。
〔三〕一畝園盧皆樂土：盧，文淵閣四庫本卷三作「居」。
〔四〕月沉夜磵魂先去：磵，毛晋本、文淵閣四庫本卷三作「澗」。

春稍淚對垂〔一〕。富貴豈能長汝役，緑珠還有墜樓時〔二〕。

晚歸

左掖歸時日未斜，小園檢校舊生涯〔三〕。染裙萱草纔抽葉，破雪櫻桃又着花。玉斝試斟官給酒，銀煎重瀹貢餘茶。西湖水色春來好，説道風光似謝家。

雪溪船爲李勛賦

玉山自倒雪溪舡，何似長安酒肆眠。良夜竹聲偏到耳，舊時月色不論錢。佳兒出見詩能誦，好客來頻榻懶懸。更有落梅歌小妾，儘堪陶寫盡餘年。

〔一〕露滴春稍淚對垂：稍，文淵閣四庫本卷三作「梢」。
〔二〕緑珠還有墜樓時：墜，毛晋本、文淵閣四庫本卷三作「墮」。
〔三〕小園檢校舊生涯：校，毛晋本、文淵閣四庫本卷三作「點」。

徑山興聖萬壽禪寺之廣福菴乃曇芳忠公道場其徒統上人居焉菴前舊有海棠樹洪武三年結實大如木瓜五色有香[一]

嘗謂海棠春一夢[二]，却成因果結天葩。有同仙客誇桃實，不待詩人賦木瓜。龍頷珠今歸汝手，錦衣囊合在誰家。明年燕子來時候，更與維摩作散花。

鄰園海棠

自家池館久荒凉，却過鄰園看海棠。日色未嫣紅錦被，露華猶湿紫絲囊[三]。掌中飛燕還能舞，夢裏朝雲自有香。銀燭莫辭深夜照，幾多佳麗負春光。

[一] 詩題：萬壽，毛晋本、文淵閣四庫本卷三作「萬歲」。
[二] 嘗謂海棠春一夢：嘗，文淵閣四庫本卷三作「常」。
[三] 露華猶湿紫絲囊：絲，毛晋本、文淵閣四庫本卷三作「羅」。

題王維賢東里草堂

周遭都是及肩墻〔一〕，馬過猶知舊草堂。苔徑雨晴蝴蝶亂，藥欄風暖牡丹香〔二〕。篇詩未覺爲時重，杯酒能留共日長。豈是輞川無作者，却同裴廸賦山庄。

慕雲菴

此菴長與此雲期，大孝終身有慕之。杯圈更無重飲日〔三〕，板輿還有再乘時〔四〕。行天雨絶皆爲淚，落日烏啼總是悲。誰刻會稽山下石，悠悠千載白雲詞。

題秋江送別圖

故人寫出陽關意，都付丹青半幅中。霄漢正當鳴鳳日，帆檣好趂大鵬風。酒期鸚鵡偏能緑〔五〕，花贈

〔一〕周遭都是及肩墻：都，文淵閣四庫本卷三作「多」。

〔二〕藥欄風暖牡丹香：欄，文淵閣四庫本卷三作「闌」。

〔三〕杯圈更無重飲日：杯圈，文淵閣四庫本卷三作「桮棬」。

〔四〕板輿還有再乘時：還，文淵閣四庫本卷三作「安」。

〔五〕酒期鸚鵡偏能緑：期，旁校「斟」，毛晋本、文淵閣四庫本卷三作「斟」。

芙蓉可奈紅。對此題詩無所囑〔一〕，百年補報是深衷。

寄戴山人

近水齋房自掩扉，若耶溪路客來稀。浮沉里閈時將隱〔二〕，俯仰人生事已非。小妾謾歌楊柳曲，高年渾稱薜蘿衣。誰能富與封君等，千畝湖西紫芋肥〔三〕。

醉　題

二月鶯聲最好聽，風光終日在湖亭。清宵酒壓楊花夢，細雨燈深孔雀屏。情在綢繆歌白苧，心同慷慨贈青萍。方平自得麻姑信，從此人間見客星。

贈朝元宮道士邢本初

朝元宮裹邢道士〔四〕，神采照人如玉山。壺中日月付談笑，天上風雲從往還。虎守杏林丹已熟，龍眠

〔一〕對此題詩無所囑：囑，文淵閣四庫本卷三作「屬」。

〔二〕浮沉里閈時將隱：浮沉，文淵閣四庫本卷三作「沉浮」。

〔三〕千畝湖西紫芋肥：西，毛晋本、文淵閣四庫本卷三作「田」。

〔四〕朝元宮裹邢道士：裹，文淵閣四庫本卷三作「中」。

烋水劍長閑〔一〕。共傳紫氣如車蓋，往往相隨出近關。

觀　雪

銀燭高燒錦瑟停，酒盃如對六花傾。清寒未覺貂裘重〔二〕，小舞偏怜翠袖輕。金谷緑珠紛有態，鴻門玉斗碎無聲。九天散漫隨風處，莫是天人咳唾成〔三〕。

筠深軒

幽居只在平湖上，萬竹冥冥不可尋。龍化每因春雨過〔四〕，鳳巢多在碧雲深〔五〕。人皆到此失炎暑，風忽過之如瑟琴。能有此君相晤對，故家何用積黃金〔六〕。

〔一〕龍眠秋水劍長閑：眠，毛晋本作「卧」。

〔二〕清寒未覺貂裘重：貂，毛晋本作「貊」。

〔三〕莫是天人咳唾成：毛晋本作「咳吐」，文淵閣四庫本卷三作「欬唾」。

〔四〕龍化每因春雨過：春，毛晋本、文淵閣四庫本卷三作「風」。

〔五〕鳳巢多在碧雲深：多，文淵閣四庫本卷三作「都」。

〔六〕故家何用積黃金：用，文淵閣四庫本卷三作「必」。

晏居有懷徐一夔教授

逝者如斯繼者誰，遺經獨抱可勝悲〔一〕。心忘爵祿身方逸，道載文章老始知。乳燕試飛華屋靜，桐陰初合畫簾垂。古音最愛朱絃瑟，彈向高堂念別離。

題孝義詩卷

可將言行以書紳，淮海維揚見若人。慷慨分金存乃叔，艱難返骨葬其親。刺詩杖杜於今廢〔二〕，高塚麒麟自此新。俯仰即今無愧怍，平生張掾厚彝倫。

補賦征雲南椽史凱還詩

大侯秉鈇行天討〔三〕，戎幕論兵職匪輕。勢若摧枯狂虜滅，文無加點捷書成。日陪赤舄紆高步〔四〕，身

〔一〕遺經獨抱可勝悲：勝，文淵閣四庫本卷三作「深」。

〔二〕刺詩杖杜於今廢：杖，毛晋本、文淵閣四庫本卷三作「杕」。

〔三〕大侯秉鈇行天討：鈇，毛晋本、文淵閣四庫本卷三作「鉞」。

〔四〕日陪赤舄紆高步：陪，毛晋本、文淵閣四庫本卷三作「随」。

附青雲致盛名。入奏定功應賜爵，班超元是魯諸生〔一〕。

水竹居爲諸葛伯安賦

諸葛南陽有草廬，何如於越此幽居〔二〕。門前脩竹晝不就，湖上好山清有餘〔三〕。日暮碧雲生悵望，天寒翠袖若愁予。鯉魚遺我平安信，盡向琅玕節內書〔四〕。

七夕

七夕佳期自古今，雙眉有爛夜沉沉〔五〕。可憐乞巧樓前月，曾照長生殿裏心。鵲引凡情瞻繡户，蝶隨秋夢入羅衾。斜河已没東方白，雲濕幽蘭思不禁〔六〕。

〔一〕班超元是魯諸生：諸，毛晋本、文淵閣四庫本卷三作「書」。

〔二〕何如於越此幽居：何如，毛晋本作「如何」。

〔三〕湖上好山清有餘：清，文淵閣四庫本卷三作「青」。

〔四〕盡向琅玕節內書：內，文淵閣四庫本卷三作「下」。

〔五〕雙眉有爛夜沉沉：眉，毛晋本、文淵閣四庫本卷三作「星」。

〔六〕雲濕幽蘭思不禁：雲，文淵閣四庫本卷三作「露」。

題徐浦墓銘後

肯堂處士吾故人，嘗過其家〔一〕，今其子温以戴良銘墓見示〔二〕，愴然有作。

百年人事謾紛紜〔三〕，覺却南柯夢自分。名節不虧惟獨行，墓碑無愧是斯文。器中瑚璉非虚譽，天上麒麟竟失群。高義有誰如季札，願同留劍掛徐墳。

送都司邵德章之京師

還記尊前會往年，又看沿檄上朝天。青雲自此而升矣，白首何堪爲黯然。劍珮東華深雨露，文章西府盛才賢。鳳凰池上因多暇〔四〕，爲賦停雲慰老顛。張旭也。

〔一〕嘗過其家：嘗，文淵閣四庫本卷三作「常」。
〔二〕銘墓：毛晋本、文淵閣四庫本卷三作「墓銘」。
〔三〕百年人事謾紛紜：謾，文淵閣四庫本卷三作「漫」。
〔四〕鳳凰池上因多暇：因，文淵閣四庫本卷三作「應」。

題岳鄂王祠〔一〕

落日西湖土一墟，黄泉赤血恨難除。開邊衆許儕韓信〔二〕，舉國渾憐喪子胥。廊廟錦衣忘板籍〔三〕，京師黔首盼鑾輿〔四〕。即令五夜梅花角〔五〕，吹作南來問信書。

過湖山堂舊基見杏花

飲賜黄封未幾時，丹青池館盡荒基。何人富貴可長在，自古衰榮更共之。樂事恰如春夢覺，狂情惟有杏花知。醉翁莫説當時醉，團扇題詩忘與誰。

紫薇樓感事

太尉當年宴此樓，長繩直欲繫清秋。隔欄畫舫是湖水，捲幔青山見越州。叠鼓夜催諸將醉〔六〕，高燈

〔一〕詩題：岳鄂王，文淵閣四庫本卷三作「岳王」。
〔二〕開邊衆許儕韓信：儕，毛晋本作「齊」。
〔三〕廊廟錦衣忘板籍：衣，文淵閣四庫本卷三作「文」；板，毛晋本、文淵閣四庫本卷三作「版」。
〔四〕京師黔首盼鑾輿：盼，文淵閣四庫本卷三作「望」。
〔五〕即令五夜梅花角：令，文淵閣四庫本卷三作「今」。
〔六〕叠鼓夜催諸將醉：醉，毛晋本、文淵閣四庫本卷三作「舞」。

春照美人愁。大夫司馬今頭白，不獨登臨感舊遊。

自貽

近年頗覺志悾恫〔一〕，不復行雲入夢中。聽曲任教絃有誤，賦詩何必句能工。豈唯走卒知司馬，還有滁人識醉翁。樊素小蠻俱未遣，幾曾虛度百花風。

東林

之子青年獨老成，布袍寬博稱其名。李膺謾自知文舉，楊意無能薦長卿。每到草堂成酩酊，偶過花徑亦逢迎。卜鄰自覺頭加白，轉信前賢畏後生。

虎丘寺留題

莓苔欲偏盤陀石〔二〕，知是梁朝古道場。陳迹謾驚成俯仰，空門元不與興亡〔三〕。白漫天上俱兵氣，赤

〔一〕近年頗覺志悾恫：悾恫，毛晋本、文淵閣四庫本卷三作「倥侗」。

〔二〕莓苔欲偏盤陀石：莓，毛晋本作「梅」。

〔三〕空門元不與興亡：與，毛晋本作「預」。

伏池中是劍光。如會生公重説法〔一〕，勸教東海莫栽桑。

送張丞之湯陰

試官知在兩河間，此别車轅未可攀。萬樹秋風古臺路，數峰晴雪太行山。甕頭黄酒封春色，葉底紅梨染醉顔。儘解腰纏共一醉〔二〕，揚州誰見鶴飛還。

山中夏日

禍福無門祇自尋，始知明哲願山林。誰能白首儒衣弊〔三〕，吟對黄鸝夏木深。賴有故書堪寓目，已無官事可嬰心。凉風滿扇清尊在，只此人生直萬金。

録家人語

鏡裏霜毛已上顛，五千言以退爲先。到家訪舊俱爲鬼，有地投閑即是仙。夜雨滿尊儀狄酒，春風小幅薛濤箋。謝家諸婢猶前日，八翼毋煩更夢天。

〔一〕如會生公重説法：生，天頭注：刻「五」，誤。毛晋本作「五」。
〔二〕儘解腰纏共一醉：共，毛晋本、文淵閣四庫本卷三作「供」。
〔三〕誰能白首儒衣弊：首，毛晋本作「頭」。

感事

憶昔銀燈鼓瑟琴，屏開孔雀夜堂深〔一〕。頭顱謾有新添雪，囊橐都無舊賜金。好夢未成春漏盡，殘星猶在曉河沉。郎君自上班騅後〔二〕，露滿銅盤泪不禁。

題蘇西坡編修自撰墓誌後

笑傲中吴豈問津，風流自擬雪堂人。白頭已了浮生事，黄土真埋不死身。江上鶴飛前日夢，門前花散去年春。漢家政尔論封禪，知有遺書獻紫宸。

籠鶴〔三〕

軒然羽翼更何之，每見雲霄惜舊時〔四〕。鳴候露華生玉樹〔五〕，舞憐雪影散瑶池。垂頭就食誠何報，側

〔一〕屏開孔雀夜堂深：夜，毛晋本、文淵閣四庫本卷三作「晝」。
〔二〕郎君自上班騅後：後，毛晋本、文淵閣四庫本卷三作「從」。
〔三〕詩題：文淵閣四庫本卷三作「鷴籠」。
〔四〕每見雲霄惜舊時：惜，毛晋本、文淵閣四庫本卷三作「憶」。
〔五〕鳴候露華生玉樹：候，毛晋本作「後」。

目随人祇自悲。恩重主家看養別，不教鵝鴨混堦墀。

囊　琴

鍾期何在鑄黃金，膠漆相投日以深。妙製偶經雷氏手，虛名猶説蔡家琴[一]。千年流水高山趣，一旦離鸞別鵠吟[二]。塵滿弊絃雖未試，不彈還自有知音。

京城得家書題示兒子張同同[三]

蘇郎不是飲中仙，只好長齋繡佛前。蝶到枕邊身是夢，花随春去日如年。芙蓉別館還依舊，鸚鵡小窓殊可憐。縱得歸來城郭在，銅駝冷露濕荒烟[四]。

[一] 虛名猶説蔡家琴：猶，文淵閣四庫本卷三作「已」。

[二] 一旦離鸞別鵠吟：鵠，毛晋本、文淵閣四庫本卷三作「鶴」。

[三] 詩題：張同同，文淵閣四庫本卷三作「同同」。

[四] 銅駝冷露濕荒烟：冷露，文淵閣四庫本卷三作「露冷」。

寄淞江楊維禎儒司〔一〕

晝蛇飲酒合誰先，塵土東華四十年。海上豈無詩可和，雲間還有事相牽。牡丹開後春無力，燕子歸來事可憐〔二〕。欲倩鐵龍吹一曲，滿湖風浪又回舡。

夢梅花處爲董師程賦

江南枕上見梅花，一片寒光接素霞。蝶化夢魂雲縹緲，香生肝肺雪秘枒〔三〕。迺知姑射仙人宅，即是林逋處士家。白玉堂深簾幙静，畫成踈影在窓紗。

中　酒

連日醉頭扶不起，記曾有説酒能醫。知傷肺氣終爲患，不典春衫亦是癡〔四〕。小閣留僧看鬬茗〔五〕，矮

〔一〕 詩題：淞，毛晋本、文淵閣四庫本卷三作「松」。
〔二〕 燕子歸來事可憐：可，毛晋本作「相」。
〔三〕 香生肝肺雪秘枒：秘，文淵閣四庫本卷三作「槎」。
〔四〕 不典春衫亦是癡：衫，文淵閣四庫本卷三作「衣」。
〔五〕 小閣留僧看鬬茗：茗，毛晋本作「草」。

床對雨教彈碁。餘年有甚唐人癖，稍得閑情便賦詩。

寄韶州知府金鑑[一]

自君領郡韶州去，鴻雁天涯兩送秋[二]。盛氣不題鸚鵡賦，高懷應倚仲宣樓。蹇予滯迹猶滄海[三]，之子勞形欲白頭。鐘乳囊封能遠寄，暮年此外更何求。

碧筩飲次胡丞韻

小刺攢攢緑滿莖，看揎羅袖護輕盈。分司御史心先醉，多病相如渴又生。銀浦流雲雖有態，銅盤清露寂無聲。當年欲博千金笑，故作風荷帶雨傾。

又

花外風來香滿湖，折荷舉酒笑相呼。自來四明有狂客，除却高陽非酒徒。飲處有情絲不斷，折時多刺手難扶。豪家玉斗雖云貴，有此尊前風致無。

[一] 詩題：韶州，文淵閣四庫本卷三作「紹州」。
[二] 鴻雁天涯兩送秋：兩，毛晋本作「雨」。
[三] 蹇予滯迹猶滄海：滄，文淵閣四庫本卷三作「江」。

送丁道士還澧陵

丁令還家骨已仙，更無城郭有山川。未添白髮三千丈，又見銅駝五百年。荒草茫茫連故國，孤雲冉冉下寥天。澧蘭歌送潺湲水，望極涔陽思惘然〔一〕。

題古禪上人房

一染曇花百念空，净香吹徧吉祥風〔二〕。鈎簾燕雨時時過，洗鉢魚波處處通。雖有佛緣曾聽法，檜因寶界漸成龍。三生誰識蘇居士，唯是鹽官北寺鐘。

寄孟昉郎中

孟子論文自老成〔三〕，蚤於國語亦留情。省中醉墨題猶在，闕下新知誰與行。紈扇晚涼詩自寫，翠鬟情重酒同傾。接輿莫更閑歌鳳，只可佯狂了此生。

〔一〕望極涔陽思惘然：望極，文淵閣四庫本卷三作「極望」。

〔二〕净香吹徧吉祥風：吉祥，毛晋本、文淵閣四庫本卷三作「古禪」。

〔三〕孟子論文自老成：論，毛晋本、文淵閣四庫本卷三作「能」。

寄周昉處士

爲尔停驂幾扣門[一]，每於清事得相論。山中載酒梅花過，湖上放船春水渾。閑到竹齋爲解帶，坐深苔徑與開樽。當年醉墨留題處，風雨新添屋漏痕。

題福源編後

福緣山作魏家墳，知是唐朝宰相孫。石首令前官有攷，咸通年内碣猶存。大湖渺渺連精舍，喬木陰陰拱墓門。千載凌烟勛業在，可無遺澤及諸昆。

謾遊

甚矣吾衰百念慵，花開時復一支筇[二]。邦人幸尔不予鄙，兒子欒然爲我從。載酒有時尋古寺，看雲終日對孤峰。林家湖上都能説[三]，二十餘年老醉翁。

[一] 爲尔停驂幾扣門：扣，毛晋本、文淵閣四庫本卷三作「叩」。

[二] 花開時復一支筇：開，毛晋本、文淵閣四庫本卷三作「間」。復一，文淵閣四庫本卷三作「一復」。

[三] 林家湖上都能説：能，毛晋本作「无」。

月桂堂爲集慶講主

佛國山中古道場，月中桂子散天香。一枝得共人如郗，雙井能來客姓黄。誰詠碧雲題樹葉，自收清露染衣裳。南峰不與清光礙，好放餘陰及四方。

九日過長安鎮王山人

因過王生忘坐久，堦前花有白雞冠。草堂出酒生新敬，雪壁題詩記此歡[一]。肯謂陶潛逢九日，却如李白醉長安。老夫偏賞東籬菊，摇落群芳正耐看。

歸隱圖爲張别駕賦

難得歸來賦考槃，高情都付畫圖間[二]。可能白首更干禄，縱有黄金難買閑。酒舫載春携二客，巾車乘醉從雙鬟。陶山地接東西眺，謝傅風流或可攀。

[一] 雪壁題詩記此歡：記，毛晋本、文淵閣四庫本卷三作「寄」。歡，文淵閣四庫本卷三作「觀」。

[二] 高情都付畫圖間：間，毛晋本、文淵閣四庫本卷三作「看」。

宗陽宫次楊仲弘老君臺觀月詩韻

當時諸老宗陽會，月與浮雲幾變更。丁令豈知爲鶴事，道人猶作賣花聲。天溥露色開蟾鏡〔一〕，秋送商音入鳳笙〔二〕。誰信紫薇垣内客，今宵又復到蓬瀛。

送康穆庵赴福州能仁寺席

佛運興隆此一機，尊師何負七條衣。講經春殿人天衛，咒鉢夜堂風雨歸。花爲散來春冉冉，柳從攀後思依依。幽蘭茘子南方物，籠護函封寄莫稀。

病　起

花事能消幾夜風，櫻桃葉底又深紅。豈無金縷湖波上，閒却玉盃春雨中。枕上楚雲元是夢，鏡中潘鬢惜成翁〔三〕。莫言輕薄揚州事，著意題詩也未工。

〔一〕天溥露色開蟾鏡：鏡，文淵閣四庫本卷四作「境」。
〔二〕秋送商音入鳳笙：音，文淵閣四庫本卷四作「聲」。
〔三〕鏡中潘鬢惜成翁：鬢，毛晋本作「髮」。

題雲林隱居圖爲崔彦暉賦

崔郎志趣在雲林，筆底遥岑自淺深。欹枕不忘圖畫事，開函又動隱居心。粉痕白白生雲氣，黛色沉沉覆樹陰。幽思不教忘夢寐，耳邊長似有猿吟。

留題費山人舊館

舊館經過不用期，掃門常恐鶴來遲。但知重客唯司馬，不顧狂言有牧之。秋雨石枰看對弈，夜堂銀燭照題詩。佳人底用千金産，只此高閑可不知。

經鋤齋

誰似談翁樂有餘，百年生計可林廬〔一〕。甫田種熟門前稻，暇日抄成架上書。睡起慢怜衰甚矣〔二〕，客來唯問近何如。相過里社尋常事，只把柴車當酒車。

〔一〕百年生計可林廬：可，文淵閣四庫本卷四作「秖」。

〔二〕睡起慢怜衰甚矣：慢，毛晋本、文淵閣四庫本卷四作「謾」。

謝寶林寺別峰法師惠僧履

也知鰻井猶龍井，合有交遊似二蘇[一]。起舞謾憐成短袖[二]，徒行始覺是窮途。書從堂上出雙鯉，烏向雲中墮匹鳧。無復舊時公府步，君門望絶没堦趣[三]。

宿郭子振雪洞

月光一色杳難分，不見丹青藻棁文。胡蝶飛來疑是夢，梅花開後却思君。都忘長日將紈扇，猶恐餘寒到練裙。宿酒覺來看不厭，滿床秋思白如雲。

答韓介石提舉

偶持尊酒看花傾，有客能來道姓名。佳句纔探出懷袖，故人知是不公卿。平生學劍心都懶，此日歸田計可成。彼此頭顱俱種種，題詩那得不關情。

[一] 合有交遊似二蘇：似，毛晋本作「仍」。
[二] 起舞謾憐成短袖：舞，毛晋本作「袖」。
[三] 君門望絶没堦趣：趣，毛晋本、文淵閣四庫本卷四作「趨」。

冬日白牡丹

律琯催耆到牡丹，行雲欲墮碧闌干。似嫌脂粉能相汙，故遑肌膚獨耐寒。雪艷最宜金縷蓋，天香合是玉雕槃。趙昌花鳥新馳譽，畫作屏風後面看。

老圃堂

不謂斯時有此翁，無能田畝累其窮。異蔬自灌欲百品，老圃官量無十弓。草閣曉梳秋髮白，玉盃春醉夕陽紅。餘生儘可忘榮辱，事與樊遲請學同。

鄒將軍挽詩

爲臣豈欲國傾危，莫把天戈挽落暉。一死得埋元氏土，寸心無愧首陽薇。安居食禄當時貴，守節酬恩此日稀。老我嘗從大夫後〔一〕，題詩爲尔泪霑衣〔二〕。

〔一〕老我嘗從大夫後：嘗，文淵閣四庫本卷四作「常」。
〔二〕題詩爲尔泪霑衣：霑，文淵閣四庫本作「沾」。

同貢有初觀潮賦

舊時八月潮生日，士女傾城出看潮。烌唾似從天上落，晴懽宜向酒中消。氣爭鳥道爲森爽，勢合龍宫亦動摇。今度可憐成獨往，海門斜日共蕭條。

自　賦

高陽酒徒今老生，蚤年擊筑和秦聲。許人不負一諾重，買笑唯恐千金輕。花間駿馬銅鑄出，枕上愛姬雲化成。誰信青門種瓜者，自梳白髮向秋晴。

僧惠炬有悼黄晋卿太史偈次韻〔一〕

保叔塔。

日鼓西沉逝水東，它生還有此生同〔二〕。蓮花漏豈知元亮〔三〕，茆屋詩曾詠巳公〔四〕。夢幻已空身外蝶，文章猶鏤蠹間蟲。閑情最是山前塔，日夜風鈴語未窮。

〔一〕詩題：黄晋卿，文淵閣四庫本卷四作「黄溍」。

〔二〕它生還有此生同：它，文淵閣四庫本卷四作「他」。

〔三〕蓮花漏豈知元亮：漏，毛晋本作「沉」，文淵閣四庫本卷四作「社」。

〔四〕茆屋詩曾詠巳公：巳，毛晋本作「巴」。

寫易軒爲方以愚賦

不於闕下見文星〔一〕，天與冥鴻惜羽翎。人世誰能雙鬢白〔二〕，家山自是亂峰青。霞分曉色留書几，斗轉寒光落硯屏。觀象玩辭從寫徧，方干何忝舊明經。

挈家圖爲尤仲斌題〔三〕

葛洪挈家赴勾漏，何異龐公歸鹿門。擔頭何有琴書累，牛背未覺妻兒村。千古清名不易得，一斛丹砂何足論。大勝齊侯馬千駟，令德曾無遺子孫。

悼王自牧

貴賤交遊二十年，忍將老泪洒新阡。盖棺不必論身後，入室猶如在眼前。一首詩今爲尔惜，數行誌在得人編。錢塘吟士長相望，潘閬林逋孰後先。

〔一〕不於闕下見文星：見，文淵閣四庫本卷四作「寫」。
〔二〕人世誰能雙鬢白：能，文淵閣四庫本卷四作「爲」。
〔三〕詩題：題，毛晋本、文淵閣四庫本卷四作「賦」。

思橘軒爲悟空叟長老賦

侍書遺墨函封在，思橘名軒示不忘。往事百年同逝水，斯文一語有餘光。風流大抵輸前輩，臭味還應是故鄉。嘉樹因知培植厚〔一〕，只今百顆許誰嘗〔二〕。

遠翠樓爲殊無别上人賦

坐來未覺西山遠，紫翠千峰隔畫欄〔三〕。此處豈容携酒到，任誰只得捲簾看。雪晴黛拂蛾眉緑，雨過螺堆佛髻寒。分得半檽閑拄笏，床頭寧復更彈冠。

蚤　行

涼風滿棹賀湖邊，越上諸山盡可憐。遠漢片雲承落月，長林匹練曳輕烟。窻間織女燈猶在，井上啼

〔一〕嘉樹因知培植厚：因，文淵閣四庫本卷四作「未」；厚，毛晋本、文淵閣四庫本卷四作「後」。
〔二〕只今百顆許誰嘗：顆，文淵閣四庫本卷四作「果」。
〔三〕紫翠千峰隔畫欄：欄，文淵閣四庫本卷四作「闌」。

烏客正眠[一]。何用閑愁隨夢覺[二]，一聲菱唱發前川。

次韻周昉

大尊堂上幾曾空，客有登門道未窮。吟髩肯因愁裏白，舞衫偏愛酒邊紅。百年喔喔雞聲月，萬事悠悠馬耳風。及此舊遊情分在，儘將春付咲談中。

贈沈生還江州

鄉心正尔怯高樓，况復樓中賦遠遊。客裏登臨俱是感，人間送别不宜秋。風前落葉隨車滿，日下浮雲共水流。知汝琵琶亭畔去，白頭司馬憶江州。

贈寓客還瓜洲[三]

把酒臨風聽棹聲，河邊官柳緑相迎。幾潮路到瓜洲渡，隔岸山連鐵甕城。月色夜留江叟笛，花枝春

[一] 井上啼烏客正眠：上，文淵閣四庫本卷四作「畔」。
[二] 何用閑愁隨夢覺：用，毛晋本、文淵閣四庫本卷四作「處」。
[三] 詩題：瓜洲，文淵閣四庫本卷四作「瓜州」。

覆市樓箏〔一〕。贈行不用歌楊柳，此日還家足太平。

無　題

灼灼庭花露未收，樂然雙燕語綢繆。新粧滿面猶看鏡〔二〕，殘夢關心懶下樓。春到自憐人似玉，困來誰問酒扶頭。狂蹤已作風絲斷，敢怨流年似水流。

長安鎮市次趙文伯韻

淹遍衣衫酒未乾，何如李白醉長安。牡丹庭院溥新露，燕子簾櫳過薄寒。春晚絶無情可託，日長惟有睡相干。舊題猶在輕羅扇，小字斜行不厭看。

與白範論詩

白家少傅諸孫在，坐語都忘日晷移。不用入吴求季札，有如過晋得鍾儀。高情欲共遊絲遠，倦迹猶嫌過鳥遲。莫道古今風雅異，總於衰晚始相知〔三〕。

〔一〕花枝春覆市樓箏：市，毛晋本、文淵閣四庫本卷四作「寺」。

〔二〕新粧滿面猶看鏡：粧，文淵閣四庫本卷四作「粉」。

〔三〕總於衰晚始相知：衰晚，毛晋本作「風雅」。

冬至日次張太守韻

喜色輕黄未上眉，且將心事付遊絲。嵇康取醉非關酒，杜甫長吟不爲詩。一綫日長宫女覺，五方雲應史官知。人間梅柳關春事，次第從教律琯吹。

對　雨

好是西湖醉後聽，打窓鶯柳隔堂屏。鶯花又送春光老，鳧藻偏涵雨氣腥。曲按銀箏何太急，盃行玉手不須停。樽前便是巫山夢，莫道行雲事未醒。

趙松雪畫茗溪清遠圖[一]

吴興元是水晶宫，樓閣溪山罨畫中。酒舫載過寒食節[二]，舞衫吹遍鯉魚風。當時樂事誰能見，此日王孫自不同。亭下鷗波如有感，行雲猶在玉尊空。

[一] 詩題：茗，毛晋本、文淵閣四庫本卷四作「苕」。遠，文淵閣四庫本卷四作「道」。

[二] 酒舫載過寒食節：過，文淵閣四庫本卷四作「歌」。

寄胡侍御

後市街頭相見稀，此翁真是早知機。浮沉里閈陶彭澤，輕易官資白紫薇〔一〕。小妾畫堂楊柳曲，高年白髮薜蘿衣。風流莫負持螯事，越上湖田蟹正肥。

次韻張都事

老却樊川杜牧之，風流誰賦柳絲絲。不關請誥來歸蚤〔二〕，唯恐尋春去較遲。畫舫行時長載酒，粉墻到處即題詩。至今留得狂名在，唯有纖腰弟子知。

謝僧惠蒲履

大夫此日可徒行，蒲履深煩遠寄情〔三〕。除是高僧求易得，自非巧手織難成。春來見客身差健，老去看花步覺輕。他日袈裟如過我，定須著此出門迎。

〔一〕輕易官資白紫薇：薇，文淵閣四庫本卷四作「微」。

〔二〕不關請誥來歸蚤：誥，毛晉本、文淵閣四庫本卷四作「告」。

〔三〕蒲履深煩遠寄情：遠寄，文淵閣四庫本卷四作「寄遠」。

寄羅博士

莫説文星與酒星，已同傖父泣新亭。夢中此日頭能白，海内何人眼更青。鶻化羽毛猶姓杜，鶴歸華表尚名丁。縱然記得前朝事，彈向銀箏只自聽。

荆溪漁者爲義興道士賦

千尺荆溪徹底清，水中無復見蛟行。要同雲鶴閑踪跡，自放烟波隱姓名。濁酒忘形浮世内，青山到眼緑蓑輕。醉來放棹回舡去，拊掌風前詠濯纓。

留題徐子方客樓

倦遊到處即淹留[一]，雖是孤村境却幽。松下野雲閒似鶴，門前溪水淺於舟[二]。琅玕夏簟兒能設，琥珀春醅婦可謀。連日小樓忘客况，放翁凡事頗清脩。

[一] 倦遊到處即淹留：倦，毛晋本、文淵閣四庫本卷四作「仙」。
[二] 門前溪水淺於舟：於，毛晋本、文淵閣四庫本卷四作「宜」。

周元亮夏景安同過壽安堂提舉乃翁墓上作

盖棺事了若堂封，起伏諸山接過龍。解劍會曾心自許，脱驂非惡涕無從。每分藥餌扶吾老，竊誦文章歎道窮〔一〕。朱紱在身忘宦况，前朝猶有古人風。

題明心海上人别弟詩後

弟兄天性本同符，遠涉能無一動乎〔二〕。浮世有身真大患，回車無日始窮途。秋巢不宿烏衣燕，夜屋偏怜白頸烏〔三〕。切莫臨風揮老泪〔四〕，血痕能染紫荆枯。

次韻雪鶴生惠紅米詩

相望只在片雲中，自昔神交意已通。書枉鯉魚烹後素〔五〕，粒分鸚鵡啄殘紅。回車三徑豈無日，放棹

〔一〕竊誦文章歎道窮：歎，毛晋本、文淵閣四庫本卷四作「笑」。
〔二〕遠涉能無一動乎：動，文淵閣四庫本卷四作「慟」。
〔三〕夜屋偏怜白頸烏：頸，文淵閣四庫本卷四作「項」。
〔四〕切莫臨風揮老泪：揮，毛晋本作「呼」。
〔五〕書枉鯉魚烹後素：枉，毛晋本作「往」。

五湖須便風。知汝有期林處士，尚留殘雪待春叢。

雨中送蕭山誼上人別院[一]

雨棹茫然出鏡湖，客行偏尔畏泥塗。僧中果得真男子[二]，我輩真成賤丈夫。重席自能爲我設，大尊不用問人沽。從容暖閤得佳睡，此意支郎世有無。

送上虞馬訓導赴昌化縣學[三]

遠赴弓旌未闊迂，道行何憚路崎嶇。横經不異郡博士，繼粟豈無卿大夫。宜使飯槃堆苜蓿[四]，已將齋帳染芙蕖。馬融家法風流在，女樂從今不用呼。

寄湯陰張丞

萬古銷沉入望中，悠悠往事付征鴻。湯陰風俗今何似，鄴下文辭誰最工。争得不教雙鬢白，別來屢

[一] 詩題：送，文淵閣四庫本卷四作「過」。

[二] 僧中果得真男子：真，文淵閣四庫本卷四作「奇」。

[三] 詩題：馬，毛晋本作「馮」。

[四] 宜使飯槃堆苜蓿：宜，文淵閣四庫本卷四作「空」。

見小桃紅。貴遊年少輕鄉曲，不賦停雲寄老翁。

無題

幾夢郎君引碧幢，微波難與寄沅湘[一]。青春每念青絲騎，白日長閑白玉窗。菡萏結房雖有異，鴛鴦織錦不成雙。潮來好似兒家恨[二]，流過門前氣未降。

又

萋萋芳草被江臯，好侶王孫去日袍[三]。幾許春魂迷蛺蝶，近來酒量減蒲萄。音書已侶題黃絹，蹤跡何因夢大刀。可惜百花時節到，百勞燕子不相遭[四]。

又

咫尺香閨步懶移，搔頭誰理玉蟠螭。不聽小管吹銀字，只數回文織錦詩。得伴有時唯鬭草，遺懷無日不彈棊。鳴鳩乳燕青春晚，謝却繁花幾萬枝。

〔一〕微波難與寄沅湘：湘，毛晉本、文淵閣四庫本卷四作「江」。
〔二〕潮來好似兒家恨：似，毛晉本、文淵閣四庫本卷四作「是」。
〔三〕好侶王孫去日袍：侶，文淵閣四庫本卷四作「是」。
〔四〕百勞燕子不相遭：百，毛晉本、文淵閣四庫本卷四作「伯」。

又

水心亭館迥無隣，好與郎君寫洛神。不見鯉魚烹後素，空怜胡蝶夢中身。萋萋誰信南園草，渺渺予懷北渚春。雲氣長連峰十二，此中消息未能真。

雪庭爲龍華閣康上人作〔一〕

清教雪庭誰是雪〔二〕，雪消應始我初心。問知達磨來東土〔三〕，唯有神光在少林。清浄觀空三昧見，吉祥風軟六花深。半空掛在羚羊角，蹤跡無因向下尋。

與金冕言詩

天然秋水出芙蓉，造物何言與用工。風雅遺音自鳴鳳，齊梁餘習盡雕虫。性情敦厚思方到，句法雍容律始同。沈宋後來俱作者，幾何人辨四聲中。

〔一〕詩題：作，文淵閣四庫本卷四作「賦」。
〔二〕清教雪庭誰是雪：清，毛晋本、文淵閣四庫本卷四作「請」。
〔三〕問知達磨來東土：磨，文淵閣四庫本卷四作「摩」。

桑梓圖爲徐復初參政題[一]

望中烟樹是黄州，城繞江波總舊遊。桑梓能忘丘壠念，夔龍今屬廟堂留[二]。牛山雲樹依然在，魚水家聲尚可求。他日賜環當有報[三]，題詩却寄鳳池頭。

寄陳允中僉事

得放還家休便休，更無褒貶到春秋。景公死日有千駟，晏子相齊唯一裘。朱紱既能從尔去，黄金不必爲孫謀。何人得侶歸來鶴，見彼纍纍土幾丘。

樵雲詩爲李文彬參政賦

赤手樵雲直至今，此雲已献九重深。萬方允副從龍望，五色長懷捧日心。上接罏烟通御氣，淡籠宫樹合春陰[四]。自調玉燭歸玄造，非霧非烟何處尋。

〔一〕詩題：題，毛晋本、文淵閣四庫本卷四作「賦」。

〔二〕夔龍今屬廟堂留：今，毛晋本、文淵閣四庫本卷四作「分」。

〔三〕他日賜環當有報：報，毛晋本、文淵閣四庫本卷四作「勢」。

〔四〕淡籠宫樹合春陰：陰，毛晋本作「雲」。

題崔純一處士遺像

處士於余舊勿論〔一〕，通家三世見甥孫。鍾情更爲何人慟，出涕方驚老眼昏。南隖高墳深宿草〔二〕，東床佳婿繼清門〔三〕。丹青有筆開生面，底用名香爲返魂。

耕樂詩爲許起宗大父高士賦

人生不仕即歸田〔四〕，夏屋渠渠艮渚邊。僮指計傭將五百，墻桑成樹過三千。食前甘旨唯孫子，門外軒車總俊賢。隱去更無城府迹，鹿門高致後千年。

採藥徑爲方德遠醫士賦

藥徑香風作陣來，日扶長鑱爲徘徊。緑憐地錦經春在，紅覺山丹冒雨開。本草有名俱用識，仙岩可採不須栽。尋常踏破蒼苔處，多是門生種杏回。

〔一〕處士於余舊勿論：余，文淵閣四庫本卷四作「今」。
〔二〕南隖高墳深宿草：隖，文淵閣四庫本卷四作「塢」。
〔三〕東床佳婿繼清門：繼，文淵閣四庫本卷四作「見」。
〔四〕人生不仕即歸田：仕，毛晋本作「任」。

送張經歷之叙州

別酒無嫌醉侶泥，叙州又過洞庭西。雲濤浩渺連三峽，井邑凋殘接五溪。雪嶺侵天無雁到〔一〕，楓林蔽日有猿啼。憑誰喚醒王褒夢，除是陳倉碧野雞〔二〕。

題奎方舟講師影堂

火風假合作天親，垂老空門哭故人。四句偈留辭世法，一龕燈照坐禪身。收來舍利藏生玉，散到天花照爛銀。銘塔祇應徐博士，備知僧行刻堅珉。

命酒徵歌送予壻時伯庸酒間賦贈董景明董彦禎侍親還遂昌〔三〕

高堂儘意樂今宵，未可尊前自寂寥。錦瑟年華青冉冉，銀河秋思碧迢迢。紅於燈下看偏好，黄向眉間喜未消〔四〕。明日早潮隨去棹，到家應及鵲成橋。

〔一〕雪嶺侵天無雁到：天頭注：「無」刻「毋」。
〔二〕除是陳倉碧野雞：倉，文淵閣四庫本卷四作「蒼」。
〔三〕詩題：侍，毛晋本、文淵閣四庫本卷四作「諸」。
〔四〕黄向眉間喜未消：消，毛晋本、文淵閣四庫本卷四作「銷」。

次韻張郎過大明湖詩

湖上荷花五月涼，水心亭館晝收香。狂來借手傳鸚鵡，俊發教人唱鳳凰。零落翠槃風雨後，凄涼歌扇水雲傍。凋殘雁下休惆悵[一]，看取咸陽與洛陽。

題莫景行茅道士棣華碑賦

茆家兄弟學仙遲，不見春風長紫芝。桃熟海山還有日，鶴歸人世更無期。遊魂渺渺知何在，荒塚累累盡可疑[二]。唯有夕陽如舊日，照人來讀棣華碑。

寄張來儀徵士 九江人。

湖州寓客張徵士，弥重風前詠落梅。錦瑟可容彈别調，白頭只合付深盃。安期棗在神人去，曼倩桃空阿母回。看取漢家汾水上，年年唯有雁飛來。

[一] 凋殘雁下休惆悵：雁，文淵閣四庫本卷四闕。
[二] 荒塚累累盡可疑：累累，文淵閣四庫本卷四作「壘壘」。

杏軒爲倪伯温賦

別屋軒窓絢綵霞，董仙曾以杏爲家。邦人爲種幾多樹，春雨每開千萬花。門外清陰遺世澤，酒邊丹實賞年華。煩君愛惜題詩壁，莫遣輕塵上碧紗。

琴鶴幽居圖〔一〕

幽居琴鶴以怡情，童子何知預我清。羽翼如傳兩堦舞，徽絃爲和九臯鳴。山林在昔多迂士，畫史何人有重名。好託丹青留後日，莫忘清献舊家聲。

林泉讀書圖 王叔明作圖〔二〕。

高情自愛樂林泉，華屋藏脩度歲年。書簡韋編曾幾絶，硯槃鐵造亦磨穿。牙籤插架封芸葉，銀燭臨窓散蠟烟。黄鶴山樵如得意，丹青爲作畫圖傳。

〔一〕詩題，《御定歷代題畫詩類》卷一百十四作「王叔明琴鶴軒圖」。
〔二〕詩題注：作圖，文淵閣四庫本卷四作「畫」。

大雪留飲沈晋卿家

有客相知感歎頻，白頭侶與雪相親。鍾情好語既莫逆，快意深盃忘幾廵。老至欲求湌玉法，病來不厭散花人。從他柳絮因風起〔一〕，簾幙輕寒不似春。

春夢軒爲江西按察司書吏張永年贈别

百年妄引幾曾停，看取池塘草又生。蝶戲落花真自適，鶯啼深院欲誰驚。盧郎此去應如願，宋玉從來最有情。一枕好風吹酒覺，不愁春夢不分明。

戲贈楊維禎儒司嘗自稱楊夫子故云

懶散情懷是索居，非關故草絶交書。空謀赤壁一斗酒，不寄雲安雙鯉魚〔二〕。近日西河疑子夏，幾時漢武問相如。文章固是雕虫事，請教何人力有餘。

〔一〕 從他柳絮因風起：起，底本作「趕」，據毛晋本、文淵閣四庫本卷四改。
〔二〕 不寄雲安雙鯉魚：安，文淵閣四庫本卷四作「間」。

題端古堂爲陸敏賦

女媧煉餘五色石，藏在端溪成紫霞。天遣六丁神琢硯，夢中一夜筆生花。品題猶是宣和刻，文具今歸陸敏家。未覺曲江居士老，尚能寄事墨塗鴉〔一〕。

題僧超然林石水灘畫〔二〕

公事賦詩記行役〔三〕，超然著筆良苦心。匡廬哀湍走大壑，洞庭橘葉辭空林。品題六印文章在，流落三朝歲月深。博雅不煩爲鑒定，人間過目盡知音。

題渌遶軒　海濱。

綿邈人家海上村，潮頭過處與開門。遠山對面如小畫，渌水達軒清不渾〔四〕。天闊烟雲迷去鶴，時來風雨起遊鯤。槎回定泊闌干外，坐挹雄風倒大尊。

〔一〕尚能寄事墨塗鴉：寄，文淵閣四庫本卷四作「記」。
〔二〕詩題：水灘畫，毛晋本、文淵閣四庫本卷四作「灘水圖」。
〔三〕公事賦詩記行役：行役，天頭注：刻「役思」。
〔四〕渌水達軒清不渾：達，天頭注：刻「達」，誤。毛晋本、文淵閣四庫本卷四作「繞」。軒，毛晋本作「村」。

次韻吴子立湖州舡中詩

一種湖州罨畫船，碧波倒浸晚霞天。故人總是三生後，風景何如十載前。遠岫白雲横暮嶺[一]，淡烟黄菊滿秋田。吴郎佀爲才情惱，費却銀鈎幾幅箋。

謝張别駕惠雪牋

承惠雪濤三百幅[二]，甚慙何以報瓊瑶。開緘只恐爲雲去，入手生愁向日消。難用侯門裁刺帖，秪應仙洞寫雲謡。知君解綬初歸隱，叢桂辭成未敢招。

百丈泉爲及以中長老賦

道人手挽銀河水，瀉作空山百丈餘[三]。當晝大聲喧醉枕[四]，長年倒影浸禪居。玉虹掛石看不滅[五]，

〔一〕遠岫白雲横暮嶺：岫，毛晋本作「嶺」。文淵閣四庫本作「樹」。

〔二〕承惠雪濤三百幅：雪，文淵閣四庫本卷四作「薛」。

〔三〕瀉作空山百丈餘：百，毛晋本作「萬」。

〔四〕當晝大聲喧醉枕：晝，毛晋本、文淵閣四庫本卷四作「晝」。

〔五〕玉虹掛石看不滅：掛，毛晋本作「柱」。

紅葉乘流畫却如。陸羽茶經知此味，可能日給到吾廬。

題天龍寺叢桂樓

天龍樓閣迥無隣，玉斧修成月滿輪。受質豈無如郄者，觸機還有姓黄人。香通三昧惟心印，花散諸天盡法身。誰把碧雲題樹葉，惠休詩句本清新。

芳林農舍爲朱孝先賦〔一〕

投老歸休只此心，渾家農事在芳林。蒲生曲渚魚苗上，蛆泛窪尊酒力深。應候微虫窠作甕，啼春幽鳥語如琴。眼前物色皆天趣，底用城居積萬金。

務勤堂爲雋宜之賦〔二〕

民生在勤則不匱，爾以務勤爲此堂。百畝田苗終歲望，一春蚕事舉家忙。課兒雪後温書册〔三〕，會客

〔一〕詩題：芳，毛晋本作「芸」。
〔二〕詩題：雋，文淵閣四庫本卷四作「儁」。
〔三〕課兒雪後温書册：後，毛晋本、文淵閣四庫本卷四作「夜」。

花時倒酒漿〔一〕。黄絹下機倉廩實，任從懶卧北窗凉。

灌園生爲潘時雍賦

却惡喧囂遠市廛，自耕荒僻浙河邊。時非蘇子投書日，鬓是潘郎作賦年。飯客夜舂鸊鵜粒，灌園春倒桔槔泉〔二〕。塌然肝肺茆茨下〔三〕，榮辱何因到尔前。

送趙惟一貢京師會試

過却龍門總是雲，凡魚回首盡離群。風雲忽起三層浪〔四〕，毛骨都成五色文。螢火幾憐車胤聚，桂枝獨許郄詵分。臨軒策試當條對，毋以虚文負聖君。

請復朱娥庙詩

上虞朱回有孝女，十歲過於烈丈夫。義感皇天存祖母，身輕白刃禦强徒。朝廷既已載宋史，民德從

〔一〕會客花時倒酒漿：倒，文淵閣四庫本卷四作「列」。

〔二〕灌園春倒桔槔泉：倒，毛晋本作「到」，文淵閣四庫本卷四作「引」。泉，毛晋本作「前」。

〔三〕塌然肝肺茆茨下：肝肺，文淵閣四庫本卷四作「鼾睡」。

〔四〕風雲忽起三層浪：雲，毛晋本、文淵閣四庫本卷四作「雷」。

之厚海隅。事上太常須有議，肯教無廟薦潢汙。

春萱堂爲陳彦廉[一]

綦履鳴環左右間，佳兒佳婦及承歡。天回白日臨瑶席，風約紅萱壓畫欄。小管注春情婉婉，長裙曳翠珮珊珊。孺人貞儉存家訓，不使屏帷綉孔鸞。

十二月白牡丹爲吕經歷賦

章貢瑞金人，前奉禮郎。

濠泗蒙恩得放回，牡丹猶寄舊亭臺。忽驚花向臘前發，却是春從天上來。歡動山城傳好語，兆徵幕府得良才。靈根自是南方種，只合移歸上苑栽。

與胡奎言詩

詠歌終日莫予違，可與言詩竟日稀。風雅不删真妙製，性情所得是天機。盡知金翠塗屏雀，未見丹青畫衮衣。杜甫當年評衆作，鯨魚碧海敢云非。

〔一〕詩題：春，文淵閣四庫本卷四作「奉」。趙琦美：《趙氏鐵網珊瑚》卷十有《春草堂詩》：「綦履鳴佩左名間，佳兒佳婦及承歡。天迴白日臨瑶席，露洗紅萱出畫闌。小爵注春宜燕適，長裙曳翠可高寒。升堂拜母俱名士，一記何慙在史官。」詩題异，异文較多。疑爲收入集中有改動。録此備考。實爲一首。又《式古堂書畫彙考》卷二十九亦録此詩，首句作「綦履珮鳴左右間」。

題白雲丈室

空門真是了吾生〔一〕，一到翛然萬慮輕。下榻偶成清話久〔二〕，推窓唯見白雲横。銀煎瀹茗沙彌黠，宿火添香侍者清。甚愧主僧知我輩，碧紗窓染待題名〔三〕。

留題天目尊師并題蒼古詩卷

蒼古仰聞君一語，當時岩壑頓生春。承恩屢入九重殿，出對嘗先十七人。中使飯傳諸寶器，内庭坐賜雜花茵。自天霈澤誠希遇〔四〕，拜舞還山洗幻塵。

元日大雪

東風吹雪逐年新，洗盡街頭萬馬塵。桃板謾題新得句，椒觴偏醉小而人〔五〕。江山未覺非前日，老大

〔一〕空門真是了吾生：是，文淵閣四庫本卷四作「足」。

〔二〕下榻偶成清話久：成，文淵閣四庫本卷四作「然」。

〔三〕碧紗窓染待題名：窓，天頭注：「窓」刻「新」。毛晋本、文淵閣四庫本卷四作「新」。

〔四〕自天霈澤誠希遇：霈，文淵閣四庫本卷四作「沛」。希，毛晋本、文淵閣四庫本卷四作「稀」。

〔五〕椒觴偏醉小而人：小而，毛晋本、文淵閣四庫本卷四作「少年」。

猶憐有此身。稚子老妻能慰藉，辛槃聊復賀青旹。

搜索舊藁有感

抖擻蓬塵紙一窠，束之高閣又何多。百年公論竟無定，千古文章將奈何。大雅未應終絕響，離騷可謂拯頹波[一]。仲尼刪後詩三百，誰與升堂取瑟歌。

癸亥立旹在壬戌十二月二十五日

一歲兩春應是閏，自題春帖自相憐。苟全性命君之賜，痛念文章兒不傳。随俗辛槃惟赤手，省思舊物只青氊。土牛雖送餘寒在，未可重裘换薄綿。

元旦試筆

鳴玉趋朝已不堪，白頭早賜老江南。從心所欲過八十，屈指可談無二三。獻歲屠蘇增甲子，發春簪草願宜男[二]。兒扶答拜鄉人處[三]，只誦猶龍唯老聃。

[一] 離騷可謂拯頹波：拯，毛晉本、文淵閣四庫本卷四作「極」。
[二] 發春簪草願宜男：簪，文淵閣四庫本卷四作「萱」。
[三] 兒扶答拜鄉人處：答拜，文淵閣四庫本卷四作「拜答」。

金山寺

六鰲捧出法王宮，樓閣居然積浪中。門外鷗眠春水碧，堂前僧散夕陽紅。揚州城郭高低樹，瓜步帆檣上下風。人世幾回江上夢，不堪垂老送飛鴻。

過周昉草庭有賦〔一〕

深青淺碧自盈盈，一片光風共晚晴。意思不殊周茂叔〔二〕，品題何藉鄭康成。郎君東閣詩曾詠，胡蝶南園夢又驚。轍迹到門憐草色，白頭扶下小車行。

鄒將軍妻李氏輓詩〔三〕

夫能以義殉孤忠〔四〕，家國綱常事則同。中閫不踰貞婦節，大家何啻古人風。機絲已斷塵燈在，木主

〔一〕詩題：賦，文淵閣四庫本卷四作「感」。

〔二〕意思不殊周茂叔：殊，毛晉本作「如」。

〔三〕詩題：鄒，文淵閣四庫本卷四作「郭」。

〔四〕夫能以義殉孤忠：殉，文淵閣四庫本卷四作「狥」。

新題繐帳空。博士已銘墳上石，九泉應慰若堂封[一]。

送徐生還台州

徐氏樓船且莫催，當筵有酒更徘徊。山留倒景日未晚，雪滿大江潮正來。黄葉盡時尋雁蕩，丹霞起處望天台。楚人自覺多秋思，懷抱今因作賦開。

安晚堂

有酒如澠不用謀，阿翁只合賦三休。鄉閭可杖容稱老[二]，晚節能安自不憂。絲竹關情信陶寫[三]，起居唯適是温柔。百年耆舊今誰在，且醉官窑大白甌。

飲吴令家

膠漆相投古亦難，酒間何事慘無歡。若愁海底量深淺[四]，痛哭燈前出肺肝。白首既辭當世事，朱弦

〔一〕九泉應慰若堂封：應，文淵閣四庫本卷四作「深」。
〔二〕鄉閭可杖容稱老：杖，毛晋本作「仗」。
〔三〕絲竹關情信陶寫：關，文淵閣四庫本卷四作「閒」。
〔四〕若愁海底量深淺：若，文淵閣四庫本卷四作「苦」。

何必向人彈。醉來渴甚思吞海，無復天家小鳳團。

舟中寄謝别峰南翁二尊師

爲師傾倒盡雙瓶，舡過柯亭酒始醒。索咲始知高士去，題詩猶愛越山青。交情舊雨同新雨，世事長亭復短亭。恨是柳遮樓上笛，只教向秀隔烟聽。

寄馬孝常 時新得妾。

好在吴門馬孝常〔一〕，百年俱是夢中忙。謾憑青鳥往相問，説道白眉今更長。陽羨故人俱契闊，鯨湖歸棹又相將。重來定及先春雨，要試陶家雪水香。

獻歲旦日同芳谿吴理問訪許處士

月旦泛舟從許劭，蓮荷溪水白生烟〔二〕。到門好雨過雲去，説劍雄風生酒邊。閑話紫微成昨夢〔三〕，醉看烏帽惜餘年。懵騰不省臨流别，想是行雲扶上船。

〔一〕好在吴門馬孝常：在，文淵閣四庫本卷四作「是」。

〔二〕蓮荷溪水白生烟：荷，文淵閣四庫本卷四作「湖」。

〔三〕閑話紫微成昨夢：閑，毛晋本作「間」，文淵閣四庫本卷四作「閒」。微，文淵閣四庫本卷四作「衣」。

留别姻家吴子道理問 時側室失歡。

記得湖舡醉夜深，交情何啻斷黄金。通家叙舊猶前日，把臂迎歡共此心。秦女鳳簫移别調，楚人芳草動微吟。明年不待梧桐雨，來聽高堂鼓瑟琴。

題韓處士墓銘家譜後

處士本嵊縣竺氏子，繼韓爲魏公九世孫，受業莊節韓明善先生。竺、韓俱世姻。

處士連姻俱相門，學傳莊節道弥尊。幾編家集文章在，十世宗支譜系存。猶喜繼韓能有子，尚憐承祭見諸孫。項原瞑目知無憾〔一〕，手録清規付後昆。

挽崔彦暉母趙夫人

趙文敏公之孫女，情忝通家見嫁時。環珮盛儀猶内院，波瀾餘澤自天池。佳兒裕蠱承先志，淑女宜

〔一〕 項原瞑目知無憾：項，毛晋本、文淵閣四庫本卷四作「頃」。

家副夙期。已託文章題琬琰，百年墓木照豐碑。

初至芳谿 義興。

罨畫溪頭雪水渾，是誰酒舫過溪村。故人見我即握手，步屧看花直到門[一]。倉卒傾銀開内閣，從容步玉出諸孫[二]。餘生愧忝通家舊，委曲交情可盡論。

吴子道招同兄輩嘗子鵝[三]

張旭何嘗是酒徒，深煩爲我作春酤。酒行天降盤中露，鵝割囊封塞上酥。跡遠五湖身既隱，醉歸三徑子能扶。南山遠對東籬菊，除却陶家别處無。

梓軒爲湖州曹生賦

當軒雙梓碧沉沉，直幹淩空過十尋。客到不妨爲少憇，風來或可助長吟。百年大用充梁棟，一日希聲中瑟琴。宜子毋忘角弓賦，將期奕世共清陰。

[一] 步屧看花直到門：屧，毛晋本、文淵閣四庫本卷四作「雪」。

[二] 從容步玉出諸孫：步，文淵閣四庫本卷四作「移」。

[三] 詩題：招，文淵閣四庫本卷四無此字。

同韓介玉過月溪上人玉雪軒

高僧習静之所在〔一〕，繞院竹梧生晝陰。此境宜居玉堂側〔二〕，是誰移置雪山深。銅瓶薝蔔不自供，碧盌醍醐爲我斟〔三〕。老得一閑君所賜，小車随處是山林〔四〕。

次雪鶴生詩韻

詠海上歸俗僧、新安失節婦。

北窓晝眠驚扣門〔五〕，詩筒遠寄願所聞。太學鄭虔固三絶，小字李潮仍八分。湖上好懷非往日，枕邊殘夢是行雲。兩年屢有倩遊約〔六〕，幾似空言以屬文。

又

雄鳩鳴雁即天涯，未覺藍橋去路賒。夜枕不迷胡蝶夢，春衫深染石榴花〔七〕。千鍾縱意伯倫酒，七碗

〔一〕高僧習静之所在：静，文淵閣四庫本卷四作「聽」。
〔二〕此境宜居玉堂側：宜，天頭注：「宜」刻墨釘。毛晋本闕，文淵閣四庫本卷四作「應」。
〔三〕碧盌醍醐爲我斟：盌，文淵閣四庫本卷四作「椀」。
〔四〕小車随處是山林：是，天頭注：「是」刻墨釘。毛晋本闕，文淵閣四庫本卷四作「有」。
〔五〕北窓晝眠驚扣門：扣，文淵閣四庫本卷四作「叩」。
〔六〕兩年屢有倩遊約：倩，文淵閣四庫本卷四作「清」。
〔七〕春衫深染石榴花：衫，毛晋本作「山」。

清心諫議茶。錯向墻頭窺宋玉，風光元在魯東家。

贈湖州楊均顯製筆

當年馮陸擅吳興，曾許楊生寄盛名〔一〕。三館每蒙諸老重，萬鈞不博一毫輕。歸來未覺江湖遠，落拓寧知歲月更。穎也此詩須自薦〔二〕，國家用尔頌昇平。

柘軒詩爲教授凌彦翀賦

滿軒桑柘共生成，坐愛春風日向榮〔三〕。五畝宅思鄒孟子，百年心慕李延平。葉供蚕事誠何損，衣彼民生獨用情〔四〕。中有如綸五色線〔五〕，願從衮職補昇平。

〔一〕曾許楊生寄盛名：寄，毛晋本、文淵閣四庫本卷四作「繼」。

〔二〕穎也此詩須自薦：詩，毛晋本、文淵閣四庫本卷四作「時」。

〔三〕坐愛春風日向榮：日向，毛晋本、文淵閣四庫本卷四作「向日」。

〔四〕衣彼民生獨用情：彼，毛晋本、文淵閣四庫本卷四作「被」。

〔五〕中有如綸五色線：五色線，文淵閣四庫本卷四作「絲五色」。

武林嚴子英家世善製筆〔一〕

嚴應始以筆治生，至今孫子大其名。用世雖云四寶具，傳家貴在一藝精。東郭之魏即毛穎〔二〕，南山有竹俱管成〔三〕。器利天下功不有，慎守其業毋自輕。

昌化縣學訓導章琛抄録武林郡志還鄉

唐相郇公尚有孫，不將家世忝斯文。高堂别席事抄録，小帳停鐙較糾紛〔四〕。脱藁近知將解局，疏麻擬折遺離群。武林郡志多奇事〔五〕，歸對諸生誦所聞。

示山中白雪牛

耕田世界絶纖塵，白玉毫光照爛銀。蘆葉膝邊穿得過，天花背上落來勻。狂蹤未定難明性，妄想俱

〔一〕詩題：武林，毛晋本作「武陵」，旁注一作「武林」；文淵閣四庫本卷四作「武陵」。
〔二〕東郭之魏即毛穎：穎，底本作「潁」，據毛晋本、文淵閣四庫本卷四改。
〔三〕南山有竹俱管成：成，文淵閣四庫本卷四作「城」。
〔四〕小帳停鐙較糾紛：較，文淵閣四庫本卷四作「校」。
〔五〕武林郡志多奇事：武林，文淵閣四庫本卷四作「武陵」。

空始見身。驀直路頭如不錯[一]，也須慙媿執鞭人。

過上虞仙姑岩觀瀑布泉次別郎中韻[二]

誰把高崖手擘開[三]，巨靈還到此中來。青冥風露銀河近，白日雷霆碣石摧。潭上龍漿溥絳雪[四]，庙前馬跡過蒼苔。猶勝漢使經年別，載得河邊片石回。

深雪齋爲金西白長老賦

道人宴坐維磨石[五]，積得天花似雪深。明月有輝同大地，白蓮無影到東林。抽毫司馬應難賦，斷臂神光或可尋。落絮遊絲紛滿眼，從教門外作春陰。

[一] 驀直路頭如不錯：路，天頭注：「路」刻「絡」。毛晋本、文淵閣四庫本卷四作「絡」。
[二] 詩題：次別郎中韻，文淵閣四庫本卷四作「作」。
[三] 誰把高崖手擘開：擘，文淵閣四庫本卷四作「劈」。
[四] 潭上龍漿溥絳雪：漿，文淵閣四庫本卷四作「漦」。
[五] 道人宴坐維磨石：磨，毛晋本、文淵閣四庫本卷四作「摩」。石，文淵閣四庫本卷四作「室」。

書藥舟爲湖州沈玉泉架閣賦

谿上香吹白藕花，沈郎舟楫自爲家。雙鬟蕩槳乘流去，小榼留人易日斜。採得緑荷成野服，博來紅米是丹砂。綵鸞韻寫松烟墨，不與青蛇道士賒。

西湖晚春

憶昔東坡爲寫真，至今詩句在遊人。朝雲猶是當時夢，桃葉渾非舊日春[一]。鶯燕情懷千語少，魚龍波浪幾回新。傷心誰問林逋宅，零落殘梅共晚春。

留峽石朱山人家

桃熟許同朱老喫，却先桃熟爲開尊。白魚入饌溪鱗足，紫茁堆盤野味存。詩和淵明爲我誦，酒沽若下劝人醺[二]。迂疎且作須臾樂，從者何嫌久候門。

[一] 桃葉渾非舊日春：春，文淵閣四庫本卷四作「身」。

[二] 酒沽若下劝人醺：醺，文淵閣四庫本卷四作「温」。

海昌雙廟同張太守次壁上題韻

孤城請援待王師，保障終成壘卵危〔一〕。作厲誓將擒賊去，分羹何惜愛姬爲。忠臣盡命以報主，信史大書無異辭。三十六人同日死，獨呼南八作男兒。

趙松雪墨蘭

王廬墨妙世無同〔二〕，九畹高情更所工。捐佩昔曾過澧上，浩歌今望在雲中。娟娟奕葉承家澤，淡淡幽香媚國風。莫把騷辭煩宋玉〔三〕，賦成還到楚王宮。

松隱齋〔四〕

誰拜青松作大夫，蒼然離立共迂疎〔五〕。風聲白日迴清夢〔六〕，雲氣長年到隱居。剪葉浸泉春釀酒，截

〔一〕保障終成壘卵危：終，文淵閣四庫本卷四作「真」。壘，毛晋本、文淵閣四庫本卷四作「纍」。

〔二〕王廬墨妙世無同：王，毛晋本、文淵閣四庫本卷四作「玉」。

〔三〕莫把騷辭煩宋玉：辭，文淵閣四庫本卷四作「詞」。

〔四〕詩題：齋，文淵閣四庫本卷四作「軒」。

〔五〕蒼然離立共迂疎：共，文淵閣四庫本卷四作「自」。

〔六〕風聲白日迴清夢：迴，毛晋本、文淵閣四庫本卷四作「回」。清，文淵閣四庫本卷四作「幽」。

肪點火夜鈔書。歲寒卉木俱零落，一伏人間不願餘〔一〕。

剪韭軒爲韓叔賢賦

魏公七世孫。

故家不貴味能真，率爾蔬醪自可人。既向畫堂題剪韭，更將玉斗出娱賓。青青葉綰指環小，白白頭攢乳瑄勾〔二〕。還是相門風致在，食前誰謂庾郎貧。

南坡書室圖爲竺郎中題

竺爲朱文公外家。

南坡書室未能還，一夕情生夢寐間。職任握蘭居紫禁，心隨畫筆到青山。一經教子今何忝，九世爲儒古亦難。家集河汾來學盛，豈無房杜出朝班。

天香室爲定水寺復見心長老賦

宋楊誠齋與定水僧璘公有鄉里之好，璘以桂作餉，誠齋答以七言詩，刻寺中。

〔一〕一伏人間不願餘：伏，毛晋本作「仗」，文淵閣四庫本卷四作「杖」。

〔二〕白白頭攢乳瑄勾：瑄，文淵閣四庫本卷四作「管」。

雙峰桂樹今何似[一]，説道璘公有後身。金粟如來能作主，碧山學士願爲鄰。天香入餉清可食，秋露染花黄未匀。何惜一題方丈室，與師同是豫章人。

送星翁甘碧泉挈家還彭澤縣[二]

睽離心事正忡忡，執手何能别此翁。葭菼戰秋江雨白，鷓鴣啼曙嶺霞紅。貪狼斗柄纔加戍[三]，織女雲車又向東。我憶陶潛舊鄉里，到家休負菊花叢。

蛟門春色圖爲定海王宣使題

風景蛟門春更佳，晴來滿海是雲霞。鯤鯨已入任公釣，波浪長隨漢使槎。天上星辰歸晝省，人間歲月屬桃花。仙人自有雙鳧舄，弱水蓬萊路未賒。

暘谷軒爲王知事賦

地入青徐眺望賒，雲中鷄犬有人家。金烏五夜出暘谷，玉燭萬方瞻日華。李泌成仙還作相，劉安得

[一] 雙峰桂樹今何似：何，文淵閣四庫本卷四作「無」。
[二] 詩題：還，文淵閣四庫本卷四作「歸」。
[三] 貪狼斗柄纔加戍：戍，毛晋本、文淵閣四庫本卷三作「戌」。

道只餐霞。軒前儘種扶桑樹，不比玄都觀裏花。

寄贊禮郎趙惟一

六年讀禮足艱危，知尔朝天副所期。宗廟正需瑚璉器，羽儀今集鳳凰池。見辭舍館情俱惡，憶上河梁步自遲。能慰老人思望切，停雲還有寄來詩。

静庵爲陳令賦

潘岳能賢邑大夫[一]，老成諳練寔難如。治心有術唯清静，臨政從公絶毁譽。情寄堂琴民自化，樂同時物雉隨車。循良在昔多徵拜，信史班班不誑予。

雪庭上人惠藥資是經錢賦此以謝

牝廬居然欲半年，甚於水火觀中禪。死生有命固無懼，老病他鄉始可憐。家食舊非鄰院米，藥資今受施僧錢。數問破屋叢書裏，誰問洛城盧玉川。

[一] 潘岳能賢邑大夫：能賢，文淵閣四庫本卷四作「賢能」。

問牛軒爲海昌北寺訥無言書記賦

犀牛不逐扇俱破，奈有人來問此軒。資福無端添注脚，石霜何事未忘言。大千無跡身俱化，一點通明角尚存。拈起家風随手應，莫言無可付兒孫。

春草堂爲陳生賦

可教遊子不關心，白髮高堂日已深。憂對宜男雖可忘，情同烏鳥若爲禁。詩書養志勤三省，甘旨承顔抵萬金。執答春暉憐寸草，孟郊詩句不堪吟。

蓬萊道院

雲近蓬萊蜃氣消〔一〕，數峰晴照遠相招。梁間燕子都歸去，觀裏桃花白寂寥。盂飯化人忘恋恋，院墻篁竹謾蕭蕭。雲中何處劉安宅，猶有鷄聲報午朝。

〔一〕 雲近蓬萊蜃氣消：消，毛晋本、文淵閣四庫本卷四作「銷」。

演法師惠紙帳

銀燈夜照白紛紛，四面光摇白縠文。隔枕不聞巫峽雨，繞床唯走剡溪雲。風和柳絮何因到，月與梅花竟莫分[一]。塞北江南風景别，却思氊帳舊從軍。

題天鏡方丈爲能仁淨秋江長老賦

大宗大派接秋江，砥柱中流露法幢。照世萬緣俱是妄，行天一鏡迥無雙。當家誰道非臨濟，説法還須在老龎。驀地繞床三振錫，更無言句兩心降。

寄東山寺長老宅區中索畫梅

同是多生無垢身，孤芳歲晏轉精神。濡毫應覺香先到，寫影無如月最真。庾嶺近來還有信，花光以後更何人。情知此事難描畫，驛使空回何不嗔[二]。

[一] 月與梅花竟莫分：莫，文淵閣四庫本卷四作「不」。
[二] 驛使空回何不嗔：何，毛晉本、文淵閣四庫本卷四作「可」。

冬青軒爲天印上人賦

冬青樹老法王家，得與維摩共歲華。枝上蠟封經夏雪，街前雨積過春花〔一〕。詞人有興從題壁，童子何知但煮茶。不下禪床迎送拙，大千同是一袈裟。

寄題松風海月方丈爲普慈寺林清遠賦

普慈寺主會當年，畫雀雙鳴赴法筵〔二〕。風過忽開松上雨〔三〕，月行不離海中天。三生身性何嘗改〔四〕，一念聲聞總是緣。先輩往還成故事，玉圍曾解寺門前。

集雲軒

妙嚴院主斷聲聞，密室圓光覆樹雲。牀下虎心俱化善，堦前鳥跡自成文。池窺片月遺空相，樹接諸天散異芬。傳誦六時行道處，至今軒户集氤氲。

〔一〕街前雨積過春花：街，文淵閣四庫本卷四作「堦」。
〔二〕畫雀雙鳴赴法筵：雀，毛晋本、文淵閣四庫本卷四作「省」。
〔三〕風過忽開松上雨：開，毛晋本、文淵閣四庫本卷四作「聞」。
〔四〕三生身性何嘗改：嘗，毛晋本作「常」，文淵閣四庫本卷四作「曾」。

題寶林方丈留别伯舉法師

金相浮圖千級開，雜花如雨在莓苔。要看彈指成樓閣，未許胡僧話刼灰。法器即如廊庙具，寳林自是棟梁材。雖然一片袈裟地，不是兒孫不可來。

西疇爲陳生賦

負郭有田何所憂，每年春事在西疇。耕回收犢繫墻角，客至呼雞下樹頭。織女河邊祈杼柚[一]，天田星下祝謳窶[二]。豳風七月詩歌罷，土鼓窪樽樂未休。

寄報國寺東堂止庵祥尊師

覔舡直欲横塘去，船去横塘爲訪誰。白首正慙玄度老，碧雲曾與惠休期。山林此日多高士，風雨連床可論詩。入社既能容載酒，陶潛無復更攢眉。

[一] 織女河邊祈杼柚：河，文淵閣四庫本卷四作「機」。

[二] 天田星下祝謳窶：謳，文淵閣四庫本卷四作「甌」。

玉岑舊隱爲林叔平賦

齋館楞然題玉岑，老生時作越人吟。曰妻曰子留他土，維梓維桑念故林。豈謂青雲天上遠，謾憐白髮鏡中深[一]。古來儒士多遺憾，爲此文章竟陸沉。

古村爲曹廸賦 宋曹利用之後人。

魏國南來有子孫，至今人物古而村。松根曲處安琴枕，山石窪中注酒尊。汲冢文章餘竹簡[二]，秦人風俗尚桃源。海波不接天河水，要得仙槎徑造門。

思雲圖爲羅從事題[三]

抽毫遽尔賦思雲[四]，爲感羅含以孝聞。職任紫垣親不逮，粟支紅腐禄無分。終身有慕誰非子，此日移忠正在君。郎署丹青稱高步，須求名筆記斯文。

[一] 謾憐白髮鏡中深：謾，文淵閣四庫本卷四作「漫」。

[二] 汲冢文章餘竹簡：餘，文淵閣四庫本卷四作「遺」。

[三] 詩題：題，文淵閣四庫本卷四作「賦」。

[四] 抽毫遽尔賦思雲：遽，毛晋本、文淵閣四庫本卷四作「據」。

贈寫神朱大年

筆頭何在覓人知，鏡裏相看不自疑。麟閣盡能圖燕頷，龍沙誰復恨蛾眉。千年名姓毛延壽，一代丹青顧愷之。夢感九重終見召，藝精寧患不逢時。

送别唐克讓還家

家山遠在白雲邊，膝下相違又隔年。萬里壯遊司馬氏，數函書畫米家船[一]。裁成綵服懽無已，遺却瑶華思惘然。海内故人零落盡，别離都付酒樽前[二]。

寄表兄蕭文素處士[三]

七十餘年親弟兄，書來堪喜復堪驚。杯中酩酊無虚日，枕上邯鄲過此生。老至音書宜有數，别來骨肉若爲情。遭逢洪武開新運，又十三年見太平。

[一] 數函書畫米家船：船，毛晋本作「傳」。
[二] 别離都付酒樽前：都，文淵閣四庫本卷四作「多」。
[三] 詩題：素，文淵閣四庫本卷四作「索」。

克讓許寄酒詩以趣之

春至遣懷唯恃酒，莫教花發酒來遲。文章每與年俱進，世事還於老始知。海岳幾回吟雪夢〔一〕，涔陽有約採蘭期〔二〕。古音最愛朱絃曲，彈向高堂念別離〔三〕。

月軒爲張令賦

思親對月清宵坐，了却公家事可知。白髮已無重見日，清光還有再圓時。葉間零落皆成泪〔四〕，窗外栖烏總是悲。大孝終身俱有慕，不辭爲賦蓼莪詩。

寄湯水巖仲原處士

情忝姻家亦是緣，人來無不問湯泉。閑常採菊東籬下〔五〕，每望長安西日邊。素業魚鹽滄海上，綵衣

〔一〕海岳幾回吟雪夢：回，毛晋本、文淵閣四庫本卷四作「時」。
〔二〕涔陽有約採蘭期：涔，文淵閣四庫本卷四作「岑」。
〔三〕彈向高堂念別離：向，文淵閣四庫本卷四作「到」。
〔四〕葉間零落皆成泪：落，毛晋本、文淵閣四庫本卷四作「露」。
〔五〕閑常採菊東籬下：閑，文淵閣四庫本卷四作「間」。

孫子畫堂前。高車況是京畿内，受用高年五福全。

孝友堂爲姚氏彦名彦昌昆弟賦

兩生孝友誰不知，左轄題堂固所宜。豈獨聲名從此大，要交風俗與之移[一]。棣華熚熚照春日，烏烏啞啞啼樹枝。林植羽棲俱有感，過門賓客可無詩。

瀼東耕者爲杜師黄成章賦[二]

鹿門不道似烏谿，榆柳連陰覆大堤。常日墟船潮上下，每年春事瀼東西。勸農随例拜車馬，觀稼依稀從杖藜。牛角掛書吾道在，古來力食盡男兒。

寄王元吉楊東叟二處士

華亭猶有古人存，風景依稀似鹿門。一曲晴湖通畫舫，萬株古木出烏林。卜鄰王翰俱文物，識字揚雄足酒尊。有約重來訪東叟，微歌同樂最閑園[三]。席帽山人所居。

[一] 要交風俗與之移：交，文淵閣四庫本卷四作「教」。
[二] 詩題：杜師，文淵閣四庫本卷四作「社友」。
[三] 微歌同樂最閑園：微，毛晉本、文淵閣四庫本卷四作「徵」。

寶古齋

曹招寶古以名齋[一]，韞櫝非時不一開。圖畫丹青半人物，尊彝文藻盡雲雷。流傳竟自何人得，翫賞知經幾手來。世故浮雲眼前事，題詩投笔爲興懷。

雙桂堂爲俞子成賦

雙桂團欒對兩楹，碧雲無數共生成。郄生片玉曾馳譽，竇氏五枝俱向榮。奕葉至今傳世澤，靈根既老際文明[二]。會須滿袖天香裹，載酒高堂説姓名。

送廖思誠知安肅縣

新恩領縣之安肅，便道寧家孝使然。親舍戀深雲白白，官程期速馬翩翩。人民社稷上所倚，期會簿書勤是先。政考有成俱大用，到官知爾又春前。

〔一〕曹招寶古以名齋：招，毛晋本、文淵閣四庫本卷四作「昭」。

〔二〕靈根既老際文明：際，文淵閣四庫本卷四作「濟」。

聽泉軒爲龍井智法師賦

山僧聽得泉聲好，每夜坐忘清夜深。松上落來鸞鶴夢，潭中瀉下雜龍吟。觀心已淨平生垢，到耳能空見在心。此去涓流如不息，沛然誰禦海鯨音。

聽律令鄉飲回贈劉復齋馬弘道

晚步河橋念此身，餘生猶幸齒編民。府城無跡非爲賤，松菊猶存未是貧。官府纔聽新降律，酒罏先問有錢人。衢歌仰詠唐虞化，鄉飲俱前老縉紳。

梅竹軒

古梅脩竹兩相親，坐對高堂如大賓。空谷有人憐翠袖，雒陽無夢染緇塵。歲寒清白能同趣，日莫平安是此身。三友若能同此隱，門前楊柳任芳春。

晚步西河畔會葉舜臣自運司中出〔一〕

武林耆舊似公稀，未覺文章與世違。節序去人驚逝水，樹陰當面轉斜暉〔二〕。群鷗晚戲呈天趣，孤鶴宵鳴自道機〔三〕。早作餘寒宜晏出，謂言多露濕荷衣〔四〕。

悼孔英夫提舉 孔子之五十五代孫。

老泪何堪哭寢門，斯人况復是斯文。六經政尔傳家集，曲阜蒼然掩暮雲。鬱鬱磵松看得地，昂昂野鶴又離群。賢郎無忝家聲舊，能以文章繼世芬。

脩淨慈寺成賀簡以道長老

古佛毘耶願海深，萬間彈指變黄金。分明兜率諸天境，慶贊閻浮施主心。堂上鼓鐘聲大地，域中龍象盡知音。自應雪夜傳衣處，不獨神光在少林。

〔一〕詩題：晚步，文淵閣四庫本卷四作「晚出」。河，毛晋本、文淵閣四庫本卷四作「湖」。
〔二〕樹陰當面轉斜暉：樹，毛晋本、文淵閣四庫本卷四作「柳」。
〔三〕孤鶴宵鳴自道機：孤鶴，毛晋本作「鶴孤」。
〔四〕謂言多露濕荷衣：謂言，文淵閣四庫本卷四作「爲嫌」。

送沈敬止赴冑監

老我頹然厭世紛〔一〕，喜看賢者步青雲。事君如得行其志，出對還當罄所聞。列宿九霄餘氣象，靈芝五采絢人文。滿朝侍從皆英俊，始是文章可策勛。

鄭竹隱處士墓上作

何慙南渡舊名臣，奕世居然保縉紳。五福備身宜尔壽，一經教子異他人。蛟螭負屭碑文古〔二〕，松栢陰森墓道深〔三〕。彈指浮雲今古事，幾家荒草卧麒麟。

宋高宗御題李唐畫唐香山九老二律詩

兩疏誰是見機還，終始君臣侶此難。宸翰昭回雲漢上，衣冠彷彿畫圖間。當時諸老琴樽會，盡是同朝鴛鷺班。風采拜辭雲陛下，白雲千載在香山。

〔一〕老我頹然厭世紛：我，文淵閣四庫本卷四作「態」。紛，文淵閣四庫本卷四作「氛」。

〔二〕蛟螭負屭碑文古：負屭，文淵閣四庫本卷四作「贔屭」。

〔三〕松栢陰森墓道深：深，文淵閣四庫本卷四作「新」。

中秋望月 甲辰年賦。

月裏分明見九州，浮雲西北是璚樓。歌鐘未厭今宵酒，砧杵那禁此夜愁。若使有情須痛哭，不知何物是風流。霓裳不向當時罷，戎馬中原未肯休。

學舟爲崔檢校賦

髯崔家寓市河頭，齋館臨河題學舟。不謂乘桴浮大海〔一〕，應期擊楫誓中流。風波浮世何能濟，駟馬高車更有憂。可是外郎居騎省〔二〕，却將魂夢記滄州〔三〕。

題燕山萬里圖爲江左葛元𩇕編脩子賦

翰林藁葬古幽州，萬里遊魂土一丘。父子有情終是苦〔四〕，丹青得趣豈知愁。風沙日日黄龍塞，雨雪年年青海頭。狐死首丘誰不念，莫將遺憾在遐陬。

〔一〕不謂乘桴浮大海：謂，文淵閣四庫本卷四作「爲」。
〔二〕可是外郎居騎省：可是，文淵閣四庫本卷四作「何事」。
〔三〕却將魂夢記滄州：州，毛晋本、文淵閣四庫本卷四作「洲」。
〔四〕父子有情終是苦：是，毛晋本、文淵閣四庫本卷四作「自」。

送單尚書致仕還鄉〔一〕

風塵澒洞識龍顏，便解兵符拜諫間。天上已扶真主出，榻前尚乞故鄉還。黃金優老車增重，紫禁朝天夢可閑。世受淮田知所賜，幾人得似單家山。

題國清寺三隱堂 豐干、寒山、拾得。

莫與閑人説舊遊，這些風彩儘風流〔二〕。只因當日機曾露，直到而今笑未休。虎跡已無空院閉〔三〕，藤花猶盖兩岩幽。相逢總是知音者，莫叫蒼天惱趙州。

明岩寺

疊嶂重岩出半天，芙蓉幽洞下相連。浮雲富貴二三子，放浪人天五百年。飯後松風爲伴侶〔四〕，春來

〔一〕詩題：書，據文淵閣四庫本卷四補。

〔二〕這些風彩儘風流：彩，文淵閣四庫本卷四作「采」。

〔三〕虎跡已無空院閉：空，文淵閣四庫本卷四作「深」。

〔四〕飯後松風爲伴侶：松風，文淵閣四庫本卷四作「風松」。

花鳥作因緣。村堂野壁俱題徧〔一〕，句句天機合自然。

寒岩寺 寒山隱身處。

一片浮雲去不還，龍吟虎嘯出人間。豊干往日成饒舌，太守當時亦厚顔。秋至候蟲還唧唧，春來鳴鳥自關關。烟蘿古洞依然在，要問寒山即此山。

送郭子程湖州收父骨還廬陵

事親盡禮誰非孝，豈願遭逢世道難〔二〕。千里風塵音問隔，十年父子夢魂間。首丘自負終天痛，函骨寧期此日還。地下老翁應自慰，免將遺憾在他山。

同謝別駕過澱山湖登普光寺閣次壁間馬郎中詩韻〔三〕

浮雲終日作輕陰，寺下龍潭百丈深。古刻尚存邢女記，好詩今與謝公吟。風行澱水揺深碧，雨過松花落細金。怕見南湖春草色，每來高閣倦登臨。

〔一〕村堂野壁俱題徧：壁，毛晋本、文淵閣四庫本卷四作「墅」。
〔二〕豈願遭逢世道難：難，毛晋本、文淵閣四庫本卷四作「艱」。
〔三〕詩題：澱，底本作「殿」，據毛晋本、文淵閣四庫本卷四改。

陪月中丞訪寶林寺別峰尊師有詩因次其韻

傳呼載道不知遥，驄馬乘秋氣益驕。佛運已知當末刼，寺碑猶及見前朝。升堂鐘鼓聞三界，聽法魚龍趂兩潮[一]。不有斯文爲世重，東坡何以慕參寥。

客　至

潦倒無能困不才[二]，欒然咲口有時開。呼猿洞口採藥到[三]，浴鵠灣頭載酒回。對客且容談玉麈，題詩何必寄銀臺。甕中聽取春漿熟，便買鱸魚煮四腮。

題東皐隱居爲范思賢賦

海水桑田幾變迁，桃花依舊郡城邊。蔬園百畝充官税，藥價一生供酒錢。詩句興來題彩筆，道心悟後付朱絃。院曹誰信同僚後，談咲交遊十五年。

[一] 聽法魚龍趂兩潮：潮，文淵閣四庫本卷四作「朝」。

[二] 潦倒無能困不才：倒，毛晋本作「到」。困，毛晋本、文淵閣四庫本卷四作「因」。

[三] 呼猿洞口採藥到：口，文淵閣四庫本卷四作「邊」。

留題天台香積寺爲鄉僧印秋海賦

花界追尋一榻凉[一]，破除煩惱是禪房。慢揮大扇消長日，共倒深盃説故鄉。萬事到頭成畫虎，百年束手共忘羊[二]。明朝馬首勞瞻望，此别人間更渺茫。

歸來堂詩爲雲間青龍鎮章吉甫太守題 時年七旬。

使君致仕歸來日，九十慈親猶在堂[三]。秋水鱸魚朝入饌，薰風紈扇晚生凉。孝廉早已稱高士，名德今宜重一鄉。花底板輿喧笑語，白鬚風動彩衣裳。

送雋侍者還永樂寺寄闡大猷尊師

記乘官舫過明州，永樂寺中曾一遊。遶徑凉雲脩竹曉，滿池香露小荷秋。松花酒貯山瓶送，雀舌茶煩蒻籠收。尔雋到家煩問訊[四]，舊題還刻在詩樓。

[一] 花界追尋一榻凉：追，毛晋本作「近」。

[二] 百年束手共忘羊：忘，毛晋本、文淵閣四庫本卷四作「亡」。

[三] 九十慈親猶在堂：猶，毛晋本作「有」。

[四] 尔雋到家煩問訊：訊，毛晋本、文淵閣四庫本卷四作「詢」。

黄崗寺贈朱質夫[一]

貢尚書門生。

尚書賓客唯予在，門下諸生獨尔存。終有黄鐘求賈鐸[二]，肯於清廟少牲尊[三]。茶瓜留客岡頭寺，風雨題詩海上村。莫問幾時回馬首，也須迎候出衡門。

環隱

有序。

龍翔宫寔宋理宗潛邸，有十齋，環隱其一也，後賜爲道館[四]。高士毛起宗居環隱，就以自號。瞻仰畫像，賦詩一首。

大化循環不可窮，至哉樞始得環中。漆園化蝶有今日，柱史猶龍非此翁。齋館前朝存舊制，丹青遺像仰高風。百年文献凋零盡，川上空嗟逝水東。

〔一〕詩題：崗，天頭注：刻「岡」，毛晋本、文淵閣四庫本卷四作「岡」。
〔二〕終有黄鐘求賈鐸：鐘，天頭注：刻「鍾」，毛晋本、文淵閣四庫本卷四作「鍾」。
〔三〕肯於清廟少牲尊：牲，天頭注：「牲」刻「犧」，毛晋本、文淵閣四庫本卷四作「犧」。
〔四〕後賜爲道館：館，文淵閣四庫本卷四作「觀」。

夢梅花處[一]

帳底梅花覺有香，不由鐵石作肝腸。宮粧何處紅綃女，春色誰家白玉堂。枕上翠禽栖正稳，夢中胡蝶引須長[二]。城樓畫角復吹覺，任有文章惱宋郎。

看劍亭爲曹將軍賦

此劍名家已數傳，爲曾與國淨風烟。聞雞起舞非今日，對酒閑看憶往年。三尺神光遺電影，一函寳氣閟星躔。章江日夜東流去[三]，亭下題詩重惘然。

紙被

閒眠受用剡藤香，不比行雲惱宋郎。月裏楊花終夜落，雲中蝴蝶過春狂。象床繡枕知難稱，道館僧房或可當。還是夢中風景別，東華塵土久相忘。

[一] 詩題：毛晉本作「詠夢梅花處」。

[二] 夢中胡蝶引須長：須，文淵閣四庫本卷四作「初」。

[三] 章江日夜東流去：日，毛晉本作「月」。

贈毉士潘氏中和齋

心天一氣貫中和，孺子膏肓若我何。内景金花今證道，上池玉液不生波。獻方龍每乘雲至，收杏人曾倩虎馱。十世毉傳方脉在〔一〕，門前無奈杏花多。

寄謝伯昭伯理二昆仲

話別南堂二十年，江湖魚雁兩茫然。車書此日同天下，濠泗而今是日邊。架上遺書宜教子，老來樂事是歸田。謝家子侄應相念，每到池塘憶惠連。

過林和靖墓〔二〕

西湖隱士林和靖〔三〕，兩句梅詩直到今。此事豈容同末俗，當時還亦有知音。高車大旆知何往，剩水殘山尚可吟。三尺孤墳埋宿莽，過君誰不願抽簪。

〔一〕十世毉傳方脉在：在，文淵閣四庫本卷四作「妙」。
〔二〕詩題：靖，底本作「静」，據文淵閣四庫本卷四改。
〔三〕西湖隱士林和靖：隱士，文淵閣四庫本卷四作「處士」。

尚絅齋爲洞霄郎可道賦

衣錦能懷尚絅心，闇然師道重山林。玉因韞櫝知無價，琴到希聲是大音。蝶化夢魂高枕後，鶴鳴秋水萬山深。青苔黄葉空岩畔，俗駕何由得一尋。

瓊　花

幾枝雪艷向風斜，未許吹香上髻鴉。誰取根來廣陵郡，却留春在后皇家。懿公滅衛雖云鶴，煬帝亡隋豈獨花。自是錦帆迷故國，恨連芳草滿天涯。

寄題清暉樓

謝公履迹徧岩扉，似覺高情與世違。昔日文章歸麗句，至今山水發清暉。神仙滅跡虚金露，塵俗何緣别翠微。尚憶詠詩同水部，山林有待薜蘿衣。

寄梁太醫

髯翁邂逅海西邊，風采何曾異往年。談客過門從取醉，貧家問疾不論錢。送方龍每乘雲去，種杏人曾見虎眠。此寺希奇何足怪[一]，古來醫術盡通仙。

移居壽安里二仙巷

移居所藉應官期[二]，奈此黄梅五月時。墻竹翻風摇鳳翥，堂萱卧雨帶羅披。夏陰正盛衣還濕，日晷無移事可知。此景自憐張仲蔚，蓬蒿三徑共栖遲。

王敬仲知府自臨江回

九鼎勛勞一羽輕，幾何歲月漢河清[三]。吕生覺後唯空枕[四]，丁令歸來有故城[五]。宛馬老懷沙苑闊，賓鴻春憶塞雲平。天恩既許投閑後，莫向除書問姓名。

〔一〕此寺希奇何足怪：寺，毛晋本、文淵閣四庫本卷四作「等」。

〔二〕移居所藉應官期：藉，文淵閣四庫本卷四作「籍」。

〔三〕幾何歲月漢河清：漢，文淵閣四庫本卷四作「俟」。

〔四〕吕生覺後唯空枕：吕，文淵閣四庫本卷四作「盧」。

〔五〕丁令歸來有故城：有，文淵閣四庫本卷四作「秪」。

鄞孟文經歷留別詩次韻[一]

總是邯鄲夢裏身，區區鞍馬九衢塵。賢才俱進唯新命，幕府從交舊日人。天上星辰光覺近，寒岩松栢色還新。從來氣候關時事[二]，鴻雁來賓已過春。

又

幕府深居得所親，好看車馬動行塵。身歸絳縣將遺老，詩忝河梁別故人。行李往來誰不舊，疏林折贈意能新。都城路有襄陵使，欲托微波寄洛神。

夢梅花處

丹青庭院欲黃昏，蝴蝶蘧蘧化夢魂[三]。姑射肌膚如處子，兒家消息在重門。香熏繡被過殘臘[四]，影落畫闌連大尊。可是玉川無覓處，思前春色勝張琨[五]。

[一] 詩題，文淵閣四庫本卷四作「次韻鄞孟文經歷留別詩」。

[二] 從來氣候關時事：關，毛晉本作「開」。

[三] 蝴蝶蘧蘧化夢魂：蘧蘧，文淵閣四庫本卷四作「遽遽」。

[四] 香熏繡被過殘臘：天頭注：刻「薰」，毛晉本、文淵閣四庫本卷四作「薰」。

[五] 思前春色勝張琨：思，毛晉本作「窓」。

秋水軒

鏡水當軒景最新，翔鷗棲鷺總比鄰。風驚幃箔螢流扇，露濕闌干月近人。深院暑收聞擣帛[一]，前溪波小見垂綸。莫言蕭瑟秋光裏，還見文章賦楚臣。

次韻慈利縣王孝廉過洞庭思親之作

洞庭波浪接青天，渺渺帆檣上計舡。萬里客程何日盡，一宵江月向人圓。橋題駟馬名先至，風遇鴻毛勢沛然。之子澧蘭歌最好，有人雲夢澤南邊。

次韻奉天門早朝[二]

千官趍謁武樓間[三]，盡是洪鐘帝鑄顏。咫尺天威臨御座，太平風景出朝班。握蘭鳳閣舍人貴，視草

[一] 深院暑收聞擣帛：帛，文淵閣四庫本卷四作「練」。
[二] 詩題：文淵閣四庫本卷四作「奉天門早朝次韻」。
[三] 千官趍謁武樓間：趍，文淵閣四庫本卷四作「趣」。

鑾坡學士閒[一]。騎馬共談雙闕下，祈將萬壽祝南山[二]。

次韻偶成

雜然異味出賓盤，老覺尊前更有歡。清夜可人歌板倦，小樓細雨燭花寒。狂情肯爲諸公吝，酒量方知到處寬。醉後玉山從倒却，試將時果擲潘安。

又

程家兄弟合親情[三]，霽月風光滿座生[四]。樂事笙簫相問發[五]，酒懷江海欲同傾。自憐緑鬢朱顔改[六]，尚覺千金一咲輕。夜半酒醒孤枕上，不將歸思憶江城。

〔一〕視草鑾坡學士閒：鑾，文淵閣四庫本卷四作「鸞」。
〔二〕祈將萬壽祝南山：祈，文淵閣四庫本卷四作「期」。
〔三〕程家兄弟合親情：親情，文淵閣四庫本卷四作「情親」。
〔四〕霽月風光滿座生：風光，毛晋本、文淵閣四庫本卷四作「光風」。
〔五〕樂事笙簫相問發：問，毛晋本、文淵閣四庫本卷四作「間」。
〔六〕自憐緑鬢朱顔改：鬢，毛晋本、文淵閣四庫本卷四作「髮」。

梅鶴軒

梅福高軒得所親，矯然潔白離風塵〔一〕。九皐唳徹雲間聽〔二〕，萬玉香先天下春。門外自應回俗駕，尊前猶得伴吟身。綠陰窓户研朱者，莫是清溪點易人〔三〕。

讀府教授徐大章爲岐陽王客白以中賦西塘八景詠夜卧有懷不寐

若使蔡邕今日讀，應題八字刻西塘。大音如奏古琴瑟，衆羽不瞻孤鳳凰。百世可傳惟述作，一辭難措是文章。老夫爲此喜無寐，卧誦不知秋夜長。

壬戌朔旦試筆

斯文天與樂餘年，中有黄金取酒錢。絳老又添新甲子，王家唯守舊青氊。將春梅蘂茱萸小，過雪萱芽翡翠鮮〔四〕。賓客到門無別話，履端相慶晝堂前。

〔一〕矯然潔白離風塵：矯，文淵閣四庫本卷四作「皎」。
〔二〕九皐唳徹雲間聽：聽，文淵閣四庫本卷四作「鶴」。
〔三〕莫是清溪點易人：清，文淵閣四庫本卷四作「青」。
〔四〕過雪萱芽翡翠鮮：過，毛晋本作「通」，文淵閣四庫本卷四作「透」。

題梧桐宫六逸堂

龍化青林水滿溪，昔人曾此寄幽棲。高情不負盃中物，爛醉何妨日似泥。富貴到頭蕉下鹿，光陰過眼甕中雞。當時不盡風流興，付與山鶯儘意啼。

題夢焦軒

道人内視已超然，一息薰香遍大千。駭鹿始知身是夢〔一〕，覆蕉曾悟佛中禪。袈裟萬朵天花裹，世界千重梵網邊。重見毘那峰頂上，手開樓閣説因緣。

姑蘇懷舊〔二〕

十里湖堤踏暖塵〔三〕，老懷忽憶故鄉春。泥金孔雀裁歌扇，刻玉麒麟壓舞裀。翠袖錦筝邀上客，畫船銀燭照歸人。而今白髮東風裹，疑是前身與後身。

〔一〕駭鹿始知身是夢：是，毛晉本、文淵閣四庫本卷四作「似」。
〔二〕詩題：舊，文淵閣四庫本卷四作「古」。
〔三〕十里湖堤踏暖塵：湖，文淵閣四庫本卷四作「河」。

題諸葛孔明

身爲中山漢子孫，西南別立舊乾坤。君材十倍曹丕上[一]，位列三分蜀相尊[二]。布陣有圖靈尚在，出師遺表恨猶存。休將巾幗羞司馬，五丈原頭日已昏。

題嚴子陵

赤圖神運復炎劉，白水真人憶舊遊。一代位尊眠鳳榻，千年名重著羊裘。山林孰謂無伊尹，廊庙何曾棄許由。惟有富春山下月，清光常繞石灘流。

題張天爵父通守公張侯之墓

平生好友念張侯，紫峽雲深墓木稠。赤紱既能承世澤，黄金更用爲孫謀[三]。衣冠南郡成前輩，風月西湖總舊遊。過此豈勝存殁感[四]，解鞍一奠古墳頭。

[一] 君材十倍曹丕上：材，文淵閣四庫本卷四作「才」。

[二] 位列三分蜀相尊：分，毛晉本、文淵閣四庫本卷四作「台」。

[三] 黄金更用爲孫謀：更，文淵閣四庫本卷四作「奚」。

[四] 過此豈勝存殁感：殁，文淵閣四庫本卷四作「没」。

附：伏承員外先生奉楊公之命函香浦陀洛迦山瑞相示現使節今還輒成長律四章少寓餞忱南陽迺賢上〔一〕

瀛洲東望海茫茫，紫竹林中殿閣凉。夜半潮來紅日上，巖頭雨過白花香。褰裳珮玦聯珠綱，束髻冠纓涌寶光。大士神通天廣博，盡將願力固封疆。

江左長城有鐵星，赤心憂國禱滄溟。經繙海藏函尤濕〔二〕，兵洗天河刃不腥。屡出賜金分將帥，終圖全璧奉朝廷。幕中司馬才無敵，執筆磨厓蚤勒銘。《北史》楊津鎮定州，威望赫然。《軍中謡》曰：不怕利槊堅城，但怕楊公鐵星。

天上張公玉雪妍，競傳官府有神仙。功名早建平南策，詩句今隨過海船。夜汲澄潭瓶貯月，曉登磐石珮凌烟。知君喜得禎祥兆，一目高懸古樹邊。《宋史》弥遠禱海上，見一目挂樹邊，後果拜相。

狎鷗亭上望吳山，春水無邊壓畫欄。一樹飛花羅幙静，滿湖明月玉簫寒。往時京國交遊舊，今日江城執馭難。後夜西湘鳴雁過〔三〕，好將書信寄平安。

〔一〕詩題：浦，文淵閣四庫本附録作「補」。洛迦，文淵閣四庫本附録作「洛伽」。

〔二〕經繙海藏函尤濕：繙，文淵閣四庫本附録作「翻」。尤，文淵閣四庫本附録作「猶」。

〔三〕後夜西湘鳴雁過：湘鳴，天頭注：「湘鳴」刻脱，係昏破。毛晉本、文淵閣四庫本附録作「湖鴻」。

補　遺

春　日

一陣東風一陣寒，芭蕉長過石闌干。只銷幾箇瞢騰醉，看得春光到牡丹。瞿宗吉云此詩刺淮張用事諸人也。（《可閒老人集》卷二，文淵閣四庫全書本）

白頭翁

疎蔓短於蓬，卑栖怯晚風。祇緣頭白早，無處入芳叢。（《可閒老人集》卷一，文淵閣四庫全書本）

輯佚

詩

寄王梧溪

仙舟曾記過南堂，鳴鳥高梧日正長。胡蝶重來春夢覺，牡丹欲盡燕泥忙。當時賓客知何往，此日音書或漫忘。猶有白頭王粲在，獨將詞賦動江鄉。（賴良：《大雅集》卷六，文淵閣四庫全書本；又見《御選元詩》卷五十六）

如此江山清集同王仲玉陸進之吕世臣作

吴越江山會此亭，暮春風景晝冥冥。長空孤鳥望中没，落日數峰烟外青。不用登臨生感慨，且憑談笑慰飄零。古今何限英雄恨，付與江湖醉客聽。（朱彝尊：《明詩綜》卷十二，文淵閣四庫全書本）

九　溪[一]

春山縹緲白雲低，萬壑争流下九溪。擬遡落花尋曲徑，桃源無路草萋萋。（吴之鯨：《武林梵志》卷三，文淵閣四庫全書本）

破窗風雨圖

敬亭有舊齋，風雨一牕破。朝對風雨吟，暮對風雨坐。惟知經史觀[二]，肯顧衣裳涴。有時暫游息，自歌還自和。直俟所學成，功名如一唾。寧同陋巷人，獨守簞瓢餓。（趙琦美：《趙氏鐵網珊瑚》卷十，文淵閣四庫全書本）

趙氏三馬卷爲雪庭禪師題

僧房曾見寫騏驎，人已云亡紙墨新。寂漠九原無弔處，至今猶羡執鞭人[三]。

[一] 詩題校點者代擬。

[二] 惟知經史觀：觀，《珊瑚木難》卷二、《石渠寶笈》卷六作「親」。

[三] 至今猶羡執鞭人：猶，《六藝之一録》卷四百作「仍」。羡，《珊瑚網》卷三十二、《式古堂書畫彙考》卷四十六作「見」。

驥子生來骨相奇，滿溝汗血落臙脂。空門縱有馱經日[一]，得似牽過白玉墀。（郁逢慶：《書畫題跋記》卷一，文淵閣四庫全書本）

西　樓[二]

西樓柳風吹晚香，石榴裙映黄金觴。纖歌不斷白日速，微雨欲度行雲涼。笑看席上賦鸚鵡，醉聽門前嘶驌驦。早晚平吴王事畢，羽書飛捷入朝堂。（田汝成：《西湖遊覽志·西湖遊覽志餘》卷十一，文淵閣四庫全書本）

題元王若水雪羽圖軸

畫圖應是祝雞翁，萱艸花前竹兩叢。一旦雄鳴破昏曉，日輪飛出海波東。若水道人王淵爲郭原忠寫雪羽圖，真得意筆也。（龐元濟：《虚齋名畫録》卷七，清宣統烏程旁氏上海刻本）

[一] 空門縱有馱經日：縱，《式古堂書畫彙考》卷四十六作「終」。

[二] 詩題校點者代擬。

陳母節義詞〔一〕

陳賓生父思恭，蚤以海賈溺死。母莊氏，有卓行。史臣王彝、高啓皆作傳，予讀其事而悲之，為述《陳母節義詞》一首，俾閨房女子咸可以歌焉〔二〕，庶幾乎所謂華周、杞梁之妻，善哭其夫，而變其國俗者也。詞曰：

陳母節義誰可及，二十守志今六十。家本泉州身姓莊，户版抄入商人籍。夫陳亦是海鹽商，遠来壻莊圖久長。莊時年當二十四，于飛和鳴雙鳳凰。豈期得子纔四月，幡然去作諸番客。海中使船惟信風，倏忽千波萬波隔。五稔弗歸鄰媪疑，情以諷莊欲嫁之。正詞厲色却鄰媪，將焉置此呱呱兒。久乃陳從海外至，子生五年能捧雉。銀燈坐照夜堂深，勸諫夫陳詞不已。海中日日生風濤，千金之軀同一毫。人非金石當自保，北斗那共黄金高。夫陳耳聽心不悟，趣装出門衣楚楚。莊憂水底有蛟龍，陳恃蛟龍莫予侮。信迴廼在九重淵，莊走入房羞見天。引刀自刺刀墮地，哭抱孤兒仍自憐。指有此兒堪嗣續，不爾從陳葬魚腹。良人雖没天可移，績紡教兒買書讀。兒名賓生既長年，知父之死常泫然。母告汝父之海鹽，

〔一〕詩題，文淵閣四庫全書本《檇李詩繫》卷三十八作「海鹽陳母節義詞」，下有小字註：「事詳陳賓生本傳。」，詩序闕。

〔二〕俾閨房女子咸可以歌焉：女子，文淵閣四庫全書本《趙氏鐵網珊瑚》卷九作「小子」。

有子盡典祭祀田。汝往贖田還祭祀，妾身無愧歸黄泉。竇聽母言即長往，未知海鹽先採訪。果得前兄名竇一，泣訴二天成俯仰。歸復母命母大喜，恨不相與携手至。轉頭滄海作桑田，奉母還鄉談笑耳。兒一亦来拜母莊[一]，母子三人涕淚霧。浮雲行天失變化，鳴鳥集樹休翺翔。竇也奉母孝益謹，母子更相為性命。母呼竇也語近牀，貸汝父錢名石章。章負舶錢今繫獄，汝父雖没錢須償。喚婢賣珠遣竇送，泉人義莊作歌頌。十子不如一女英，男兒負義真何用？天朝史臣高與王，大書特書相發揚。傳寫滿紙作龜鑑[二]，無不讀之眉目張。誦莊之賢無遠近，夫婦綱常自莊定。《關雎》之詩今復作，還有删詩如孔聖。三光不滅天地存，教子錫類皆弟昆。陳母節義天所報，駟馬何獨于公門。（卞永譽：《式古堂書畫彙考》卷二十九，文淵閣四庫全書本）

方寸鐵

蒼頡製書觀烏跡，白日能令鬼神泣。何如朱生手中一寸鐵，文章刻遍山頭石。山石可移心不移，生精此藝將奚為？生言平生苦心力，過客摩挲那得知？願將此鐵獻天子，為國大刻磨崖碑，為國大刻磨崖碑。（朱珪：《名迹録》卷六，文淵閣四庫全書本）

[一] 兒一亦来拜母莊：兒一亦，文淵閣四庫全書本《檇李詩繫》卷三十八作「兒亦一」。

[二] 傳寫滿紙作龜鑑：寫，文淵閣四庫全書本《檇李詩繫》卷三十八作「聞」。

句

玉瓶注酒雙鬟緑，銀甲調箏十指寒。

新妝滿面猶看鏡，殘夢關心懶下樓。（田汝成：《西湖遊覽志餘》卷十一，文淵閣四庫全書本。朱彝尊：《静志居詩話》卷四，北京，人民文學出版社，一九九〇年版八十四頁）

文

題張外史雜詩

右澗阿雜詩墨跡五十五首，迺張貞居詞翰最得意者，在當時亦自慎重，不輕示人，觀其小序可見。雖然，非子英之知貞居，不能久藏至今；非彦廉之好古博雅，亦不能得子英之割贈所愛，以交誼之篤而歸諸春草堂，可謂得其所矣。子英亦知人哉！深爲陳、袁二家左券[一]，珍之可也。廬陵張昱題於凝

[一] 深爲陳、袁二家左券：《續書畫題跋記》卷八、《珊瑚網》卷十一作「保爲陳、袁之家子孫左券」。

香閣中。（趙琦美：《趙氏鐵網珊瑚》卷六，文淵閣四庫全書本）

題泉州二義士傳

右《泉州二義士傳》，迺蜀郡王彜製文，汝陽袁華隸古，事載甚詳。觀其初，約爲兄弟，謀出貨財，賈海外國。時俱以母在，相讓涉險，蓋亦恐其危身以累及其親，是亦可悲也。及後，更相去留，歷諸番國，積十餘年，共財不私，感動番國人，凡見之不以名，必呼爲義士，是更可尚也。今俱以老母在堂，迎侍東吴太倉，左右就養，菽水之歡，如一姓焉。是以人士之樂善者，莫不升堂拜其二母，願從其二子游。而母子者，方以困窮恤匱爲急，不賢而能之乎？是更不可不敬也。且孫、陳二士，十餘年間，歷外國，涉巨險，而身安母健，非有陰騭在天，則報施善人其能若是之厚也夫！廬陵張昱述。（趙琦美：《趙氏鐵網珊瑚》卷十，文淵閣四庫全書本）

如此江山亭清集詩序

至正六年丙戌暮秋九日，可閑老人携兒子，挈大壺，操長瓢，縱游湖山，周覽陳迹。東望則越王會稽之棲也，南瞻則宋内之寢園也，東北則伍員之祠，北則慶忌之墓。雖碧山白雲猶在，而王基霸業俱蔓草荆榛，此昔人感慨興懷而俯仰於今古者也。其誰同行？錢唐愚一道人王仲玉，柳州居士陸進之，懶漁吕世臣。同過如此江山亭，訪舊友碧筠部先生，留坐斯亭。亭之前草芳數步，落花滿席。玄中傾壺操瓢而進曰：「今也東西南北之人得會於此，明日視之今日已爲陳迹，趣在酒中，嘗期於酩酊。」於是舉瓢盡醉，而萬慮皆空，不知天地之爲毫末。醉中索此卷賦詩，并後來知衆君子之集此亭也。（如此江山亭清集詩卷，《中國古代書畫精品選集》（壹），北京，文物出版社，二〇一〇年版三百三十六頁）

附録

傳記評論

一笑居士傳

（元）劉仁本

居士姓張氏，名昱，光弼其字也，世爲江右廬陵人。性直亮，胸襟坦夷，丰度出人表。涉獵經傳子史，爲文章詩歌，綽有古風。嗜酒愛賓客，尊俎笑談，終日無厭。應事酧酢，决機敏捷，故當亂世，王侯將相争羅致之。居士度終不可脱，强受辟而出。嘗一命爲江南江北庸田經歷，再命爲海北帥閫經歷，爲湖廣省員外郎，及爲江浙省員外郎，皆非其志也。牒讞文法，勾稽朱墨，悉厭爲之，暇日獨與山水琴書從事。居常談性命仁義道德之學，時人咸謂其迂闊於事情，以故發謀出意，卒不與俗合，而後來言與事之驗者十八九。居士歎曰：「世方混濁，斷斷乎不可以有爲也已。」於是婆娑夷猶，放情逸樂，芒鞵藜杖，葛巾野服，或浩歌長嘯，或酒酣謔笑，無世累，惟適之從。人有問之事者，但一笑而已。周流淮浙湖湘間，在安慶時，與來錢塘，多所交游，日以暢飲文字相娱樂，而未嘗出口及時事，兩寓地人皆扁其室爲「一笑」。爾後錢塘遭變，失其故宅，尋得敝居，湫陋不治，亦復以「一笑」顔之。抑有取虎溪之三笑與夫幽棲碧山笑而不答之意也歟！劉子云：世衰道微，人心趨下，權謀術數、從横夸詐見用於世，取功名富貴、紛拏雜糅者皆是也。居士乃欲志於道德以立身，忘人之勢固，不縱詭隨，不諂流俗，特立獨行，全身保節，則宜寓形宇宙、寄傲一笑間也。一笑之頃，至樂存焉。《傳》曰：「樂然後笑，人不厭其笑。」居士之謂乎！（劉仁本：《羽庭集》卷六，文淵閣四庫全書本）

樂丘頌

（元）陳　謨

朝列大夫、江浙行樞密院判官張光弼先生營壽藏於西湖赤岸，名曰「樂丘」，自爲誌銘，手録以示余，因作頌於其後。先生廬陵人，在前元時自命曰「一笑居士」。入新朝，嘗就徵，被温接，以老辭歸，採天語中號「可閒老人」。其出處大致如此。其受學出邵庵虞先生之門，故其詩超邁卓絶，高出一世云。頌曰：

達人大觀，物無不可，豈惟忘世，兼亦忘我。猗嗟先生，顯榮既極，贊畫浙省，判機樞密，功成名遂，退然不居，一笑居士，名下匪虚。大明啟運，勉就徵辟，可閒更號，天語寵錫。昔者一笑，今者可閑。五福兼全，湖山之間。湖山赤岸，營此樂丘。有馮有翼，以遨以遊。趙岐東漢，陶潛東晉。壽藏聿興，輓歌繼振。古今賢達，光照汗青。孰與先生，自誌自銘。猗嗟先生，邵庵門徒。驚人之句，媲美於虞。照耀乾坤，黼黻山川。我頌樂丘，何千萬年。（陳謨：《海桑集》卷三，文淵閣四庫全書本）

晏居記

（明）徐一夔

杭郡民廬，比輳如櫛，而壽安坊當闤闠四達之衝，又最囂處也。今浙省左右司員外郎張君光弼之居在焉。屋數楹，甚湫且隘，門垣外，囂塵閧如也，君甚安之。或曰：「小人射利，惟贏之爲務，乃不惡囂。員外君日乘高蓋車，從丞相論决政事，降登出入，在乎華堂粉署之間，今卜私第，不於爽塏是擇，其故何哉？」君漠然不以爲意，方自署其楹間曰「晏居」。且謂一夔曰：「傳稱晏子之居近市，雖湫隘囂塵弗易。吾居甚類之，願自附焉。子幸爲我記之。」吾於是知君之所以市居者矣。

夫踐歷華要，宅高曠而處深靚，以適其身，故所宜也。然地位峻絶，不與人事接，則耳目不能無蔽，宜君有弗安者焉。是故晏子之居市也，物之貴賤，無不察而知之，非徒然也。方齊景公繁於刑，以踊貴屨賤告，而景公省於刑，仁人君子之用心故如是也。

今君之居壽安也，大官貴人與凡布衣韋帶之士，由兹坊而東西者，必叩門上謁。君則攝衣出迎，引寘上座，與肆議論。下至閭閻之老，工商技藝之流，或有陳説，亦必曲爲之盡。天下之事，當無有不悉，施諸有政，將不止於一事之諷而已。

且吾聞之，晏子相齊三君，食不重肉，妾不衣帛，名顯諸侯數百載之下。太史公聞其風采，猶欲爲之執鞭，其賢不可及已。獨念當是時，公棄其民而政在陳氏，晏子於區區貴賤之事，則務陳之，而於國之大計，則有未嘗數數然者。他日乃與鄰國之大夫加竊歎焉，何也？

君剛簡亮達，故左丞楊公提兵鎮江浙時，用材略，參謀其軍府事，聲望赫然。既而退處西湖之上，麄衣糲飯，著書賦詩，以自佚其有用之身。較其風裁，不知自視晏子何如也。

乃今江浙之地，未全歸于版圖。丞相用便宜命表授君爲從事。廓清之略，克復之勛，亦惟一二左右是賴。無或如晏子之舉其細而遺其大可也。

雖然，今之人未嘗不慕古之人也，惟善學者鮮。魯有男子學柳下惠，柳下惠之所可者，魯男子以爲不可，此所以爲善學柳下惠者。若白圭自以爲禹，揚雄自以爲孟子，王通自以爲孔子，君子終不與也。大抵尚友古人，必也權輕重取舍於心術之微，而後爲至，夫豈曰居室之類而已？以君之高見卓識，顧豈有待於余之言哉？余言之，且以告凡慕古人者。（徐一夔：《始豐稿》卷二，文淵閣四庫全書本）

時母傳贊

（明）楊士奇

張氏吾廬陵儒家，光弼嘗游學奎章學士虞文靖公之門，慨慷有志節。江浙行省楊左丞一見器重之，舉爲左司員外郎，後至行樞密院判。楊左丞死，不復仕。洪武中，嘗召見，太祖皇帝加勞之，已而念其老曰：「可閒矣！」賜歸。遂自號「可閒老人」。貧居執守，介然爲文章，長於詩歌，軒偉疏蕩，古意蒼然。每一篇出，士争傳誦。余昔得其所述《欒丘志》，讀之蓋未嘗不感嘆而想慕其人也。其子若孫寂寥無聞矣，顧乃有女子能賢如此。昔蔡中郎死無子，琰徒能記憶其父書，猶爲後來賢士大夫所稱。琰節行無取焉，如時母，其有可稱者矣，故爲列其事使傳焉。（楊士奇：《東里續集》卷四十三，文淵閣四

庫全書本）

一笑居士

（明）郎　瑛

浙省員外郎張光弼名昱，廬陵人。元末政壞，遂弃官不仕，以詩酒自適，號「一笑居士」。有《春日》詩云：「一陣東風一陣寒，芭蕉長過石欄杆。只消幾度瞢騰醉，看得春光到牡丹。」蓋寓時事也，今集中亦無。嘗曰：「吾死埋骨西湖，題曰『詩人張員外墓』足矣。」後果如其言。海昌胡虛白作詩以吊云：「二仙坊裏張員外，頭白相逢只論詩。今日過門君不見，小樓春雨燕歸遲。」「西子湖頭碧草春，天留山水葬詩人。老逋泉下應相見，爲説梅花寫得真。」二仙坊在杭之壽安坊西，即今之花市也。（郎瑛：《七修類稿》卷三十一詩文類，上海，上海書店出版社，二〇〇一年版三百三十一頁）

《西湖遊覽志·張光弼傳》

（明）田汝成

張光弼，廬陵人，仕元爲浙省左司員外郎，罷官居花市。遨遊湖山，累月不返，有詩名，所著有《左司集》。其詩云：「但教懷抱能傾倒，莫向尊罍計有無。不爲訪僧三竺寺，肯乘烟艇過西湖。」「酒館湖船盡有名，玉杯時得肆閒情。至今人説張員外，不是看花不入城。」（田汝成：《西湖遊覽志》卷九，明嘉靖刻本）

可閒老人張光弼昱

（明）徐象梅

張昱，字光弼，江西廬陵人。至正時爲江浙行省左右司員外，而所卜私宅在壽安坊，顧湫隘甚，昱居之晏如也，因署楹間曰「晏居」。張士誠起，昱棄官不仕，頗以詩酒自娱，號「一笑處士」。及元亡，高祖聞其名，召見，欲官之，因其老，曰：「可閒矣！」放歸，故又號「可閒老人」。當是時，其居已敝，友人凌雲翰爲醵錢葺之，交游争爲之助，不旬日而輪奂一新。昱每處西湖上，麄衣糲食，讀書賦詩，以適其志，所著有《左司集》行世。（徐象梅：《兩浙名賢録》卷五十四，明天啟刻本）

《明史·張昱傳》

張昱，字光弼，廬陵人，仕元爲江浙行省左右司員外郎、行樞密院判官。留居西湖壽安坊，貧無以葺廬。酒間爲瞿佑誦所作詩，笑曰：「我死埋骨湖上，題曰『詩人張員外墓』足矣！」太祖徵至京，憫其老，曰：「可閒矣！」厚賜遣還，乃自號「可閒老人」。年八十三卒。（《明史》卷二百八十五，中華書局一九七四年版七三二四頁）

張員外昱

（清）錢謙益

昱，字光弼，廬陵人。早遊湖海，爲虞集、張翥所知。楊左丞鎮江浙，用才略參謀軍府事，遷杭省左右司員外郎，行樞密院判官。天下用兵，藩府官多侵官怙勢，光弼詩酒自娱，超然物表。左丞死，棄官不出。張氏禮致，不屈。策其必敗，題蕉葉以寓志。居西湖壽安坊，今之花市也。貧無以葺廬，凌彦翀爲疏募焉。酒間，爲瞿宗吉誦《歌風臺》詩，以界尺擊案，淵淵作金石聲，笑曰：「我死埋骨湖上，題曰『詩人張員外墓』，足矣。」太祖征至京，深見温接，閔其老，曰：「可閑矣！」厚賜遣還，因自號「可閑老人」。徜徉浙西湖山間，年八十三而終。（錢謙益：《列朝詩集小傳》甲前集，上海古籍出版社一九八三年版二十頁）

《元史類編·張昱傳》

張昱字光弼，廬陵人，早游湖海，爲虞集、張翥所知，累官杭省左右司員外郎。日以詩酒自娱，超然物表。後棄官歸，張氏禮致不屈。策其必敗，題蕉葉以寓志。居西湖，每放舟湖心，把酒扣舷，自歌其所爲詩，笑曰：「我死埋骨於此，題曰『詩人張員外墓』足矣！」自號「可間老人」，年八十三而終，有《左司集》。（《元史類編》卷三十六，康熙三十八年刻本）

可間老人張昱

（清）顧嗣立

昱字光弼，廬陵人。少事虞文靖公集，得詩法焉。又爲張潞公翥所知。左丞楊完者鎮江浙，用才略參謀軍府事，遷左右司員外郎，行樞密院判官。左丞死，棄官不出。張士誠禮致之，不屈。策其必敗，題蕉葉以寓志。與周伯温、楊廉夫輩交遊最相得。張氏亡，明太祖徵至京師，閔其老，曰：「可閒矣！」厚賜遣還，因自號「可閒老人」。徜徉西湖山水閒，年八十三卒。其生平所作，散亡已多，楊文貞公士奇搜得其遺稿，爲之序曰：「虞文靖才高識廣，其詩浩博而不肆，變化而不窮，而一宿於正。先生之詩，氣宇閎壯，節制老成，而從容雅則，稱其所傳。」元季用兵，藩府僚屬多侵官怙勢，惟光弼以詩酒自娱，超然物表，退居西湖之壽安坊，貧無以葺廬，凌彦翀爲疏募焉。酒間爲瞿宗吉誦《歌風臺》詩，以界尺擊案，淵淵作金石聲，笑曰：「我死埋骨湖上，題曰『詩人張員外墓』足矣！」錢牧齋選《列朝詩集》次光弼於廉夫之後，皆以元官終其身者也。（顧嗣立：《元詩選初集》辛集，北京，中華書局，一九八七年版二〇〇二年印本一〇五七頁）

光弼詩格

（明）瞿　佑

張光弼詩：「免胄日趨丞相府，解鞍夜宿五侯家。玉盃行酒聽春雨，銀燭照天生晚霞。世亂且從軍旅事，功成須插御筵花。漢王未可輕韓信，尚要生擒李左車。」又云：「西樓柳風吹晚凉，石榴裙映黄金觴。纖歌不斷白日速，微雨欲度行雲凉。笑看席上賦鸚鵡，醉聽門前嘶驌驦。早晚平吴王事畢，羽書飛捷入朝堂。」蓋時在楊完者左相幕下，故所賦如此。又云「蛺蝶畫羅宫様扇，珊瑚小柱教坊箏」，又云「玉瓶注酒雙鬟緑，銀甲調箏十指寒」，又云「新妝滿面人看鏡，殘夢關心懶下樓」，多爲杭人傳誦，其一時富貴華侈盡見於詩云。（瞿佑：《歸田詩話》卷下，知不足齋叢書本）

歌風臺

（明）瞿　佑

張光弼，廬陵人，至正間爲浙省員外。張氏專擅，棄位不仕，以詩酒自娱，號「一笑居士」。有詩云：「一陣東風一陣寒，芭蕉長過石闌干。只消幾度瞢騰醉，看得春光到牡丹。」蓋言時事也。一日作《歌風臺》詩，乘醉來過，爲予朗誦之，詩云：「世間快意寧有此，亭長還鄉作天子。沛宫不樂復何爲，諸母父兄知舊事。酒酣起舞和兒歌，眼中盡是漢山河。韓彭誅夷黥布戮，且喜壯士今無多。縱酒極歡留十日，慷慨傷懷淚沾臆。萬乘旌旗不自尊，魂魄猶爲故鄉惜。由來樂極易生哀，泗水東流不再回。萬歲千秋誰不念，古之帝王安在哉！莓苔石刻今如許，幾度西風灞陵雨。漢家社稷四百年，荒臺猶是開基處。」蓋得意所作，豪邁跌宕，與題相稱。又嘗作《唐宫詞》數首，爲予誦之，中間云：「可憐三首清平調，不博西涼酒一盃。」予曰：「太白於沈香亭應制，親得御手調羹，貴妃捧硯，力士脱靴，不可謂不遇也，何必西涼酒一盃乎！」光弼亦大笑。嘗曰：「吾死埋骨西湖，題曰『詩人張員外墓』，足矣！」後亦如其言。（瞿佑：《歸田詩話》卷下，知不足齋叢書本）

《静志居詩話·張光弼》

（清）朱彝尊

昱字光弼，廬陵人，遷杭，元末行樞密院判官，有《張光弼集》。光弼策張士誠之必敗，作詩刺之云：「一陣東風一陣寒，芭蕉長過石闌干。只消幾箇瞢騰醉，看得春光到牡丹。」士誠招之，不赴，投以詩云：「山中棊局迷樵客，溪上桃花誤釣船。」又云：「殘夢已隨舟楫遠，五湖春水一鷗飛。」其居在西湖壽安坊，今之花市也。貧無以葺廬，凌彦翀草募疏云：「昌黎寄玉川子，首稱洛城破屋數間；東坡題緑筠軒，終比揚州纏腰十萬。必能修我牆屋，方可有此室廬。一笑居士在江西生，爲斗南望，詩名優於張籍，生計劣於陶潛。囊無一錢之留，家徒四壁之立。若非慷慨多助，安得輪奂一新？必欲取杜工部草堂貲，何時可辦？儻葺得楊太尉槐市塾，今歲無憂。諸賢圖之，名教事也。」後孝陵徵之京，深見温接，憫其老曰：「可閒矣！」遣還，因自號「可閒老人」。嘗於酒邊爲瞿宗吉誦己作《歌風臺》詩云：「世間快意寧有此，亭長還鄉作天子。」以界尺擊案，淵淵作金石聲。其詩派出西崑，未免過於濃縟，「如萬斛春光金盞酒，百年心事玉人箏」；「燒殘蠟燭渾成淚，折斷蓮莖却是絲」；「暮雨欲來銀燭上，春寒猶在酒尊空」；「星河織女從離別，海水蓬萊見淺清」；「蛺蝶畫羅宮樣燭，珊瑚小柱教坊箏」；「自從玉樹成歌後，曾見銅仙下淚來」；「牡丹開後春無力，燕子歸來事可憐」；「分司御史心先醉，多病相如渴又生」；「月色夜留江叟笛，花枝春覆市樓箏」；「揚州城郭高低樹，瓜步帆檣上下風」。令楊大年見之，定把臂恨晚也。

又云：陳雲嶠云：「白翎雀生於烏桓朔漠之地，雌雄和鳴，自得其樂，世皇因命伶人碩德閭製曲以名之。曲成，上曰：『何其末有哀怨哀嫠之音乎！』時譜已傳矣，故至今莫之改。」陶九成云：「《白翎雀》者，教坊大曲也，始甚雍容和緩，終則急躁繁促，殊無有餘不盡之意。」楊廉夫云：「白翎雀能制猛獸，尤善擒駕鵝。」廉夫有二詩詠之，張思廉、王子充、張光弼皆有作。第雲嶠言製曲者碩德閭，而光弼獨云：「西河伶人火倪赤，能以絲聲代禽臆。」微有不同。（朱彝尊：《静志居詩話》卷四，北京，人民文學出版社，一九九〇年版八十四頁）

論張昱詩二則

（清）潘德輿

張光弼《歌風臺》詩起句：「世間快意寧有此，亭長歸來作天子。」鳳洲《長平坑》起句：「世間怪事寧有此，四十萬人同日死。」張詩奇特，以創調耳。鳳洲襲之，雖崛崢而乏風采矣！大抵文章貴獨造也。（潘德輿《養一齋詩話》卷四，道光十六年徐寶善刻本）

元末群盗縱横，時事不堪言矣。詩家慷陳詞，多衰颯無餘地，獨愛張光弼《感事》一律云：「雨過湖樓作晚寒，此心時暫酒邊寬。杞人惟恐青天墜，精衛難期碧海乾。鴻雁信從天上過，山河影在月中看。洛陽橋上聞鵑處，誰幟當時獨倚欄。」悲凄婉篤，尋諷不厭。五句痛使命之梗，六句歎金甌之破，尤爲寄託入微。竹垞謂其派出西崐，以「萬斛春光金盞酒，百年心事玉人箏」、「燒殘蠟燭渾成淚，折斷蓮莖卻是絲」、「牡丹開後春無力，燕子歸來事可憐」盡之，殊不然。其「未添白髮三千丈，又見銅駝五百年」、「長空孤鳥望中没，落日數峰烟外青」、「揚州城郭高低樹，瓜步帆檣上下風」，雄爽可愛，西崐無此吐屬也。（潘德輿：《養一齋詩話》卷六，道光十六年徐寶善刻本）

論張昱詩

（清）翁方綱

張光弼《白翎雀歌》，竹垞取入《明詩綜》。亦是清直之作，非可與道園詩同論，但舉以證題作本事詩可耳。

張光弼酒間爲瞿宗吉誦其《歌風臺》詩，以界尺擊案，淵淵作金石聲。然此詩只起二句豪邁稱題，以下亦不能酣恣也。

張光弼之詩，竹垞謂「其派出西崑，未免過於濃縟」，然其筆勢卻自平直。（翁方綱：《石洲詩話》卷五，北京，人民文學出版社，一九八一年版一百八十一頁）

論元詩絶句·張昱

（清）謝啟昆

埋骨西湖白玉堆，出城員外看花來。可閒久遂題蕉志，居士柴門一笑開。（謝啟昆：《樹經堂詩續集》卷七，清嘉慶刻本）

偶撿閱架上明人詩漫賦録十四首·張昱

（清）譚　瑩

疏募能營屋數間，曹騰花事竟全删。如何亭長爲天子，人老西湖號可閒。（譚瑩：《樂志堂詩集》卷七，清咸豐九年吏隱園刻本）

序跋著録

跋張光弼詩集

（明）趙琦美

元《張光弼詩歌》二卷，爲不解事書人强爲解事，作七卷分之，遂失其本來面目。一卷之五卷合作第一卷，六卷之七卷元合作第二卷也。其書借海鹽胡孝轅氏所録。往數年前，聞孫唐卿氏有是集，碌碌南北，未及假録。昨歲差旋，往謁孝轅，遂攜之歸，録之以償夙昔。然胡本中頗多浥爛損壞字，尚須假孫氏本補之。集有《輦下曲》一百二首，《宮中詞》二十一首，皆道胡元宮闈中事也。别有國初宗室得所賜元老宮人言庚申君宮中事，爲作宮詞百，今見《丈園謾録》，惜爲删去五十二章，惟存四十八章，録作一家，亦備一代之遺事云。時天啟二年壬戌正月上元後一日，書於武源山中，連陰雨二十日矣，尚未有晴意，恐復作元年連綿四五月也。清常道人書。（黄丕烈著，潘祖蔭輯：《士禮居藏書題跋記》卷六，北京，書目文獻出版社，一九八九年版二百八十頁）

跋張光弼詩集

（清）金侃

往與吴太守園次論詩，每爲余稱張光弼之詩之佳，以不見其全爲恨，嗣後有宋金元詩永之選訂，余同搜逸本，商榷選定，徧購之，弗可得。久之，園次復爲余言，玉峰徐太史健菴藏有毛氏抄本，遂往借録。數年求之，一旦獲遇，如得異寶，樂可知也。詩凡二卷，五七言古今體，共一千餘首，思新腕秀，温麗可誦，但中多應酬之作，先生詩所謂「門前載酒求賦詩，錦軸牙籤日堆積」者，皆屬暮年所著，未免頹唐潦倒，傷於率易痛戛之，雖與虞揭諸公并驅可也。按錢宗伯列朝詩，光弼早遊湖海，爲虞集、張翥所知，楊左丞鎮江浙，用才略，參謀軍府事，遷杭省左右司員外郎，行樞密院判官，天下用兵藩府，官多侵官怙勢，光弼詩酒自娱，超然物表，左丞死，棄官不二。張氏禮致不屈，策其必敗，題蕉葉以寓志。居西湖壽安坊，今之花市也。貧無以葺廬，凌彦翀爲疏募焉。酒間爲瞿宗吉誦歌風臺詩，以界尺擊案，淵淵作金石聲，笑曰：「我死埋骨湖上，題曰『詩人張員外墓』足矣。」太祖徵王京，見温接，閔其老，曰「可閒」矣，厚賜遣還，因自號「可閒老人」，徜徉西湖山間，年八十三而終。己未秋日，拙修居士金侃并識。（《張光弼詩集》金侃鈔本卷末）

跋張光弼詩集

（清）黄丕烈

趙清常道人，藏書之最著名者。余所得其家書卻鮮。去歲從香嚴書屋借鈔其家《脈望館書目》，以爲搜訪之助。頃從坊間購歸元人《張光弼詩集》一册，末有清常跋，知爲其手書，余以所見他書字跡證之，益信，隨檢書目，於元人文集門卻未載，或編次失落，抑所録在成書後，皆未可知。光弼詩傳本頗稀，更得清常手校，真可寶也。嘉慶辛酉秋七月二十有八日，蕘圃黄丕烈書。

壬戌從都中購得《建康實録》舊鈔本，與此鈔手略同，似一人所書，因取相對，審此書卻非清常手鈔，特跋語爲清常筆爾，爰以自訟。蕘翁記。

嘉慶甲戌收得明刻本校，非特浥爛損壞字與趙所據鈔之本合，且此本有墨筆旁添之字，皆刻本所有，其爲海鹽胡孝轅本無疑。明刻新從湖賈之趕考玉峰鋪中所收，來自浙中，當不誣也。趙據鈔於前，余覆勘於後，尚有一二字爲趙鈔時所遺。書經三寫，魯魚亥豕，余故樂得祖本也。校訖記。閏二月十九燈下復翁識。

此本多孫唐卿本校補一過，幸先收此而刻本反可藉是獲全，書之不可偏廢如此。復翁又記。（黄丕烈著，潘祖蔭輯：《士禮居藏書題跋記》卷六，北京，書目文獻出版社，一九八九年版二百八十一頁）

《四庫全書總目·可閒老人集》

《可閒老人集》四卷，浙江鮑士恭家藏本。元張昱撰。昱字光弼，自號一笑居士，廬陵人。元末左丞楊旺扎勒原作楊完者今改正鎮江浙，昱參謀軍府，官至左右司員外郎、行樞密院判官。元末棄官不仕，張士誠招禮之，不屈。明太祖徵之，至京，召見，憫其老曰：「可閒矣。」厚賜遣歸，更號「可閒老人」。放浪山水，年八十三乃卒。明史《文苑傳》附見《趙撝謙傳》中。瞿宗吉《歸田詩話》記其在楊旺扎勒幕中諸作，又記其酒酣自誦《歌風臺》詩，以界尺擊案，淵淵作金石聲曰：「我死葬骨湖上，題曰『詩人張員外墓』，足矣！」其風調可以想見也。其詩學出於虞集，故具有典型。舊稾散佚。正統元年，楊士奇始得殘帙於給事中夏時，以授浮梁縣丞時昌刻之，此本即從正統刻本傳寫者。士奇原序尚載於卷端，其詩才氣縱逸，往往隨筆酬答，或不免於頹唐。然如《五王行春圖》、《歌風臺》諸作，皆蒼莽雄肆，有沈鬱悲凉之概。《天寶宮詞》、《輦下曲》、《宫中詞》諸作，不獨詠古之工，且足備史乘所未載。顧嗣立《元詩選》嘗録其詩於《辛集》中，其小傳引楊士奇序云云，所見蓋即此本。舊版久佚，流傳漸寡。國初金侃得毛晋家所藏别本，改題曰《廬陵集》，侃復爲校正，間附案語於下方。然其本亦從此本傳録，非兩書也。（《四庫全書總目》卷一六八，北京，中華書局，一九六五年版一九八一年印本一四六三頁）

《讀書敏求記·張光弼詩集》

（清）錢　曾

張光弼詩集二卷

淮張用事，諸人宴安逸豫，不以警爲虞。光弼《春日》詩云：「一陣春風一陣寒，芭蕉長過石闌干。只消幾个懵懂醉，看得春光到牡丹。」瞿宗吉謂其隱刺淮張而作，詞婉情深，有風人之遐思，今此集不載，何也？（錢曾著，丁瑜點校，《讀書敏求記》卷四，北京，書目文獻出版社，一九八四年版一百三十九頁）

《浙江採集遺書總録·可閒老人集》

（清）沈　初

可閒老人集二卷　知不足齋寫本

右元樞密院判官廬陵張昱撰。正統元年同郡楊士奇序云：「先生少事虞文靖公，得詩法。張潞公翥最先知之。予近從給事中夏時得其五七言古近體一帙，以授其外孫浮梁縣丞時昌，俾刻之。」按今抄上卷八十八翻，下卷七十九翻，疑非編次原本。（沈初：《浙江採集遺書總録》壬集，上海，上海古籍出版社，二〇一〇年版六百二十頁）

《善本書室藏書志·張光弼詩集》

（清）丁　丙

張光弼詩集二卷舊鈔本

元張昱撰，昱字光弼，廬陵人。早遊湖海，爲虞文靖公集、張潞公翥所知。楊左丞鎮江浙，用才略參謀軍事，遷杭省員外郎、行樞密院判官。元政不綱，棄官。張士誠據江南，禮致不屈，而與周伯温、楊廉夫交游相得。結廬壽安坊，自號「一笑居士」。明太祖徵至京，深見温接，已而憫其老曰：「可閒矣！」厚賜遣歸。更號曰「可閒老人」，倘徉湖山間，卒年八十有三。洪武九年，錢塘陳彦博序其集。正統元年，同郡楊士奇跋稱「從給事中夏時得其一帙，以授其外孫浮梁縣丞時昌刻之。」附録廬陵陳謨撰先生西湖赤岸之「樂邱壽藏頌」一篇。按《七修類稿》云：先生有《春日》詩云「一陣東風一陣寒，芭蕉長過石欄杆。只消幾度瞢騰醉，看得春光到牡丹。」蓋寓時事也，今集不載。（丁丙：《善本書室藏書志》卷三十四，清人書目題跋叢刊二，北京，中華書局，一九九〇年版八百二十六頁）

跋張光弼詩集

（清）瞿　鏞

張光弼詩集二卷舊鈔本。元張昱撰，前有洪武九年錢塘陳彦博序，又正統元年同郡楊士奇序，後有天啟二年清常道人手跋云「元《張光弼詩》二卷，爲不解事書人强爲解事，作七卷分之，遂失其本來面目。一卷之五卷，元合作第一卷，六卷之七卷，元合作第二卷也。其書借海鹽胡孝轅氏藏本所録，中多浥爛損壞字，尚須假孫唐卿本補之」云云。黄復翁於嘉慶甲戌購得明刻，覆勘一過，與趙鈔略同，間有一二字爲鈔時所遺者。案：今《四庫》著録作《可閒老人集》四卷，是別一本也。卷中有「新安汪氏」、「啟淑信印」、「蕘圃經眼」諸朱記。

按：商務印書館《四部叢刊續編》影印本。（瞿鏞：《鐵琴銅劍樓藏書目録》卷二十二，上海，上海古籍出版社，二〇〇〇年版六百四十頁）

跋張光弼詩集

張元濟

右《張光弼詩集》，明趙清常據吾邑胡孝轅先生藏本傳録，後歸於黄蕘圃。蕘圃復得胡氏藏本，重加校訂，并改正誤分之七卷爲二卷。原鈔卷七第二十五葉《西湖晚春》後脱詩六首，趙氏爲之鈔補，附裝卷末，適跨兩葉，不使攙插，因就所脱處割裂移入，特增一葉，列爲補二十四。詩篇次第，既復其初，而誦覽亦較便矣。孝轅先生著作等身，刊書甚富，其家藏書久散，趙、黄二氏所得是集，不知漂流何許？先生後嗣式微，今聞冢墓且將不保，遑問遺書！里中少年日日言新政不暇，先正典型，誰知矜式，不禁爲之擲筆三歎！海鹽張元濟。（張人鳳：《張元濟古籍書目序跋彙編》，北京，商務印書館，二〇〇三年版九百一十九頁）

逸　事

張昱論解

（元）孔克齊

江西張昱光弼嘗與予言，其鄉先生論解「管氏反坫」之説，便如今日親王貴卿飲酒，必令執事者唱一聲，謂之喝盞，飲畢，則别盞斟酌，以飲衆賓者。浙江行省駙馬丞相相遇賀正旦及常宴，必用此禮，蓋出於至尊以及乎王爵也。（孔克齊：《静齋至正直記》卷三，上海，上海古籍出版社，一九八七年版八十三頁）

張光弼逸事

（明）蔣一葵

張光弼初居楊完者左丞幕下，頗有功業之思，故其詩云：「免胄日趨丞相府，解鞍夜宿五侯家。玉盃行酒聽春雨，銀燭照天生晚霞。世亂且從軍旅事，功成須插御筵花。漢王未可輕韓信，尚要生擒李左車。」又云：「西樓柳風吹晚香，石榴裙映黄金觴。纖歌不斷白日速，微雨欲度行雲凉。咲看席上賦鸚鵡，醉聽門前嘶驌驦。早晚平吴王事畢，羽書飛捷入朝堂。」及張氏擅權，光弼憤焉，遂不事事，以詩酒自娱，其詩云：「一陣東風一陣寒，芭蕉長過石闌干。只消幾度瞢騰醉，看得春風到牡丹。」蓋言時事也。

張光弼嘗作《歌風臺》詩云：「世間快意寧有此，亭長還鄉作天子。沛公不樂復何爲，諸母父兄知舊事。酒酣起舞和兒歌，眼中盡是漢山河。韓彭誅夷黥布戮，且喜壯士今無多。縱酒極歡留十日，慷慨傷懷淚沾臆。萬乘旌旗不自尊，魂魄猶爲故鄉憶。由來樂極易生哀，泗水東流不再回。萬歲千秋誰不念，古之帝王安在哉。莓苔石刻今如許，幾度西風灞陵雨。漢家社稷四百年，荒臺猶是開基處。」一日，乘酣朗唱於瞿宗吉，以界紙擊卓，鏗然若金石也，笑曰：「吾死埋骨西湖，題曰『詩人張員外墓』，足矣！」後竟如其言。

張光弼又嘗作《唐宫詞》数首，爲瞿宗吉誦之，中間云：「可憐三首清平調，不博西凉酒一盃。」宗吉曰：「太白於沉香亭應制，親得御手調羹，貴妃捧硯，力士脱靴，不可謂不遇也，何必西凉酒一盃乎？」光弼亦大笑。

張光弼作《輦下曲》，皆詠胡元國俗。其一首云：「守内番僧日念吽，御厨酒肉按時供。組鈴扇鼓諸天樂，知在龍宫第幾重。」又云：「似嫌慧日破愚昏，白晝尋常一鈞軒。男女傾城永受戒，法中秘密不能言。」前首言僧亂宫闈，後首言僧亂民闈也。「鈞軒」，今俗云「鈞闥」，僧房下鈞闥而置婦女受戒於其中也。（蔣一葵：《堯山堂外紀》卷七十五，明刻本）

图书在版编目（CIP）数据

石初集·张光弼诗集 / 李军主编；施贤明，张欣，辛梦霞点校. —北京：北京师范大学出版社，2016.7
（元代古籍集成 / 韩格平主编. 第二辑）

ISBN 978-7-303-21131-9

Ⅰ. ①石… Ⅱ. ①李… ②施… ③张… ④辛… Ⅲ. ①古典诗歌—诗集—中国—元代 Ⅳ. ①I222.747

中国版本图书馆 CIP 数据核字（2016）第 173789 号

营 销 中 心 电 话 010-58805072 58807651
北师大出版社学术著作与大众读物分社 http://xueda.bnup.com

SHICHUJI ZHANGGUANGBI SHIJI
出版发行：北京师范大学出版社 www.bnup.com
北京市海淀区新街口外大街 19 号
邮政编码：100875
印 刷：北京盛通印刷股份有限公司
经 销：全国新华书店
开 本：660 mm×980 mm 1/16
印 张：38
字 数：495 千字
版 次：2016 年 7 月第 1 版
印 次：2016 年 7 月第 1 次印刷
定 价：138.00 元

策划编辑：谭徐锋 责任编辑：王 强
美术编辑：王齐云 装帧设计：王齐云
责任校对：陈 民 责任印制：马 洁

版权所有 侵权必究

反盗版、侵权举报电话：010-58800697
北京读者服务部电话：010-58808104
外埠邮购电话：010-58808083
本书如有印装质量问题，请与印制管理部联系调换。
印制管理部电话：010-58805079